SUSAN ABULHAWA

Als die Sonne im Meer verschwand

Zum Buch

»Abulhawas Sprache leuchtet, wenn sie in diesem fesselnden Roman meisterhaft die unterschiedlichsten Stimmen einfängt. Sie bringt uns die Frauen von Gaza nahe, für die Heldentaten und große Verluste zum Alltag gehören.« *Independent on Sunday*

»Wie in *Tausendundeine Nacht* erzählt Abulhawa immer neue Geschichten, während sie die Schicksale ihrer Figuren durch die Traumata des Nahostkonflikts manövriert.« *The Guardian*

»Abulhawa ist eine großartige Beobachterin von Bindungen unter Frauen, die über Generationen hinweg ihre Kraft entfalten. In ihrem überwältigenden Roman erzählt sie von Gazas Kampf um die Zukunft, von zerstörten Träumen und unbändigem Lebenswillen.« *Financial Times*

»Starke Charaktere, authentisch, aktuell!« *Woman*

»Ein Roman, der uns vor Augen führt, wie Menschen dem Schrecken Gutes entgegensetzen.« *Publishers Weekly*

»Susan Abulhawa ist eine höchst kreative, fantasiebegabte, mutige Autorin.« *Deutschlandradio Kultur*

Zur Autorin

Geboren als Kind palästinensischer Flüchtlinge wuchs Susan Abulhawa in Kuwait, Jordanien und Jerusalem auf. Als Teenager ging sie in die USA, wo sie heute gemeinsam mit ihrer Tochter lebt. Die Autorin engagiert sich aktiv für die Menschenrechte und Lebensumstände von palästinensischen Kindern in besetzten Gebieten. Ihre Romane *Während die Welt schlief* und *Als die Sonne im Meer verschwand* erscheinen in über zwanzig Ländern und standen in Deutschland monatelang auf der SPIEGEL-Bestsellerliste.

SUSAN ABULHAWA

Als die Sonne im Meer verschwand

ROMAN

Aus dem Amerikanischen
von Stefanie Fahrner

DIANA

Von Susan Abulhawa sind im Diana Verlag erschienen:
Während die Welt schlief
Als die Sonne im Meer verschwand

Der Verlag weist ausdrücklich darauf hin, dass im Text enthaltene externe Links vom Verlag nur bis zum Zeitpunkt der Buchveröffentlichung eingesehen werden konnten. Auf spätere Veränderungen hat der Verlag keinerlei Einfluss. Eine Haftung des Verlags ist daher ausgeschlossen.

MIX
Papier aus verantwortungsvollen Quellen
FSC® C014496
FSC
www.fsc.org

Verlagsgruppe Random House FSC® N001967

Taschenbucherstausgabe 11/2016

Die Originalausgabe erschien 2015 unter dem Titel
The Blue Between Sky and Water
bei Bloomsbury Publishing Plc, London/New York

Neumarkter Straße 28, 81673 München
Redaktion: Anja Freckmann
Umschlaggestaltung: t. mutzenbach design, München
Umschlagmotive: © Lee Avison/Trevillion; djgis; mg1408; HiSunnySky; IhorZigor; Anna Poguliaeva/Shutterstock; Mauritius Images
Satz: Leingärtner, Nabburg
Druck und Bindung: GGP Media GmbH, Pößneck

Printed in Germany
ISBN 978-3-453-35914-7

www.diana-verlag.de
Besuchen Sie uns auch auf www.herzenszeilen.de
Dieses Buch ist auch als E-Book lieferbar.

Für Natalie:
meine Tochter, meine Freundin, meine Lehrerin

Khaled

Die Idee lautet, die Palästinenser auf Diät zu setzen.

Dov Weisglass

Von allem, was in Gaza verschwand, fehlten mir die Überraschungseier am meisten. Während der Druck auf Gaza wuchs und die Unterhaltungen der Erwachsenen hitziger und trauriger wurden, konnte ich den Ernst der Lage daran ablesen, dass die köstlichen Schokoladeneier in den Ladenregalen immer weniger wurden. Sie waren in bunte Alufolie eingewickelt und bargen im Inneren ein aufregendes Spielzeug. Als sie schließlich ganz verschwanden und bloß noch die nackten, rostigen Regale zu sehen waren, wurde mir klar, dass die Überraschungseier Farbe ins Leben gebracht hatten. Ohne sie verwandelte sich unser Dasein in ein metallisches Sepia, das allmählich zu Schwarz und Weiß verblasste, so wie in alten ägyptischen Spielfilmen aus der Zeit, als meine Teta Nazmiyya das hübscheste Mädchen von Beit Daras gewesen war.

Auch nachdem man von Gaza aus Tunnel unter der Grenze hindurch nach Ägypten gegraben hatte, um Dinge des täglichen Bedarfs hinüberzuschmuggeln, bekamen wir nur selten Überraschungseier. An die Tunnel erinnere ich mich noch gut. Sie waren ein Netzwerk aus unterirdischen Arterien und Venen mit einem System aus Seilen, Hebeln und Flaschenzügen; mit ihrer Hilfe transportierte man Lebensmittel,

Windeln, Benzin, Batterien, Musikkassetten, Mamas Menstruationsbinden, Rhet Shels Wachsstifte und alle möglichen anderen Sachen – alles, was wir von den Ägyptern kaufen konnten, vierundzwanzig Stunden am Tag, sieben Tage in der Woche.

Die Tunnel durchkreuzten Israels Plan, uns auf Diät zu setzen. Also bombardierten sie die Tunnel, und viele Menschen wurden getötet. Wir gruben andere Tunnel: größere, tiefere, längere. Wieder bombardierten sie uns, und noch mehr Menschen wurden getötet. Aber die Tunnel blieben bestehen, wie Blutbahnen unter der Erde.

Einmal überzeugte Israel die Vereinigten Staaten und Ägypten davon, eine unüberwindliche unterirdische Stahlmauer entlang der Grenze von Rafah zu errichten und dadurch die Tunnel abzuschneiden. Mit dem Fernglas beobachteten unsere Leute den Bau von den Sanddünen aus und lachten einen ganzen Monat lang, während das United States Army Corps of Engineers angestrengt arbeitete. Obwohl die Amerikaner uns die ganze Zeit über sehen konnten, gaben sie sich äußerlich unbeeindruckt, aber wir waren uns sicher, dass unser Gelächter sie nervös gemacht hatte. Nachdem sie verschwunden waren, stiegen unsere Jungs mit Schweißbrennern in die Tunnel hinab und trennten gewaltige Metallplatten heraus, die uns von der Versorgung hatten abschneiden sollen. Letztlich waren sie ein Geschenk für uns, weil sie aus hochwertigem Stahl bestanden, den wir zu anderen Dingen recyceln konnten.

Wir waren daran gewöhnt, die Verlierer zu sein. Aber dieses eine Mal gewannen wir. Wir waren schlauer gewesen als Israel, Ägypten und die großen Vereinigten Staaten von Amerika. Für kurze Zeit war Gaza eine einzige große Party. Unsere Zeitungen veröffentlichten Karikaturen von Mubarak, Bush und Netanjahu, die sich ratlos an Kopf und Hintern kratzten, während wir auf den Sandhügeln von Rafah standen und lachend präsentierten, was wir aus dem schönen Stahl gemacht hatten: Autoteile, Spielplatzgeräte, Gebäudeträger und Raketen.

»Allah sei uns gnädig und schütze uns«, sagte meine Teta Nazmiyya dazu. »Freude und Gelächter in Gaza werden zu Blut und Qualen führen. Wo Licht ist, ist immer auch Schatten.« Sie musste an Mariam gedacht haben. Nicht lange danach betrat ich das stille Blau, diesen zeitlosen Ort, an dem ich die Säfte des Lebens aufsaugen und wie einen Fluss durch meine Adern rauschen lassen konnte.

Dann kam Nur, den Mund voll mit arabischen Worten, die abgesägt und an den Ecken mit dem krausen Akzent einer Ausländerin abgeschliffen waren. Sie kam mit ihrer amerikanischen Gutmenschen-Begeisterung und dachte, sie könnte kaputte Menschen wie mich in Ordnung bringen und verwundete Orte wie Gaza heilen. Aber sie war innerlich noch zerbrochener als wir alle.

Jeden Abend, wenn Nur meine Schwester Rhet Shel ins Bett brachte, zog Teta Nazmiyya den Himmel zurecht, und Mama stickte die Sterne und den Mond darauf. Und am Morgen, wenn Rhet Shel erwachte, hängte sie die Sonne auf. So war es, als Nur zurückkam.

Das waren die Frauen in meinem Leben, die Lieder meiner Seele. Die Männer, die sie liebten, waren alle auf die eine oder andere Art verloren, bis auf mich. Ich blieb, so lange ich konnte.

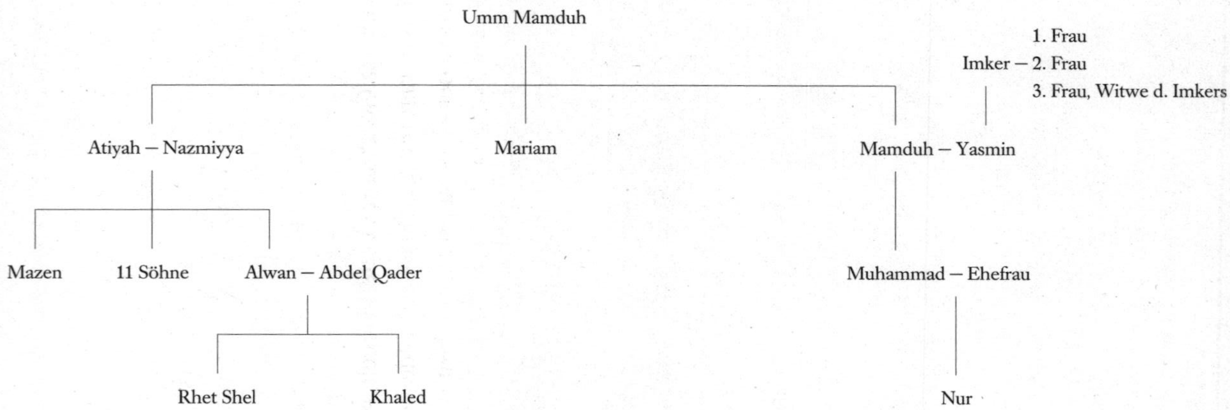
Umm Mamduh
1. Frau
Imker – 2. Frau
3. Frau, Witwe d. Imkers
Atiyah – Nazmiyya
Mariam
Mamduh – Yasmin
Mazen
11 Söhne
Alwan – Abdel Qader
Muhammad – Ehefrau
Rhet Shel
Khaled
Nur

Teil 1

Als unsere Geschichte auf den Hügeln ruhte
und sich träge auf die Tage des Waldes legte,
rauschte der Fluss Suqreir durch Beit Daras

1

Meine Groß-Khaltu Mariam sammelte Farben und sortierte sie. Zwei Generationen später wurde ich nach ihrem Fantasiefreund benannt. Aber vielleicht war es überhaupt keine Fantasie. Vielleicht war ich es wirklich. Wir treffen uns nämlich ab und zu am Fluss, und ich bringe ihr das Lesen und Schreiben bei.

Beit Daras war eins von mehreren kleinen Dörfern, die von Plantagen und Olivenhainen umgeben waren und im Norden an einen See grenzten. Im dreizehnten Jahrhundert lag es auf der Poststrecke von Kairo nach Damaskus. Beit Daras hatte sogar eine Karawanserei, also eine Herberge an der Straße, für all die vielen Reisenden, die die Handelsrouten Asiens, Nordafrikas und Südosteuropas benutzten. Die Mamelucken hatten die Herberge im Jahr 1325 gegründet, als sie ganz Palästina beherrschten, und sie blieb jahrhundertelang bestehen und war als El-Khan bekannt. Auf einer Anhöhe bei Beit Daras befanden sich die Überreste einer Burg, die von den Kreuzfahrern gegen 1100 erbaut worden war – auf den Grundmauern einer Zitadelle, die Alexander der Große mehr als tausend Jahre zuvor errichtet hatte. Die Burg, die früher den Mächtigen als Wohnsitz gedient hatte, verfiel im Lauf der Zeit zu einer Ruine, und was von ihr übrig geblieben war, hütete die Zeit, während daneben Kinder spielten und Liebespaare vor neugierigen Augen flüchteten.

Ein Fluss, übervoll von Gottes Fischen und Pflanzen, floss durch Beit Daras, brachte Segen für das Dorf, trug Müll, Träume, Klatsch und Geschichten fort und schwemmte alles ins Mittelmeer nördlich von Gaza. Das Wasser, das über die Steine dahinfloss, sang von den Geheimnissen der Erde und der Zeit und mäanderte im Rhythmus des krabbelnden, hüpfenden, summenden und fliegenden Lebens.

Als Mariam fünf Jahre alt war, stibitzte sie den Kajalstift ihrer Schwester Nazmiyya und schrieb damit ein Gebet auf ein Blatt, das sie in den Fluss von Beit Daras legte. Sie betete für einen echten Bleistift und dafür, Zugang zu jenem Gebäude zu erhalten, in dem man einen solchen Bleistift benutzte. Sie brachte natürlich nur Gekritzel zustande, obwohl es sehr wohl eine Grundschule mit zwei Räumen und vier Lehrern gab, die von den Dorfbewohnern bezahlt wurden. Aber sie musste zusehen, wie ihr Bruder und die anderen uniformierten Schuljungen, jeder einen Bleistift – wahre Statussymbole – und eine Büchertasche in der Hand, den Hügel hinaufmarschierten, hin zu jenem magischen Ort mit zwei Zimmern, vier Lehrern und jeder Menge Bleistiften.

Wie sich herausstellte, brauchte Mariam kein Schulhaus, um etwas zu lernen, lediglich Papier und Bleistift. Sie erfand einen Fantasiefreund namens Khaled, der jeden Tag am Fluss auf sie wartete, um ihr Lesen und Schreiben beizubringen.

Die Farbe des Flusses war Mariam ein Rätsel. Sie saß am Ufer und blickte in das scheinbar farblose Wasser, das sich die Schattierungen aller Dinge in der Umgebung ausborgte. An schönen Tagen war das Wasser hellblau wie der Himmel. Im Frühling, wenn die Welt grün war, war auch das Wasser grün. Manchmal war es klar, manchmal wolkig oder schlammig. Wie konnte der Fluss so viele Farben haben, während das Meer immer blau war und nur nachts in reinem Schwarz schlief?

Nach einiger Überlegung war Mariam klar, dass nur manche Dinge die Farben wechseln konnten. Sie begriff auch schon sehr früh, dass sie einen außergewöhnlich scharfen Blick hatte. Die Menschen wechselten je nach Stimmung die Farbe, aber ihre Schwester Nazmiyya behauptete, Mariam sei die Einzige, die das sehen könne. Wenn die Menschen beteten, waren sie meistens von einem Blauton erfüllt. Ihre Mienen entsprachen nicht immer ihren Farben. Weiße Auren hatten etwas Bösartiges – manche Leute besaßen sie sogar, wenn sie lächelten. Gelb und Blau bedeuteten Aufrichtigkeit und Zufriedenheit. Schwarz war die reinste Farbe von allen, die Aura der Babys, und stand für außergewöhnliche Freundlichkeit und große Kraft.

Blumen und Früchte durchliefen alle Farben im Wechsel der Jahreszeiten. Genau wie die Bäume. Und wie die Haut an Mariams Armen, die von Braun bis sehr Braun im Sommer variierte. Aber ihr Haar war immer schwarz, und ihre Augen blieben, wie sie waren: eins grün, das andere braun mit haselnussfarbenen Einsprengseln. Das grüne Auge – es war das linke – war ihr lieber, weil alle es fasziniert betrachteten. Nazmiyya dagegen hatte Angst, dass ihre kleine Schwester sich durch diese Neugier den *hassad*-Fluch zuziehen würde: den bösen Blick, der einen befällt, weil jemand anderes eifersüchtig auf einen ist.

2

Meine Teta Nazmiyya erzählte, dass sie früher das hübscheste Mädchen von Beit Daras gewesen sei, und ich habe oft versucht, mir meine Großmutter in der Blüte ihrer Jugend vorzustellen.

Es war Nazmiyya wichtig, Mariam vor den Übeln des *hassad* zu beschützen. Manche Leute hatten eben gierige, glühende Augen, die den Fluch ohne Weiteres und sogar ungewollt auslösen konnten. Darum bestand Nazmiyya darauf, dass Mariam ein blaues Amulett trug, das den Neid der Leute auf Mariams einzigartige Augen abwehrte, und Nazmiyya sprach regelmäßig Koransuren, die ihrer Schwester noch mehr Schutz verschaffen sollten.

Einmal unterhielten sich Nazmiyyas Freundinnen über Mariams Augen, als sie Wäsche im Fluss wuschen. Die meisten waren frisch verheiratet oder erwarteten gerade das erste Kind, aber manche waren – wie Nazmiyya – noch nicht verheiratet. »Wie kann es sein, dass sie nur ein grünes Auge hat?«, fragte eine.

Nazmiyya löste ihren Schleier und schüttelte das medusenartige Haupt glänzender, hennagefärbter Locken. Sie ließ das weiße Hemd ihres Bruders in den Waschzuber fallen. »Was weiß ich?«, rief sie. »Vielleicht hat irgendein römischer Hengst vor ein paar Hundert Jahren seinen Schwanz in unsere Ahnenreihe gesteckt, und jetzt kommt er im Auge meiner armen Schwester wieder raus.«

Die Waschtage am Fluss eröffneten den Frauen ihren ganz persönlichen weiblichen Freiraum. Sie standen beieinander, die Arme bis zu den Ellenbogen in den Waschzubern, und lachten über Nazmiyyas frivoles Gerede. Eine andere junge Frau entgegnete: »Zu schade, dass es keine zweiköpfige Schlange war, sonst hätte sie jetzt zwei grüne Augen.«

Wieder eine andere sagte: »Wohl eher schade für eure Vorfahrin, Nazmiyya, denn eine doppelköpfige hätte ihr sicher gefallen!« Alle waren ausgelassen und fühlten sich beflügelt von den vulgären Frechheiten, die sie sich erlaubten. Das war Nazmiyyas Gabe: Sie überschritt die Grenzen des Anstands in einer Weise, die es den anderen erlaubte, alles zum Ausdruck zu bringen, was sie ungeordnet in ihren Herzen bargen. Sie war direkt auf eine Art, die ihre Freundinnen gleichzeitig faszinierte und unangenehm berührte. Nur wenige wagten es, sie zurechtzuweisen, denn ihre Zunge konnte zwar bezaubern, aber auch schmerzhafte oder peinliche Wirkung haben. Die Leute liebten und hassten sie dafür.

Nazmiyya glaubte, die ungewöhnlichen Augenfarben ihrer Schwester seien das äußere Kennzeichen für ihre Fähigkeit, das Unsichtbare zu sehen. Mariam war keine Hellseherin, aber sie konnte das Leuchten der Menschen erkennen. »Was meinst du damit, du kannst das Leuchten sehen?«, hatte Nazmiyya einmal von ihr wissen wollen.

»Na, das *Leuchten!*« Mariam tastete mit den Händen in dem Bereich um Nazmiyyas Kopf herum. »Genau hier«, sagte sie. Da verstand Nazmiyya, dass die innere Welt eines jeden Menschen einen farbigen Schein bildete, den nur ihre kleine Schwester Mariam sehen konnte. Daraufhin stellte die Familie Mariam tagelang auf die Probe. »Okay, sag mir, wie ich mich jetzt fühle«, verlangte ihr Bruder Mamduh, der gerade von einer Prügelei mit den Nachbarsjungen gekommen war. »Du bist rot und grün«, erwiderte Mariam und wandte sich wieder ihrer Beschäftigung zu. Nazmiyya rief übermütig: »Rot und grün zusammen heißt, du hast Angst und bist spitz.«

»Mariam weiß doch gar nicht, was spitz bedeutet«, schrie Mamduh. »Also lügst du, du furchtbares, ungezogenes Mädchen!« Mit diesen Worten schlug er Nazmiyya gegen den Hinterkopf und rannte los, um sich zu verstecken.

»Mach, dass du wegkommst, Junge!«

»Mir tut der arme Esel, der dich mal heiratet, jetzt schon leid«, gab Mamduh zurück und verschanzte sich hinter der Tür.

Nazmiyya lachte, was Mamduh nur noch mehr verwirrte.

Auch wenn Mariams besondere Fähigkeit mit der Zeit nachließ, blieb sie eins von zwei Familiengeheimnissen. Und Nazmiyya nutzte sie zu ihrem Vorteil. Als die Mutter und die Schwestern eines Heiratsbewerbers zu ihnen ins Haus kamen, um Nazmiyya in Augenschein zu nehmen, behandelte sie die beiden arrogant und bissig, weil Mariam zuvor gespürt hatte, dass sie Nazmiyya für nicht gut genug für ihren Sohn hielten. Und auf dem Markt beschämte sie so manchen Händler, der vorgehabt hatte, sie übers Ohr zu hauen. Mariams Gabe war Nazmiyyas Geheimwaffe, und sie verbot allen, außerhalb des Hauses darüber zu reden, genau so wie sie allen verbot, über Sulayman zu reden.

3

Meine Groß-Teta Umm Mamduh lebte vor meiner Zeit. Man nannte sie die verrückte Alte, dabei war sie voller Liebe. Liebe der stillen, undurchdringlichen Art. Sie sah Dinge, die andere nicht sehen konnten, aber anders als Mariam.

In Beit Daras gab es fünf größere Familienclans, und jeder hatte sein eigenes Wohnviertel. Die Familien Barud, Maqadamah und Abu al-Shamalah waren am höchsten geachtet. Ihnen gehörten die meisten Bauernhöfe, Obstplantagen, Bienenstöcke und Viehweiden. Der Familienname von Nazmiyya, Mamduh und Mariam war Baraka, kein Name, mit dem man angeben konnte. Sie wohnten im Masriyyin-Viertel, dem ärmsten Viertel des Dorfes, wo sich Palästinenser ohne Stammbaum niedergelassen hatten. Vor fünf Jahrhunderten waren sie aus Ägypten gekommen und hatten ihren Nachnamen abgelegt, vielleicht, weil sie einer Stammesfehde entkommen wollten oder ihre Familien entehrt hatten. Aber so richtig Bescheid wusste niemand.

Nazmiyya, Mamduh und Mariam waren im Ort als die Kinder von Umm Mamduh, der Verrückten, bekannt. Obwohl sie keinen Vater hatten, traute sich niemand, in ihrer Gegenwart abfällig über ihre Mutter zu reden, weil sie wussten, dass Nazmiyya ihnen die Hölle heißmachen würde. Die Kinder waren traurig über den Zustand ihrer Mutter und versuchten mit aller

Kraft, sie vor den bösen Worten der anderen zu schützen, aber sie konnten nicht alles von ihr abwehren. Umm Mamduh starrte oft mit leerem Blick in die Ferne und unterhielt sich in einer seltsamen Sprache mit dem Nichts, während der Wind sie umwehte. Manchmal lachte sie auch unvermittelt.

Einmal beobachteten die Leute Umm Mamduh dabei, wie sie ihre Thoba hochzog und ihre Notdurft im Fluss verrichtete. Mamduh, der damals erst elf war, verprügelte einen viel stärkeren Jungen, weil der gewagt hatte, den Vorfall zu erwähnen. Oft mussten die drei Kinder ihre Mutter mit Engelszungen überreden, sich nicht zum Schlafen auf die Weide zu den Ziegen zu legen.

Es hieß, ihr Vater habe sie so früh verlassen, dass keins der Kinder sich an ihn erinnern könne – außer Nazmiyya, der Ältesten. »Einmal ist unser Vater zurückgekommen, und wir haben zusammen *ghada* gegessen«, erzählte Nazmiyya ihren Geschwistern. Mamduh konnte sich nicht daran erinnern, aber er glaubte Nazmiyya, weil sie es auf den Koran schwor. Außerdem musste es ganz einfach wahr sein. Wie hätte Mariam denn sonst gezeugt werden sollen? Trotzdem wünschte er sich oft, er hätte eigene Erinnerungen an seinen Vater.

4

Ich möchte der Geschichte nicht vorgreifen, indem ich jetzt schon von Nur erzähle. Sie war noch zwei Generationen entfernt, als mein Groß-Khalu Mamduh anfing, für den Imker zu arbeiten. Aber wenn Sie so wie ich daran glauben, dass Menschen zu einem Teil aus Liebe, zu einem anderen Teil aus Fleisch und Blut und zu einem weiteren Teil aus allem anderen bestehen, dann ist es sinnvoll, wenn ich ihren Namen jetzt erwähne, denn jetzt geht es um die Quelle ihrer Liebe.

Als Mamduh heranwuchs, wurde sein Körper zu dem eines Mannes, und seine tiefe Stimme verlieh ihm Autorität. Er bekam eine feste Stellung bei einem Imker, dessen Honig im ganzen Land verkauft wurde – und sogar bis nach Ägypten, in die Türkei, nach Mali und in den Senegal. Der alte Imker begriff schon im ersten Monat, dass er einen Jungen gefunden hatte, dem er eines Tages das über Generationen vererbte Geschäft übertragen konnte. Er hatte drei Ehefrauen, von denen zwei ihm fünf Töchter und einen Sohn geboren hatten, doch der Sohn war kurz nach der Geburt gestorben. Nur seine jüngste Tochter Yasmin hatte das Zeug zur Imkerin. Aber damals wusste er noch nicht, dass in weniger als drei Jahren alles verschwunden sein würde, all die Jahrhunderte der Bienen und Bienenhäuser, des Wachses, der Bienenstöcke und Waben und Imker – sein ganzes Leben. Alles würde verschwunden sein, als wäre es nie da gewesen, geschichtslos. Alles, was bliebe, wäre seine Liebe zu den Bienen, die Yasmin, sein Lieblingskind, im Herzen tragen und in die Erde eines anderen Kontinents pflanzen würde. Aber damals konnte das keiner wissen. Die Zukunft der Menschen von Beit Daras war so weit weg von ihrem Schicksal, dass sie es nicht einmal geglaubt hätten, wenn ein Hellseher es ihnen prophezeit hätte.

Darum begann der Imker, Mamduh alles beizubringen, was er über die Kunst der Bienenzucht wusste. Sein Lächeln war beinahe zahnlos, denn er hatte Rachitis, und er benutzte niemals Schutzhandschuhe, weil er nicht von seinen Bienen getrennt sein wollte. Den Imkerhut trug er allerdings immer, und er hatte auch stets einen Rauchapparat griffbereit, falls sich ein Schwarm bildete. Er bestand darauf, dass Mamduh Handschuhe trug, bis er die Verbindung zu den Bienen im ganzen Körper spüren konnte; zuerst im Herzen und dann in den anderen Organen und schließlich auch unter der Haut. »Erst dann darfst du die Handschuhe ablegen«, sagte er und klopfte Mamduh väterlich auf die Schulter.

In Wahrheit hatte Mamduh gar nicht die Möglichkeit, eine solche körperliche Verbindung zu den Bienen aufzubauen, wie sein Mentor es erwartete. Zugegeben, er kam jeden Tag früh zur Arbeit und blieb bis spät in den Abend, um dem Imker stundenlang aufmerksam zuzuhören. Aber Mamduhs Begeisterung und Aufmerksamkeit entsprangen der Wunde seiner Vaterlosigkeit und einem Verlangen tief in seinen Lenden. Er nahm nicht viel von den Geschichten des Imkers auf, sondern überließ sich ganz der Wärme des Ortes, während er mit den Augen jeden Winkel erforschte, um einen Blick auf die jüngste Tochter des Imkers, Yasmin, zu erhaschen. Das Gedächtnis unterwirft sich manchmal der Sehnsucht, und so erfand Mamduh Erinnerungen an einen Vater, der aussah wie sein Mentor und sprach wie ein Imker, der nach dem Essen einen Tee trinkt und über Honig philosophiert, während er selbst das Zimmer nach einem Liebeshauch absuchte.

Bevor Mamduh der Lehrling des Imkers wurde, hatte die Familie von seinen Gelegenheitsjobs und von den Almosen der Moschee gelebt. Aber das Geld reichte nie, besonders, wenn seine Mutter wieder seltsame Gelüste entwickelte. Einmal, als Mamduh noch nicht einmal zwölf war, hatten sie zu Eid ein halbes Lamm von der Moschee bekommen. Umm Mamduh bekam einen furchterregenden Appetit, der einfach nicht zu stillen war. Mamduh musste ihr einen Schlag verpassen, bevor sie auch noch die letzte Portion Fleisch verschlang. Im Koran heißt es, der Himmel liegt neben den Füßen der Mütter, und alle wissen, dass jemand, der seine Mutter schlägt, direkt in die Hölle kommt. Aber Allah würde ihm sicher vergeben, weil er nicht handelte wie ein Sohn, sondern wie der Mann des Hauses, der dafür Sorge tragen musste, dass alle etwas zu essen bekamen. Damals begannen Mamduh und seine Schwestern auch, sich gegen Sulayman – das andere Familiengeheimnis – zu stellen, denn die Kinder wussten, dass der Appetit ihrer Mutter seine Schuld war. Sie wussten, dass er in der Nähe war, wenn ihre Mutter Heißhunger bekam, die Augen absonderlich verdrehte, und wenn im Haus der Geruch nach Rauch zu spüren war, der Sulayman stets umgab.

5

Die Leute, die meine Groß-Teta Umm Mamduh kannten, erfuhren bald von Sulayman. Oder sie erfuhren von ihr, als sie von Sulayman hörten. Damals dachten sie alle an einen Vers aus dem heiligen Koran (Al Hijra 15:26-27): »Wir haben doch den Menschen aus trockenem, tönendem Lehm, aus schwarzem, zu Gestalt gebildetem Schlamm geschaffen. Und die Geister haben wir schon vorher aus dem Feuer der sengenden Glut geschaffen.«

An einem dunklen, wolkigen Dezemberabend im Jahr 1945 lief Umm Mamduh auf der Suche nach dem Mond herum, bis sie ihn fand. Es war eine dünne Sichel, die im Netz der Sterne über Beit Daras hing. Sulayman war bei ihr, so wie immer in letzter Zeit. Während sie in den Nachthimmel blickte, hörte sie Gestöhne und Gelächter hinter den Ruinen eines römischen Badehauses. Sie folgte den Geräuschen und sah die Umrisse von vier jungen Burschen, die dort im Mondlicht glänzten. Sie hatten sich ihre *galabiyas* hochgezogen und rieben sich die Schwänze. Sie zitterten vor Kälte und keuchten, aber nicht vor Vergnügen, sondern vor Anstrengung, denn sie lagen im Wettstreit miteinander. Umm Mamduh verfluchte sie und schickte sie zur Hölle, weil sie sich versündigt hatten. Die Jungen bekamen einen Riesenschreck und ordneten hastig ihre Gewänder – dann erkannte einer Umm Mamduh.

»Das ist ja die verrückte Umm Mamduh«, rief er, und alle atmeten erleichtert auf. Dann lachten sie hämisch.

»Geh zurück ins Masriyyin-Viertel«, schrie einer der Jungen. »Spinner sind hier nicht erlaubt«, sagte ein anderer. »Ziehst du wieder deine Thoba hoch und scheißt in den Fluss?«

Umm Mamduh wich zurück, verzweifelt die Hände ringend. »Hört auf! Sulayman wird wütend. Er wird sonst niemals wütend. Hört auf! Ihr müsst damit aufhören!«

Das Gelächter schwoll an. »Wer ist denn Sulayman? Ist das der Spitzname deines feigen Sohnes? Scheißt er auch in den Fluss?«

Und plötzlich, noch bevor sie ihn aufhalten konnte, erschien Sulayman durch Umm Mamduhs Gesicht. Winzige Sternenflecken eines schwarzen Himmels glitzerten an den Rändern ihres Kopfes, während seine Präsenz langsam zunahm. Sie dehnte sich aus und wurde zu einer dunklen Unermesslichkeit mit zornigen Augen aus rotem Feuer. Dann spie sie Unverständliches in einer Stimme, die von überall her zu dröhnen schien, und ein beißender Geruch erfüllte die Luft.

Die Jungen waren wie vom Donner gerührt. Ihre Schwänze fielen in sich zusammen, genau wie ihre Häme. Zwei von ihnen nässten sich ein, der dritte hatte seinen Stuhlgang nicht mehr unter Kontrolle, und der vierte – Atiyah, der Älteste –, der besonders gemein zu Umm Mamduh gewesen war, konnte tagelang kein Wort mehr sprechen.

Von da an und bis zum Rest ihres Lebens redeten die vier Jungen immer wieder über das schreckliche Erlebnis, und sie waren sich darin einig, dass sie niemals etwas Schlimmeres erlebt hatten; nicht die jüdischen Banden und nicht das israelische Militär, das zuerst mit Gewehren und Macheten kam, später dann mit furchtbaren Todesmaschinen. Sie hatten Sulayman in einem seltenen Moment des Zorns erlebt. Einen echten Dschinn.

6

Im Koran heißt es, dass Allah die Dschinn aus rauchlosem Feuer geschaffen hat. Das wusste jeder. Manche ehrten die Dschinn, andere fürchteten sie, aber alle respektierten sie und zitterten vor ihrer Macht. Und diejenigen, die mit ihnen kommunizierten, wurden von manchen geschnitten, von manchen verehrt und von den meisten gefürchtet.

Am nächsten Tag trafen sich die Eltern und die Stammesältesten der Jungen und statteten Umm Mamduh einen Besuch ab. Im Haus der Familie Baraka wurden sie willkommen geheißen. Die Frauen wurden hereingebeten, wo sie sich auf den Teppich setzten, während die Männer sich in den Hof begaben. Dort servierte Mamduh ihnen Tee und Datteln und bot ihnen *arghilahs* an, die schon mit Tabak und Rosenwasser und Zitrone befüllt waren. Die Familie hatte die Gäste bereits erwartet. Sulayman hatte sich gezeigt, um ihre Mutter zu beschützen, und da das Familiengeheimnis nun bekannt war, ging Mamduh davon aus, dass das ganze Dorf kommen würde. Darum hatte er sich einige *arghilahs* von seinem Mentor, dem Imker, ausgeliehen, der dieser Bitte gerne nachgekommen war – er nahm an, die Pfeifen seien für Nazmiyyas Heiratsbewerber.

In der winzigen Behausung betrachtete die kleine Mariam die Gäste misstrauisch. Nazmiyya servierte den Frauen süßen

Pfefferminztee. An ihrem Schleier hingen billige Münzen, die unablässig klimperten, wenn sie den Kopf drehte, und unter dem Schleier ringelten sich ganz dreist ihre kupferfarbenen Locken hervor, sodass alle Welt sie sehen konnte. Nazmiyya bewegte sich langsam; sie wusste, dass die Frauen sie beobachteten. Sie trug ihre grüne und orangefarbene *dishdasha,* unter der sich ihre üppigen Brüste, ihre unverschämt großen Pobacken, ihre Schenkel und ihre schmale Taille abzeichneten. Nazmiyya hatte die Gabe, jeden Raum, den sie betrat, sofort auszufüllen, ganz so, als würde sie alle Luft in sich aufsaugen. »Willkommen in unserem bescheidenen Heim, meine Damen«, sagte sie mit einem Lächeln, das den anderen im Raum endlich erlaubte, frei zu atmen. »Ihr Besuch ist uns eine Ehre.«

»Die Ehre liegt ganz bei uns, schöne junge Dame«, erwiderten sie im Chor.

Nazmiyya war nicht schön, jedenfalls nicht auf den ersten Blick. Aber für alle, die sie sahen und mit ihrem Stolz und ihrer Respektlosigkeit in Berührung kamen, war sie unwiderstehlich. Sie hatte walnussfarbene Haut und nicht das geringste Interesse daran, sie aufzuhellen. Und sie machte keinen Versuch, ihre Locken wenigstens zu bestimmten Anlässen zu glätten, indem sie sie aufrollte, lang zog oder bügelte. Stattdessen ließ sie ihr Haar, wie es war, wild und arrogant. Was immer die Leute von ihr hielten, Nazmiyya war schwer zu übersehen. Und tatsächlich hatten viele in Beit Daras erotische Träume von ihr.

Die Frauen von Beit Daras waren mit Geschenken gekommen: Obst und Gemüse, Olivenöl, Honig und Süßigkeiten. Sie entschuldigten sich im Namen ihrer Kinder und versicherten Umm Mamduh – die sie respektvoll als Haja Umm Mamduh ansprachen –, dass jeder Junge eine Tracht Prügel bekommen habe und sich noch persönlich entschuldigen werde, falls sie es erlaubte.

Haja Umm Mamduh saß still da und redete nur, wenn sie direkt angesprochen wurde. Sie erklärte den Frauen, dass nur Allah vergeben könne und dass sie selbst den Jungen schon lange verziehen habe. Ungesagt blieb, was alle wussten: dass es Sulaymans Vergebung war, um die ersucht und die gewährt wurde.

Erst nach einigen Stunden erzählte eine der Frauen von dem Schicksal des stumm gewordenen Jungen namens Atiyah.

»Bringt Atiyah zu mir«, sagte die Haja. »Ich werde ihm helfen.«

Als Atiyah den Raum betrat, starrte Nazmiyya ihn so empört und hasserfüllt an, dass er einen Moment stehen blieb, in seinen Grundfesten erschüttert. Er war gerade fünfzehn geworden, wirkte aber viel jünger, und Nazmiyya war schon siebzehn und wirkte dabei viel älter. Glühende Scham machte sich in Atiyahs Körper breit und vermischte sich tief in seiner Seele mit dem Bild von Nazmiyyas orangefarbener und grüner *dishdasha,* die sich an den Brüsten und Hüften über ihren Körper spannte. Seine Rippen pressten sich vor Verlegenheit und – wie ihm schien – vor Verliebtheit gegen sein Herz. Obwohl er wusste, dass alle Augen auf ihn gerichtet waren, spürte er, wie sein Geschlecht hart wurde. Schnell kniete er sich vor Umm Mamduh hin und küsste ihr die Hand, um seine missliche Lage zu verbergen. Aber er konnte noch immer nicht sprechen. Die Haja nahm seinen Kopf in die Hände, zog ihn zu sich hin und stieß unverständliche Worte aus. Ihre Augen rollten in ihren Höhlen herum, und ihr saurer Atem erfüllte den Raum. Plötzlich hielt sie inne, ihre Augen blickten wieder klar. Der Junge stand auf und wirkte größer als je zuvor, ganz so, als hätte er die endgültige Schwelle zum Mann überschritten. Er warf Nazmiyya einen Blick zu, der ihr Starren zähmte und ihr bedeutete, dass er stärker war als sie. Von den Umstehenden bemerkte keiner diesen Blickkontakt, obwohl er für die beiden eine Ewigkeit zu dauern schien. Dann verließ Atiyah den Raum, als wäre nichts geschehen. Das allein war der Beweis dafür, dass Umm Mamduh, die seltsame Frau aus Masriyyin, die keinen Mann, dafür aber drei Kinder hatte, die ihre Notdurft einmal im Fluss verrichtet hatte und gern auf der Weide schlief, eine gesegnete Asyad war, eine der begnadeten Sterblichen, die mit den Dschinn aus einer anderen Welt kommunizieren konnten.

In Beit Daras und den umliegenden Dörfern verbreiteten sich Neuigkeiten schnell, und bald kamen die Leute in Scharen zu Umm Mamduhs Häuschen. Viele waren neugierig auf die Welt des Unsichtbaren. Gibt es noch andere Dschinn in Beit Daras? Wollen die Dschinn ihnen übel? Sind sie freundlich oder böse? Ist es wahr, dass die Dschinn einen freien Willen haben? Sind sie wie wir? Ist es wahr, dass sie mehr als tausend Jahre alt werden? Die meisten Leute aber wollten eine Auskunft in Sachen Liebe. Liebt er mich tatsächlich? Welcher Bewerber ist am besten für meine Tochter? Hat mein Mann vor, sich eine zweite Ehefrau zu nehmen? Oder eine dritte? Alle brachten *bukhur* – Räucherstäbchen – mit, weil Haja Umm Mamduh gesagt hatte, dass die Dschinn sie liebten. Einmal schenkte eine Frau Umm Mamduh ein Fläschchen Parfum aus Litauen, und Sulayman zeigte sich so lange nicht, bis sie es wegwarf. Düfte mit Alkohol stießen den alten Dschinn ab, was viele als Beweis dafür nahmen, dass Sulayman genauso gut ein Engel sein konnte.

7

Es gab eine Zeit in Beit Daras, als meine Groß-Khaltu Mariam ihre hölzerne Traumkiste bekam und ich, noch ehe ich zur Welt gekommen war, die Grenzen von Zeit und Tod überschritt und am Fluss auf sie wartete. Dort brachte ich ihr die geschriebene Sprache bei. Sie lehrte mich alles über Farben, und gemeinsam erfanden wir neue Lieder.

Mariam war hocherfreut, dass so viele Besucher zu ihnen nach Hause kamen und ihre Mutter um Rat baten. Sie brachten Geschenke und hatten Geschichten aus Beit Daras und anderen Dörfern dabei. Immer, wenn sie Mariam und ihre außergewöhnlichen Augen sahen, lobten sie Allah. Nazmiyya nahm Mariam dann beiseite und las ihr die *mu'auidhat*-Verse aus dem Koran vor, um ihre Schwester vor dem *hassad*-Fluch zu bewahren. Manchmal las Nazmiyya die Verse auch laut in Gegenwart der Frauen, um sie dafür zu beschämen, dass sie jemand anderen als Allah, den Schöpfer der Augen ihrer Schwester, mit Komplimenten überhäuften. Mariam war das alles egal. Sie liebte es, im Mittelpunkt zu stehen, und wollte die Gäste am liebsten für sich allein. Sie stritt sich mit Nazmiyya darum, wer das Tablett zu den Gästen hinaustragen durfte, und drohte sogar damit, das gesamte Familiengeschirr fallen zu lassen, wenn ihre Schwester es ihr nicht erlaubte.

»Na gut, kleine Schwester, ich dachte nur, das Tablett ist zu schwer für dich«, sagte Nazmiyya versöhnlich, und der Zorn in Mariams verschiedenfarbigen Augen verwandelte sich in Lächeln, während sie die Tassen ins Zimmer trug.

Mariams Fähigkeit, Auren zu sehen, hatte mit der Zeit nachgelassen, und jetzt, mit sechs Jahren, erkannte sie bloß noch gelegentliche Ausschläge besonders intensiver Gefühle. Aber ihre eigene Innenwelt war immer noch in Farben geordnet. Nachdem sie sich selbst wochenlang Mut zugesprochen hatte, bat sie die Frauen um einen Bleistift, einen kobaltblauen Bleistift, denn das war die Farbe von ihrem Freund Khaled, der immer am Fluss auf sie wartete.

Am nächsten Tag kamen einige Frauen mit Bleistiften und Schreibblöcken und Radiergummis und Anspitzern, alles in einer hübschen, geschnitzten Holzkiste mit Perlmuttintarsien, die das Wort »Allah« bildeten. Mariam nahm das Geschenk mit stiller, zärtlicher Dankbarkeit entgegen. Es war eine hölzerne Kiste der Träume, die Mariam den Rest ihres Lebens mit sich trug. Sie begann, mehr Zeit am Fluss zu verbringen. Bald hielt sie bei Tageslicht nichts mehr zu Hause, ganz gleich, wie sehr Nazmiyya ihrer kleinen Schwester drohte oder wie oft sie ihr eine Abreibung verpasste. Mariam hatte nun ihre Holzkiste, die sie jeden Tag mit an den Fluss nahm, wo Khaled ihr beibrachte, ihren eigenen Namen und die neunundneunzig Namen Allahs zu schreiben. Von da an dauerte es nicht mehr lange, bis sie die Geheimnisse der Sprache entschlüsselt hatte. Sie hörte auf, die Schuljungen zu beobachten, und ging jeden Tag zum Fluss, nachdem sie ihre häuslichen Aufgaben erledigt hatte.

Einige Male folgte Nazmiyya ihrer Schwester, weil sie neugierig war auf Khaled. Aber sie entdeckte ihn nie. Da reimte sie sich zusammen, dass Mariam ihn erfunden hatte, um erklären zu können, warum sie plötzlich schreiben konnte. So richteten sich alle wieder in ihrem Leben ein. Vielleicht waren das die glücklichsten Tage der Familie Baraka. Umm Mamduh wurde respektiert. Mamduh war glücklich mit seiner Arbeit bei dem Imker. Nazmiyya träumte viel und war hübscher denn je.

Zwei Jahre lang kam Mariam täglich am Spätnachmittag nach Hause und zeigte ihrer Schwester voller Eifer, was sie von Khaled gelernt hatte. Nazmiyya überflog die geschriebenen Seiten und barst fast vor Stolz. Sie war sich sicher, dass ihre Schwester das erste Mädchen in Beit Daras sein würde, das Lesen lernte. Einmal, als Nazmiyya ein Gefühl von beinahe unerträglicher Liebe für Mariam verspürte, begann sie zu weinen. Sie nahm Mariams Gesicht in die Hände und beugte sich zu ihr vor. »Du bist der außergewöhnlichste Mensch, den ich kenne, kleine Schwester«, sagte sie. »Denk immer daran, wie besonders du bist und wie sehr du geliebt wirst. Wir werden immer zusammen sein.«

»Geht's dir gut?«, fragte Mariam, die jene gefühlvolle Seite ihrer Schwester bis dahin nicht gekannt hatte.

»Ja! Mir geht es mehr als gut. Ich bin verliebt«, flüsterte Nazmiyya. Mariam starrte sie mit großen Augen an.

»Pst, *habibti.*« Nazmiyya lächelte und legte einen Finger an den Mund. »Ich erzähle dir alles später. Aber das bleibt unser Geheimnis.«

Nazmiyya hatte Mariam gegenüber immer eine mütterliche Rolle eingenommen. Jetzt endlich waren sie auch Schwestern, die sich zusammentun und sich gegenseitig ihre Geheimnisse offenbaren konnten. Mariam, die inzwischen acht Jahre alt war, nahm sich vor, ihrer Schwester zu erklären, wer Khaled wirklich war. Aber noch nicht gleich. Erst mussten sie den vierten *salat* des Tages beten und das Abendessen zubereiten, denn bald würde Mamduh von seiner Arbeit mit den Bienen nach Hause kommen.

8

Meine Groß-Teta Umm Mamduh konnte nicht mit den Unsichtbaren sprechen, abgesehen von Sulayman, einem alten Dschinn, der von seinem Stamm verstoßen worden war, weil er sich in eine Sterbliche verliebt hatte. Mit den Jahren erfuhren die Dorfbewohner davon, was ihren Respekt für Umm Mamduhs Macht nicht minderte. Die Besuche ließen mit der Zeit nach, dauerten aber fort, bis die Geschichte über die Hügel kam und Beit Daras mit dem Wind fortgetragen wurde.

Im Februar 1948 kamen fünf Männer in die Behausung der Familie Baraka. Sie waren Stammesälteste und ausgewählte Mukhtar der wichtigsten Familien von Beit Daras. Normalerweise besuchten diese frommen Männer eine Frau wie Umm Mamduh, die ohne Mann, dafür mit dem Unsichtbaren lebte, nicht. Ihre Gesichter waren streng und nüchtern, gezeichnet vom Alter und der Stammestradition. Sie begrüßten den ältesten Sohn der Haja, Mamduh, mit festem Händedruck und einem Kuss auf jede Wange. Das war ein Zeichen des Respekts für den Mann des Hauses, der damals allerdings erst siebzehn Jahre alt war. Sie erwiesen Umm Mamduh ihre Ehre, indem sie den Blick von ihr abwandten und die rechte Hand auf das Herz legten.

»Willkommen in unserem Haus«, sagte Mamduh und bedeutete den Männern, einzutreten und sich auf die Kissen neben seine Mutter zu setzen.

»Möge Allah dir ein langes Leben schenken, Haja. Wir sind gekommen, um dich und Sulayman um Hilfe zu bitten«, sagte Abu Nidal, der ehrwürdige Mukhtar der Familie Barud. Bevor er noch mehr sagen konnte, schloss Umm Mamduh die Augen und begab sich in eine andere Welt. Sie nahm die Schwere, die die Gäste umgab, in sich auf und murmelte Unverständliches, bis ihr Körper sich mit Echos anfüllte und ihre Haut den Geruch von Ruß absonderte. Dann öffnete sie die Augen.

»Seid ihr gekommen, um zu hören, was die Juden vorhaben?«, fragte sie. Alle nickten, darum fuhr sie fort. »Unsere friedlichen Nachbarn aus dem Kibbuz sind nicht unsere Freunde. Sie schmieden heimtückische Pläne gegen Beit Daras.«

»Bist du dir sicher, Haja? Seit Jahren leben wir in guter Nachbarschaft. Wir haben ihnen Samen gegeben und ihnen beigebracht, das Land zu bestellen. Ihr Arzt hat unsere Leute behandelt und sie wieder gesund gemacht, *insha'allah.*«

»Ich sage euch nur, was Sulayman mir erzählt. Er lügt mich nicht an.«

»Erzähl uns mehr«, baten sie.

»Nur Allah kennt das Unbekannte, und nur sein Wille wird geschehen. Unsere Nachbarn werden sich mit anderen zusammentun, und sie werden das Blut der Bedrawasis von Beit Daras vergießen.« Die Familie Bedrawasi war bekannt für ihren Mut und ihre Kampfeskünste. »Beit Daras wird siegreich sein. Ihr alle werdet kämpfen und überleben, aber einige eurer Brüder und Söhne werden fallen, und das wird nicht das Ende sein. Mehr Juden werden kommen, und der Himmel wird den Tod auf Beit Daras regnen lassen. Die dickköpfigen Bedrawasis von Beit Daras werden sich nicht ergeben. Sie werden siegen. Immer wieder werden sie dem Feind die Stirn bieten, doch der Zorn des

Feindes ist groß. Das Blut der Einheimischen wird von diesen Hügeln aus in den Fluss rinnen, und der Krieg wird verloren gehen.«

Nazmiyya, die inzwischen zwanzig Jahre alt war, erkannte den Ernst dieser Heimsuchung und blieb wie angewurzelt in der Nische zwischen der Küche und dem großen Zimmer stehen und lauschte. Mariam, die neben Nazmiyya kauerte und lauschte, verstand die förmlichen Worte ihrer Mutter nicht ganz, spürte aber die Unruhe, die sie bei den Gästen auslösten. Als sie ihnen den Kaffee servierte, sah Mariam, dass die Männer kerzengerade dasaßen, die Hände im Schoß verschränkt. Winzige, nervöse Zuckungen und das Zittern der Adamsäpfel waren die einzigen Bewegungen im Raum. Sie sahen sich nicht in die Augen, ganz so, als würden sie damit die Verzweiflung eingestehen, die sie zu verbergen versuchten. Nazmiyya zog ihre Schwester zu sich heran und verharrte so mit ihr, während sie der erschütternden Stille lauschten, die vom Boden aus an den Wänden emporstieg. Schließlich tranken die Männer vom Kaffee, und Umm Mamduh sprach wieder. »Nur Allah kennt das Unbekannte, aber wenn Beit Daras sich nicht ergibt, wird dieses Land wiedererstehen, selbst wenn der Krieg verloren geht.«

Keiner verstand die Bedeutung ihrer Worte, und keiner wagte, nach einer Erklärung zu fragen. Es reichte ihnen zu wissen, dass »dieses Land wiedererstehen wird«. Sie klammerten sich an die Worte der Hoffnung und behielten sie bei sich bis zu ihren letzten Tagen, die für einige schon kurz darauf im Krieg kamen, für andere erst viel später im Flüchtlingslager.

»Möge Allah dir ein langes Leben schenken, Haja«, sagte Abu Nidal und legte ein Bündel palästinensischer Geldscheine vor sie hin. »Bitte nimm dies als Entschädigung für deine Mühe.« Aber sie lehnte ab. »Leg dein Schicksal in die Hände Allahs. Vertrau auf Allah und kämpfe für uns, Abu Nidal. Ich nehme kein

Geld an. Allah ist mein Ernährer und mein Beschützer. Mein Sohn wird mit euch kämpfen. Ich werde bleiben, also wird auch Sulayman bleiben und uns helfen, aber du sollst wissen, dass der Feind *afarit* des Iblis mit sich führen wird, Dämonen aus der Tiefe des Dunkels. Möge Allah dir ein langes Leben schenken, und möge er Beit Daras und seine Einwohner schützen.«

9

Mariam und meine Teta Nazmiyya erlauschten an diesem Tag, wie ihre Mutter zu den Mukhtar über Iblis und die afarit *sprach. Iblis war der Teufel, und die* afarit *waren seine schrecklichen Gefolgsleute, aber Mariam verstand nicht, warum sie nach Beit Daras kommen würden. Sie verbarg ihr Gesicht an der Brust ihrer Schwester und umarmte sie fester. Nazmiyya bat Mariam, ihre Holzkiste zu holen und einen Brief für sie zu schreiben. Der Text lautete: »Wenn Du mich heiraten willst, muss Deine Familie morgen kommen.«*

Eine Woche nachdem die Stimme des jungen Mannes von Sulaymans Fluch befreit worden war, hatten er und Nazmiyya im *suq* intensiven Blickkontakt gehabt. Als er vorbeikam, probierte sie gerade einen *niqab* mit hübschen Glöckchen an und setzte ein heftiges Starren auf, das von dem Kajal um ihre Augen noch verstärkt wurde, aber er blieb ganz ruhig. Er kniff die Augen zusammen und tat so, als wollte er ihren Blick kontern, und dann sah er, wie ihre Stirn sich glättete und ihre Augen sich verengten, denn sie lächelte unter dem Schleier. Während sie dem Händler den Schleier zurückgab, wusste sie, ohne hinzusehen, dass Atiyah sie beobachtete.

Viele Male hatten sie sich auf diese Weise getroffen und nur mit den Augen kommuniziert. Ein halbes Jahr später trafen sie sich bei der Ruine der römischen Zitadelle, und Nazmiyya wies noch zwei weitere Jahre jeden Heiratsbewerber ab. Sie musste darauf warten, dass Atiyahs ältere Brüder heirateten, denn erst dann war Atiyah an der Reihe, sich auch eine Braut zu suchen. Jeden ersten Donnerstag im Monat trafen sie sich an ihrem geheimen Ort, und nach einer langen, qualvollen Zeit beschlossen sie endlich, dass es nicht sündhaft war, Händchen zu halten. Von da an entwickelten sie eine eigene, verheißungsvolle Sprache der Finger; sie verschränkten sie ineinander, drückten sich die Hände, streichelten sich die Handflächen.

An Nazmiyyas und Atiyahs Treffpunkt hatte Alexander der Große im Jahre 332 vor Christus Wehranlagen errichtet, nachdem er das aufständische Gaza etwa fünfunddreißig Kilometer südlich belagert hatte. Erzürnt von dem fünf Monate währenden Widerstand der Gazaner gegen den Feldzug seines Heeres nach Ägypten, gelang es ihm schließlich, die Stadt zu erobern. Er tötete alle männlichen Bewohner und ließ Frauen und Kinder als Sklaven verkaufen. Damals waren die Fundamente für jene Zitadelle von Beit Daras gelegt worden, die die Römer Jahrhunderte später dort errichteten. Über zweitausend Jahre später bestanden diese Festungsanlagen nur noch aus abgeschiedenen Ruinen, in denen Nazmiyyas und Atiyahs Liebe versuchte, sich an jedem ersten Donnerstag im Monat durch Händchenhalten ein wenig Erleichterung zu verschaffen.

Aber in den Tagen zwischen ihren Treffen wurden sie von einem nagenden Verlangen gepeinigt, das ihnen keine Ruhe mehr ließ. Sie bemerkten nicht einmal den politischen Tumult um sie herum, bis die Mukhtar zu Umm Mamduh kamen und ihre Eheschließung damit dringlicher machten.

Verschiedene Familienmitglieder versuchten Atiyah von der Heirat abzubringen, doch vergeblich, der junge Mann blieb eisern. Dem Patriarchen der Familie gefiel die Entschlossenheit seines Enkels, und er rief die Männer der Familie zu sich. Trotz der Angst, die Palästina erschütterte, da täglich neue Nachrichten über die Grausamkeiten zionistischer Gangs sowohl gegen Briten als auch Palästinenser bekannt wurden, kam Haj Abu Sarsur mit sechs Männern und einer Mitgift von Gold, um für seinen Enkel um Nazmiyyas Hand anzuhalten.

Alle waren sich einig, dass man unter den herrschenden Gegebenheiten keine Hochzeit abhalten konnte. Aber sobald sich die Verhältnisse beruhigt hätten, so schworen Atiyahs Vater und Großvater, sollte das größte Hochzeitsfest stattfinden, das es im Dorf jemals gegeben hatte. Zunächst einmal holten sie einen *ma'zun,* der die Verbindung von Atiyah und Nazmiyya legitimierte, damit sie *halal* vor Allah war. Eine derartig hastige Trauung mit verschobener Hochzeitsfeier war ungewöhnlich, aber bekanntlich waren auch die Zeiten ungewöhnlich.

Unterdessen verbrachten Nazmiyya und ihre Freundinnen zusammen mit deren Müttern einen Tag in Gazas Türkischem Badehaus bei einer Hautschälung in den Dampfbädern, wo die Frauen ihre Haut abschrubbten, Körperbehaarung auszupften, mit Wachs behandelten und schließlich jeden Teil ihres Körpers mit Lavendelöl massierten. Anschließend ruhten sich Nazmiyya und ihre Begleiterinnen auf antiken heißen Fliesen aus, während sie *karkadeh,* kalten Hibiskustee, tranken und die dichte, mit Eukalyptus erfüllte Luft einatmeten.

10

Damals war ich noch nicht auf der Welt. Aber als ich ins Blau eintrat und mein Zustand sich veränderte, offenbarte Sulayman mir alles. Ich verstehe es zwar nicht ganz, und ich erwarte auch nicht, dass Sie es verstehen. Aber vielleicht können Sie wie ich daran glauben, dass es Wahrheiten gibt, die mit anderen Wahrheiten nicht zusammenpassen und die Zeit von innen her aufrollen.

Die Juden kamen, genau wie Umm Mamduh es vorhergesagt hatte, und sie wurden von den zweitausend Einwohnern von Beit Daras und von ihrem treuen Dschinn Sulayman vertrieben. Doch sie kamen wieder und wieder, erst im März und dann noch einige Male im April 1948, und ihr Zorn wuchs. Wie konnte es auch sein, dass sich ein kleines Dorf voller Bauern und Imker der hervorragend ausgebildeten Hagana widersetzte? Die Juden waren bis an die Zähne bewaffnet und verfügten über Kampfflugzeuge, die sie unter den Augen der Briten aus der Tschechoslowakei ins Land geschmuggelt hatten. Beim letzten Angriff im April waren fünfzig Frauen und Kinder aus Beit Daras an einem einzigen Tag umgekommen. Daraufhin schickten die Männer ihre Familien nach Gaza, während sie selbst die Stellung hielten. »Nur, bis die Kampfhandlungen aufhören«, sagten sie. »Nehmt genügend Sachen mit für ein oder zwei Wochen.«

Hastig packte Nazmiyya einen Rucksack mit Lebensmitteln und den nötigsten Dingen für zwei Wochen und ging an den Fluss, um Mariam zu holen. Sie lief durch das Dorf, vorbei an Wänden der Angst. Die Luft war schwer, sie konnte kaum atmen, und die Leute bewegten sich seltsam abgehackt, als hätten sie vergessen, dass ein Bein dem anderen folgte. Frauen mit Bündeln auf dem Kopf und Kindern auf dem Arm eilten die Straßen entlang und blieben nur ab und zu stehen, um beides wieder zurechtzurücken. Größere Kinder mussten sich anstrengen, um Schritt mit ihren Müttern zu halten. Fassungslosigkeit lag in allen Gesichtern, in die Nazmiyya blickte. Obwohl es so laut und chaotisch um sie herum war, glaubte sie, ihren eigenen Herzschlag zu hören.

Am Fluss wurde die Luft leichter und stieg nach oben, wand sich vorbei an den Ästen der Bäume und brachte die Blätter zum Rauschen. Der Himmel war von einem weichen, klaren Blau, in dem träge die Wolken hingen. Mariam saß an ihren Felsen gelehnt da; es war der Stein, in den sie ihren Namen geritzt hatte, an jenem Tag, an dem sie gelernt hatte, ihn zu schreiben. Ihre hölzerne Traumkiste stand neben ihr, und der Schreibblock lag in ihrem Schoß. Nazmiyya sah, wie ihre Lippen sich bewegten, ganz so, als redete, ja, lachte sie mit sich selbst. In der Hand hielt sie einen Bleistift.

»Da bist du also«, sagte Nazmiyya. »Komm, Mariam. Wir müssen los.« Aber Mariam führte ihre Unterhaltung weiter, als hätte sie ihre Schwester nicht gehört.

Nazmiyya kam näher. »Mit wem redest du da?«

Mariam sprang auf, um ihre Schwester zu umarmen. »Mit Khaled«, erwiderte sie, und Nazmiyya, die niemanden sehen konnte, befürchtete schon, Mariam sei von demselben Wahnsinn befallen worden, der die Welt ihrer Mutter prägte.

»Mariam, ist Khaled ein Dschinn?«

»Nein. Er ist dein Enkelsohn«, sagte Mariam.

Eine Explosion zerriss die Luft.

»Wir müssen los, Mariam. Hast du diesen Knall gehört? Steh jetzt auf und komm mit mir.« Nazmiyya nahm ihre Schwester beim Arm. Mariam sammelte ihre Sachen ein und legte sie in die Holzkiste. Dabei sang sie ein seltsames Lied, das Nazmiyya schon früher von ihr gehört hatte:

Ach, such mich
In dem Blau
Zwischen Himmel und Wasser
Wo die einzige Zeit das Jetzt ist
Wo wir die Ewigkeit sind
Die fließt wie ein Fluss

»Genug! Es ist Zeit«, rief Nazmiyya. »Die Männer bleiben hier, um zu kämpfen, und wir kommen zurück, sobald die Juden verschwunden sind.«

Insha'allah. So Gott will.

Zurück im Dorf erbettelte Mariam von Nazmiyya die Erlaubnis, erst am nächsten Tag zu flüchten, zusammen mit den Nachbarn, die auch nach Gaza wollten. »*Masha'allah,* bitte, Nazmiyya«, bat Mariam und fügte hinzu, dass sie sich mehr Zeit mit ihrer Mutter, mit Mamduh und Atiyah wünsche, die bleiben würden, um das Dorf zu verteidigen, falls die Juden zurückkämen. Nazmiyya, die unsicher und verwirrt war, gab widerwillig nach. Die Nachbarn wollten früh aufbrechen und versprachen, Mariam mitzubringen, *insha'allah.*

So verließ Nazmiyya mit der Familie ihres Ehemannes das Dorf. Ihre Schwester würde am nächsten Tag mit den Nachbarn nachkommen, ihr Bruder und ihr Mann würden bleiben und kämpfen, und ihre Mutter blieb ebenfalls, damit Sulayman helfen konnte. Nazmiyya schloss sich also ohne ihre Familie dem Zug der Menschen nach Gaza an. Den ganzen Weg lang quälten sie die Schreie ihres Herzens, das sie anflehte, zurückzukehren und Mariam zu holen.

Am nächsten Morgen, als die Nachbarfamilie erwachte, war Mariam bereits fort. Sie hatte der Tochter der Familie in der Nacht erklärt, dass sie doch mit Nazmiyya gehen wolle. In Wirklichkeit aber hatte sie sich zu einem Ort außerhalb des Dorfes aufgemacht, wo sich ihr Lieblingsversteckplatz befand. Es war ein Vorsprung im Brunnen, gerade groß genug für ein kleines Kind und seine hölzerne, perlmuttverzierte Traumkiste und einen Beutel mit Brot und Käse. Sie musste Khaled treffen und ihm sagen, wohin sie ging, damit er sie wiederfinden konnte.

Ihr Versteck lag ein Stück entfernt von der Dorfmitte, wo sich die schlimmsten Kämpfe abspielten. An einem normalen Tag hätte Mariam geglaubt, dass das Winseln und Schreien, das sie hörte, Rufe von wilden Tieren waren – Hunde, Ziegen, Esel, Vögel – und dass die Schüsse von Jägern stammten. Aber es war kein normaler Tag. Das Krachen der Bomben und die Erschütterungen des Bodens waren unverkennbar, und sie wusste, dass die gedämpften Laute, die darauf folgten, die Schmerzensschreie der Menschen waren. Fast zwei Tage lang bewegte sich Mariam nicht von dem Vorsprung im Brunnen weg, nicht einmal, als fremdartig sprechende Männer kamen, um Wasser zu holen.

11

Der Krieg veränderte die Menschen. Er erzeugte Feigheit und Mut und schuf Legenden. Er erzählte die Geschichte meiner Groß-Teta, einer seltsamen Frau, die nur aus Liebe bestand, niemals log und sich anders durch die Welt bewegte als die meisten Menschen. Ihre Geschichte wurde viele Male nacherzählt, und in diesen Erzählungen bekam sie den Namen Umm Sulayman, die mutige alte Frau von Beit Daras.

Die Nakba, die Katastrophe, die Palästinas Auslöschung ankündigte, begann schleichend im Jahr 1947, als eine Gräueltat der anderen folgte. In Beit Daras trug sich die entscheidende Schlacht im Mai 1948 zu, bald nachdem die jüdischen Immigranten aus Europa einen neuen Staat namens Israel ausgerufen hatten, dort, wo das uralte Palästina lag. Die Gruppen der Hagana und der Stern nannten sich jetzt Israelische Verteidigungsstreitkräfte und marschierten nach einigen Stunden des Mörserbeschusses in Beit Daras ein. Ein Bataillon der sudanesischen Armee eilte zu Hilfe, kam aber zu spät. Der Wald brannte und zerstörte die Häuser im Norden. Rauchwolken hingen über dem Boden, hüllten die Welt in ein Schwarz und die Toten in dunkle Leichentücher, drangen in die Lungen der Überlebenden ein und ließen sie husten und keuchen, während sie Schutz suchten. Chaos regierte und wurde aufrechterhalten durch immer weitere, längst überflüssige Explosionen, da Beit Daras bereits dahingerafft war vom Nebel des Todes. Die Dorfbewohner, die über Nacht geblieben waren, waren entweder tot oder im letzten Moment doch noch nach Gaza aufgebrochen; der Rest wurde gefangen genommen und nie wieder gesehen.

Diejenigen Palästinenser, die aus den umliegenden Dörfern geflüchtet waren, trafen sich auf einem zentralen Weg nach Gaza, der an Beit Daras vorbeiführte. Haja Umm Mamduh, ihr Sohn Mamduh und Nazmiyyas Ehemann Atiyah hatten überlebt und schlossen sich dem Strom der Flüchtlinge an. Sulayman hatte ihnen geholfen, einer Gefangennahme zu entgehen. Umm Mamduh befahl den beiden jungen Männern, *abbayas,* also Frauengewänder, überzuwerfen, zog dann zwei rote Fäden aus ihrer Thoba und knotete sie den beiden Männern um den Kopf. »Alles unterhalb dieser Schnüre wird der Aufmerksamkeit der Soldaten entgehen, dafür wird Sulayman sorgen«, erklärte Haja Umm Mamduh. »Aber ihr dürft sie nicht entfernen, bis ihr in Sicherheit seid, und dann dürft ihr den Knoten nicht lösen, egal, was passiert!«

Als Mamduh nach draußen trat, verkleidet als Frau, lief ein roter Faden quer über seine Stirn. Er konnte durch den Schleier eine neue Welt aus Asche und die Glut erschöpfter Feuer und erloschener Leben sehen. Der Zorn, der aus der schwarzen Erde emporstieg, machte jede Bewegung schwer, und der unfassbare Verlust von Land und Leben drang ihm in die Lunge und brachte ihn zum Husten. Zusammen mit den Frauen und Kindern dreier anderer Familien waren sie von zionistischen Soldaten zusammengetrieben worden und standen vor einem großen Haufen aus Wertsachen, die sie hatten abgeben müssen: Lebensmittel, Schmuck, Kleider, sogar Fotografien. Mamduh gelang es, ein Foto zu retten; es war das einzige, das die Familie je besessen hatte, und war von einem Journalisten aufgenommen worden, der manchmal nach Beit Daras gekommen war. Er hatte es an einem Tag geknipst, als Nazmiyya zum Fluss gekommen war, um Mariam zu überraschen und Khaled zu sehen. Mamduh steht am Ufer, den Arm um Nazmiyya geschmiegt, die in einer kessen Pose eine Hand an der Hüfte hält. Auch ihre Mutter ist auf dem Bild; sie trägt eine schöne, bestickte Thoba, die sie selbst genäht hat, wirkt aber seltsam abwesend. Mariam, damals vielleicht acht Jahre alt, ist ins Gespräch mit Khaled vertieft, einem etwa zehnjährigen Jungen mit einer weißen Strähne im Haar, und die beiden sitzen vor der Holzkiste der Träume. Als der Fotograf der Familie das Foto übergab, erinnerte sich niemand daran, dass Khaled an jenem Tag dabei gewesen war; bis dahin hatten alle angenommen, dass er nur eine Erfindung von Mariam war.

Mamduh betrachtete das Foto und versuchte, die Vergangenheit zu berühren, den Zeiger der Uhr dazu zu bringen, rückwärts zu laufen. Wortlos stapften sie durch ein Land des Kummers, weg von ihren alten Leben, weg von den Eroberern, die berauscht waren von einer uralten, bösartigen Mischung aus Gier und Macht und Gott.

Wie in Trance machten sich die Dorfbewohner auf den fünfunddreißig Kilometer langen Weg nach Gaza. In einiger Entfernung hörte man einen Schuss – und dann den schrecklichen Schrei einer Frau. Bald darauf vermischten sich die Leute aus Beit Daras mit einem Strom verzweifelter Menschen aus anderen Dörfern. Hin und wieder feuerte ein unsichtbarer Heckenschütze sein Gewehr ab, und ein Mensch fiel einfach um. Man konnte nichts tun, außer die Toten und Verletzten auf Tragen zu legen und weiterzugehen. Mamduh bekam eine Gewehrkugel ins Bein und sackte in sich zusammen, die *abbaya* schlug zurück und entblößte sein nacktes Bein. Sein Schwager, der noch als Frau verkleidet war, versuchte, ihn zu tragen, schaffte es aber nicht. Genauso wenig wie seine Mutter. Aber Sulayman konnte es. Er fuhr in den Körper der alten Frau und hob ihren Sohn an, der fast doppelt so groß und schwer war wie sie, und reihte sich in den Strom der Flüchtenden ein.

Unterwegs sahen sie arabische Soldaten. Oder eher das, was von ihnen übrig war: gedemütigte, bis auf die Unterwäsche ausgezogene Männer. Auch zionistische Soldaten kamen und schossen über die Köpfe der Menschen hinweg, damit niemand es wagen würde, wieder umzukehren. Als die Soldaten eine schmale alte Frau entdeckten, die mühelos einen verwundeten Mann trug, befahlen sie ihr, stehen zu bleiben. Da verdrehte sie die Augen so, dass man nur noch das Weiße sah, und in den Gedärmen der Soldaten bildete sich ein schäumendes Gebräu der Angst. Einer schoss auf die Frau. Blutend fiel sie um und ließ ihren verwundeten Sohn fallen. Doch die Soldaten rührten sich nicht. Ihre Knochen waren zu Schaum geworden und ihre Herzen zu Eis. Dann wurden ihre Gesichter aschfahl und gingen in Flammen auf.

Weitere Soldaten, die herbeieilten, um die Mörder von Umm Mamduh zu retten, wurden vom Feuer erfasst. Am Schluss krümmten sich zwölf verkohlte, uniformierte Männer des neuen jüdischen Staates auf dem Boden, nicht weit entfernt von der Stelle, an der Umm Mamduh und ihr Sohn lagen; sie war tot, er schwer am Bein verwundet. Alle hatten gesehen, wie es passierte.

Die flüchtenden Bewohner von Beit Daras brauchten keine Erklärung für das plötzliche Feuer. Sie wussten, dass es Sulayman war, aber sie marschierten jetzt schneller, denn ihnen war klar, dass noch mehr Soldaten kommen würden, um Vergeltung für ihre verkohlten Kameraden zu üben. Ein Mann warf seine Familienwertsachen weg und lud sich Umm Mamduhs Körper auf die Schultern. Die vielen anderen Leichen mussten wohl oder übel am Straßenrand liegen bleiben, aber Sulaymans Freundin konnten sie auf ihrem langen Weg nicht zurücklassen. Der alte Dschinn hatte doch an ihrer Seite gekämpft!

Da hörten sie eine Frauenstimme: »Alwan!« Nazmiyya kam auf sie zugelaufen, das Haar offen, der Körper nackt unter der zerrissenen und blutigen Kleidung.

12

Teta Nazmiyya hat mit mir über alles Mögliche gesprochen, nur nicht über den Tag, an dem Mariam verschwand. An jenem Tag wurde der Name Alwan in ihr Herz gepflanzt, wo sie ihn später erntete, um ihn meiner Mutter zu geben.

Einst lag das grüne und sandige Gaza an der wichtigsten Handelsroute zwischen Nordafrika, dem Nahen Osten und Europa; es war das Zentrum des Gewürzhandels, der im Mittelalter als das lukrativste Geschäft überhaupt galt. Die Palästinenser aus Gaza waren angesehene Künstler, die schon vor mehr als zweitausend Jahren hochwertigen Schmuck herstellten. Adel und Pilger drängten nach Gaza, und Gelehrte aus der ganzen Welt kamen über die »Via Maris« zur Großen Bibliothek in Alexandria.

Die Familie Baraka und die anderen Dorfbewohner waren freitags manchmal an den Strand von Gaza gefahren, um fröhlich zu schwimmen und Fleisch zu grillen. Nun war derselbe Ort angefüllt von Angst und Elend. Nazmiyya stolperte durch die Menschenmassen, verzweifelt auf der Suche nach ihrer Schwester Mariam. Als sie die Nachbarfamilie endlich gefunden hatte, musste sie erfahren, dass Mariam Beit Daras nicht verlassen hatte, und stürzte von Neuem in tiefe Besorgnis. Sie machte sich Vorwürfe, dass sie Mariam nicht gezwungen hatte, mit ihr zu gehen, und verfluchte ihre kleine Schwester für ihre Sturheit. Sie würde ihr die Ohren lang ziehen, wenn sie sie gefunden hatte! Sie wusste, was sie tun musste, aber zunächst galt es, den Einbruch der Dunkelheit abzuwarten, um Atiyahs Familie abzuschütteln. Sie hätten sie mit Sicherheit zurückgehalten. Darum legte sie sich früh zur Ruhe – sie brauchte Ruhe vor der neuen Reise –, und als sie wenig später aus dem Schlaf schreckte, erinnerte sie sich zum ersten Mal in ihrem Leben an einen Traum. Ein kleines Mädchen mit einem fremden Namen, das aussah wie Mariam – dunkle Locken, aber keine unterschiedlichen Augenfarben –, zeigte ihr einen Stapel beschriebenes Papier und sagte: »Teta, diese Blätter sind von Khaled. Soll ich sie dir vorlesen?« Sie nickte, und das kleine Mädchen sagte: »Hier steht, Mariam wartet auf dich. Sie ist aus dem Brunnen geklettert.«

Obwohl Nazmiyya ihrem Mann Atiyah versprochen hatte, in Gaza auf ihn zu warten, machte sie sich in der Dunkelheit auf nach Beit Daras, trat vorsichtig über und auf die Albträume der Familien, die auf dem Boden schliefen.

Die Nacht war schwarz, dick und weich, ein wenig wie Samt, als Nazmiyya den Wüstenpfad zurück in ihr Dorf nahm. Die Sterne glitzerten am Himmel, aber sie konnte weder erkennen, was vor ihr lag, noch, was sich unter ihren Füßen befand. Sie blieb stehen, um zu beten, und benutzte ihre *abbaya* als Gebetsteppich. Inständig bat sie um Vergebung für ihre Sünden und flehte Allah an, sie zu führen. Wenn Mariam doch noch am Leben wäre! Schließlich bat sie die Erde, ihren Weg von Skorpionen und wilden Tieren zu reinigen. Und tatsächlich, bald konnte sie einen Feuerschein in einiger Entfernung ausmachen und ging vorsichtig in jene Richtung. Allah hatte ihren Weg beleuchtet.

Unterwegs traf sie andere Palästinenser, die in die entgegengesetzte Richtung gingen. Sie konnten sich im Dunkeln spüren und erstarrten vor Angst. »Wer ist da?«, fragte eine Frau auf Arabisch, und Nazmiyya war erleichtert, als sie den Dialekt der bäuerlichen Palästinenser erkannte. »Ich will mich zurück nach Beit Daras durchschlagen, um meine Schwester zu suchen«, erwiderte sie, und die beiden Frauen näherten sich an, sodass sie sich sehen konnten. Ein paar Kinder hielten sich an der Thoba der anderen Frau fest und blieben stumm, als sich die beiden Fremden umarmten wie lange getrennte Familienmitglieder. Die Frau erzählte von unfassbaren Gräueln in ihrem Dorf und warnte Nazmiyya vor einer Rückkehr. »Ich bringe es nicht über die Lippen, was sie den Frauen antun«, sagte sie. Nazmiyya wünschte ihr eine sichere Weiterreise, und beide Frauen beteten für die andere und für sich selbst. Dann machte die Fremde sich auf zu den Gestaden von Gaza, während Nazmiyya dem Feuerschein entgegenging.

Es wurde beinahe schon hell, als Nazmiyya den Brunnen in Beit Daras erreichte, in dem Mariam sich oft versteckt hatte, wenn sie mit den anderen Kindern spielte. Leise rief sie in den Brunnenschacht hinein, bekam aber keine Antwort. Sie war müde, schmutzig und durstig, hatte Blasen an den Füßen und Sand in der Nase. Das Feuer war erloschen. Nazmiyya konnte Soldaten sehen, die kreuz und quer über die verbrannte Erde liefen. Die meisten hielten sich auf dem Hügel auf und plünderten die größeren Häuser. Bis zum Masriyyin-Viertel waren sie noch nicht vorgedrungen, sodass Nazmiyya sich unentdeckt zu ihrem Haus durchschlagen konnte. Sie ging in jeden Raum, flüsterte Mariams Namen, aber niemand war da. Sie sah in die Küche und ins Badezimmer, dann in die kleine Nische zwischen der Küche und dem großen Zimmer – dort, wo sie immer gestanden und gelauscht hatten. Kurz hielt sie inne, bevor sie um die Ecke bog. Das war der letzte Ort, an dem Mariam sich aufhalten konnte. *Bitte, Allah, lass sie dort sein.*

Und tatsächlich: Da schlief Mariam, eingerollt auf dem Boden, die Knie angezogen, die hölzerne Traumkiste an die Brust gedrückt. Nazmiyya ließ sich auf den Boden sinken und umarmte ihre Schwester. »Oh, Mariam, *habibti!*«, schluchzte sie, und Angst und Erschöpfung fielen von ihr ab.

Mariam erwachte, klammerte sich an Nazmiyya und weinte an ihrer Brust. Durch das Fenster sahen sie, dass einige Dorfbewohner die Erlaubnis bekamen, das Dorf zu verlassen. Soldaten nahmen ihnen ihre Habseligkeiten und ihren Schmuck ab, ließen sie dann aber gehen. Nazmiyya schöpfte neue Hoffnung. Es war eine gute Entscheidung gewesen, zurückzukehren. Allah zu vertrauen. Alles würde gut werden. Sie würden den Soldaten alles geben, was sie besaßen, und sich wieder auf den Weg nach Gaza machen. Die fünfunddreißig Kilometer würden sie noch schaffen. Sie würden unversehrt bleiben. *Allahu akbar.*

Nazmiyya zog ihre Schwester zu sich heran, als wollte sie sie in ihren Körper einhüllen. Sie küsste das Gesicht ihrer Schwester und begann zu weinen. Ihre Tränen liefen über Mariams Gesicht und spülten den Ruß weg.

Keine von beiden sah oder hörte die zwei Soldaten, bis einer der beiden Nazmiyya den Schleier vom Kopf zog. Mariam keuchte vor Entsetzen. Nazmiyyas üppige Kupferlocken atmeten ein und aus, sausten durch die Luft, als sie sich umdrehte, um ihren Angreifern ins Gesicht zu sehen. Ihre durchdringenden Augen brachten die Soldaten dazu, einen Schritt zurückzutreten. Sie sahen sich an und lächelten. Sie sprachen nicht dieselbe Sprache und benutzten Gesten, um sich zu verständigen. Nazmiyya stellte sich vor ihre Schwester und nahm ihre drei goldenen Armbänder ab – die *shabka* ihrer Mitgift. Ihr Ehemann hatte sie ihr entgegen der Tradition schon vor der geplanten Hochzeit um die Handgelenke gelegt. Der eine Soldat nahm sie an sich, aber der andere schien an Gold nicht interessiert zu sein und ließ Nazmiyya nicht aus den Augen. Er trat an sie heran und roch an ihrem Haar. Dann schloss er die Augen, packte

Nazmiyya am Hinterkopf und zwang ihr Gesicht an seinen Schritt.

Als die Soldaten Nazmiyya herumschubsten, ihr die Kleider zerrissen, sie auf die Knie zwangen und sie auszogen, befahl sie Mariam, sich umzudrehen und die Augen fest zu schließen. Sie sagte zu ihr, dass es bald vorbei sein würde und sie danach weitergehen dürften. Sie würde das alles schon irgendwie aushalten.

Nazmiyya verstand nicht, warum der Soldat schrie, bevor er in sie eindrang. Sie biss die Zähne zusammen und hielt die Qual der Vergewaltigung in ihrem Mund fest, damit sie nicht entwich und Mariams Ohren erreichte.

»Schrei!«, befahl ihr der Soldat in seiner eigenen Sprache, als er noch fester zustieß. »Schrei!« Er zog sie an den Haaren hoch, aber Nazmiyya verstand weder seine Worte noch sein Verlangen danach, sie leiden zu sehen. Sie ließ alles weiterhin so still wie möglich über sich ergehen. Wo war Mariam? Sie konnte sie nicht sehen. War sie weggegangen? Sie schloss die Augen und dachte an ihren Ehemann Atiyah, an diesen edlen Mann und an ihre erste Nacht zusammen. Auch damals hatte sie jedes Geräusch unterdrückt, denn sie wusste, dass seine Mutter und seine Schwestern vermutlich hinter der Schlafzimmertür standen und lauschten. Sie schüttelte unwillkürlich den Kopf in dem Versuch, jene Erinnerung von der Realität zu trennen. Der Soldat aber dachte, sie widersetze sich ihm – was ihm gefiel.

Dann übernahm der zweite Soldat den Platz des ersten und versuchte, in ihren Mund einzudringen. Immer wieder schlug er sie. »Schrei!«, rief er. »Schrei!«

Sie sah seine Augen: graue Schlitze über fetten Tränensäcken. Seine Lippen waren mit Sabber bedeckt, und Schweiß rann ihm von der Stirn. Ihr Kiefer verschloss sich immer fester; das machte den Soldaten wütend. Er wandte sich von ihr ab und murmelte in seiner Sprache: »Ich weiß, wie ich diese Hure zum Schreien bringen werde!«

Er ging, und als er wiederkam, zog er Mariam an den Haaren hinter sich her wie eine leblose Puppe. Die hölzerne Traumkiste hielt sie noch immer an die Brust gedrückt. Eine endlose Sekunde lang sahen die Schwestern sich an, aber nicht lang genug, um noch ein Wort zu wechseln, denn dann ertönte ein lauter Knall, und eine Kugel flog durch Mariams Kopf und weiter in die Ewigkeit hinein. Ihre hölzerne Traumkiste fiel herunter, öffnete sich und ergoss ihren Inhalt auf den Boden. Nazmiyya erfasste sofort die schreckliche Wahrheit: Die Sonne ihres Lebens würde nie mehr vollständig aufgehen. Ein herzzerreißender Schrei, der tief aus ihrem Inneren zu kommen schien, entrang sich ihrer Kehle.

Der Soldat mit den grauen Augen lachte. Ihr Schreien erregte ihn, und er stürzte sich von Neuem auf diese üppige arabische Frau. Nazmiyyas Wehgeschrei verstummte nicht, als er in ihrem Körper ejakulierte. Dann kam der andere und beschmutzte sie. Nazmiyya starrte währenddessen nur auf Mariam, die in einer sich vergrößernden roten Lache auf dem Boden lag. Nazmiyya schrie immer weiter. Wenn sie mit ihrer Stimme die Realität zerreißen konnte, brauchte sie sich ihr nie mehr zu stellen.

Zwei weitere Soldaten erschienen, offenbar angelockt durch die grausame Szene, die sich hier abspielte. An den Haaren zogen sie sie in eine andere Position. Inzwischen war auch Nazmiyyas stolzes Haar besiegt in sich zusammengefallen und tropfte vor Schweiß. Während die neuen Soldaten immer wieder in sie eindrangen, wich alles Leben aus ihr, gab ihren Körper auf. Als sie mit ihr fertig waren, lag sie nur noch da. Ihre Tränen trockneten, und schließlich resignierte auch ihre Stimme und ergab sich der Stille der Todessehnsucht. Nazmiyya wartete darauf, dass sie auch sie töten würden.

Plötzlich bewegte Mariam sich. Sie erhob sich aus dem Körper, der dort am Boden lag, kam zu Nazmiyya herüber und kniete sich neben sie. Sie nahm das geschwollene, tränenverkrustete Gesicht ihrer Schwester in ihre kleinen, knochigen Hände und wiederholte die Worte, die schon einmal zwischen ihnen beiden gesprochen worden waren. »Du bist der außergewöhnlichste Mensch, den ich kenne, meine große Schwester. Denk immer daran, wie besonders du bist und wie sehr du geliebt wirst. Wir werden immer zusammen sein.«

»Ich verstehe das nicht. Wie kannst du zu mir sprechen?«, fragte Nazmiyya, ohne ein Wort zu sagen.

»Alles, was geschieht, ist vorherbestimmt. Eines Tages wird alles zu Ende sein«, sagte Mariam, während ihr lebloser Körper inmitten ihres Blutes lag. »Es gibt keine Stunden mehr, keine Soldaten und keine Länder. Die schlimmsten Schmerzen und die größten Triumphe werden sich in nichts auflösen. Nur diese Liebe wird bestehen.«

Nazmiyya versuchte, den Körper ihrer Schwester anzuheben. Aber die Erscheinung sprach weiter. »Bitte lass mich hier liegen. Ich möchte Beit Daras nicht verlassen. Du musst jetzt gehen. Du sollst eine Tochter bekommen und sie Alwan nennen. Fort jetzt!«

»Fort jetzt!« Ein israelischer Offizier befahl seinen Männern, von der Araberin abzulassen und die Leiche des Kindes zusammen mit den anderen zu verbrennen. Ohne ein Wort und ohne jemanden anzusehen, beschwor Nazmiyya eine große Wut herauf, die ihr ermöglichte, die Blätter, den Schreibblock und die Bleistifte ihrer Schwester einzusammeln. Sie bedeckte ihre Brüste mit Mariams Holzkiste und dem, was von ihren zerrissenen Kleidern noch übrig war. Dann humpelte sie davon, ohne sich ein einziges Mal umzusehen.

Den Soldaten war das offenbar egal. Keiner berührte sie oder rief ihr nach. Und wenn sie es getan hätten, wäre es ohnehin an ihr abgeprallt. Sie war leer. Sie setzte einen Fuß vor den anderen, getragen von den Worten ihrer kleinen Schwester. Dem Gefühl ihrer Hände auf ihren Wangen. Der Reife in Mariams Stimme. Der Liebe. Als sie zum ersten Mal ihre Umgebung betrachtete, merkte sie, dass sie schon sechs Kilometer Richtung Gaza gelaufen war, wo die anderen palästinensischen Flüchtlinge zusammenkamen. In diesem Moment sah sie einige Männer, die von Flammen umschlossen waren. Als sie näher kam, erkannte sie, dass es zionistische Soldaten waren, und dann sah sie ihre Mutter und Mamduh auf dem Boden liegen. Nazmiyya rannte los und wollte ihnen etwas zurufen, aber ihre Kehle war noch immer verschlossen. Die Wut und die Entschlossenheit, die sie bis hierher getragen hatten, lösten sich auf, und ihre Knie wurden weich. Doch sie zwang sich zum Weitergehen, und als ihre Stimme wieder befreit war, kam ihr ein Versprechen aus einer anderen Zeit und einem anderen Ort über die Lippen.

»Alwan!« Das war alles, was sie rufen konnte, und sie schrie diesen Namen immer wieder in den Wind hinein, bis sie erreicht hatte, was von ihrer Familie noch übrig war.

Teil II

Doch die Gewalt einer fremden Geschichte
verbrannte die dahindümpelnden Tage der Heimat,
und das Mittelmeer überspülte die Wunden
unserer Geschichte an den Ufern von Gaza

13

Meine Teta Nazmiyya hängte jeden Morgen den Himmel auf; er war wie ein saphirblaues Laken, das im Luftzug an der Wäscheleine tanzte.

Die Flüchtlinge schleppten sich tagelang weiter, vollkommen außer sich. Noch wochenlang mangelte es an Zelten, sodass sie auf dem Boden schlafen mussten, auf den Steinen, ungeschützt vor Insekten und wilden Tieren. Die Palästinenser, die Fleiß und Frömmigkeit im Blut hatten, erwachten aus Gewohnheit noch immer vor Sonnenaufgang; ihr Schicksal schlief allerdings träge in den Morgen hinein und bescherte ihnen eine immer gleiche Abfolge ihrer Tage. Brav reihten sie sich in die Schlangen ein: fünfmal am Tag für das *salat*-Gebet, zweimal für Brot und Suppe, jedes Mal, wenn sie die Toiletten aufsuchten. Die Schlangen wurden auch ein Teil ihrer Träume und ihrer rebellischen Fantasien. Wenn sie daran dachten, Widerstand zu leisten, malten sie sich aus, wie sie sich für eine Waffe anstellten und dann in ordentlichen Reihen losmarschierten. Als die Funktionäre der Vereinten Nationen kamen, stellten sie sich in die Schlange, um ihre Namen in die Liste der palästinensischen Flüchtlinge aufnehmen zu lassen. Handschriftlich trug man sie in dicke Notizbücher ein. Im Gegenzug bekamen sie ein schmales Büchlein, in das sie für jede erhaltene Essensration einen Stempel setzen lassen mussten. Als sich die schlimme Lage auch über Jahre hinweg nicht besserte und zur neuen Realität geworden war, klammerten sich die Flüchtlinge umso heftiger an alles, was die Heimat symbolisierte, damit sie etwas hatten, das sie ihren Kindern hinterlassen konnten. Die Verpflegungsbüchlein wurden so zu einem Stück Identität, das weitervererbt wurde und manchmal auch den Weg in ein Museum fand, wo es hinter Glas zu besichtigen war.

Als Nazmiyya an jenem schicksalhaften Tag im Jahr 1948 aufstand und ihren Vergewaltigern den Rücken kehrte, ohne auch nur einmal angehalten zu werden, begriff sie, dass Mariam noch immer bei ihr war. Das, was sie gesehen hatte, war keine Halluzination gewesen. Mariams beharrliche Seele beschützte sie. Daran glaubte sie ganz fest, und sie zweifelte auch nie an der Tatsache, dass ihre Schwester sie hören konnte. Sie sprach oft mit ihr. Am Anfang wunderte Atiyah sich darüber, dass seine Frau beim Putzen, Baden und Waschen Selbstgespräche führte. Nach jedem *salat* sagte sie: »*Habibti*, Mariam.« Bevor Atiyah und seine Frau sich liebten, ermahnte sie Mariam immer, nicht hinzusehen. Mit der Zeit gewöhnte Atiyah sich daran und fand es irgendwann nicht mehr unwahrscheinlich, dass Mariam von einem anderen Ort aus tatsächlich über seine Familie wachte. Immerhin war er ja selbst einmal von Sulayman zum Verstummen gebracht worden, woran Nazmiyya ihn gern erinnerte.

»Zweifele nicht an der Existenz einer Sache, bloß weil du sie nicht hören oder sehen kannst, lieber Mann. Ich weiß, dass ich Mariam an jenem Tag gesehen habe, genau wie ich dich jetzt vor mir sehe. Ihr haben wir es zu verdanken, dass wir die Reise hierher überlebt haben. Du weißt ja, dass die zionistischen Soldaten im Blutrausch waren, nachdem Sulayman einige von ihnen in Flammen aufgehen ließ.«

Als ihr erstes Kind geboren wurde, ein Junge mit grauen Augen, erkannte Nazmiyya die Augen ihres Vergewaltigers und schrie wütend auf die Schatten ein. »Das ist der Sohn des Teufels. Will Allah mich auf die Probe stellen? Wie könnte ich dieses Balg lieben? Wie könnte ich den Sohn des Teufels lieben?« *Istagfirullah!* Die Hebamme legte Nazmiyya das Baby an die Brust, doch sie schob es von sich und flehte weiter das Unsichtbare an. »Mariam, sag mir, was hier vorgeht!«

»Durch die Wehen bist du jetzt nicht Herrin deiner Sinne, aber du musst mit diesem wirren Gerede aufhören, sonst verhungert das Baby«, warnte die Hebamme.

Nazmiyya wandte den Kopf ab und entdeckte etwas in der Zimmerecke. Sie grinste, dann lachte sie. Aber es war ein seltsames Gelächter. Die Hebamme, eine Frau aus Beit Daras, erinnerte sich an die Haja, die ihre Notdurft im Fluss verrichtet hatte und mit dem Dschinn sprach, und schloss daraus, dass Nazmiyya die Tochter ihrer Mutter war und gerade mit der verbotenen Dimension sprach. Die Frau folgte Nazmiyyas Blick, konnte in der Zimmerecke aber nichts außer einem Stapel Kinderzeichnungen in einer Holzkiste entdecken. Eilig packte sie ihre Sachen, murmelte Koranverse und verließ das Zimmer in solcher Hast, dass sie vergaß, dem vor dem Haus wartenden Ehemann ihren Lohn abzufordern.

Atiyah wickelte sein Erstgeborenes in ein Tuch und blickte in Nazmiyyas leere Augen. Er konnte das Baby einfach nicht beruhigen, darum versuchte er, Nazmiyya dazu zu bringen, es zu stillen. Er strich ihr über das Haar, legte ihr das Kind in die widerwilligen Arme und nahm es wieder an sich. Es war nichts zu machen, und der Hunger zermürbte sowohl das Kind als auch den Vater.

»Wie sollen wir unseren Erstgeborenen nennen, Nazmiyya? Wie wäre es mit Mazen? Möchtest du Umm Mazen sein, meine Teure? Gib ihm jetzt doch die Brust.«

»Nenn ihn Iblis!«, rief sie. Teufel.

Atiyah ging nervös auf und ab. Der kleine Junge schrie jetzt nicht nur vor Hunger, sondern auch vor Verlassenheit. Schließlich schlug Atiyah seine Frau ins Gesicht, mit der ganzen Kraft seiner Verzweiflung. »Nazmiyya! Du wirst dieses Kind jetzt stillen, oder ich werde mich – bei Allah – von dir scheiden lassen!«

Nazmiyya blickte in das Gesicht ihres Mannes und sah Augen aus Stahl, die tränenumflort glänzten. Da streckte sie die Arme aus, nahm ihm das Kind ab und legte es an die Brust. Der Kleine trank mit einer Heftigkeit, die sie zunächst abstieß. Aber bald entstand aus dem Nuckeln des Kindes ein Rhythmus, der sie durchströmte wie ein Fluss. Sie wiegte sich träge hin und her, fasziniert von der unantastbaren Verbindung seines Mundes zu ihrer Brust. So wurden Mutter und Sohn langsam zu einer Einheit, und stille Tränen rannen ihr über die Wangen. Atiyah nahm ihre Hand, und seine Finger tanzten mit ihren, so wie es jeden ersten Donnerstag im Monat gewesen war – an einem unwiederbringlichen Ort, in einer unwiederbringlichen Zeit.

Später sprach Nazmiyya wieder mit Mariam. »Bitte bleib bei mir, Schwester.«

Manchmal bat Nazmiyya ihre Schwester um ein Zeichen, dass sie noch da war. »Ich werde deine Anwesenheit niemals anzweifeln, Schwester«, sagte sie, im neunten Monat schwanger mit dem vierten Kind, während sie gerade die ersten drei badete – alles Jungen, die jeweils zehn Monate voneinander trennten. Mit jeder neuen Schwangerschaft betete Nazmiyya für das Mädchen, das sie Alwan nennen sollte. »Gib mir doch ein Zeichen, Schwester.« Ab und zu öffnete sie Mariams Holzkiste und blätterte durch die Papiere, die sie nicht verstehen konnte. Dann wünschte sie sich, sie könnte lesen. Vorsichtig legte sie die Papiere wieder zurück und stellte die Kiste zwischen die gefaltete

Wäsche auf das höchste Regalbrett, sodass die Kinder sie nicht erreichen konnten.

Als sie ihren fünften Sohn gebar, war der Schmerz des Gebärens für sie bereits ähnlich wie die Kälte im Winter oder die Hitze im Sommer: bisweilen schwer auszuhalten, aber wohlbekannt und nicht mehr furchterregend. Sie lief umher, hockte sich hin und presste immer wieder, bis das Kind so weit war und die Hebamme es herausziehen konnte. Nazmiyya hielt vor Aufregung den Atem an. »Was ist es dieses Mal?« Wieder ein Junge. Sie holte tief Luft, kniff die Augen zu und zog die Stirn kraus. Noch einmal würde sie eine Schwangerschaft erdulden müssen, damit ihre Tochter Alwan geboren werden konnte. Langsam stieß sie ihre Enttäuschung aus und bat Allah darum, dass das nächste Kind ein Mädchen sein würde.

14

Die Witwe des Imkers hatte keine Blutsbande zu uns, nur Bande der Liebe. Diese kinderlose Frau war überall glücklich, solange sie ihre Hände nur in fruchtbare Erde schlagen und mit ihren Pflanzen reden konnte. Solange der lebensspendende Dreck unter ihren Nägeln gedieh.

Mamduh starrte auf sein Zuteilungsbüchlein vom Hilfswerk der Vereinten Nationen für Palästina-Flüchtlinge, in dem geschrieben stand, dass er der Haushaltsvorstand sei. Aber einen Haushalt gab es nicht. Er lebte in einem Zelt, das er mit seiner Schwester Nazmiyya, deren Ehemann Atiyah, ihren Kindern und Atiyahs Eltern teilte. Er war selten dort. Während der ersten zwei Jahre nach der Vertreibung aus Beit Daras schlief er am Strand von Gaza unter dem Sternenhimmel. Er fand Arbeit als Gehilfe eines Schmieds und gab ein Drittel seines Lohns an seine Schwester Nazmiyya weiter, ein anderes Drittel an die Witwe des alten Imkers. Das fand er nur angemessen, denn er wollte den Mann ehren, der ihm ein Ersatzvater gewesen war. Aber es gab noch einen weiteren Grund. Während seiner Jahre als Lehrling des Imkers hatte er sich in dessen jüngste Tochter, Yasmin, verliebt. Die beiden sprachen nie darüber und lebten die gegenseitige Zuneigung natürlich auch nie aus, denn sie war anderweitig verlobt gewesen und hatte bald geheiratet. Selbst nachdem ihr Ehemann von den Juden getötet worden war, hatten sie und Mamduh, der regelmäßig vorbeikam und ihrer Stiefmutter das Geld überbrachte, sich nur ganz selten mit Blicken über ihre Gefühle verständigt.

Die Witwe des Imkers war eine fröhliche Frau, die gern kochte, auch noch nach den vielen Schicksalsschlägen, die sie hatte erdulden müssen: Krieg, Vertreibung, Verwitwung, Armut. Sie war die dritte Frau des Imkers gewesen, nicht viel älter als Yasmin. Die beiden Frauen hatten zu Friedenszeiten kein besonders enges Verhältnis zueinander gehabt, waren jetzt aber als die einzigen Überlebenden ihrer Familie zusammengewachsen. Sie litten an denselben Wunden und Verlusten und teilten die Liebe zu gutem Essen. Die Witwe verbrachte ihre Tage meist damit, zu kochen und sich die besten Zutaten für das Mahl des nächsten Tages zu sichern. Schon nach wenigen Wochen des Lebens im Zelt war ihr gebrochenes Herz wieder ein wenig geheilt, und sie suchte nach einem Stückchen Land, auf dem sie einen kleinen Garten anlegen konnte.

Jeden Tag erntete die Witwe des Imkers die Früchte ihrer Bemühungen. Ihr selbst gezogenes Gemüse tauschte sie gegen frische Ziegenmilch, die sie zu Butter stampfte, zu Quark und Joghurt oder Laban verarbeitete oder zu Käse machte. Sie tauschte ihre Rote Bete, ihren Kohl, ihre Gurken und Kartoffeln auch gegen Hühner und Eier ein. Während die anderen Frauen schicksalsergeben in ihren Zelten saßen und auf die Zeitung des nächsten Tages, die nächste Essenszuteilung, irgendeine Neuigkeit, den Regen, den Sonnenuntergang oder auf die Rückreise nach Beit Daras warteten, verbreitete die Witwe des Imkers eine Stimmung der Normalität. Sie inspirierte die anderen Frauen, die begannen, sich um die Verschönerung ihrer provisorischen Behausungen zu kümmern. Bald trafen sich die Frauen wieder so wie früher, um zusammen die Wäsche zu waschen, zu tratschen,

Weinblätter zu rollen, Reiskörner nach Steinchen und Insekten zu durchsuchen. Ihre Ehemänner stellten Ständer für Wäscheleinen auf, bauten Gemeinschaftsküchen und unterirdische Öfen, in denen die Frauen Brot backen konnten. In dieser Zeit, in der Nationen erschüttert wurden und kollektive Trauer in die Geschichte einsickerte, um über Generationen weitergegeben zu werden, kehrten die Flüchtlinge von Beit Daras zurück zu ihren fröhlichen Witzen, zu Klatsch und Tratsch. Während sie darauf warteten, zurück nach Hause gehen zu dürfen, wurden Babys geboren und Hochzeiten geplant. Die Banalitäten des täglichen Lebens holten sie heraus aus ihren Zelten und hinein in die Gemeinschaft, wo sie zusammen beteten, den Morgenkaffee und den Nachmittagstee tranken. Der Krieg hatte alle gleichgemacht, jetzt galten weder große Namen noch ehemals große Vermögen etwas. Alle schliefen in denselben Zelten, die in exakt angeordneten Reihen auf den offenen, schattenlosen Feldern standen. Alle Kinder spielten zusammen, und bald gingen alle, Jungen und Mädchen, in den Schulunterricht, der unter freiem Himmel oder im Zelt abgehalten wurde. Inmitten ihres neuen verunstalteten Schicksals kehrten die Menschen wieder zu ihren früheren Verhaltensweisen zurück: Halunken, Heilige, Klatschtanten, Mütter, Huren, Frömmler, Kommunisten, Egoisten, Hedonisten und auch alle anderen *-isten.*

Mit der Zeit wurden die Stoffzelte durch Hütten aus Lehmziegeln und Wellblech ersetzt, und in den Flüchtlingslagern entstand eine Subkultur aus eisernem Stolz, Trotz und dem festen Glauben an ein würdevolles Heim, ganz egal, wie lange man daran baute oder wie viel es kostete. Die Flüchtlingslager wurden zum Epizentrum eines der kompliziertesten Orte auf der Welt und zum Geburtsort einiger der größten arabischen Dichter und Künstler. Und dort, mitten im Herzen der nationalen Heimatlosigkeit, wurde die Behausung der Witwe zu einem Quell des Lebens, der den Duft von Zwiebeln, Rosmarin, Zimt, Kardamom und Koriander im Lager verströmte und auf diese Weise Erinnerungen, Geschichten und Hoffnung verbreitete. Zu den Essenszeiten war ihre Hütte immer voller Menschen. Nachbarn, neue Freunde, alte Freunde. Und einmal im Monat kam auch Mamduh. Sein Gang war unrund, aber er gab sich enorme Mühe, so elegant und aufrecht wie möglich zu laufen. Die Kugel, die während der Nakba in sein Bein eingedrungen war, hatte eine Wachstumsfuge beschädigt und jenen Bereich vom weiteren Wachstum abgehalten, während sein restlicher Körper sich ganz normal entwickelt hatte. Dadurch wirkten sein Gang und seine Bewegungen etwas eigentümlich. In einen Schuh hatte er sich eine Erhöhung gebastelt, doch sie half nur begrenzt.

Die Witwe des Imkers bereitete Mamduh immer seine Lieblingsgerichte: Gartengemüse mit einer besonderen *hashwah,* einer Füllung aus ihrer eigenen Gewürzmischung, Reis und Fleisch. Mamduh liebte ganz besonders *kosa,* gefüllte Zucchini in scharfer Tomatensauce. Das Essen bei ihr an jedem Zahltag war ihm eine besondere Freude, nicht nur wegen der köstlichen Mahlzeiten, sondern auch, weil er Yasmin zu sehen bekam. Alle ahnten, dass er eines Tages, wenn er genug Geld für eine Familie gespart hatte, um ihre Hand anhalten würde.

Tatsächlich sparte er das letzte Drittel seines Lohns genau für diesen Zweck, und in weniger als einem Jahr hatte er genug beisammen, um in Kairo nach Arbeit suchen zu können. Dort bekam er eine Stelle bei einem großen Bauunternehmen. Bevor er nach Kairo aufbrach – damals das Verwaltungszentrum, dem Gaza unterstand –, nahm er seine Schwester und deren Mann mit in das Haus der Witwe, um sie um Yasmins Hand zu bitten. Er brachte eine bescheidene Mitgift von zweihundert ägyptischen Pfund und eine Verlobungs-*shabka* in Form einer Goldkette mit passenden Ohrringen. Um Yasmin in der Familie willkommen zu heißen, nahm Nazmiyya eins ihrer beiden *shabka*-Armbänder ab – die ihr Ehemann nachgekauft hatte, um die von den Soldaten gestohlenen zu ersetzen – und legte es ihrer zukünftigen Schwägerin liebevoll um das Handgelenk. Die Frauen stimmten das traditionelle *zagharit* an, ein Freudengeheul, das aus tiefstem Herzen kam und allen zeigte, wie glücklich sie waren.

Das Zungentrillern verkündete der Welt, dass Yasmin Ja gesagt hatte. Eine spontane Feier begann. Die Nachbarn warteten bereits erwartungsvoll vor Yasmins Hütte, denn eine bevorstehende Hochzeit konnte man in palästinensischen Gemeinschaften nie geheim halten. Und erst recht nicht hier, in den beengten Verhältnissen des Flüchtlingslagers, wo so gut wie jeder alles über jeden wusste. Man tanzte und sang bis in die Nacht hinein. Die Witwe des Imkers und Nazmiyya – als die weiblichen Verwandten von Braut und Bräutigam – verkündeten, dass die offizielle Verlobungsfeier in zwei Wochen stattfinden und dass Mamduh danach allein nach Kairo gehen werde, um Geld für die Hochzeit und den neuen Hausstand zu verdienen.

Am Tag der Verlobungsfeier kaufte die Witwe des Imkers Fleisch auf Kredit; später würde sie die Schuld mit frischem Gemüse begleichen. Dann kochte sie ein Festmahl aus zartem Lammfleisch in Kreuzkümmel, Zimt und Piment mit gerösteten Pinienkernen auf Reis, gerollten Weinblättern, gefüllten Zucchini, verschiedenen Salaten, Mezze und Gurke in Joghurtsauce mit Pfefferminze und Knoblauch. Von jenem Mahl sprach man noch Wochen später. »Niemand kann kochen wie die Witwe des Imkers«, sagten alle. Und Mamduh erwiderte: »Das stimmt, denn sie kocht mit dem Herzen.« Die weiblichen Gäste redeten freundlich über Mamduh. Sie fanden, Yasmin hätte Glück gehabt mit ihm, obwohl er ein lahmes Bein und keine Familie hatte bis auf eine Schwester. Eine Frau gab ein missbilligendes Geräusch von sich und sagte: »Jeder weiß doch, dass diese Nazmiyya schamlos über alle herzieht, das ist wirklich nichts, auf das man stolz sein könnte.« Eine andere widersprach. »Allah beschütze uns lieber vor deiner Zunge«, sagte sie. »Diese arme Frau ist seit dem Krieg so still wie eine Maus und spuckt ein Baby nach dem anderen aus. Beiß dir auf die Zunge und bereue deine Worte. Ich lasse nicht zu, dass du so über Umm Mazen redest, und das am schönsten Tag ihres Bruders!«

15

Nachdem Israel ihnen alles genommen hatte, waren die Palästinenser plötzlich heimatlose Flüchtlinge. Das brachte ihnen das Mitgefühl der arabischen Welt ein, führte aber auch zu einem Exodus der besten palästinensischen Köpfe in die Nachbarländer. Auch diejenigen, die früher stolze Bauern gewesen waren, mussten irgendwie ihr Brot verdienen und wurden Tagelöhner, die in andere Länder zogen. Mein Groß-Khalu Mamduh wurde Teil dieser Arbeiterströme und entfernte sich bald immer weiter von uns.

In Kairo arbeitete Mamduh wie ein Besessener. Er lebte in einem Wohnheim, zusammen mit anderen Arbeitern aus Palästina. Jeden Tag erwachte er zum *adhan,* der die Gläubigen zum Gebet rief. Den Morgen-*salat* führte er noch vor der Arbeit aus, und am Ende des Tages hatte er bloß noch die Kraft, mit seinen Kameraden zu Abend zu essen und eine Tasse Tee zu trinken, bevor er erschöpft ins Bett fiel. Manchmal blieb er noch ein bisschen wach, um sein Geld zu zählen, das er stets in einem Brustbeutel aufbewahrte, bis er es Yasmin zur sicheren Verwahrung übergeben konnte. Zwei Tage im Monat nahm er sich frei, um nach Gaza zu fahren; am Tag zuvor bereiteten die Witwe des Imkers, Yasmin und Nazmiyya seine Lieblingsgerichte zu. Kurz bevor er kam, erhitzten sie Wasser über dem Feuer, damit er ein richtiges Bad nehmen konnte – wenigstens einmal im Monat, denn aus dem Hahn im Wohnheim kam nur kaltes Wasser. Sie legten ihm außerdem eine saubere baumwollene *dishdasha* zum Anziehen bereit, und wenn er endlich ankam, entweder mit dem Taxi oder einer Rikscha, begrüßten ihn die drei Frauen seines Herzens mit Küssen und Segenswünschen.

Jedes Mal brachte er ihnen kleine Geschenke und Geschichten aus Kairo mit. Einmal erzählte er von Kuwait, wo das sprudelnde Öl ganze Städte und Industriezweige entstehen ließ und eine Schicht privilegierter Beduinen palästinensische Arbeiter dafür bezahlte, ihnen Häuser zu bauen, Krankenhäuser und Schulen zu betreiben, Mahlzeiten zu kochen und die Hintern abzuwischen. Einige von Mamduhs Kameraden waren schon nach Kuwait gezogen und schwärmten nur so von der Wüste. »Vielleicht können wir ja alle nach Kuwait gehen«, sagte er, obwohl er wusste, dass seine Schwester Nazmiyya Palästina niemals verlassen würde. Ob Yasmin umziehen wollte, war auch nicht sicher. Die Witwe des Imkers jedoch würde gehen, wohin der Wind sie trug; nur nicht in die Wüste, weil man dort kein Gemüse anbauen konnte. Und Kuwait war nichts als eine Wüste am Meer.

Nazmiyya war zum fünften Mal schwanger, als Mamduh und Yasmin nach Kuwait zogen. Zum Abschied nahm Nazmiyya erst das Gesicht ihres Bruders in die Hände, dann das von Yasmin. Unter Tränen küsste sie sie und wiederholte die Worte, die Mariam in ihr Herz gepflanzt hatte: »Wir werden immer zusammen sein.«

Es schmerzte Nazmiyya, das einzig verbliebene Mitglied der Familie in Gaza zu sein, aber sie wusste, dass Mariam immer bei ihr sein würde, und da war ja auch noch ihr Ehemann Atiyah. Er musste gegen seine eigene Familie kämpfen, um sie zu verteidigen. Atiyahs Familie hatte Nazmiyya nie akzeptiert, und als seine Brüder heirateten, kamen immer mehr Frauen hinzu, die ihr Gift gegen sie verspritzten. Atiyahs Mutter, die Matriarchin, hatte nie verwunden, dass ihr Sohn hinuntergeheiratet hatte. Sie behauptete, Nazmiyya sei verhext wie ihre Mutter Umm Mamduh und ziehe das Böse an. Ihre scharfe Zunge sei der Beweis dafür, dass der Teufel in ihr wohne, sagten die Frauen. Sie waren überzeugt davon, dass sie beim Gehen absichtlich mit dem Hinterteil wackelte, und bemitleideten Atiyah wegen der Schande, die sie über ihn brachte. Sie warfen ihr auch vor, dass ihr Hijab nicht eng genug anliege und dass sie manchmal ihre kupferfarbenen Locken zur Schau stelle.

Doch diese Gehässigkeiten schweißten Nazmiyya und Atiyah nur noch fester zusammen. Sie bekamen ein Kind nach dem anderen, obwohl sie kaum genug zu essen hatten und Atiyah durch den Fischfang nur ein paar Münzen verdiente. Aber das Leben war voller Zärtlichkeit, und es war geprägt vom Alltag, von Albernheiten, Tränen und Anforderungen. Als die Jungen noch klein waren, band sich Nazmiyya immer zwei auf den Rücken, während sie schuftete, und als sie größer wurden, begleiteten sie ihren Vater auf seinen Fischzügen im Mittelmeer. Dort lernten sie, Herrlichkeit und Wunder zu erkennen und sich jeden Tag in Dankbarkeit vor Allah zu verneigen. Nazmiyya wartete immer am Ufer, bis sie in die Weite des Ozeans verschwunden waren. Manchmal verharrte sie dort etwas länger, starrte in das rätselhafte Blau zwischen Himmel und Wasser und sang Mariams Lied.

Ach, such mich
In dem Blau
Zwischen Himmel und Wasser
Wo die einzige Zeit das Jetzt ist
Wo wir die Ewigkeit sind
Die fließt wie ein Fluss

16

Wenn Teta Nazmiyya über ihren Bruder Mamduh oder meinen Khalu Mazen sprach, veränderten sich ihre Augen. Sie wurden zu leeren Räumen, die sie mit Erinnerungen möblierte. Es war keine Nostalgie, sondern ein Akt des Erinnerns, eine Strategie, um sie bei sich zu behalten.

Drei Jahre nachdem Mamduh und Yasmin weggezogen waren, kamen sie mit ihrem Erstgeborenen zu Besuch. Der Junge war inzwischen ein Jahr alt; er hieß Muhammad, nach Yasmins Vater, dem Imker von Beit Daras. Nazmiyya, die immer entweder schwanger war oder stillte, hieß Muhammad willkommen und flehte ihren Bruder an, wieder zurück nach Gaza zu kommen, damit der Junge zusammen mit seinen Cousins in seinem Heimatland aufwachsen konnte. Wenn es auch nicht Beit Daras war, so war es immerhin Palästina. Doch Mamduh fühlte sich wohl in Kuwait. Er war in Rekordzeit vom einfachen Tagelöhner zum Vorarbeiter aufgestiegen, und seine mangelnde Schulbildung konnte er durch sein angeborenes mathematisches Talent und sein gutes räumliches Vorstellungsvermögen mehr als ausgleichen. Mühelos konnte er Blaupausen und Montagezeichnungen lesen, und schon bald nahm ihn ein bekannter palästinensischer Architekt unter seine Fittiche.

»Die Palästinenser bauen Kuwait aus dem Nichts auf«, erzählte er Nazmiyya. »Das solltest du sehen! Mein Mentor ist Stadtplaner und entwirft die Infrastruktur des ganzen Landes. Ein anderer Palästinenser hat die Armee von Kuwait aufgebaut und wieder ein anderer die Polizei. Die führenden Ärzte und Chirurgen sind alle Palästinenser, genau wie die Minister, vom Bildungs- bis zum Innenminister.« Mamduh machte eine kurze Pause und verkündete dann stolz: »Ich werde Architekt!«

Nazmiyya, die ein Baby nach dem anderen zur Welt brachte, hatte ständig mehrere Kinder am Rockzipfel hängen. Sie klagte zwar endlos über deren nie zu stillenden Bedürfnisse und ging mit den älteren Kindern manchmal ein bisschen grob um, war aber stets untröstlich, wenn sie mit ihrem Vater aufs Meer fuhren. Sie wartete dann am sandigen Mittelmeerstrand und betrachtete die Wellen, die eine nach der anderen auf sie zurollten. Für den Mann und die Jungen lag der Reiz des Fischens auch darin, immer wieder zu einer Frau nach Hause zu kommen, die sie mit überschäumender Freude erwartete und ihnen aufwendige Mahlzeiten zubereitete. Und Atiyah freute sich noch auf etwas anderes: auf lange Liebesnächte, die erst endeten, wenn seine Seele vor lauter Liebe zu seiner Frau völlig erschöpft war.

Die Freude wurde jedoch getrübt durch Nazmiyyas Niedergeschlagenheit, wenn sie wieder aufbrachen. So beschlossen sie während dieser ersten Jahre nach der Nakba, dass einer der älteren Söhne bei ihr bleiben würde, wenn Atiyah auf seine mehrtägigen Fischzüge fuhr. Eines Tages im Winter, während einer solchen Ausfahrt, geschah es dann, dass Nazmiyya wie eine Furie durch das Nussairat-Lager stürmte, beinahe platzend vor Zorn und einfach nicht zu beruhigen.

Ihr ältester Sohn Mazen, damals zwölf Jahre alt, war bei ihr geblieben. Zitternd und unter Tränen hatte er eine Stunde zuvor seine Mutter gefragt: »Bist du vergewaltigt worden? Bin ich der Sohn deines Vergewaltigers?«

Nazmiyya erstarrte. Sie sah ihrem Sohn in die Augen; sie waren grau, fast schon blau, ganz wie der Morgenhimmel. Ihr Erstgeborener, der länger als alle anderen Kinder an ihrer Brust getrunken hatte, stand jetzt bereits an der Schwelle zum Mann. Sie umarmte ihn und nahm ihm den Zorn und die Scham.

»Nein«, begann sie mit unerschütterlicher Ruhe. »Wer hat dir denn das erzählt?«

Mazen nannte ihr einen Namen.

»Den Jungen kenne ich«, sagte sie und ging zur Tür hinaus. Mazen folgte ihr.

Sie musste nicht weit gehen. Der Junge stand mit seinen Freunden zusammen auf der Straße und rannte fort, als er sie kommen sah. Nazmiyya rief seinen Freunden zu: »Haltet ihn lieber auf, sonst schneide ich euch allen die Ohren ab!«

Sie gehorchten, denn sie hatten Angst vor dem legendären Zorn dieser Frau. Sie ging auf den Jungen zu, der von seinen Freunden festgehalten wurde, und schlug ihn mit ihrem Schuh. Je lauter er aufschrie, desto fester drosch sie auf ihn ein. Inzwischen hatte sich eine Menschenmenge um sie herum gebildet. Ein älterer Mann trat vor und verlangte, sie solle aufhören. Um sie zu beruhigen, erinnerte er sie daran, dass es nur einen Gott gab. *La illaha illa'llah.* Nazmiyya ließ von dem Jungen ab, denn nicht einmal sie traute sich, das ungeschriebene Gesetz zu verletzen, nach dem die Älteren respektiert werden mussten. Aber sie schrie weiter auf den Jungen ein und verlangte, er solle endlich preisgeben, von wem er diese Ungeheuerlichkeit habe.

Noch am selben Abend kam der Junge in Begleitung seiner Mutter und Großmutter zu Nazmiyya nach Hause. Seine Zerknirschtheit erinnerte sie daran, wie Atiyah, von Sulayman zum Schweigen gebracht, zu ihnen nach Hause in Beit Daras gekommen war und ihre Mutter um Vergebung angefleht hatte. Nazmiyya lächelte und bot ihren Gästen Tee an.

»Umm Mazen, mein Sohn hat mir erzählt, was er verbreitet hat, und ich bin hergekommen, um dir zwei Dinge zu sagen. Erstens, bitte schlag meinen Sohn, wenn du es wünschst. Zweitens, das hat er nicht von uns aufgeschnappt. Sondern von der alten Hebamme. Sie hat in Gegenwart meines Sohnes gesagt, dass du bei der Geburt von Mazen laut ausgerufen hast, er sei der Sohn des Teufels.«

»*Tfadalu,* Schwestern.« Nazmiyya servierte den Tee. »Ich werde mich um die Hebamme kümmern, wenn mein Mann und meine Söhne zurück sind.«

Atiyah und seine Söhne hatten den üblichen herzlichen Empfang erwartet, doch dieses Mal wurde nichts daraus. Der Mukhtar der Stadt war gerufen worden, um die unselige Angelegenheit zu klären, und alle warteten nur noch auf Atiyah.

Die Männer trafen sich, um die Sache zu besprechen. Atiyah, der Mukhtar, der Ehemann der Hebamme und einige Stammesälteste saßen bei Kaffee zusammen. Der Mann der Hebamme hatte einen reumütigen Ausdruck im Gesicht. Er versicherte Atiyah, dass er seine Frau in die Schranken gewiesen habe und dass ihm ihr Ausspruch, der sie beide entehrt habe, aufrichtig leidtue. Um die Sache zu bereinigen, bot er Atiyah eins der goldenen Armbänder seiner Frau an. Viel mehr hatten sie nicht. Der Mukhtar empfahl Atiyah, das Angebot anzunehmen und die Angelegenheit dadurch aus der Welt zu schaffen. Atiyah folgte der Empfehlung. Beide Männer gaben sich die Hand, umarmten sich und küssten sich brüderlich, und die Zusammenkunft endete mit Tee und Süßigkeiten. Am nächsten Tag ging Nazmiyya auf den Markt, am Handgelenk ein neues goldenes Armband. Eine Woche lang zeigte sie es öffentlich vor, um der alten

Hebamme eine Lektion zu erteilen, dann gab sie es zurück. Diese großzügige Geste verschaffte ihr den Respekt und die ewige Loyalität der Hebamme.

Danach wagte niemand, auch nur ein Wort über das Thema zu sagen, und auch die Hebamme stritt ab, jemals schlecht über Nazmiyya gedacht zu haben. Die Leute vergaßen die Angelegenheit bald, aber der Zweifel im Herzen des jungen Mazen war gesät und keimte zu einem tiefen Gefühl der Einsamkeit und einem stillen, aber inbrünstigen Wunsch nach Widerstand. Er fuhr nicht mehr aufs Mittelmeer hinaus, sondern wurde stattdessen zum Beschützer seiner Mutter.

17

Manchmal versagten Teta Nazmiyyas Beine ihren Dienst, und sie musste unterbrechen, was sie gerade tat, bis sie ihr wieder gehorchten. Diese plötzliche Lähmung dauerte in der Regel nur ein paar Minuten, manchmal aber auch mehrere Tage. Eine heilkundige Frau versicherte ihr, sie brauche sich keine Sorgen zu machen. Die Engel würden sie beschützen und ihre Beine lähmen, um sie davon abzuhalten, in ihr Unglück zu laufen. Meine Teta glaubte das. Sie glaubte auch, dass Mariam ihr Engel war, und den Beweis dafür bekam sie während des Sechstagekriegs.

Als Nazmiyya im Jahr 1967 mit ihrem zehnten Sohn schwanger war, griff Israel Ägypten an und löste damit einen Krieg aus, der eine neue Generation zionistischer Soldaten hervorbrachte. Der erste, den Nazmiyya sah, trug eine Brille mit dickem schwarzen Gestell; ein unschuldig wirkendes Detail, das nicht zu dem bösartigen Gesicht des Militarismus passte. Der junge Mann strotzte nur so vor Machtgelüsten, als er trunken vor Autorität mit seinem Gewehr herumfuchtelte. Atiyah und die älteren Söhne waren zusammengetrieben und auf Lastwagen weggebracht worden. Nazmiyya war mit den verängstigten jüngeren Kindern zurückgeblieben, als sie dem bebrillten Soldaten begegnete und er ihr befahl weiterzugehen. Da fuhr ihr der Zorn in die Glieder, und sie wollte den Mann angreifen. Aber ihre Beine gaben unter ihr nach, und sie fiel zu Boden, bevor der Soldat auf sie schießen konnte. Es sollte drei Jahre dauern, bis sie wieder gehen konnte. Nazmiyya, die inzwischen vierzig Jahre alt war, war sich ganz sicher, dass Mariam eingegriffen hatte, um sie zu retten. Der Soldat hätte sie sonst mit Sicherheit erschossen. Die Nachbarn trugen sie in eine speziell ausgewiesene Zone, während behelmte Soldaten in unheilvollen Uniformen und hohen Stiefeln, wie identische Sprösslinge des Bösen, ihre Behausungen überfielen und plünderten, Menschen vergewaltigten und töteten, das Land niederbrannten und sich an der Demütigung und dem Elend der Araber ergötzten.

Die Erniedrigung dieses Krieges brannte sich in ihre Haut ein. Sie mussten einen weiteren Verlust verkraften und von Neuem mit Zorn, Angst und Verzweiflung fertigwerden. Im Fernsehen sahen die Menschen, wie diese jüdische Armee, die aus Polen, Österreichern, Deutschen, Franzosen, Briten, Italienern, Russen, Ukrainern, Iranern und anderen Landsmännern bestand, in Jerusalem einmarschierte und ganze Stadtviertel der Nichtjuden zerstörte. Es war ein schockierender Augenblick, der die Welt teilte: in jene, die jubelten, und in jene, die weinten.

Die Palästinenser weinten, aber Tränen trocknen für gewöhnlich oder verwandeln sich in etwas anderes. Irgendwann war das Unnormale schließlich normal, und die ständige Brutalität der israelischen Soldaten wurde zu dem Preis, den die Palästinenser für das Leben bezahlen mussten. Aber sie hielten durch, und sie wehrten sich auch.

Nazmiyyas Beine waren noch immer gelähmt, als sie den elften Sohn gebar. Die Menschen im Lager redeten viel darüber und bewunderten sie insgeheim dafür, dass sie ihren Mann derartig in ihren Bann geschlagen hatte. Die Frauen dachten daran, dass Atiyah seine ganze Familie nur ihr zuliebe aufgegeben hatte. Dass er niemals andere Frauen ansah und sich schon gar keine Zweitfrau nehmen würde, so wie es manche Männer im Lager taten. Sogar jetzt, da Nazmiyya ihre Beine nicht bewegen konnte, hatten sie eine Möglichkeit gefunden, ein weiteres Kind zu bekommen. Die Frauen im Lager waren fasziniert von den Fragen, die sie nicht zu stellen wagten. Wie hatte sie das nur gemacht? Sie versuchten, es sich bildlich vorzustellen, und nun kamen noch mehr von ihnen zu Nazmiyya und fragten sie in Angelegenheiten der körperlichen Liebe um Rat.

Obwohl die meisten Frauen es für großes Glück hielten, so viele Söhne nacheinander bekommen zu haben, war Nazmiyya am Boden zerstört. Wo blieb die Tochter, die Alwan heißen sollte? Sie weinte, als die Hebamme ihr sagte, dass sie wieder einen Sohn zur Welt gebracht hatte. Ihre Gebärmutter fühlte sich zerschlissen an. In den Beinen spürte sie nichts mehr. Ihr Herz sehnte sich nach Mariam, während sie sich das Neugeborene an die Brust legte. Sie atmete die Erschöpfung vieler Jahre aus und sprach zu ihrer unsichtbaren Schwester. Die Hebamme, die inzwischen an die seltsamen Wochenbettmonologe ihrer Freundin gewöhnt war, kochte derweil die Plazenta in einer Brühe auf, um sie später als Heilmittel für alle Krankheiten von der Grippe bis zur Unfruchtbarkeit zu verkaufen. Nazmiyyas fruchtbarer und gesegneter Leib war für die Hebamme auf doppelte Weise zu einer guten Einkommensquelle geworden.

»Oh, Mariam. Kannst du mich sehen, liebe Schwester?«, sprach Nazmiyya in den Äther. »Was soll ich tun? Noch eine Schwangerschaft überlebe ich vielleicht nicht. Meine Brüste sind zwanzig Jahre lang nicht versiegt.« Man verstand weder, warum Nazmiyyas Beine gelähmt waren, noch, warum sie plötzlich wieder funktionierten. Aber der Grund dafür war letztlich egal. Jeder zimmerte sich seine eigene Erklärung zurecht, und Nazmiyya wurde endgültig zu einer geheimnisvollen und legendären Frau.

18

Als Teta Nazmiyya zum zwölften Mal schwanger wurde, hatte das Schicksal endlich ein Einsehen, und meine Mutter Alwan wurde geboren. Das war im selben Jahr, als mein Groß-Khalu Mamduh aus Kuwait anrief und ihr erzählte, dass er und seine Familie bald nach Amriika *ziehen würden. Nach »North Carolina«, wie er sagte. Meine Teta wusste nicht, wo das lag, nur, dass es noch weiter von ihr entfernt war als Kuwait. Einer ihrer Söhne war da schon verlobt und plante, in Saudi-Arabien eine Arbeit anzunehmen. Nein, die Familie machte keine Anstalten, wieder zusammenzukommen; vielmehr zerstreute sie sich in alle Winde. Teta Nazmiyya spürte, dass Palästina immer weiter in die Ferne rückte, während Israel immer näher kam. Sie besetzten die Hügel und bauten rein jüdische Siedlungen auf den fruchtbarsten Boden. Sie entwurzelten die eingeborenen Lieder und pflanzten Lügen in die Erde, die zu einer ganz neuen Geschichte heranwachsen sollten.*

Nazmiyya drückte ihren kostbaren Schatz an die Brust: Alwan, das Kind, das ihr versprochen worden war. »Sie ist da, Mariam!«, murmelte Nazmiyya, während die Hebamme die Plazenta an sich nahm und im Zimmer sauber machte. »Endlich ist sie angekommen, kleine Schwester.« Wie bei jedem neuen Kind legte Atiyah sich zu seiner Frau, und zusammen zählten sie die Finger und Zehen der Kleinen, suchten nach Muttermalen und prägten sich auch noch die unbedeutendsten Einzelheiten ein, denn das Kind war ein weiterer Meilenstein ihrer Liebe.

»Jetzt, da wir Alwan haben, werden wir nicht mehr miteinander schlafen«, verkündete Nazmiyya.

Atiyah grinste. »Das sagst du jetzt. Wir wissen doch beide, dass du nicht ohne leben kannst. Außerdem, was willst du dann all den Damen sagen, die dich um Rat fragen? Du musst auch bedenken, dass deine Abstinenz das Bevölkerungswachstum Palästinas hemmen würde. Wir wären nicht länger eine demografische Bedrohung für Israel!«

Nazmiyya musste lachen. »Na schön. Dann opfere ich mich eben für das Wohl Palästinas!«

In Gaza wuchs der Widerstand. Eine unterirdische Eisenbahn brachte Waffen und ausgebildete Kämpfer, die die *PLO* verstärkten und Pläne gegen die israelische Besatzung schmiedeten. Als Alwan ein Jahr alt wurde, gelang es ihnen, einige Gasleitungen zu zerstören, die zu den jüdischen Siedlungen führten. Nach einer dreiwöchigen Ausgangssperre beschloss Nazmiyya, zur Feier des Tages eine Geburtstagsparty für Alwan zu geben, die gerade Laufen lernte. Am Strand entzündeten die Söhne ein Feuer, auf dem sie Fisch und Gemüse grillten. Zwei von ihnen waren schon verlobt und brachten ihre Zukünftigen mit. Mazen, der inzwischen zwanzig war, hatte sich noch immer keine Frau gesucht; seine Brüder witzelten, er sei wie Yassir Arafat – mit dem Widerstand verheiratet. Man saß auf Decken, rauchte, lachte und hörte dem Rauschen der Wellen zu. Zum Schwimmen war es zu kalt. Auch andere Familien grillten in der Umgebung, froh, nach dem dreiwöchigen Hausarrest endlich nach draußen zu kommen. Eine Gruppe Männer spazierte ohne ihre Familien über den Strand. Drohend beobachteten die Soldaten das Treiben von ihren Posten aus.

»Nur meine Frau ist schöner als das Meer«, sagte Atiyah.

Nazmiyya holte tief Luft. »Was willst du von mir, lieber Mann? Ich weiß doch, dass du etwas willst, wenn du so mit mir sprichst.«

Er lächelte, nahm einen Zug von der Wasserpfeife und zwinkerte ihr zu. »Vorerst bin ich mit einem Fischkebab zufrieden.«

Sie sah ihren Mann kokett an, während sie ihm den gewünschten Kebab reichte. Dabei fiel ihr eine Gruppe von Männern auf, die ohne Eile auf sie zuzuschlendern schien. Einer ihrer Söhne fragte seinen Bruder, ob er die Männer kenne. Nein, sie seien Fremde. Auch Nazmiyya hatte sie noch nie gesehen. Dann lächelte einer der Männer, winkte und rief in tadellosem Palästinensisch: »Mazen Atiyah! *Salam,* Bruder! Wie geht es dir?«

Mazen erstarrte. Auch seine Brüder merkten auf und spannten die Muskeln an. Atiyah erhob sich und befahl Nazmiyya, die Kleinen in Sicherheit zu bringen. Die Fremden sahen vielleicht aus wie Einheimische und sprachen auch so, aber ein echter Palästinenser hätte einen Kameraden niemals im Beisein seiner ganzen Familie auf diese Art begrüßt. Die Höflichkeit gebot es, zuerst die Eltern oder wenigstens die Familie als Einheit anzusprechen, und selbst dann hätte sich nur ein sehr enger Freund dem Angesprochenen genähert. Doch diese Männer riefen Mazens Namen, um ihn dazu zu bringen, seine Identität preiszugeben, und als sie begriffen, dass ihre Tarnung aufgeflogen war, zogen sie ihre Waffen.

Die israelischen Geheimagenten kamen schreiend näher. Die Verlobten der älteren Söhne riefen um Hilfe, während Nazmiyya ihre verschreckten Kinder von ihren Sandburgen wegzog. Die anderen Frauen am Strand holten ihre Kinder zu sich, und die übrigen palästinensischen Männer versuchten, den Feinden die Stirn zu bieten. Aber die Agenten wurden immer mehr. Sie wirbelten den Sand auf und trampelten über das Essen. Die *arghilah* fiel um. Einer der Brüder wurde in die glühenden Kohlen geschleudert, und das Zischen seiner verbrennenden Haut übertönte die Wellen. Dann erhob sich eine sonore Stimme über das Chaos. Es war die von Mazen. Er hatte sich instinktiv zwischen seinen Vater und die Agenten geworfen, und als er eine Pistolenmündung an seiner Stirn spürte, schien er nur noch aus unbändiger, eiserner Entschlossenheit zu bestehen. Die unmittelbare Gefahr für Mazens Leben ließ die Menschenmenge in Sekundenbruchteilen erstarren – und brachte einen Mut in ihm zutage, den er sich für einen solchen Moment immer erhofft hatte.

»Das hier ist nur ein Körper!« Er schlug sich fest auf die Brust, untermalte jedes einzelne Wort durch einen harten Schlag gegen sein Herz. Seine grauen Augen drückten eine derartig stolze Selbstsicherheit aus, dass selbst seine Angreifer für einen kurzen Moment innehielten und zwischen den Extrempolen Leben und Massaker hin- und hergerissen zu sein schienen.

Man sah deutlich, dass die Israelis selbst in diesem Moment erst begriffen, was für einen wertvollen Fang sie gemacht hatten. Hatten sie zuvor vielleicht noch daran gezweifelt, so wussten sie jetzt ganz genau, dass Mazen der Drahtzieher der Sabotage an den Gasleitungen gewesen war. Die Agenten schubsten die anderen Palästinenser fort und legten Mazen Handschellen an. Seine Stimme konnten sie jedoch nicht ersticken.

»Schießt doch!!«, brüllte er. »Eure Pistolen können mich nicht töten. Aber euch werden sie töten, so sicher, wie mein Körper sterben wird!«

Mitten in jenem Chaos, in dem geschubst, gezerrt und geschlagen wurde, in dem Handschellen und Augenbinden angelegt wurden, stellte sich eine Stille ein, dass man glauben konnte, die Luft sei erstarrt und die Sonne habe ihren Lauf angehalten, um der Szene zuzusehen. Und allen Anwesenden war klar, dass Mazen ein führender Kopf der Widerstandsbewegung war. Sie begriffen, dass sein Trotz und seine Weigerung, sich still verhaften zu lassen, die Juden nur dazu bringen würde, ihn noch schlimmer zu foltern.

»Eure Kugeln können mir meine Menschlichkeit nicht nehmen! Sie können mir meine Seele nicht nehmen! Sie können meine Wurzeln nicht aus dem Land reißen, das ihr begehrt! Wir lassen nicht zu, dass ihr uns unser Land stehlt!«

Speichel schäumte in Mazens Mundwinkeln, als er gefesselt und mit verbundenen Augen von den Israelis fortgezerrt wurde. Nazmiyya sah, wie das Blut in den Schläfen ihres Sohnes pochte, und versuchte die Soldaten abzuwehren, die ihn wegbrachten. In ihrem Inneren spürte sie so viel Liebe, dass selbst der weite Strand nicht ausgereicht hätte, um sie aufzunehmen. Mit der ganzen Kraft dieser Liebe versuchte sie, Mariam herbeizurufen, und flehte Gott an, ihren Sohn vor diesen Teufeln zu beschützen.

Ein Soldat stieß Mazen den Gewehrlauf zwischen die Rippen. Mazen zuckte vor Schmerz, ließ sich aber nicht zum Schweigen bringen. Die Soldaten hatten Mühe, ihn wegzubringen, denn seine Füße schienen Wurzeln geschlagen zu haben, und das ermutigte seine Familie, sich der Entführung entgegenzustellen. Noch mehr Menschen strömten herbei und riefen: *»Allahu akbar! Allahu akbar!«* Die Israelis schossen in die Menge. Einige Männer fielen zu Boden, und die Soldaten eilten zu ihren Fahrzeugen, die Gefangenen hinter sich herziehend. Mazens Stimme war noch zu hören, als er auf die Ladefläche eines Jeeps gestoßen wurde.

»Man hat euch angelogen! Sie haben euch erzählt, dass Waffen euch stark machen. Aber echte Kraft braucht keine Gewehre! Echte Männer wenden keine Gewalt gegenüber Frauen und Kindern an! Ihr seid innerlich tot, und eure toten, leeren Seelen werden diesen grausamen Militärstaat am Ende vernichten!«

Die Israelis fuhren davon, und die Menschen, die zurückblieben, waren am Boden zerstört. Insgesamt waren vier Menschen getötet und elf verletzt worden; acht Söhne und Töchter Palästinas waren entführt worden. Die Leute standen an einem Strand, der einst die Nahtstelle dreier Kontinente gewesen war, an dem Gewürze und Weihrauch gehandelt worden waren, noch bevor die Geschichte überhaupt geboren war. Jetzt war der Sand vom Blut rot verfärbt, und das Wehklagen der Mütter lag über der Szenerie. *»Allahu akbar! Allahu akbar!«*, riefen sie und wandten sich den Banalitäten der nicht enden wollenden Niederlage zu. Sie verbanden die Verletzten, wuschen die Toten vor der Beerdigung, beruhigten die Kinder, gingen nach Hause und verwünschten die Juden. Sie bereiteten das Abendessen zu und überlegten, wie sie die Nacht überstehen konnten. Gedanken und Gespräche über Mazen Atiyah, den Sohn von Nazmiyya, beschäftigten die Vorstellung der Menschen, verstopften Telefonleitungen und dominierten die Kaffeehausunterhaltungen. Die Menschen dachten über Mazens Idee nach, dass sie selbst größer waren als die Gewehrkugeln, auch wenn ihre Körper es nicht waren; dass die Juden hingegen kleiner waren, weil sie ihre Gewehre benutzten, um andere zu unterdrücken.

Die Geschichte von Mazens Akt des Widerstands am Strand verbreitete sich von Mund zu Mund und wurde jedes Mal noch ein bisschen ausgebaut, sodass sie bald zur Legende wurde. Bald kam die Bestätigung, dass er einer der führenden Widerstandskämpfer der Gegend gewesen war. Viele hatten Angst davor, dass er unter der Folter der Israelis die Namen seiner Kameraden preisgeben würde, darum gingen viele von ihnen in den Untergrund. Aber die Juden kamen nie, um sie zu holen. Mazen, eingekerkert im israelischen Verlies, verriet sie nicht, und das verlieh ihm einen noch größeren Heldenstatus. Die Menschen sprachen oft über seinen Mut an jenem Tag und empfanden dabei eine gewisse Stärkung ihrer eigenen machtlosen Person. Niemanden überraschte es, als Mazen drei Monate später angeklagt wurde, einen Anschlag auf Israel geplant zu haben, und aufgrund geheimer Beweise zu lebenslanger Haft verurteilt wurde.

Ab jenem Zeitpunkt versuchte Nazmiyya mit aller Macht, Sulayman herbeizurufen.

Teil III

Das Schicksal war zersprengt,
und einige Teile gingen auf der anderen Seite
des Atlantiks und des Pazifiks verloren

19

Nur und ich haben nie miteinander gesprochen, nur in ihren Träumen. Ich habe sie nach Hause gebracht. Und noch einmal nach Hause gebracht. Nur war unser fehlendes Bindeglied, die zusätzliche Wäscheklammer, die Teta Nazmiyya brauchte, um den Himmel aufzuhängen. Nur sah Farben auf die gleiche Weise, wie Mariam sie gesehen hatte.

An jenem Morgen wollte die Sonne in Charlotte, North Carolina, nicht richtig aufgehen, ganz so, als wäre der Tag noch nicht bereit zu beginnen. Der Regen prasselte auf das Dach und ließ rosafarbene und safrangelbe Tropfen in Nurs Herz fallen. Der Morgen war so grau wie ihr Großvater, aber dieser hellte sich auf, als er sie in die Küche kommen sah.

»Guten Morgen, *habibti*«, sagte er lächelnd zu Nur, die im Schlafanzug dastand, den Teddybären Mahfuz in der Hand, und sich schlaftrunken die Augen rieb.

»Heute ist *SSP*-Samstag!«

Schokosplitterpfannkuchen-Tag war jeden Samstag. Jiddu erhob sich von seinem Stuhl. Nur mochte es, wenn er ohne Stock und Spezialschuh ging, denn das sah so komisch aus. Er hatte ein gutes Bein. Das andere war verkürzt, weil ein böser Soldat darauf geschossen hatte, als er noch nicht ausgewachsen gewesen war. Ohne seine Hilfsmittel bewegte er sich in einem ganz bestimmten Rhythmus, bückte sich, um einen Schritt mit dem kürzeren Bein zu machen, und richtete sich wieder zu seiner vollen Größe auf, um das gute Bein voranzustellen. Sein Körper glitt auf und ab, von einer Seite zur anderen, in einer flüssigen Bewegung, die Nur vorkam wie ein Lied.

»*Habibti*, was sollen wir heute unternehmen?« Er nahm sie hoch und trug sie in die Küche, sich wiegend in der Melodie seiner Schritte.

»Jiddu, können wir in den Entenpark gehen und ein Boot mieten und die Enten füttern? Und erzählst du mir die Geschichte, wie du den Schuss in die Wachsfuge gekriegt hast? Und können wir uns auch ein Eis kaufen, bitte? Ich möchte auch in die Töpferei und weiter an meiner Keramik arbeiten. Und …«

»Du hast ja ganz schön viel vor. Aber dein alter Jiddu muss sich zwischendurch auch mal hinlegen. Und außerdem heißt es ›Wachstumsfuge‹, nicht ›Wachsfuge‹.«

Nur stellte sich vor, im Bein ihres Jiddu lägen hübsche kleine Plättchen, die durch Fugen miteinander verbunden wären. Wenn diese Fugen nun kaputtgingen? Und wenn auch die in ihrem eigenen Bein kaputtgingen?

Er führte sie an den Tisch und kam bald darauf mit den Pfannkuchen zurück. Nur und ihr Jiddu würden zusammen frühstücken, und natürlich war auch der Teddy dabei, dem Großmutter Yasmin statt des rechten Auges einen grünen Knopf angenäht hatte, damit er wie Nur ein grünes und ein braunes Auge mit haselnussfarbenen Einsprengseln besaß. Teta Yasmin war jetzt schon seit einiger Zeit im Himmel. Nur wusste nicht genau, seit wann, aber sie hatte ihrem Jiddu versprochen, dass sie sich – wie Teta – um ihn kümmern würde. Vorerst aber nahm Jiddu die Dinge des täglichen Lebens in die Hand. Derweil war Nur stolz darauf, dass sie schon Getreideflocken zubereiten konnte – die kochten sie oft, wenn sie darauf bestand, beim Abendessen mitzuhelfen. Jiddu sagte allerdings immer, sie solle sich lieber mit den Wörtern beschäftigen. Mit vier Jahren hatte sie angefangen, ihre Babybücher zu lesen.

»Jiddu, hat mein Papa auch gern Schokosplitterpfannkuchen gegessen? Und Mahfuz?« Diese Fragen stellte sie jeden Samstag, weil sie die Antworten hören wollte, die er ihr jeden Samstag gab.

»Ja, *habibti*«, antwortete ihr Großvater. »Er liebte sie. Auch früher haben wir samstags immer *SSP* gegessen. Nur Mahfuz nicht, der wartete neben dem Tisch darauf, dass wir ihm ein paar Bissen abgaben, aber das konnten wir nicht, weil Schokolade schlecht ist für Hunde. Darum hat er dann immer einen Hundekuchen bekommen.«

»Warum ist Mahfuz gestorben, Jiddu?«

»Wenn Hunde zu alt werden, kommen sie in den Himmel.«

»War mein Papa alt?«

»Nein, *habibti.* Manchmal passieren eben Unfälle … Aber wir wollen am *SSP*-Samstag lieber über schönere Dinge reden.«

Sie dachte über diese Antwort nach, während sie die Beine vom Stuhl baumeln ließ. »Na gut. Hör mal, hier kommt was Schönes!« Nur spitzte die Lippen und stieß kräftig Luft aus.

»Toll! Ich glaube, ich habe ein leises Pfeifen gehört!«

Sie nahm einen großen Bissen vom Pfannkuchen und kaute mit dicken Backen. Dann fragte sie mit vollem Mund: »Jiddu, warum hat mein Papa keine Farben gesehen?«

»Die meisten Leute können das nicht, *habibti.* Du weißt doch, dass ich es auch nicht kann.«

»Ja. Aber wieso? Woher wissen die Leute, dass jemand wütend auf sie ist, wenn sie keine Farben sehen können?«

Jiddu lächelte ein leuchtend rosafarbenes Lächeln mit saphirblauen Rändern. »*Habibti*, nur ganz wenige Menschen können

Farben sehen wie du. Meine Schwester Mariam gehörte zu diesen Menschen. Das ist ein so besonderes Geschenk, dass es lieber unser Geheimnis bleiben sollte. Findest du nicht auch?«

Später machten sie ein Picknick am Entensee, und Nur lag auf dem Schoß ihres Jiddu. »Erzählst du mir noch mal die Geschichte, wie du einen Schuss in die Wachsfuge gekriegt hast?«, bat sie.

Diese Geschichte wollte ihr Großvater ihr gern erzählen und noch so viele mehr aus Beit Daras. Er war froh über ihre Neugier. Er wollte, dass sie alles erfuhr und niemals den Ort vergaß, der ihm im Herzen brannte. Darum bestand er darauf, dass sie Arabisch miteinander sprachen. »Geschichten sind wichtig«, hatte er einmal zu ihr gesagt. »Wir bestehen nämlich aus Geschichten. Das menschliche Herz besteht aus den Worten, die wir hineinlegen. Wenn jemand böse Sachen zu dir sagt, lass sie nicht in dein Herz, und achte auch darauf, anderen Leuten niemals böse Worte ins Herz zu legen.«

»Dieses Mal weine ich nicht. Bitte, Jiddu!«

»Na gut, *habibti.* Aber wenn dich irgendwas traurig macht, sag es mir sofort, dann höre ich auf.«

Nurs Großvater strich sich das Hemd glatt und nahm einen Schluck von seinem türkischen Mokka. Zum Picknick nahm er immer seinen Gaskocher mit, damit er sich einen Kaffee zubereiten konnte. Das erinnerte ihn an die Zeit in Beit Daras, damals, als er noch ein Junge gewesen war und man das Essen auf dem offenen Feuer gebraten hatte. Er holte tief Luft, sog die Vergangenheit ein und begann zu erzählen.

»Wir hatten keine andere Wahl, wir mussten fort. Sie waren uns über, wir konnten ihren Waffen nichts entgegensetzen. Nicht mal, als Soldaten aus dem Sudan kamen – das ist ein Land –, um uns zu helfen. Also machten wir uns auf den Weg, zusammen mit allen anderen. Von unserer Familie waren wir aber nur zu zweit, meine Mutter und ich …«

»Und Sulayman?«

»Ja, richtig, Sulayman habe ich vergessen. Er war auch bei uns. Nein, er ist kein richtiger Mensch, eher ein Engel, und nur meine Mutter konnte ihn sehen, außer an jenem Tag. Da sahen wir ihn alle.«

Nur machte schon große Augen vor Erstaunen. »Dann ist er ganz groß geworden und in deine Mama hineingeschlüpft, und alle riefen *Oh!*, und es war gruselig!«

Jiddu lächelte und küsste sie auf den Kopf. »So weit bin ich noch nicht. Die Leute strömten von überall her auf die Straße nach Gaza, und man hörte Schüsse. Die bösen Soldaten schossen über unsere Köpfe hinweg, um uns davon abzuhalten, wieder zurück nach Hause zu gehen.«

»Warum haben sie das gemacht?«

»Weil sie uns unser Land gestohlen haben.«

»Können sie auch Amerika stehlen?«, wollte Nur wissen. Ihr Jiddu lächelte, als er in ihre fragenden Augen blickte.

»Du brauchst keine Angst davor zu haben, dass die Soldaten hierherkommen«, versicherte er ihr. »Jedenfalls konnte ich plötzlich nicht mehr weitergehen und fiel einfach um. Ich hatte einen Schuss ins Bein abbekommen. Genau in die Wachstumsfuge, und deswegen ist das Bein später nicht mehr weitergewachsen.«

»Ich mag es, wie du gehst«, sagte Nur. Bevor ihr Jiddu darauf antworten konnte, lächelte sie breit und fügte hinzu: »Ich weiß, dass dich das freut.«

»Das stimmt, aber denk daran, die Farben sind unser Geheimnis, das verstehen die anderen Leute nicht.«

»Ich bin richtig gut darin, Geheimnisse zu bewahren, Jiddu!«

»Aber nicht vor deinem alten Jiddu, oder?«

»Du bist doch nicht alt!«, rief Nur nachdrücklich. Ihr Kinn zitterte, und da merkte Jiddu, dass sie an Mahfuz gedacht hatte, an den Hund, der sterben musste, weil er zu alt geworden war.

»Wenn ich alt wäre, könnte ich dann das?« Er kitzelte sie heftig, und ihr Gelächter sammelte sich in seinem Herzen an.

»Was ist dann passiert, nachdem die bösen Menschen dich in die Wachsfuge getroffen hatten?«

So ging es immer weiter, tagein, tagaus. Der Großvater erzählte Nur die Geschichten aus Beit Daras, erzählte von damals, als er ein Junge namens Mamduh gewesen war, der Lehrling des Imkers, der zwei Schwestern hatte und eine Mutter, die Zwiesprache hielt mit den Dschinn.

20

Das Exil in Amerika schenkte meinem Groß-Khalu Mamduh eine beachtliche Karriere und ein hohes Einkommen. Woanders hätte er davon nur träumen können. »Es ist ein großartiges Land«, sagte er zu Yasmin, die sich nicht ganz so sicher war. Aber er glaubte daran, auch wenn das Exil einen Fremden aus ihm machte, der sich immer fehl am Platze fühlte, egal wo. Das Exil nahm Mamduh seinen Sohn, indem es diesem erst die Heimat aus dem Herzen riss und das Arabisch von der Zunge wischte und ihm dann das Leben durch einen Autounfall raubte. Mamduhs einziger Trost war, dass dieser Schmerz seiner Frau Yasmin erspart geblieben war.

Als Mamduhs Enkeltochter geboren wurde, wünschte er sich von seinem Sohn, dass er sie Mariam nannte, als Andenken an seine geliebte Schwester. Hätten er und seine Frau Yasmin das Glück einer Tochter gehabt, hätte sie Mariam geheißen. Yasmin hatte zwar ihre erste Krebserkrankung überlebt, konnte danach aber keine Kinder mehr bekommen, und so blieb es bei einem Sohn. Aber Worte und Geschichten und Träume wurden überliefert, damit sie einen Platz in der nächsten Generation finden konnten. So erklärten es Mamduh und Yasmin ihrem Sohn. Sie betonten, es würde ihnen alles bedeuten, wenn ihre Enkeltochter Mariam heißen würde oder wenigstens – so hatte Mamduh in seiner Verzweiflung hinzugefügt – einen arabischen Namen bekäme.

»Ich verstehe nicht, warum du uns nicht diese kleine Freude machen kannst, Muhammad«, sagte Yasmin zu ihrem Sohn.

»Nenn mich nicht so. Ich heiße Mike.«

»Du heißt Muhammad, weil ich deine Mutter bin und dich so genannt habe. Was haben wir nur falsch gemacht? Du verleugnest deine Identität und heiratest eine Frau, die auf uns herabsieht, als wären wir Dreck. Reiß dich am Riemen, Junge!« So streng war Yasmin selten. Aber sie spürte, dass der Tod schon auf sie wartete, und das veränderte alles. »Ein Mann, der seine Wurzeln verleugnet, ist kein Mann«, rief sie, als könnte sie durch ihren Zorn und ihre Trauer die Heimat Palästina in ihm heraufbeschwören.

»Genau aus diesem Grund ist es so schwer, sich mit euch zu unterhalten. Es geht immer nur um das arabische Drama und die unendliche arabische Schuld.«

»Warum nur, mein Sohn?«, fragte sie. »Warum beleidigst du mich? Ich habe dich nicht so erzogen. Warum schämst du dich dafür, ein Araber zu sein? Denn das bist du, ob es dir nun gefällt oder nicht.«

»Na schön, Mama, ich werde mit meiner Frau reden«, sagte er und ging.

Seine Frau, eine Spanierin aus Madrid, hatte zunächst abgelehnt, ihrem Kind einen arabischen Namen zu geben. Sowohl sie als auch ihr Mann waren nämlich sehr darauf bedacht, seine unglückliche Herkunft vergessen zu machen. Warum sollte sie es zulassen, dass ihre Tochter einen arabischen Namen bekam? Nur, weil das seine Mutter glücklich machen würde? Die würde ohnehin bald sterben, aber sie wären lebenslang damit geschlagen, das Kind mit einem Namen rufen zu müssen, der sie an etwas erinnerte, was sie vergessen wollten. Das Leben in Amerika war schwer genug, wenn man Muhammad hieß – warum sollte auch ihr Kind unter einem solchen Namen leiden? »Wieso leiden die Araber so gerne?«, fragte sie ihren Mann. »Es kommt mir vor, als wollten sie einem damit Schuldgefühle machen.«

»Ich weiß, Schatz. Aber du hättest dabei sein sollen. Dieses Mal war meine Mutter irgendwie anders. Ich fürchte, sie enterben mich wirklich, wenn wir nicht mitspielen.«

Also schlossen sie einen Kompromiss. Mariam kam als Name nicht infrage, weil das ihren Schwiegereltern zu viel Einfluss verschafft hätte. Aber sie willigte ein, sich einen anderen arabischen Namen zu überlegen, solange das Kind dafür ihren Nachnamen tragen würde.

Yasmin schlug den Namen Nur vor, weil dieses Baby das *Nur* ihres Lebens war, das Licht, das in ihr Herz schien. Sie starb ein Jahr darauf, ohne je erfahren zu haben, dass Nurs Nachname Valdez lautete.

21

Nachdem die Frau und der Sohn meines Groß-Khalus Mamduh gestorben waren, begann für ihn eine Zeit der Verzweiflung. Nur war die Einzige, die ihm geblieben war, aber ihre Mutter weigerte sich, ihm ein Besuchsrecht zu gewähren. Er flehte sie an, weinte wie ein Kind. Dann nahm er sich einen Anwalt und ging vor Gericht. Am Ende gewann er den Prozess, der seine gesamten Ersparnisse verschlungen hatte. Aber er hatte ja noch seine Nur, und das war genug. Er rief seine Schwester an, meine Teta Nazmiyya, und erzählte ihr, dass sie nach Hause kommen würden – endlich.

Als es kalt wurde und Schnee im Anzug war, kochten Nur und ihr Jiddu eine besondere Suppe, wie jedes Jahr. Sie machten eine große Menge in einem riesigen Topf und froren sie portionsweise ein, damit sie den ganzen Winter über davon essen konnten. Jiddu war erkältet und hustete mehr als sonst, darum half Nur ihm, so gut es ging. Sie wusste bereits mit der Mikrowelle umzugehen und konnte die gefrorene Suppe aus der Tiefkühltruhe holen, indem sie sich auf einen Stuhl stellte. Sie fühlte sich schon ganz erwachsen, als sie eine Portion auftaute und ihrem kranken Jiddu ans Bett brachte. Während sie die Suppe aßen, spielten sie in seinem Bett, lasen Bücher und schauten fern. Wenn der spezielle Gebetswecker klingelte, kletterte er aus dem Bett, und gemeinsam beteten sie *salat.*

In jenem Winter bekam ihr Jiddu das volle Sorgerecht für sie und traf zwei wichtige Entscheidungen. Erstens wollte er mit ihr zurück in die Heimat gehen, nach Palästina, wo sie hingehörten. Flugtickets hatte er ihnen schon besorgt, und nun musste er nur noch das Auto verkaufen. Zweitens wollte er gemeinsam mit Nur eine Liebesgeschichte verfassen. Für Nur stand fest, dass der Titel »Jiddu und ich« lauten sollte. Ihr Großvater schlug vor, über die schönen Dinge zu schreiben, die sie zusammen erlebt hatten. Nur malte Bilder und diktierte Jiddu, wie die Geschichte gehen sollte, weil sie noch nicht alle Wörter buchstabieren konnte. Über einige Seiten hinweg beschrieben sie die Höhepunkte ihrer regelmäßigen Ausflüge zum Ententeich. Darunter prangten Nurs Bilder: sie und Jiddu im Ruderboot, sie beide auf dem Abenteuerspielplatz, wo Jiddu sie auf der Schaukel anschubst.

Auf anderen Bildern stellte sie dar, wie sie zusammen eine Gutenachtgeschichte lasen. Mahfuz, der Teddy, kam auf den meisten Bildern vor, und Nur diktierte ihrem Jiddu außerdem eine besondere Geschichte über das grüne und das braune Auge des Bären. Ein ganzes Kapitel wurde den *SSP*-Samstagen gewidmet, begleitet von einer Zeichnung eines riesigen Schokosplitterpfannkuchens, gekrönt von einer Kugel Eis. Nur war sich ganz sicher, dass kein anderes Mädchen auf der Welt samstagmorgens Eis essen durfte. Für sie war das etwas so Besonderes, dass sie die ganze Woche über freiwillig Gemüse aß. Einige Kapitel handelten von der schwarz-weißen Vergangenheit; auf eine dieser Seiten klebten sie das einzige Foto, das Jiddu aus dieser Zeit besaß. »Bist das wirklich du, Jiddu?«, fragte Nur.

»Ja, da war ich noch ein junger Mann.«

»Deine Beine sind gleich lang.«

»Ja, das Bild ist aus der Zeit vor meiner Verletzung.«

»Ist das Mariam?«

»Ja.«

»Das wusste ich!«

»Und das hier ist meine andere Schwester Nazmiyya. Und dieser kleine Junge da ... Das ist eine verrückte Geschichte. Wir haben ihn damals nicht bemerkt, aber wir wussten von ihm und dachten, er ist bloß erfunden. Er hieß Khaled. Er war der Freund deiner Groß-Amto Mariam.«

»Ich kenne ihn. Und die weiße Strähne in seinem Haar gefällt mir.«

Jiddu starrte auf das Bild und wischte es ab, um es zu säubern. »Die ist mir noch nie aufgefallen.«

Eine Woche nachdem sie angefangen hatten, das Buch zu schreiben, wurde seine Erkältung so schlimm, dass Jiddu nicht mehr zum Beten aus dem Bett klettern konnte und im Krankenhaus schlafen musste. Da kam Nzinga von der Sozialbehörde und brachte Nur in eine Pflegefamilie; sie sollte dort wohnen, bis es Jiddu wieder besser ging. Jeden Tag ging Nur zusammen mit Nzinga ins Krankenhaus. Sie war eine große, schöne Frau, die ein buntes Tuch – *gele* genannt – kunstvoll um ihren Kopf geschlungen hatte und komisch redete. Das lag daran, wie Nzinga erklärte, dass sie aus einem weit entfernten Land namens Südafrika kam. Sie brachte Nur ein paar Wörter auf isiZulu bei, und im Gegenzug lernte sie von Nur einige arabische Floskeln. Nur verbrachte den größten Teil des Tages im Krankenhaus, redete mit ihrem Jiddu und arbeitete an ihrem Buch. Wenn Jiddu ein Nickerchen machte, plauderte sie mit den Krankenschwestern und drückte alle Knöpfe, die sie drücken durfte, am Süßigkeitenautomaten und an den Aufzügen. Stolz führte sie den Schwestern und Nzinga jeden Tag vor, wie viele Buchseiten sie geschrieben hatte.

Als sich die Seiten weiter mit Bildern und Geschichten füllten, schlug Nur ihrem Jiddu vor, eine Liste von schönen Wörtern zu erstellen, die sie im Herzen bewahren wollten. »Was für eine wunderbare Idee, Nur!«, lobte Jiddu, und seine Farbe wechselte in ein triumphierendes Gelb. Darüber freute sich Nur, denn inzwischen konnte sie nur noch selten die Farben der Menschen erkennen. Jiddu hatte ihr erzählt, dass ihre Groß-Amto Mariam diese Fähigkeit irgendwann verloren hatte, auch wenn es Ausnahmen gegeben hatte, wenn die Stimmung sehr »emotional« war. Nur fragte Jiddu, was das bedeute, und er erklärte ihr, dass Emotion ein anderes Wort für Gefühl sei und Emotionen ihr Herz dazu brächten, wärmer zu werden, schneller zu schlagen oder fast aus dem Brustkorb zu springen. Oder ihr einen Kloß im Hals verursachten oder sie zum Weinen brächten. Nur dachte über all diese Gefühle nach und fragte ihren Jiddu, welches er spüre, wenn er an ihre Idee mit der Wörterliste dachte.

»Als du mir von der Liste erzählt hast, wurde mein Herz wärmer und flog hoch in den Himmel«, sagte er. »So geht es mir immer, wenn du bei mir bist, Nur.«

So erstellten sie Wörterlisten, die den anderen beschreiben sollten. Nur schrieb: »Nett, lustig, mein Lieblingsmensch auf der ganzen Welt, der Beste überhaupt«, aber dann fiel ihr nichts mehr ein.

Jiddu schrieb: »Schön, voller Liebe, das Licht im Leben des Jiddu …«

»Die gelten auch für dich, Jiddu. Aber können Jungs denn schön sein? Ich will dieses Wort auch auf meiner Liste haben.«

»Natürlich können auch Jungs schön sein. Findest du deinen alten Jiddu denn schön?«

»Ja! Besonders, wenn du ohne deinen Spezialschuh und den Stock gehst.«

»Klug, fürsorglich, freundlich, nachdenklich …«, setzte Jiddu hinzu. Seine Hand zitterte, als er die Wörter aufschrieb.

»Ich auch! Ich meine, du auch! Die will ich auch auf meiner Liste haben. Bitte buchstabier sie mir, Jiddu. Du bist wirklich gut in diesem Spiel.« Sie strahlte.

Jiddu drückte auf den Knopf, der die Schwester rief. Normalerweise durfte Nur den Knopf bedienen. Aber jetzt musste er vergessen haben, ihr Bescheid zu sagen, denn er konnte nicht aufhören zu husten. Die Schwester schickte Nur hinaus, so wie immer, wenn Jiddu ein kleines oder ein großes Geschäft machen musste. Nur musste lachen, wenn sie sich vorstellte, wie ihr Jiddu ein großes Geschäft machte.

Da kamen noch mehr Schwestern angelaufen und stürmten in das Zimmer ihres Jiddu. Sie waren lange da drin und erlaubten ihr nicht, wieder hineinzugehen. Nur dachte, es sei vielleicht ein so großes Geschäft, dass es eben länger dauerte.

»Du darfst noch nicht wieder rein«, sagte eine der Schwestern. »Hol dir doch was aus dem Süßigkeitenautomaten.«

»Ja, und ich weiß auch schon, wie das geht!«, prahlte sie.

So aß Nur einen Schokoriegel. Dann ging sie in die Krankenhauskapelle, um nachzusehen, ob Pastor Doug heute da war, aber sie traf ihn nicht an. Darum machte sie sich auf den Weg in die Cafeteria und half den Verkäuferinnen, die Salatbar wieder aufzufüllen. Als die ihr sagten, sie könnten sie nicht mehr gebrauchen, fuhr sie mehrere Male mit dem Aufzug hoch und wieder runter und drückte dabei für alle Passagiere die Knöpfe. Bei einem Stopp hörte sie plötzlich Nzinga rufen. »Nur! Da bist du ja!«, sagte sie. »Ich habe überall nach dir gesucht. Du musst nach Hause in die Pflegefamilie.«

»Hallo, Nzinga. Ich muss erst mein Buch und meine anderen Sachen holen.«

»Ich habe dir schon alles mitgebracht.« Nzinga griff in eine Plastiktüte und holte das Buch mit der blauen Schleife heraus.

»Nein! Ich muss mich noch von Jiddu verabschieden«, protestierte Nur. Im Inneren fühlte sie etwas ganz Neues: eine seltsame Enge, die sich um ihr Herz gelegt hatte und langsam in ihre Kehle aufstieg wie ein Kloß.

Nzinga ging in die Hocke. »Das geht leider nicht, Engelchen.« Nur konnte die Farben der Menschen nicht mehr erkennen, und deshalb wusste sie nicht mehr genau, ob jemand etwas Nettes oder etwas Schlimmes sagte. Der Kloß war jetzt noch größer geworden und steckte in ihrer Kehle fest. Ihr Kinn zitterte, und in ihren Augen bildeten sich Tränen. Sie brachte kein Wort heraus, verstand aber nicht, wieso.

An Nzingas Hand verließ Nur das Krankenhaus. Instinktiv drehte sie sich um. War ihr Großvater vielleicht aus dem Zimmer gekommen und mit dem Aufzug nach unten gefahren, um sich von ihr zu verabschieden? Nein, er war nicht da, und sein Fehlen tat ihr im Herz weh. Es schmerzte so sehr, dass sie erstarrte und der Kloß in ihrem Hals mit einem lauten Schrei explodierte. Die Glastüren vor ihr machten ihr eine Angst, die sie noch nicht begreifen konnte und für die sie keine Worte hatte.

Der Krankenhaus-Wachmann, mit dem Nur sich angefreundet hatte, kam zu ihnen herüber. Nzinga nahm Nur auf den Arm.

»Ich will noch nicht gehen. Bitte lass mich noch ein bisschen bleiben«, schluchzte Nur. »Meine Stimmung ist sehr emotional.«

Der Wachmann sah Nzinga bittend an. Auch sie war ergriffen.

»Wir könnten uns doch noch ein Weilchen in die Cafeteria setzen. Wäre das in Ordnung, Miss?«, fragte er Nzinga.

Sie willigte ein.

Der Wachmann sagte: »Du kriegst deinen Lieblingsnachtisch.« Der Gedanke an Schokoladenmousse mit Sahne lenkte Nur kurz von dem Schmerz in ihrer Brust ab. Ein Lächeln brachte sie jedoch nicht zuwege. Ängstlich klammerte sie sich an Nzinga, während das Monster in ihrer Brust weiterwuchs. Normalerweise war Jiddu dafür zuständig, die Monster unter ihrem Bett zu vertreiben. Mit ihm war alles leichter und heller. Jetzt, da die Welt sich verdunkelte und ein furchterregendes Ding in ihrem Inneren eingezogen war, musste sie Jiddu sehen. »Bitte, Nzinga, darf ich nicht noch kurz zu Jiddu?«

Nzinga erlaubte nicht, dass sie zu ihm zurückging; es gelang ihr aber, das Kind einigermaßen zu beruhigen. Nur zeigte ihr, welche Fortschritte sie mit dem Buch gemacht hatten, und sie redeten über ihre Lieblingsdinge, so lange, bis Nur ganz müde wurde und Nzinga sie zum Auto trug.

Zwei Monate vergingen, bevor Nur erfuhr, wie es Jiddu ergangen war. Während dieser Zeit wartete sie geduldig darauf, ihn wieder besuchen zu dürfen. »Erst wenn es ihm besser geht«, sagte die Pflegemutter. Vielleicht dachte sie, das Kind würde irgendwann aufhören, nach ihm zu fragen. Aber Nur schrieb ihrem Jiddu Briefe in ihr gemeinsames Buch mit der blauen Schleife. Sie erweiterte die Liste, die ihn beschrieb. Sie betete für seine Genesung. Später erst würde Nzinga ihr erklären, was genau geschehen war, aber fürs Erste verbrachte Nur viel Zeit damit, für ihren Großvater zu beten. Eines Tages hörte eins der älteren Mädchen, die das Zimmer mit ihr teilten, ihr Gebet mit an. »Dein Großvater ist tot. Der wird nicht mehr gesund, du Dummkopf.«

Da erzitterte die Erde. Der Mond fiel vom Himmel. Die Sterne verloschen. Und die Worte des gemeinen Mädchens brannten sich für immer in Nurs Herz ein. Durch die Jalousie fiel fahles Mondlicht auf ihren gequälten Körper. Die Tränen strömten ihr nur so aus den Augen. Sie wollte nach Mahfuz greifen, doch ihre Hände gehorchten ihr nicht. In ihrem Inneren fielen alle Teile durcheinander, so wie die Perlen einer Halskette, deren Schnur reißt. Wenn Nur sich nicht bewegte, würde ihr Jiddu – die Schnur in ihrem Inneren, die alles zusammenhielt – vielleicht nicht vollständig davongleiten. Sie wusste, dass das gemeine Mädchen recht hatte. Jiddu war tot.

Schließlich bewegte sie sich doch. Sie holte Mahfuz, den Jiddu ihr geschenkt hatte, zu sich und drückte ihn an die Brust. Die Nacht verging in stiller Schlaflosigkeit, während die Perlen aus der Kette ihres noch jungen Lebens überall verstreut auf dem Boden herumlagen.

22

Nach Yasmins Tod hatte mein Groß-Khalu Mamduh vorgehabt, auf Besuch nach Gaza zu fahren. Er hatte gehofft, seinen Sohn zum Mitkommen überreden zu können, damit sie alle gemeinsam im Kreis der Familie um Yasmin trauern konnten. Teta Nazmiyya, Jiddu Atiyah und die Witwe des Imkers hielten die Totenwache für Yasmin; dass sie so lange fort gewesen war, machte den Schmerz über ihren Tod noch größer. Andererseits freuten sie sich über Mamduhs baldige Ankunft – bis sie die Nachricht bekamen, dass auch sein Sohn dahingeschieden war. Es war ein Unfall, der Mamduh noch weiter zerbrechen ließ, obwohl er doch eigentlich schon vollständig zerbrochen war. Er rief seine Schwester in Gaza an. »Ich wünsche mir gerade nichts sehnlicher auf der Welt, als zu Hause zu sein. Hier hält mich nichts mehr, aber ich muss noch so lange warten, bis Nur groß genug ist, um mit mir zu kommen.« Meine Teta und ihr Bruder Mamduh sprachen mehrere Male in der Woche miteinander. Ihre Unterhaltungen drehten sich fast immer um Nur. Teta glaubte, dass Mariam in ihr wohnte. Es konnte keine andere Erklärung geben für ihre unterschiedlichen Augenfarben. Dann hörten die Anrufe auf.

Immer, wenn Nur Jiddu nach ihrer Mutter gefragt hatte, hatte er bloß gesagt: »Sie musste weg, aber ich weiß nicht, wohin, mein Schatz.« Kurz nach seinem Tod spürte Nzinga sie auf, und sie trafen sich im Park.

»Du siehst genauso aus wie ich in deinem Alter«, bemerkte die Frau und nahm Nurs Hand. Dann zog sie ihre Hand sofort wieder weg, um Nzinga, der Behördenmitarbeiterin, heftig gestikulierend ihre Wut zu zeigen, aber Nur packte sie wieder. Sie klammerte sich an der Hand ihrer Mutter fest, während die Erwachsenen über »Vertrauen« redeten. Um es zu bekommen, würde ihre Mutter von Texas zurück nach North Carolina ziehen müssen. Sie sagte: »Es ist ihr Geld, und ich bin ihre Mutter. Ich sollte diejenige sein, die das Treuhandkonto verwaltet. Wie soll ich mich sonst um sie kümmern? Ich bin nicht reich.«

Nzinga, die bis dahin ganz ruhig geblieben war, ging in die Hocke und bat Nur, ein Weilchen spielen zu gehen, während die Erwachsenen miteinander redeten.

Die erste Nacht durfte sie bei ihrer Mutter im Motel verbringen, musste dann aber wieder zurück in die Pflegefamilie, bis ihre Mutter nach North Carolina umgezogen war.

»Was ich nicht alles für dich tue, Nur«, sagte ihre Mutter, und ihre roten Lippen glänzten. »Das mache ich bloß, weil ich dich so liebe.« Sie gab dem Mädchen einen Kuss. Nur strahlte. Sie hatte eine echte Mommy, die sie so lieb hatte und deren Küsse einen roten Abdruck auf ihrer Backe hinterließen. Als Beweis.

»Über deinen Namen müssen wir allerdings noch mal nachdenken. Nuria wäre ein Vorschlag, aber das ist Katalanisch, und das ist fast genauso schlimm wie Arabisch. Wie wär's mit Nubia? Ja, ich glaube, das nehmen wir.« Nur schüttelte den Kopf. Wie konnte man den Namen eines Menschen einfach so ändern? »Das bleibt aber unser Geheimnis. Verrate das nicht der Dame von der Sozialbehörde, ja?«

»Nein, Mommy.« Mommy, das Wort fühlte sich gut an. »Ich bin gut im Geheimnissebewahren.« An jenem Abend fügte Nur ihrer Liste hinzu: *Gehaimnissbewahrerin.* Als ihre Mommy ihr eine Gutenachtgeschichte vorlesen wollte, sagte Nur nichts über das geheime Buch, das sie und Jiddu zusammen geschrieben hatten. Mit dem begrenzten Wissen eines kleinen Kindes ahnte sie, dass ihre Mommy das Buch »Jiddu und ich« nicht gut finden würde.

Es dauerte einige Monate, bis Nurs Mutter den Umzug nach North Carolina bewältigt hatte. Während dieser Zeit konnte Nur sie nicht in Texas besuchen, nur manchmal mit ihr telefonieren. Ihre Mutter berichtete ihr dann von den Gerichtsprozessen, die sie angestrengt hatte, um die Kontrolle über ein Treuhandkonto zu bekommen. Das Geld dieses Kontos stammte aus einer Versicherungspolice, und es war ganz schön viel. Bis jetzt konnte sich die Mutter kein Flugticket für Nur leisten, erst wenn sie »über das Treuhandkonto bestimmen könnten«.

Als Nur eingeschult wurde, wohnte sie noch in der Pflegefamilie. Erst viele Jahre später würde sie an die karge Zweckdienlichkeit dieser Zeit zurückdenken: an die drei Mahlzeiten des Tages, an die weißen Wände und die sauberen Fußböden, an das strenge Regiment, an das Zimmer, das sie mit drei anderen Pflegetöchtern teilte, die alle viel älter waren als sie und so böse Wörter kannten, dass sie sich von ihnen fernhielt. Zweimal wachte sie auf und entdeckte, dass sie am ganzen Körper bekritzelt war. Aber die Mädchen sagten bloß, sie solle sich nicht so anstellen. Ob sie denn gar keinen Spaß verstehe? Außerdem erinnerten sie sie daran, dass sie doch eine »Gehaimnissbewahrerin« sei. Daraufhin schlief Nur nicht mehr gut, weil sie jedes Mal Angst davor hatte, was die Nacht wohl brachte. Als Nzinga ihr berichtete, dass ihre Mutter endlich nach North Carolina umgezogen war und sie bei ihr einziehen durfte, sobald die Sozialbehörde das neue Zuhause inspiziert hatte, war sie überglücklich.

Das neue Haus hatte zwei Schlafzimmer. Eins war für Nur, das andere für ihre Mutter und für Sam, ihren Freund. Alle teilten sich ein Badezimmer und verbrachten die meiste Zeit in dem großen Raum neben der Küche, in den sie einen Großbildfernseher mit Holzvertäfelung stellten. »Ich wollte schon immer so einen schweineteuren Fernseher«, sagte die Mutter.

Als der nächste Monatsscheck von dem Treuhandkonto ankam, bestand Sam darauf, dass sie einen Teil davon für neue Bettwäsche für Nur ausgaben. Bis jetzt schlief sie auf einem großen weißen Laken und unter einer abgeschabten Decke, die ihre Mutter ihr hingelegt hatte. Die protestierte: »Wir brauchen doch noch so viele andere Sachen!«

»Nein, wir kaufen ihr Bettwäsche.« Sam zwinkerte Nur zu, die zurücklächelte und sich ausmalte, wie sie ihr Zimmer ausstatten würde. Vielleicht bekam sie ja Bettzeug mit Wonder-Woman-Aufdruck? Oder solches mit Aschenputtel darauf?

»Wenn du den Papa spielst, bist du so sexy«, sagte die Mutter und fasste Sam zwischen die Beine.

Nur kniff die Augen fest zu. Als sie sie wieder öffnete, lächelte Sam sie an. Dann gingen er und die Mutter in das gemeinsame Schlafzimmer und schlossen die Tür hinter sich ab. Sie machten schreckliche Geräusche, die Nur mithilfe des neuen, schweineteuren Fernsehers übertönen konnte.

Trotz allem war es besser, eine echte Mommy und ein eigenes Zimmer zu haben. Nur arbeitete fleißig, um ihre Dankbarkeit zu zeigen. Sie half beim Putzen und lernte, wie man Kaffee kochte, und von da an gehörten diese Arbeiten zu ihren festen Aufgaben. Wenn ihre Mutter sich morgens aus dem Bett quälte, war Nur bereits fertig angezogen und hatte Kaffee gekocht. Ihr Fleiß im Haushalt wurde nur von ihrem Eifer in der Schule übertroffen. In der ersten Klasse konnte sie schon lesen und schreiben wie eine Drittklässlerin. Endlich hatte sie einen Bereich gefunden, in dem sie glänzen konnte und in dem sie Liebe und Anerkennung bekam, wenn sie sich nur genügend anstrengte. Und darum strengte sie sich an, so sehr sie nur konnte.

Wie echtes Glück fühlte es sich aber trotz allem nicht an. Nur sehnte sich nach etwas, das schwer zu fassen und für immer verloren war. Nach einem alten Mann, dessen Gang wie ein Lied war. Nach Gutenachtgeschichten aus einer anderen Welt. Nach einem Ententeich und einem ganz bestimmten Spielplatz. Nach einer Liebe, die sich nicht an ordentlich erledigten Arbeiten im Haushalt oder hervorragenden Noten in der Schule bemaß. Diese Sehnsucht setzte sich in ihrem Körper fest, und wenn sie an die Oberfläche kam, spürte Nur sie wie Schmerzen, die im Bauch begannen und sich bis hinter die Augen ausbreiteten.

23

Mama war vierzehn Jahre älter als Nur. Sie hatte meinen Vater schon kennengelernt, als Teta Nazmiyya verkündete, dass die kleine Nur zusammen mit meinem Großonkel Mamduh nach Gaza kommen werde. Sie freute sich trotzdem sehr darüber, bald eine kleine Schwester zu haben. Teta Nazmiyya rief ihren Bruder immer wieder an. Sie hatte in ihrem Leben schon einiges an Enttäuschung und Kummer hinnehmen müssen, aber jene Tage, in denen sie endlos am Telefon hing und immer wieder dieselbe Nummer wählte, waren besonders schwer. Die nagende Angst, sie könnte ihren Bruder verloren haben, wurde nur noch übertroffen von der Sorge, Nur könnte mutterseelenallein und ohne Liebe in Amriika *sein. Sie betete die ganze Zeit über und versuchte sogar heimlich, Sulayman herbeizurufen, bekam aber keine Antwort, nicht von Gott, nicht von den Engeln und auch nicht von dem Dschinn.*

Niemand sagte es Nur direkt ins Gesicht. Sie schnappte hier und da einige Sätze aus den Unterhaltungen der Erwachsenen auf und bemerkte, dass sie sich anders als sonst benahmen. Ihre Mutter strahlte, schnatterte aufgeregt am Telefon und fasste sich häufig an den Bauch. Nur würde ein Geschwisterchen bekommen, und Sam würde ihr Stiefvater werden. Das Hochzeitsdatum würden sie bald festlegen.

Zur Feier des Tages gab Sam ihrer Mommy einen schicken

Katalog, aus dem sie sich etwas Schönes bestellen sollten. Während die Mutter ihn durchblätterte, wartete Nur geduldig, bis sie an der Reihe war. Als Nur ihr helfen wollte, schickte ihre Mutter sie weg.

Endlich lag der Katalog, versehen mit vielen Bleistiftkringeln und eingeschlagenen Ecken, auf dem Fernsehtisch. Nur schlug ihn auf und suchte die Kinderabteilung. So viel Auswahl! Kleider, Schuhe, Socken, Röcke, Blusen, Shorts, Sandalen, Schleifen, Puppen, Spielsachen. Aber sie wusste, dass sie bescheiden sein musste. »Nicht gierig« stand bereits auf der Liste ihrer guten Eigenschaften. Ihre Mutter war ausgegangen, und Nur brütete über dem Katalog und überlegte, was sie bestellen sollte. Bevor sie mit dem Katalog in den Armen einschlief, hatte sie sich für vier Sachen entschieden: ein blau und weiß gestreiftes Kleid mit einer roten Schärpe, die zum Rücken hin in einer großen Schleife auslief; rote Lacklederschuhe mit Riemchen, weiße Strümpfe und einen braunen Stoffhund, den sie Malcolm nennen wollte – ein Freund für Mahfuz, den Teddy. Sie könnte die beiden ja M&M nennen – bei dem Gedanken lächelte sie.

Da klingelte es an der Tür, und Nur wachte auf. Der Fernseher lief, den Katalog hatte sie noch in der Hand. Ihre Mutter war nach Hause gekommen.

»Geh ins Bett. Du solltest schon längst schlafen«, sagte die Mutter.

»Mommy, ich habe die Sachen eingekreist, die ich mir wünsche.«

»Okay, aber jetzt ab ins Bett, Nubia.«

»Ich habe bloß vier Sachen eingekreist. Ich war gar nicht gierig«, fügte Nur hinzu. »Willst du sie mal sehen?«

»Morgen früh.«

Endlich kam der Tag, an dem die Bestellung geliefert wurde – in drei Kartons, zwei größeren und einem kleineren. Nurs Mommy öffnete einen nach dem anderen und erklärte, nur Erwachsene dürften Pakete aufmachen. Nur wartete geduldig, während ihre Mutter die Sachen nacheinander herausnahm. Sie faltete die Kleider auf, inspizierte jedes einzelne Paar Schuhe und jeden Lippenstift. Nur rutschte unruhig auf ihrem Stuhl herum und reckte den Hals, um einen Blick in die Kartons zu erhaschen. Wo waren ihre Sachen?

»Ja, die sind schön«, sagte sie, als ihre Mutter sie fragte, ob sie die zueinanderpassenden Babysachen – Mütze, Handschuhe und Schühchen – auch mochte. Und so ging es weiter, während sich die Kartons leerten. Nur gab die Hoffnung nicht auf, auch nicht, als ihr klar wurde, dass nichts mehr übrig war. Vielleicht hatte sie ihr neues Kleid einfach übersehen? Das konnte sein, ihre Mutter hatte ja schon mal gesagt, sie müsse öfter »ihr kleines Hirn benutzen«.

»Wo sind denn die Sachen, die ich eingekreist habe, Mommy?«

»Ach, Süße, das habe ich ganz vergessen! Als ich angerufen habe, um sie zu bestellen, hieß es, die seien ausverkauft.«

Da rührte sich das harte Ding, das sich in Nurs Bauch eingenistet hatte. Es bewegte sich nach oben, setzte sich in ihrer Kehle fest und breitete sich bis hinter die Augen aus. Sie spürte, dass ihr die Tränen kamen. Als sie das letzte Mal geweint hatte, hatte ihre Mommy gesagt, sie solle keine Heulsuse sein. Nur hatte »Keine Heulsuse« auf die Liste gesetzt. Jetzt, als ihre Mommy den Raum verließ und Nur allein mit den drei leeren Kartons zurückblieb, half ihr der Gedanke an diese Eigenschaft, die Tränen zurückzudrängen. Sie wollte Mommy fragen, ob die Katalogmenschen ihre Sachen später einmal schicken würden, wenn es sie wieder gäbe, aber sie wusste auch, dass das keine gute Idee war. Eine Art Stille kam angekrochen und wickelte sich um ihren kleinen Körper. Die vertrauten Bauchschmerzen machten sich bemerkbar. Erst als sie wirklich unerträglich wurden, erlaubte Nur sich selbst zu weinen. Wenn etwas richtig schlimm war, war man nämlich keine Heulsuse. Sie weinte, und als niemand kam, um nach ihr zu sehen, weinte sie lauter. Sie hörte, dass Sam nach Hause gekommen war. Der Schmerz war verschwunden, aber sie konnte nicht aufhören zu schreien. Schließlich kam ihre Mutter angelaufen. »Warum weinst du denn ununterbrochen?«

»Mommy, mein Bauch und mein Kopf haben ganz schlimm wehgetan«, sagte Nur. Sie war erleichtert, dass sie endlich aufhören konnte.

»Nubia, du brauchst so viel Aufmerksamkeit. Immer wenn ich etwas vorhabe, kommst du mit dieser Tour. Bitte, leg dich hin und schlaf«, empfahl die Mutter und schloss die Tür hinter sich.

Spätabends erwachte Nur und sah Sam an ihrem Bett sitzen.

»Hallo«, sagte er. »Wie geht's deinem Bauch?«

»Besser«, gähnte sie und rieb sich die Augen.

»Lass mal sehen.« Sam hob ihr Nachthemd hoch. »Armer Bauch.« Er streichelte ihre Haut. »Du hast einen sehr schönen Bauch.« Er beugte sich vor und gab ihr einen Kuss auf den Bauchnabel. Und dann küsste er um den Bauchnabel herum. »Und dazu hast du die schönsten und außergewöhnlichsten Augen, die ich je gesehen habe.«

Er deckte sie zu. »Findest du, deine Mommy ist manchmal gemein zu dir?«

Nur schüttelte den Kopf.

»Komm schon, sag die Wahrheit.« Er kitzelte sie ganz zart, und Nur musste lachen. »Aha, kitzlig bist du wohl? Dann muss ich dich erst mal durchkitzeln.«

Nur liebte Sam.

»Also, wie lautet die Antwort?«, fragte er.

»Okay, manchmal ist Mommy ein bisschen gemein zu mir.«

»Keine Sorge. Ich passe auf dich auf«, versprach er. Er deckte sie wieder zu, küsste sie erst auf die Stirn, dann auf die Lippen, wo er kurz verharrte, und verließ das Zimmer.

Von da an setzte Sam sich für Nur ein. Er ging mit ihr Kleider einkaufen, weil die Sachen aus dem Katalog nie gekommen waren. Als Sams Nichte, die so alt war wie Nur, das Blumenmädchen bei der Hochzeit sein wollte, bestand Sam darauf, dass diese Ehre Nur zustehe. Bei einer Familienfeier kletterte Nur auf seinen Schoß und streckte seiner Nichte die Zunge heraus. Sam drückte Nur, als wollte er ihren geheimen Bund bestätigen. Bald blieb er abends zu Hause, wenn die Mutter einkaufen ging, und passte auf Nur auf. Am ersten gemeinsamen Abend spielten sie Dame. Als Nur einmal schummelte, kitzelte Sam sie, und sie bekam regelrechte Lachanfälle. Sie bat ihn aufzuhören, und als er von ihr abließ, provozierte sie ihn, damit er wieder anfing.

»Ich kenne eine geheime Kitzelstelle«, behauptete er. »Wenn man da gekitzelt wird, spürt man es am ganzen Körper.«

»Das glaube ich dir nicht! Wo soll die denn sein?«

»Das ist ein Geheimnis. Kannst du ein Geheimnis bewahren? Oder bist du ein Plappermaul?«

»Ich plappere nie was aus. Ich bin sehr gut darin, Geheimnisse zu bewahren.« Sie dachte an ihre Liste. *Gehaimnissbewahrerin.*

24

Eines Morgens wachte Teta Nazmiyya auf, umflort von Nebelschwaden, behaftet von den Geistern eines Albtraums. In den Tiefen des Schlafs war sie zurück nach Beit Daras gelaufen, dieses Mal auf der Suche nach Nur. Sie fand Mariam und stellte die Mauern um, wie sie es nur im Traum konnte, damit sie ein Versteck hatten. »Dieses Mal bin ich schlauer als sie«, verkündete sie. Mariam deutete auf ein freies Feld, von dem Rauch aufstieg – Rauch von verbrennendem Leben. Ein kleines Kind stand in der Mitte. »Das ist Nur«, sagte Mariam. Neben ihr erschien eine Frau, die unablässig telefonierte; dann kam ein Mann, der Nur auszog und unsittlich berührte. Teta Nazmiyya machte einen großen Satz von einer Mauer herunter auf das Feld, um Nur zu retten. Doch die Soldaten, die tief in ihrem Gedächtnis vergraben waren, kamen plötzlich zum Vorschein und brachen das alte Trauma wieder auf. Teta Nazmiyya fuhr im Bett auf, als der Schuss fiel und Mariam zu Boden stürzte. Mein Großvater Atiyah umarmte sie fest. »Ich konnte wieder nichts gegen sie ausrichten«, schluchzte sie. »Mariam ist tot, und Nur ist ganz alleine und wird missbraucht.«

Auf Nurs Zeugnis prangten viele goldene Sterne. Sam las es laut vor. »Hier steht: ›Nur ist ein außergewöhnlich intelligentes Kind. Ihre Lese- und Schreibfähigkeiten sind sehr beeindruckend und sind weiter entwickelt als bei ihren Klassenkameraden. Ich schlage daher vor, dass sie in den Lesekurs der vierten Klasse aufrückt.‹«

Der Stolz stand Nur ins Gesicht geschrieben. Aber die Worte ihrer Mutter ließen alle Freude dahinschmelzen. »Wie schön. Ich war auch immer eine gute Schülerin. Das musst du von mir haben. Das heißt, du brauchst diese aufgeblasene Privatschule gar nicht, du kannst ebenso gut auf eine staatliche gehen. Ich war auch immer auf einer normalen Schule. Das wäre doch toll, dann wärst du genau wie ich.«

Das Monster, das in Nurs Bauch lebte, regte sich wieder.

»Und was das Schulgeld auf dem Treuhandkonto angeht, das können wir doch dann für was Besseres ausgeben, für Dinge, die wir wirklich brauchen«, fügte ihre Mutter hinzu.

Da stiegen Tränen in Nur auf, und sie ging in ihr Zimmer, damit niemand sie eine Heulsuse nannte. Sie blieb stundenlang in ihrem Zimmer und lauschte angestrengt, was im Haus vor sich ging. Das Geschnatter ihrer Mutter am Telefon. Der schweineteure Fernseher. Sam. Die beiden zusammen im Bett, stöhnend. Sie hielt sich die Ohren zu und dachte an den Lesekurs der vierten Klasse. Im Kopf hörte sie die Worte eines alten Mannes: *Wörter sind so wichtig, Nur.* Sie blickte sich in ihrem Zimmer um, richtete ihre Aufmerksamkeit auf Unregelmäßigkeiten der Wandfarbe, dünne Staubschleier auf der Oberfläche ihrer Möbel, Falten im Vorhang und Details im Stoffmuster ihres Kleides. Kurz darauf verließ ihre Mutter das Haus.

Stille. Die Stille eines kreisrunden Lochs im Herzen. Sie holte ihr geheimes Buch hervor, löste die blaue Schleife und starrte auf die Liste. Starrte noch fester. Eine Leere geisterte durch ihren Bauch und wuchs an, bis zwei große, fette Wörter erschienen. Nur schrieb sie auf die Liste. Unter »Kein Plappermaul« und »Keine Petze« setzte sie die Wörter »dreckig« und »böse«.

Sie legte das Buch wieder weg, verließ ihr Zimmer und ging ins Schlafzimmer ihrer Mutter, wo Sam schon auf sie wartete.

25

Der Lauf der Geschichte riss uns alle fort von unserer angestammten Existenz. Doch Nur wurde so weit weggeschleudert, dass nichts mehr in ihrer Umgebung auch nur den Hauch Palästinas atmete. Darum ist es eigentlich eine Ironie des Schicksals, dass ausgerechnet ihr Leben am besten verkörperte, was es bedeutete, vertrieben, enteignet und verbannt zu sein. Wenn man – so wie sie – ganz allein auf der Welt war, ohne Familie oder Clan oder Land oder Nation, war man von der Gnade anderer abhängig. Es gab Menschen, die Mitgefühl zeigten, und andere, die die Notlage schamlos ausnutzten. Nur musste erleben, dass sie den Launen ihrer Gastgeber ausgeliefert war, regelmäßig zurückgesetzt und nur selten wie ein vollwertiger Mensch behandelt wurde.

Je öfter Nurs seltsame Krankheit auftrat, desto heftiger wurde der Zorn ihrer Mutter. Einmal rief die Schulkrankenschwester zu Hause an, weil Nur hohes Fieber bekommen hatte. Die Mutter, die bald darauf erschien, um sie abzuholen, gab sich im Krankenzimmer sehr besorgt. Auf dem Weg zum Parkplatz jedoch packte sie Nur fest am Arm und krallte ihr die Nägel tief in die Haut. »Du tust wohl alles für ein bisschen Aufmerksamkeit, oder?«

»Tut mir leid.« Nur war ein Häufchen Elend.

»Halt den Mund und steig ein.«

Schweigend kletterte Nur ins Auto. Ihr Körper fühlte sich an wie ein schwerer, brüllend heißer Ofen. Sie wusste, dass sie nicht weinen durfte, konnte die Tränen aber nicht zurückhalten. Ihre Augen waren schwer, und ihr Herz kauerte irgendwo in ihrem ausgezehrten Inneren.

»Ich hab gesagt, halt den Mund, verdammt noch mal! Mit deinen Tränen wickelst du mich nicht ein. Willst du jetzt auch noch das Opfer spielen?« Die Stimme der Mutter wurde immer lauter und schriller. »Das ist meine gottverdammte Hochzeit! Ich werde nicht zulassen, dass du dich in den Mittelpunkt drängst!«

Nur drehte den Kopf, um aus dem Fenster zu sehen, und atmete tief ein. In jenem Moment erstarben ihre Tränen. Einfach so. Als Nur acht Jahre alt war. Ihre Tränen versiegten und brachen erst wieder auf, als sie als Erwachsene am Strand von Gaza stand und das Mittelmeer ihre Füße umspielte, während sie in der Hand einen mehrfach gefalteten Brief hielt.

Später an diesem Abend kam Nurs Mutter in ihr Zimmer und fragte freundlich, ob sie etwas essen wolle. Ohne auf Nurs Antwort zu warten, sprach sie weiter. »Ich weiß, ich war heute sehr streng mit dir, aber das bin ich nur, weil ich dich liebe. Ich will, dass du ein anständiger Mensch wirst. Denk an all die schönen Dinge, die ich dir gekauft habe, damit du ein schönes Leben hast. Für mich hat das nie jemand getan. Ich möchte nur, dass du ab und zu daran denkst, wie ich mich fühle. Ich versuche es uns allen recht zu machen, sodass es uns gut geht, aber das funktioniert nur, wenn du auch mithilfst. Deine Großeltern und die ganze Familie werden zur Hochzeit kommen, und es ist wichtig, dass du dich gut benimmst und gehorchst, ja? Glaubst du, du könntest eine gute Tochter sein und unseren Verwandten zeigen, was für eine glückliche Familie wir sind?«

Nur nickte zustimmend.

»Du bist ein braves Mädchen.«

Der »große Tag« fiel auf den ersten Juni, den Tag vor Nurs neuntem Geburtstag. »Den Termin habe ich absichtlich so gelegt, damit ich dir das schönste Geschenk überhaupt machen kann! Einen Vater und bald noch zwei kleine Zwillingsjungen!«

Einige Familienmitglieder kamen aus Texas angereist, und Nurs Großeltern, ihr *abuelo* und ihre *abuela,* flogen aus Florida ein. »Schau dich an! So ein hübsches Mädchen!«, rief ihre Großmutter und redete auf Spanisch weiter. Alle schienen froh zu sein, Nur wiederzusehen, und nannten sie nicht Nubia. Ihre Tía Martina und ihr Tío Umberto hatten sogar an ihren Geburtstag gedacht und ihr ein hübsch verpacktes Geschenk mitgebracht. Auf der Karte stand: *Für unsere Nichte Nur. In Liebe, Tía und Tío.*

»Um ehrlich zu sein, Santiago hat uns daran erinnert«, erklärte Tía Martina Mommy in dem Glauben, Nur hätte sie nicht gehört. Nur merkte auf, als der Name ihres Onkels fiel. Tío Santiago hatte sie erst einmal für einige Tage besucht, war aber sofort Nurs Lieblingsonkel geworden. Er hatte viel Zeit mit ihr verbracht, ihr Gitarrenunterricht gegeben und war mit ihr in den Park gegangen. Sie hatte die Aufmerksamkeit, die er ihr entgegenbrachte, begierig aufgesogen, und erst als Tío Santiago abreisen musste, bekam sie wieder das altbekannte Bauchweh.

Jetzt aber hörte sie Geräusche von der Wohnungstür und eilte ins Wohnzimmer. Den Gitarrenkasten sah sie zuerst. Er war abgenutzt und wurde nur noch von Isolierband und bunten Aufklebern zusammengehalten. Santiago kümmerte sich nicht um die übrige Verwandtschaft, sondern stürzte auf Nur zu. Er hob sie hoch und rief: »Nur! Du bist aber groß geworden! Ich freue mich so, dich wiederzusehen, meine kleine Rockstar-Nichte!« Obwohl Nur keine Gefühlsfarben mehr sehen konnte, wusste sie, dass dies ein pulsierender blauer Moment war. Fast wie damals, als ihr Jiddu sie hochgehoben hatte. Fast wie seine Liebe. Ihr Gesicht, ihre Augen, ihr Herz, ihre Haut, Hände und Zehen lächelten.

Während der ganzen Feier wich sie Tío Santiago nicht von der Seite, obwohl ihre Großmutter einmal bemerkte, er solle das »kleine Mädchen« doch zum Spielen mit den anderen Kindern schicken. Aber da Tío Santiago die Aufforderung ignorierte, tat auch Nur so, als hätte sie nichts gehört.

Als Nur einmal nicht bei Tío Santiago war, beobachtete sie, wie er mit Sam plauderte. Eine tiefe Verzweiflung überfiel sie, und ein plötzlicher Hass auf Sam stieg in ihr hoch. Nur rannte zu Tío Santiago und zog ihn weg von Sam. Sie wirkte so aufgeregt, dass er mit ihr nach draußen ging, wo sie sich besser unterhalten konnten.

»Nur, Liebes, ist alles in Ordnung?«, fragte Santiago.

Hinter ihren Augen bildeten sich Tränen, die in ihren Bauch fielen. »Ich habe Bauchschmerzen.«

Santiago ging vor Nur in die Hocke. »Und hast du auch noch was anderes, Nurita?«

»Ich will nicht, dass du mit Sam redest!«, platzte Nur heraus. Wo waren diese Worte nur hergekommen?

»Na gut, dann rede ich nicht mehr mit ihm. Aber warum?«

Da spürte sie das ganze Gewicht des Geheimnisses, das auf ihr lastete. Ihre Lippen zitterten, als wollten sie die Tränen hervorlocken, die aus dem Bauch herausmussten. Sie atmete schneller, und ihre Muskeln spannten sich an. Alle Wörter, die sie sagen wollte, sammelten sich in einer Kloake in ihrem Bauch. »Ich weiß nicht. Mein Bauch tut so weh, Tío.« Mehr brachte sie nicht heraus.

»Hast du etwas gegessen, Nurita?«

Zaghaft schüttelte sie den Kopf.

»Komm, wir hauen ab und kaufen uns im Park Hotdogs«, sagte Santiago. »Aber allzu lange können wir nicht wegbleiben, sonst reißt mir deine Mom den Kopf ab.«

Sie verschwanden durch den Garten und gingen die zwei

Blocks bis zum Park. Während sie ihre Hotdogs aßen, fragte Santiago vorsichtig: »Nurita, hat Sam oder jemand anders dir je wehgetan oder etwas von dir verlangt, was dir schlechte Gefühle macht?«

»Nein.«

Gehaimnissbewahrerin. Kein Plappermaul. Keine Petze.

»Nurita, das ist zwar unsere Familie, aber egal, was sie zu dir sagen, glaub mir, du bist wunderbar.«

Nur nickte. »Okay, Tío.«

Er lächelte. »Wenn du ein bisschen größer bist, machst du es wie ich. Dann gehst du von ihnen weg, so weit du nur kannst.«

Am selben Abend reiste Tío Santiago ab, ohne sich bei Nur verabschiedet zu haben. Sie hörte den großen Streit mit an und wusste, dass es – wenigstens teilweise – um sie ging. Es begann, nachdem Tío Santiago sie ins Bett gebracht hatte. Sie hörte laute Stimmen, abwechselnd auf Englisch und Spanisch. Ihre Mutter warf Santiago vor, er habe keine Ahnung von gar nichts und sei ein Verlierer, ein drogenabhängiger Hippie. Er könne dann mit ihr über ihr Kind reden, wenn er endlich ein echter Mann geworden sei und selbst Kinder habe – oder wenigstens einen Job. Tío Santiago fragte sie, ob sie wisse, wann Nur zuletzt gegessen oder gebadet habe. Sie rieche nämlich nicht gerade wie frisch gebadet. Da entgegnete Nurs Mutter ihm, er solle zum Teufel gehen.

»Was ist bloß los mit dieser Familie?«, brüllte Santiago. Dann sagte er die Worte, die sich in etwas Festes verwandelten, im selben Moment, in dem sie ihm über die Lippen kamen: »Sie ist kein alter Schuh, den man in eine Abstellkammer stopfen oder ausmisten kann, wenn einem danach ist.«

Das war es also, das Ding. Ein alter Schuh. Das Monster in ihrem Inneren, das sich jederzeit in Bauchschmerzen verwandeln konnte, nahm die Form eines abgetragenen Schuhs an. Er trampelte auf Nurs Körper herum, während sie bewegungslos dalag. Dann blieb er stehen, genau auf ihrem Bauch. Sie hörte noch mehr Stimmen, und dann sagte Sam: »Warum verbringt ein erwachsener Mann wie du überhaupt so viel Zeit mit einem hübschen kleinen Mädchen?«

Stille. Dann ein Schlag und ein Klirren. Ihre Mutter rief: »Raus aus meinem Haus!«

Türen knallten, und unter der Tür von Nurs Zimmer und durchs Schlüsselloch hindurch kam eine große Wut hereingekrochen. Sie krabbelte über die Wände, kräuselte sich um ihren Körper herum und sickerte in ihre Träume ein.

Am Morgen herrschte eine unnatürliche Stille im Haus. Sam begrüßte sie als Erster und schenkte ihr ein Glas Saft ein. Sein linkes Auge war dick angeschwollen. Der Rest der Familie war um den Tisch versammelt, und alle starrten auf Nur.

»Wo ist Tío Santiago?«, wollte sie wissen. Ihre Worte wagten sich nur zögerlich in die Stille des Raums vor.

Nur wusste nicht, ob sie sich hinsetzen oder zurück in ihr Zimmer gehen sollte. Ihr Herz schlug immer schneller. Auch Sam sprach kein Wort. Sie hatte es sich mit ihm verdorben, und Tío Santiago war auch weg. Was hatte sie getan? Sie zitterte am ganzen Körper.

»Es tut mir leid, Mommy«, brachte sie hervor.

»Geh auf dein Zimmer. Du warst fest entschlossen, mir diesen Tag zu verderben, und das hast du jetzt geschafft.« Die Worte ihrer Mutter stürzten sich auf Nur und hingen noch schwer in der Luft, während sie auf ihrem Bett saß. Sie war hungrig. Legte sich hin und setzte sich wieder auf. Der alte Schuh regte sich in ihrem Bauch, und alles tat ihr weh. Aber sie blieb in ihrem Zimmer, bis Sam Stunden später zu ihr kam, mit einem Sandwich, einer Schale Chips, einem Glas Saft und ein paar Keksen.

Entschuldigend sah sie ihn an. Es tat ihr leid, dass sie sich gegen ihn gewendet hatte. Dass sie ihn gehasst hatte.

»Es tut mir leid, Sam«, sagte sie.

»Das ist schon okay, meine kleine Prinzessin. Es ist gut, dass du jetzt siehst, wer dich wirklich liebt und zu dir hält.«

Nur umarmte Sam.

»Ich habe dich vermisst«, fügte er hinzu, aber sie reagierte nicht. »Bald gehen alle zur Probe, aber ich kann ein bisschen später dazukommen. Okay?«

»Okay.«

»Braves Mädchen.«

Er verließ das Zimmer, und Nur machte sich über das Essen her. Sie war froh, dass sie nicht hinuntergehen musste. Unten herrschte Trubel: Die Haustür fiel ins Schloss, danach klappten Autotüren zu. Schließlich starteten mehrere Autos und entfernten sich. Dann war nur noch Stille, in die sich langsam das Knarren der Treppenstufen mischte. Sie legte ihr Buch zur Seite. Es war »Donnergrollen, hör mein Schrei'n« von Mildred Taylor. Sie ließ ihre zitternden Hände in den Schoß sinken und betrachtete sie, während die Fußstapfen näher kamen. Die oberste Treppenstufe knarrte immer am lautesten.

Sam kam ins Zimmer. »Hallo, Prinzessin!«

Während der ganzen Hochzeit über fühlte Nur sich krank, aber sie sagte nichts von den Bauchschmerzen und von dem Brennen, wenn sie aufs Klo ging. Am nächsten Tag bekam sie Fieber. Sam brachte ihr Suppe und sah immer wieder nach ihr.

»Ich liebe dich, Nur. Das weißt du, stimmt's?«

»Ich liebe dich auch.« Obwohl Nur erst acht war, fragte sie sich, wie es sein konnte, dass die Liebe denselben Raum ausfüllte wie der Hass.

»Erinnerst du dich noch an die Dame von der Sozialbehörde?«

»Ja.«

»Sie war vorhin hier. Dein Onkel Santiago macht uns Ärger, weil er eifersüchtig ist auf uns beide.«

»Das stimmt doch gar nicht!« Nur brachte so viel Entrüstung hervor, wie ihr geschwächter Körper es erlaubte.

»Na, du hast doch mitgekriegt, wie er dich im Stich gelassen hat. Wer hält immer zu dir und setzt sich für dich ein, Nur? Niemand liebt dich so wie ich, und darum musst du gut aufpassen, dass du nichts sagst, was unsere Familie auseinanderbringt.«

»Wo ist Mom?«

»Sie spielt mal wieder die beleidigte Leberwurst. Weil sie es nicht aushält, dass ich dich so liebe.«

»Sam, ich habe schlimme Bauchschmerzen, und die Wände kommen immer näher.«

»Ich bringe dir ein bisschen Ginger Ale. Das hilft eigentlich immer.«

Ein paar Stunden später erwachte Nur, weil unten laut geschrien wurde. Sie hörte ihre Mutter, Sam und noch andere Stimmen, hatte aber nicht die Kraft, das Bett zu verlassen. Die Stimmen kamen näher. Von irgendwoher kannte Nur die eine: »Sir, wir haben einen Gerichtsbeschluss. Wenn Sie uns nicht durchlassen, werden Sie verhaftet.«

Dann ging ihre Zimmertür auf, und Nur wusste mit einem Mal, wer da geredet hatte. »Nzinga!« Nur rief ihren Namen, aber über ihre Lippen kam kein Ton. Nzinga eilte an ihr Bett. »Du lieber Gott! Nur?« Nzinga wandte sich ab und rief in ihrem wundervollen Akzent: »Rufen Sie einen Krankenwagen. Sie verbrennt ja!«

Nur blinzelte. Dann wurden ihre Lider schwer.

»Du lieber Himmel, sie liegt ja in ihrem eigenen Urin und ist ganz verschwitzt!«, sagte Nzinga, während jemand kam und Nur aus dem Bett hob. »Was ist nur los in diesem Haus?«

»Mir ist so kalt«, flüsterte Nur. Als man sie die Treppenstufen hinuntertrug, sah sie Sam, der Tränen in den Augen hatte. Vor dem Haus hielt eine Polizistin Nurs Mutter fest. Mommy schrie jemanden an. Es war Tío Santiago.

Nur schloss wieder ihre schweren Lider und glitt zurück in den Traum, in dem sie unterbrochen worden war. Da war ein Fluss. Ein Mädchen namens Mariam und ein Junge namens Khaled – er hatte eine weiße Strähne im Haar – saßen dort am Ufer, und er brachte Mariam das Lesen bei. Nur kannte die beiden aus den Geschichten ihres Jiddu. »Nur, wie schön, dass du wieder da bist!«, rief Mariam.

»Bringst du mir auch etwas bei?«, wollte Nur von Khaled wissen.

»Im College wirst du die arabische Schrift lernen«, sagte Khaled und deutete auf einen gut aussehenden jungen Mann, der sich in einiger Entfernung um seine Bienen kümmerte. »Da ist dein Jiddu.« Vor lauter Freude schwoll Nurs Herz an. Es platzte aus ihrem Brustkorb hervor und flog fort. Sie rannte ihm hinterher und rief dem jungen Mann zu: »Jiddu, Jiddu! Ich bin's, Nur!«

Sie rief weiter nach ihm und spürte dann, wie jemand nach ihrer Hand griff. Eine Frau mit Akzent sagte: »Ach, meine Kleine …« Nur sah sich im Raum um und erblickte zuerst Nzingas metallisch blaues Kopftuch, dann ihr freundliches Gesicht. Es piepte und blinkte, und die Wände waren weiß. Auch Tío Santiago war da. Er küsste sie auf die Stirn. »Du wirst wieder ganz gesund, Nur.«

Die Ärzte behielten sie noch zwei Tage im Krankenhaus, um ganz sicherzugehen, dass die Infektion besiegt war. Sie erklärten ihr, dass es ziemlich schlimm gewesen sei, Nur aber noch einmal Glück gehabt habe. Man erzählte ihr, dass sich die Infektion von ihrem Po bis in die Nieren ausgebreitet habe. Ihr

Popo war im Inneren verletzt. Wusste sie vielleicht, wer das getan hatte?

Auf die Frage, ob es ihr Tío Santiago gewesen war, antwortete sie mit aller Kraft, die sie aufbringen konnte: »Nein! Es war Sam!«

Sie musste es nicht in allen Einzelheiten erzählen. Sie durfte Bilder malen, um zu zeigen, was Sam mit ihr gemacht hatte. Nur malte auch, was sie mit Sam gemacht hatte, und als Nzinga die Bilder sah, weinte sie.

Bald konnte sie das Krankenhaus verlassen, und wieder war Nzinga an ihrer Seite, wie damals. Dieses Mal – sie war inzwischen schon neun und konnte sich besser wehren – weigerte sie sich, das Zimmer zu verlassen, bevor sie ihr Buch der Geheimnisse und ihren Teddy Mahfuz wiederbekommen hatte. Nzinga holte Nurs Besitztümer. Am ersten Abend in der neuen Pflegefamilie schmiegte Nur sich an Mahfuz und betrachtete das Deckblatt ihres Buchs. Sie las die Worte »Jiddu und ich« und versuchte die Zärtlichkeit zu spüren, die es einmal bedeutet hatte. Sie dachte auch an den alten Schuh und merkte, dass in ihrem Körper unzählige ungeweinte Tränen verkrustet waren. Sie betrachtete das geschlossene Buch und legte es weg. Fast fünfzehn Jahre sollten vergehen, bis sie es wieder öffnete und an Tío Santiago, Jiddu und Khaled, den Jungen mit einer weißen Haarsträhne, dachte.

26

Mehr als zwei Jahrzehnte sollten ins Land gehen, bis Teta Nazmiyya die Geschichten aus Nurs Leben zu hören bekam. Als Teta in ihre verschiedenfarbigen Augen blickte, lobte sie Allah. Es war, als hätte sich die Zeit von innen her aufgerollt. Teta sagte, das hellste Licht finde man am anderen Ende der Dunkelheit. Sie sagte auch, dass Nzinga eine von uns sei und immer einen Platz in Gaza haben werde.

Nzinga hatte schon zwei Jahre in den Vereinigten Staaten gelebt, als man ihr den Fall eines Mädchens namens Nur übertrug. Ihr Großvater, gleichzeitig der einzige Erziehungsberechtigte, war ernsthaft krank geworden. Nzingas Aufgabe war es, dem Mädchen ein vorübergehendes Zuhause zu verschaffen, während sie gleichzeitig nach weiteren Verwandten suchte.

Beim ersten Treffen mit Mr. Mamduh Baraka und seiner Enkeltochter im Mercy-Krankenhaus von Charlotte sagte er zu Nzinga: »Danke, meine Tochter« und »Ja, mein Kind«. Sie war überrascht, dass ein Araber – genau wie die Afrikaner – Ausdrücke benutzte, die eine Fremde zu einer Verwandten machten. Sie unterhielten sich eine Weile, und als das kleine Mädchen das Zimmer verlassen hatte, nahm er ihre Hand und flehte sie an: »Wenn ich es nicht schaffen sollte, sorgen Sie bitte dafür, dass meine Enkeltochter zu unserer Familie nach Gaza kommt.«

Sie besprachen einige formale Dinge, und er gab ihr den Namen eines alten Freundes in Kalifornien an, der sich mit seiner Schwester in Gaza verständigen konnte, denn Nazmiyya sprach kein Englisch.

Nzinga schaute ihn unsicher an. In seinem Gesicht entdeckte sie die Last der Einsamkeit, die das Exil mit sich gebracht hatte. Altersflecken auf der Haut, auf muslimischer, palästinensischer Haut; die lebenslangen Erfahrungen der Minderwertigkeit hatten sich tief eingegraben. Die Vertreibung hatte Spuren auf seiner Seele hinterlassen, und die Vorstellung, seine Enkeltochter alleine an jenem fremden Ort lassen zu müssen, trieb ihm die Furcht in die Augen.

Das alles erkannte Nzinga, und an jenem Abend blieb sie länger im Krankenhaus, als sie vorgehabt hatte. »Ich werde tun, was ich kann für die kleine Nur«, sagte sie zu dem Großvater. »Das verspreche ich Ihnen.«

Als der traurige Tag schon eine Weile zurücklag, lernte Nzinga Nurs Mutter kennen, und sie begriff sofort, warum Mamduh darauf bestanden hatte, seine Enkelin zu seiner Familie nach Gaza zu schicken. Die Mutter zeigte wenig Interesse an ihrer Tochter und behauptete, nicht die nötigen finanziellen Mittel für die Versorgung eines Kindes zu haben; da war Nzinga gezwungen, ihr zu sagen, dass Nurs Großvater eine hohe Summe aus einem Lebensversicherungsvertrag auf ein Treuhandkonto eingezahlt hatte. Damit sollten Nurs Lebensunterhalt und Ausbildung gesichert werden.

Nzinga tat ihr Bestes, konnte aber nicht durchsetzen, dass Nur zu ihren Verwandten in ein anderes Land geschickt wurde, denn ihre biologische Mutter war bereit, sie aufzunehmen. Außerdem durfte Nur nicht aus den Vereinigten Staaten ausreisen, solange sie offiziell noch unter Amtsvormundschaft stand.

Nzinga konnte nichts tun; sie musste Nur ihrer Mutter übergeben. Als sie nur vier Jahre später ein neues Zuhause für Nur suchen musste, überraschte die Entwicklung sie kaum, schmerzte sie aber umso mehr. Nach sechs zeitweiligen Pflegefamilien und sechs verschiedenen Schulen innerhalb von zwei Jahren bekam Nur dann endlich einen dauerhaften Platz in einem Kinderheim der Southern Baptists in Thomasville, North Carolina. Das Heim hieß »Mills Home«.

27

Nur hatte alles, was wir uns wünschten. Damals dachten wir, alle Amerikaner hätten alles. Nur hatte Sicherheit und Freiheit und Chancen, zudem eine hervorragende Schulbildung und gute Noten, aber wir merkten bald, dass sie trotz allem innerlich schlimmer verwüstet war als alle Menschen, die wir kannten. Für sie gab es keinen Platz auf dieser Welt. Man tolerierte sie, akzeptierte sie vielleicht sogar, solange sie sich gut benahm. Doch wenn sie das nicht tat, schickte man sie fort und überließ sie ihrem Schicksal. Darum versuchte sie immer, sich gut zu benehmen. Sie war unterwürfig und bekam Angst, wenn jemand sie kritisierte. Das Leben grub Löcher und Tunnel in ihrem Inneren. Es füllte sie mit einer enormen Stille an, deren Zähne und Klauen sie von innen annagten.

Mills Home bestand aus einem Campus aus zwanzig Häusern und wurde von der Southern Baptist Church betrieben. Jedes Haus hatte sogenannte Hauseltern, also ein Ehepaar, das sich um zehn bis fünfzehn Kinder kümmerte. Nur war zwölf Jahre alt, als Nzinga sie an einem warmen Sommertag dorthin fuhr. An jenem Tag bemerkte Nur, dass Nzinga ein paar Kilo zugenommen hatte, und war versucht, sie »Dickerchen« zu nennen. Sie überlegte auch, was sie ihr an Gemeinheiten sonst noch an den Kopf werfen konnte. Vielleicht irgendwas über ihre blöden Zöpfe? Aber die Wörter verhakten sich immer in ihrer Kehle.

Später würde sie sie aufschreiben. Auf dem Papier konnte sie besser ausdrücken, wie sehr sie Nzinga dafür hasste, dass sie sie ständig von einer bescheuerten Pflegefamilie zur nächsten schob.

»Ich weiß, dass du einen furchtbaren Schmerz in deinem Inneren trägst, Nur«, sagte Nzinga in die eisige Stille hinein. »Und dass es so lange gedauert hat, um einen festen Platz für dich zu finden, hat es nicht besser gemacht.«

Einen festen Platz. Nur kannte sich aus in der Fachsprache der Sozialbehörde. Sie war ein Fall von »Vernachlässigung und sexuellem Missbrauch ohne die Möglichkeit der Wiederzusammenführung«. Nzinga hatte sich große Mühe geben müssen, um Nur diesen Status zu verschaffen, denn nur so konnte sie verhindern, dass Nur wieder zurück zu ihrer Mutter musste. Manchmal fragte Nur sich allerdings, ob das nicht besser gewesen wäre, als von einer Schule zur anderen geschubst zu werden. Immer war sie die Neue und wurde entweder gemobbt oder schloss Freundschaften, die schon kurz darauf zerbrachen, weil sie die Klasse wieder verlassen musste.

Bevor Nur in die erste Pflegefamilie gekommen war, hatte sie von Nzinga einen Gebetsteppich und *salat*-Kleidung bekommen. »Dein Großvater wollte, dass du weiterhin betest, und ich habe deiner Mama den Teppich und die Kleider übergeben, die er mir anvertraut hat«, hatte Nzinga erklärt. »Aber ich vermute, du hast die Sachen nie bekommen, weil ich dich nie mehr habe beten sehen, so wie damals mit deinem Großvater im Krankenhaus.«

Nur bedankte sich für das Geschenk. Aber die Pflegemutter stellte sofort klar, dass sie einen christlichen Haushalt führte, und nahm Nur den Teppich ab. Sie sollte ihn nie wieder sehen.

»Ich werde einen neuen beim Landkreis anfordern«, sagte Nzinga, als sie Nur abholte und in die zweite Pflegefamilie brachte. »Ich hätte eigentlich vorausahnen sollen, dass es in dieser Familie nicht funktionieren würde. Tut mir leid, Nur.«

»Ist mir egal«, erwiderte Nur. »Ich will sowieso keinen dämlichen Gebetsteppich.«

Die zweite Pflegefamilie wohnte in einem dreistöckigen Haus in Charlotte. Sie bestand aus sechs anderen Pflegekindern unter der Obhut einer freundlichen älteren Frau aus Jamaika. Sie und Nzinga umarmten sich zur Begrüßung. Nur verzog keine Miene und betrachtete irgendein lebloses Objekt, auf dem sie ihre Augen ruhen lassen konnte. Die Pflegemutter war nett, und Nur gewöhnte sich an das neue Zuhause, das sich schnell wie eine echte Familie anfühlte. In der Schule schloss sie Freundschaften, und bald schon ging es ihr viel besser.

Acht Monate später jedoch kam Nzinga, um ihr eine neue Familie zuzuweisen. Alle Pflegekinder mussten umziehen, denn die Pflegemutter hatte einen Schlaganfall erlitten und eine Behinderung zurückbehalten. Die Kinder durften sie nicht besuchen. Nur sah sie nie wieder. Sie begriff, dass eine Familie praktisch in einem Wimpernschlag gebildet, aber auch für immer getrennt werden konnte.

Die Pflegefamilien Nummer drei bis sechs erlebte sie wie durch einen Schleier hindurch. Rückblickend erinnerte sie sich nur noch daran, dass ein paar ältere Kinder in einen Becher gepinkelt und sie im Schlaf damit übergossen hatten, weil sie hofften, dass sie dann wegen Bettnässens bestraft wurde. Sie wusste nicht, wie sie zurückschlagen sollte. Alles, was in ihr war – Wörter, Zorn, Demütigung und sogar Freude –, versuchte irgendwie herauszukommen, blieb aber auf halbem Weg stecken. In ihrer Kehle, ihrem Bauch, hinter ihren Augen. Nichts kam aus ihr heraus. In ihrem Inneren bildeten sich Ablagerungen aus ungesagten Worten und ungeweinten Tränen, die sich mit der ihnen anhaftenden Stummheit bald auf den ganzen Körper ausdehnten, sodass alles an ihr still wirkte. Sie atmete still und aß still. Ihre Augen wirkten abwesend und sprachen nicht. In diesem

Zustand kam sie in Mills Home an. Die Hausmutter Mrs. Whitter, eine vertrocknete weiße Frau mit sehr dünnen Lippen, freute sich. »Lobet den Herrn!«, rief sie. »Das erste muslimische Kind auf dem Campus!« Sie erklärte den Neuankömmlingen, dass man alle Kinder so liebe und akzeptiere, wie sie seien.

Nur verzog wiederum keine Miene. Sie richtete den Blick auf irgendetwas Unwichtiges und ließ die Begrüßung, die Vorstellung, die Verlesung der Hausregeln, die Betonung der Wichtigkeit von Gott und Jesus, eben die Formalitäten, über sich ergehen. Als Nzinga abfuhr, verabschiedete Nur sich nicht von ihr.

In den folgenden sechs Jahren besuchte Nzinga Nur alle sechs Monate – und nahm dafür jedes Mal eine zweistündige Autofahrt auf sich. Erst mit vierzehn fiel Nur auf, dass keine andere Betreuerin so etwas für ihren Schützling tat.

»Warum kommst du immer?«, sagte Nur einmal, als sie wie jedes Mal einen Hamburger essen gingen. »Das verlangen sie doch gar nicht von dir.«

Nzinga sah Nur an. In ihren Augen blitzte ein Lächeln auf. »Du hast recht, ich müsste eigentlich nicht kommen. Was glaubst du, warum ich trotzdem komme?«

»Woher zum Teufel soll ich das denn wissen?« Nur verdrehte die Augen und gab sich gleichgültig.

»Ich habe dir schon mal gesagt, du sollst mit mir nicht so reden!« Obwohl Nzinga sich über Nur ärgerte, wurde das Lächeln in ihren Augen nicht schwächer.

»Tut mir leid, Zingie.«

»Ich mochte deinen Großvater, und vielleicht mag ich auch dich. Jedenfalls, wenn du nett bist und nicht solche Ausdrücke benutzt. Was machen denn deine Noten so?«

»Sind gut.«

»Ich weiß.« Nzinga zwinkerte ihr zu. »Mrs. Whitter sagt, du seiest die beste Schülerin, die sie in ihrem Haus je hatte.«

»Kann sein!«, sagte Nur, und Nzinga lachte.

Noch immer kichernd, zog Nzinga die Lippen ein und gab eine Parodie von Mrs. Whitter zum Besten. »Lobet den Herrn!« Beide lachten.

»Lachen steht dir«, sagte Nzinga. »So habe ich dich kennengelernt. Du und dein Großvater, ihr hattet wirklich eine wunderbare Beziehung. Vielleicht kann ich dich deswegen nicht loslassen.«

Nur blickte zu Boden und schob das Essen auf ihrem Teller hin und her. »Ich weiß kaum noch, wie er ausgesehen hat. Es kommt mir vor, als hätte es ihn nie gegeben. Als wäre er bloß ein Traum gewesen.«

»Ich weiß, wie es ist, so viel Liebe gehabt zu haben und plötzlich ganz allein an einem fremden Ort zu sein«, sagte Nzinga. »Ich hatte fünf Brüder, und keiner von ihnen ist mehr bei mir.«

Nur lächelte. »Auf uns liegt ein Fluch.« Da erwiderte Nzinga das Lächeln.

»Genau so fühle ich mich, Nzinga«, erklärte Nur. »Ich habe nichts mehr, was mich zusammenhält. Als würde ich aus ganz vielen verschiedenen Teilen bestehen, die alle irgendwie zusammengeklebt sind und auseinanderbrechen, wenn ich mich zu heftig bewege oder zu laut rede oder so.«

Zärtlich nahm Nzinga Nurs Gesicht in die Hände. »Du wirst nicht auseinanderfallen. Du bist stabiler gebaut und unempfindlicher als die meisten Menschen. Weißt du, warum ich das glaube?«

»Warum?«

»Weil ich noch nie eine Vierzehnjährige getroffen habe, die ihre Gefühle so genau analysieren kann wie du. Und ich habe auch noch nie eine Vierzehnjährige getroffen, die diese Gefühle sprachlich so gut beschreiben kann wie du. Genau genommen habe ich auch noch nicht viele Erwachsene getroffen, die das so gut können.« Nzinga legte die Stirn in Falten. »Eines Tages wirst du eine eigene Familie haben, Nur. Ich hoffe, du findest einen

Weg in die Welt, die dein Großvater im Herzen trug. Er hat sich gewünscht, dass du Arabisch lernst und deine Verwandten in Palästina kennenlernst.«

Palästina – das schien auf einem anderen Planeten zu liegen. Nur erinnerte sich kaum noch an das Arabisch, das sie als Kind gelernt hatte. »Von mir aus«, erwiderte sie bloß.

An jenem Abend – Nzinga war wieder abgefahren – bat Nur Mrs. Whitter, ihr Buch für sie aus dem Safe zu holen, aber die Hausmutter konnte Nurs Erinnerungsstück nicht finden. Erst Jahre später, als das Buch seine tiefe Bedeutung für Nur verloren hatte, würde Nzinga ihr erklären, dass es versehentlich für eine Weile bei einer der früheren Pflegefamilien geblieben war, wo es die anderen Kinder in die Hände bekommen und es mit anstößigen Bemerkungen und Schmierereien verunstaltet hatten. Aber in diesem Moment glaubte Nur, sie hätte es für immer verloren und war der Verzweiflung nahe. Mrs. Whitter sagte zu ihr: »Egal, was dich umtreibt, bitte einfach Jesus um Hilfe. Er liebt alle Menschen. Aber er liebt dich noch mehr, wenn du ihn als deinen Erlöser annimmst.« Nur ließ diese Worte an sich abprallen und zu Boden fallen, wo sie liegen blieben. Sie ging in ihr Zimmer, schaltete das Licht aus und schmiegte sich an die Erinnerungen, die mit einer blauen Schleife zusammengehalten wurden. Sie dachte an die Briefe an ihre Mutter, auf die nie eine Antwort gekommen war, und da begriff sie, dass es Nzinga war, die sie am ehesten als ihre Mutter bezeichnen konnte.

In dieser Nacht träumte sie – wie es in den kommenden Jahren immer wieder geschehen würde – erneut von einem Fluss, einem Jungen namens Khaled, der eine weiße Strähne im Haar hatte, und einem Mädchen namens Mariam, das eine Holzkiste gefüllt mit Papier und Bleistiften besaß. Sie begrüßten sie auf Arabisch: *»Salam ya Nur uyun Mamduh« – Gegrüßt seist du, Licht* *der Augen Mamduhs.* Ebenfalls auf Arabisch fragte Nur, was sie gerade machten. »Wir beschäftigen uns mit Sprache«, antworteten sie. »Könnt ihr mir etwas beibringen?«, bat Nur. Aber Khaled schüttelte traurig den Kopf. »Du musst zuerst lernen zu blinzeln.« Daraufhin gingen er und Mariam wieder zu ihrer Unterhaltung über, von der sie kein Wort verstand. Im Traum versuchte Nur zu blinzeln, aber ihre Augen trockneten bald ein, und dann wachte sie angsterfüllt auf.

Der seltsame Traum, der Nur verfolgte, veränderte sich, als sie im College damit begann, Arabisch zu lernen: Ab dem ersten Unterrichtstag konnte sie plötzlich blinzeln. Khaled zeigte ihr eine Tafel mit dem arabischen Alphabet, und von da an konnte sie mit ihm und Mariam kommunizieren, indem sie blinzelte. Khaled fuhr mit dem Finger über die Tafel, und sie blinzelte, wenn er bei dem Buchstaben angelangt war, den sie gerade brauchte. Buchstabe für Buchstabe setzte sie so die arabischen Wörter zu Sätzen zusammen und verständigte sich mit den beiden.

Jeden Abend schloss Nur die Augen und öffnete sie auf der anderen Seite wieder. Dort konnte sie blinzeln und die Wörter befreien, die in ihrem Inneren wohnten. Nach und nach konnte sie auch den Unterhaltungen von Khaled und Mariam folgen. Die nächtlichen Begegnungen im Schlaf wurden noch lebhafter und bunter, als Nur ein Semester an der American University in Kairo studierte, wo sie hoffte, ein besseres Gefühl für die arabische Sprache zu bekommen. Jeden Morgen aber wachte sie von Gedankennebel umflort auf und versuchte, die Bruchstücke des Traums, den sie gerade noch gelebt hatte, irgendwie zu fassen zu bekommen. Sie schloss die Augen, um alles wieder heraufzubeschwören, scheiterte aber jedes Mal.

Teil IV

Wir behalfen uns mit dem, was vom Tage übrig blieb,
bauten Häuser aus den Trümmern, badeten dort,
wo die Fische schwammen, schufen Liebe aus Luft,
luden unsere Steinschleudern
und suchten in Molotowcocktails nach Macht

28

Alwan war meine Mutter, und der Himmel lag ihr zu Füßen. Nachdem man ihren Bruder Mazen weggebracht hatte, beobachtete sie jahrelang, wie meine Teta Nazmiyya versuchte, Sulayman herbeizurufen. Aber Teta besaß die Gabe einfach nicht, darum tat Mama so, als besäße sie sie. Mama war damals nur ein Kind; trotzdem brauchte Teta einige Tage, bis ihr klar wurde, dass ihre kleine Alwan ihr alles bloß vorspielte. Teta zog ihr die Ohren lang und erklärte ihr, dass Allah es gar nicht mochte, wenn Kinder ihre Mütter anschwindelten.

Alwan galt nicht als schön. Sie war schmal und hatte längliche Gesichtszüge, daher wirkte sie groß, ohne es tatsächlich zu sein. Ihr Gesicht bestand aus geometrischen Formen – die Nase etwa aus einem langen Dreieck. Auch ihr Körper war winkelig, hatte dünne Gliedmaßen und nur wenige Kurven. »Nicht viel dran, an dem sich ein Mann festhalten kann«, konstatierte ihre Schwiegermutter. Alwans Äußeres mochte zwar irgendwie zusammengewürfelt erscheinen, insgesamt aber war diese Mischung durchaus attraktiv. Um ihr einzelgängerisches Wesen rankten sich Geheimnisse, die die Jungs faszinierten; Alwan war wie ein Rätsel, das es zu lösen galt. Sie war fromm und wurde zur einzigen Frau in ihrer Familie, die den *niqab* trug, bis ihre Mutter Nazmiyya sie irgendwann davon überzeugte, dass der *niqab* unislamisch sei. Doch die Gerüchte, sie könne mit den Dschinn sprechen, verfolgten sie von Kindheit an und hielten einige Heiratsbewerber ab.

Dabei war es nur vorgetäuscht, dass sie mit Sulayman sprechen konnte. Als ihre Mutter ihr die Ohren lang zog, weil sie gelogen hatte, schmollte sie den Rest des Tages, bis Atiyah vom Meer zurückkam. Anders als ihre Mutter, die ihren emotionalen Ballast abwarf und bald vergaß, klammerte Alwan sich an ihren.

»Was ist los, Alwan?«, fragte Atiyah.

»Mama hat mir die Ohren lang gezogen, weil sie mir nicht glaubt, dass ich mit Sulayman sprechen kann«, erklärte sie und bereute ihre Worte sofort, als sie sah, dass sich die Augen ihres Vaters vor Schreck weiteten. Sofort fühlte er sich zurückversetzt in jene Nacht des Grauens, die er damals in Beit Daras hatte erleben müssen. »Du sprichst mit den Dschinn? Möge der Teufel aus diesem Haus verbannt werden!«

»Nazmiyyaahhh!«, rief er und begann sofort zu beten. Alwan weinte.

Schweigend starrte er seine Frau und seine Tochter an, während die ihm eilig versicherten, dass sie beide nicht mit Sulayman oder anderen Dschinn sprechen könnten. In jenem Moment verstärkte sich das unsichtbare Band zwischen Mutter und Tochter, die sich beide auf ihre Art gewünscht hatten, eine Verbindung zu Sulayman aufzubauen. Am nächsten Morgen sagte der Vater zu Alwan: »Zieh dir deine Sandalen an. Wir gehen.«

»Wohin, Baba? Zu Amto Suraya?«

»Nein.«

»Einkaufen?«

Er antwortete nicht. Sie trabte neben ihm her, schweigend, weil sie begriffen hatte, dass jetzt Stille geboten war. Schließlich standen sie vor dem Haus eines Sheikhs, und Alwan klammerte sich an den Kaftan ihres Vaters, als sie dem Sheikh ins Gesicht blickte: An der Stelle seines rechten Auges klaffte ein Loch, und da, wo das linke hätte sein sollen, klebte eine weiße Wolke.

»Komm her, meine Tochter«, sagte der Sheikh, und Atiyah schob Alwan in seine Richtung.

Sie saß auf einem Kissen neben dem furchterregenden blinden Mann, stopfte sich vor Angst die Finger in den Mund und flehte ihren Vater stumm an, sie wieder nach Hause zu bringen.

Der gruselige Mann befühlte ihr Gesicht mit seinen knorrigen Händen. Alwan, die Finger noch immer im Mund, war kurz davor zu weinen. Ihre Unterlippe zitterte.

Der blinde Mann sprach laut Koranverse. Nach einer halben Ewigkeit verflüchtigte sich Alwans Angst, und sie betrachtete neugierig sein Gesicht. Sie war müde und hungrig, trank aber das besondere Wasser, das er ihr reichte, und trat siebenmal über den *babbur*, wie er von ihr verlangte. Sie sagte die *fatiha* auf und war stolz, als der Sheikh sie dafür lobte, dass sie eine so wichtige Koranstelle schon in ihrem Alter auswendig konnte. Er sagte, sie müsse sehr intelligent sein, und sie rezitierte noch mehr Text, um zu beweisen, dass er recht hatte.

»Bravo, Alwan!«, sagte der nette alte Mann. Atiyah dankte ihm und überreichte ihm einen Umschlag. Dann verabschiedeten sie sich.

Auf dem Nachhauseweg kauften sie klebrige Süßigkeiten mit Sesam – Alwans Lieblingssorte.

»Verzeih mir, wenn ich streng zu dir war«, sagte Atiyah zu Alwan, die er auf dem Arm trug. »Du darfst dir alle Süßigkeiten aussuchen, auf die du Lust hast.« Mit ihren dünnen Armen drückte sie ihren Vater ganz fest.

Mit den Jahren wurde Atiyah milder. Als er ein alter Mann war, erzählte er seinem Enkelsohn Khaled: »Alle Männer, die das Massaker von Beit Daras überlebt hatten, schworen Stein und Bein, dass Sulayman ihnen geholfen hatte. Manche behaupteten sogar, sie hätten gesehen, wie er auf die Feinde losgegangen sei. Aber ich konnte einfach keinen Dschinn in meinem Haus dulden.«

Mit der Zeit – und dank der strengen Anweisungen, die Alwan an jenem Tag bekommen hatte – verschwanden ihre Gedanken an die Dschinn. Irgendwie aber blieb etwas Übernatürliches an ihr haften, und die Mütter der Heiratsbewerber lehnten sie als Schwiegertochter ab. Andererseits war Alwan die Tochter von Atiyah, einem fleißigen Fischer und gläubigen Muslim, und die Schwester von Mazen, einem legendären politischen Gefangenen. Alwan selbst wollte einen Mann heiraten, den sie liebte, genau wie ihre Mutter. Sie wollte eine echte Liebesgeschichte erleben, die mit einem sehnsüchtigen Blick begann und in atemloser Begierde und vielleicht einem verbotenen Tanz der Finger gipfelte – so wie damals bei ihren Eltern in Beit Daras, auf den Trümmern des griechischen und römischen Ruhms. Alwan erfand immer neue romantische Geschichten und lebte sie in ihrer Fantasie aus – aber nur dort, unter einer scheinbar desinteressierten Oberfläche.

Als Abdel Qader mit seinem Vater kam und um ihre Hand anhielt, war sie fast achtzehn. Ihre Eltern, Brüder und Freundinnen rieten ihr, den Antrag anzunehmen. Abdel Qader sah ganz ansprechend aus, kam aus einer guten Familie und arbeitete hart. Auch er war ein Flüchtling aus dem Nussairat-Lager. Er hatte eine bescheidene Mitgift zu bieten und war Fischer wie ihr Vater – das war das Beste an ihm.

Alwan nahm den Antrag an, und Nazmiyya brach in *zagharit* aus. Sie rannte auf die Straße, um die Neuigkeit zu verkünden, und bald stimmten Freundinnen und Nachbarinnen in ihr *zagharit* ein. Alle strömten herbei, weil sie wissen wollten, wen Alwan denn nun heiraten würde. Am Abend, als Nazmiyya sich fertig fürs Bett machte, sagte sie zu Alwan: »Jetzt bin ich zu müde, aber morgen werden wir uns über die intimen Dinge einer Ehe unterhalten. Ich muss dir alles erzählen, was ich mit deinem Vater gelernt habe.«

»Bitte nicht, *ya ummi*«, wehrte Alwan schockiert ab.

»Du wirst deine Meinung schon ändern, wenn Abdel Qader etwas von dir will und du keinen Schimmer hast, was du machen sollst«, lachte Nazmiyya und drehte sich im Bett um.

Abdel Qader hatte mit dreizehn die Schule abgebrochen, um seinem Vater auf dem Boot zu helfen, und seitdem hatte er nur wenige Tage an Land verbracht. Sogar am Eid-Feiertag, an dem niemand arbeitete, gab sich Abdel Qader dem Rhythmus des Ozeans hin, der unter ihm dahinwogte. Auch an Land war er fleißig; er reparierte sein Boot, kümmerte sich um die Wasserleitungen des Hauses oder baute Regale, in denen die Familie ihre Habseligkeiten verstauen konnte. Alle wussten, dass er ein aufrichtiger, strebsamer Mann war, und Alwan sah keinen Grund, ihn zurückzuweisen, als er um ihre Hand anhielt. Auch Alwans Brüder mochten Abdel Qader, obwohl sie ihn nicht gut kannten. Eigentlich kannte ihn niemand gut, nicht einmal seine Fischerkameraden, die ja eine Ahnung davon hatten, wie einsam ein Mann auf dem Meer sein konnte. Hinter seiner Freundlichkeit und seinem stillen Wesen verbarg sich eine unerschütterliche Ruhe, die an das Meer erinnerte, und die anderen Fischer liebten ihn, so wie sie das Meer liebten. Das Meer war tief und geheimnisvoll, genau wie Abdel Qader, und die anderen Fischer wussten, dass sie beide niemals würden ergründen können.

Bevor die Familie der Heirat jedoch zustimmen konnte, musste Mazen noch seinen Segen erteilen – das geboten die ungeschriebenen Gesetze.

29

Erst drei Jahre nach Khalu Mazens Verhaftung durfte Teta Nazmiyya ihn zum ersten Mal besuchen. Von da an bemaß sich der Rhythmus ihres Daseins nur noch an den Besuchen im Ramon-Gefängnis, und alle übrigen Ereignisse wurden danach eingeordnet, wie nah oder fern sie dem nächsten Besuch lagen.

Obwohl Mazen nur ein Familienbesuch alle sechs bis acht Monate zustand, beantragte Nazmiyya jeden Monat aufs Neue die Erlaubnis, mit dem Roten Kreuz zum Ramon-Gefängnis fahren zu dürfen. Da er unverheiratet war und keine Kinder hatte, durfte nur seine Mutter ihn besuchen. Bei jeder Gelegenheit beklagte sie sich über diese Ungerechtigkeit. »Was soll nur aus ihm werden, wenn ich sterbe? Dann darf er gar keinen Besuch mehr bekommen.« Doch die Gefängnisleitung ließ sich nicht erweichen.

Alle sechs Monate vor dem großen Tag war der Ablauf derselbe: Nazmiyya erwachte um drei Uhr. Atiyah und alle Söhne standen mit ihr auf, und zusammen beteten sie in stiller Erwartung. *Bitte, o Herr, ermögliche meiner Frau, unserer Mutter, meinen Sohn, unseren Bruder, zu besuchen. Bitte gestatte ihnen einen Augenblick der Liebe. Bitte schick sie nicht nach Hause, ohne dass sich seine Stimme in ihrem Herzen verfestigt hat.*

Atiyah bereitete ihr das Frühstück zu, die Söhne packten eine

Wegzehrung für die lange Fahrt und einige Fotos für Mazen zusammen. Sie begleiteten Nazmiyya durch die Dunkelheit, vorbei an zwei mit Scheinwerfern erleuchteten Checkpoints, neben denen verwilderte Katzen in Müllhaufen nach Essbarem suchten, bis sie endlich den Abfahrtspunkt des Rot-Kreuz-Busses erreicht hatten. Auch andere Familienangehörige von Gefangenen stiegen ein; in ihren Augen sah man dieselben Gebete.

An jenem Besuchstag, an dem sie Mazen die Nachricht von Alwans möglicher Verlobung überbringen wollte, begleitete auch Abdel Qaders Familie Haja Nazmiyya bis zum Bus. Sie hatten Süßigkeiten und Briefe für Mazen dabei, obwohl sie wussten, dass die israelischen Wachposten Nazmiyya alles abnehmen würden. Atiyah nahm seine Frau bei der Hand, um mit ihr in ihrer privaten Sprache der Finger zu kommunizieren. Dann küsste er sie auf die Stirn. *»Allah ma'aik, habibti«*, sagte er. Allah sei mit dir, mein Liebling.

Der Bus war voll; manche Sitze waren doppelt belegt von Müttern und ihren Kindern. Die Insassen schliefen oder ergingen sich in Vorfreude auf das Wiedersehen mit den Angehörigen. Frauen aus verschiedenen Dörfern, die sich nur zweimal im Jahr auf diesen Reisen sahen, tauschten sich über alles Mögliche aus: Geburten, Skandale, Hochzeiten, Todesfälle, Klatsch, Kochrezepte. Die Kinder spielten. Manche übertrieben es und flitzten durch den Bus, was eine unvermeidliche Ohrfeige einer genervten Mutter oder Großmutter nach sich zog. Haja Nazmiyya schimpfte mit einem kleinen Jungen, der im Mittelgang auf und ab rannte, und ermahnte ihn, ruhig zu sein. Ein Checkpoint nach dem anderen tauchte am Horizont auf – Höllen im Kleinformat. Junge Soldaten mit großen Gewehren stiegen ein und verlangten die Ausweise. Manchmal mussten alle Insassen aussteigen und sich nebeneinander in einer Reihe aufstellen. Dann warten. Warten. Die Taschen auspacken. Warten. Den Ausweis zeigen. Warten. Schwitzen oder frieren. Warten. Fragen beantworten: Warum bedeckst du dein Haar? Warum verschwendest du deine Zeit mit diesen Fahrten? Hast du schon mal einen jüdischen Pimmel probiert? Schmeckt süß.

Manche Soldaten waren sehr höflich, und ihre Aufgabe war ihnen peinlich. Einer schenkte einem Mädchen einen Kaugummi. »Tut mir leid, dass ihr so lange warten müsst«, sagte er. Das Mädchen lächelte. Die Augen seiner Mutter waren leer. Alle warteten. Dann ging es zurück in den Bus, und die Vorfreude auf die Angehörigen entschädigte für die Demütigungen. Doch in Nazmiyya ging etwas anderes vor. Dumpfer Hass klumpte sich in ihr zusammen, und im Geist errichtete sie dunkle Gefängnisse für die Soldaten und ihre herzlosen Mütter.

Fünf Stunden später standen sie vor dem Gefängnis. Sie betraten das Gebäude und wurden in kleine Zimmer geführt, in denen sie sich ausziehen mussten. Alle waren nackt, zusammen warteten sie und richteten den Blick auf die Wände und die Kacheln des Bodens. Nicht so Nazmiyya. Sie studierte die anderen Frauen und kommentierte die jeweilige Festigkeit ihrer Brüste. »Möge Allah die Juden verfluchen, weil sie deinem Mann die Säfte deiner reifen Äpfel verweigern.« Sie nahm ihre eigenen Brüste in die Hände. »Meine waren auch mal prall. Aber mein hungriger Ehemann und meine Kinder haben sie ausgesaugt.« Sie lachte verlegen, denn sie wusste, wie unpassend ihre Bemerkungen waren. Aber niemand griff sie deswegen an. Die Frauen hatten das Recht, solchen Momenten mit ihren eigenen Bewältigungsstrategien zu begegnen. Eine andere Frau, ihres Hijabs beraubt, stand mit ihren verwelkten Brüsten da und bat Allah murmelnd um Kraft und um Vergebung für die *thalimin,* die Unterdrücker.

Ja, jede Frau hatte das Recht, auf ihre eigene Art mit solchen Momenten umzugehen. Aber doch nicht so. »Halt den Mund,

Frau!«, rief Nazmiyya. Ihr verlegenes Geplapper wurde plötzlich zu eisiger Härte. »Allah soll ihnen vergeben? Unsinn, du dumme Frau! Sie haben unser Leben und das unserer Söhne ruiniert. Wir stehen hier wie die Kühe, die gleich gemolken – oder wenn sie wollen, auch gefickt – werden, und du bittest Allah, ihnen zu vergeben? Bete lieber dafür, dass er sie alle in Flammen aufgehen lässt, oder halt den Mund, sonst kann ich für nichts garantieren. Wir müssen das alles über uns ergehen lassen, weil wir unsere Söhne sehen wollen. Verdirb mir bloß nicht die Freude darauf.« Nazmiyya war dankbar für diese neue Verachtung und brachte sie unmittelbar zum Ausdruck, wo gerade eben noch der Platz für die Brustvergleiche gewesen war – mit dem Geplauder über Brüste wollte sie ja ohnehin nur die peinliche Stille ausfüllen, die entstand, als ihr ein Soldat – kein Mensch – mit dem Metalldetektor zwischen die Beine und über die Haut fuhr. Die Frau mit den verwelkten Brüsten schluchzte leise, die anderen trösteten sie und bedachten Nazmiyya mit missbilligenden Blicken, die den Teufel abwehren sollen: *audhu billahi min ash-shaytan.* Eine Soldatin brachte ihnen ihre Kleider zurück und bedeutete ihnen mit einer Handbewegung, dass sie sich wieder anziehen durften.

Es vergingen weitere zwei Stunden, bis die Besucher einzeln aufgerufen wurden und zu den Gefangenen durften. Scheinbar schwerelos standen die Frauen auf und verschwanden hinter Metallgittern und Türen. Nazmiyya sprang auf, als ihr Name aufgerufen wurde, und stellte sich in eine Schlange, um durch Metall und Holz ins Innere des Gebäudes vorzudringen, vorbei an Soldaten und Gewehren und Wänden und Metalldetektoren, bis sie sich endlich auf einen Plastikstuhl vor eine schmutzige Plexiglaswand setzen durfte, durch die ihr Sohn sie anschaute. Er sah noch immer so unverschämt gut aus. Sein Haar war benetzt mit der Asche des Alterns, und die Mattigkeit seiner Haut schien förmlich nach Sonne zu schreien. Seine grauen Augen waren dunkler geworden und eingefallen, aber noch immer voller Leben. Dreißig herrliche Minuten lang ergötzte Nazmiyya sich am wunderschönen Gesicht ihres Sohnes. Sie betrachtete seine Lippen, wenn er redete, und lauschte ihm durch einen Telefonhörer, den sie fest ans Ohr drückte, damit sie seine Stimme besser spüren konnte. Er gab seinen Segen für Alwans Hochzeit und drückte seine Handfläche gegen die Scheibe, sodass seine Mutter ihre von außen dagegenlegen konnte. Er lächelte und versicherte ihr, dass es ihm gut gehe und er standhaft bleiben werde. Nazmiyya hielt ihre Fotos an die Scheibe, und er blinzelte angestrengt, während er seine neuen Nichten und Neffen, seine Geschwister und seine alten Freunde betrachtete. Er erzählte seiner Mutter von alten und neuen Insassen und einigen politischen Gefangenen, die schon als Legenden galten, aber dieses Thema behandelten sie nie ausführlich, weil ihre Unterhaltungen aufgezeichnet wurden. Egal, wie das Wetter draußen war, in jenem kleinen Raum mit Plastikstühlen und einer Plexiglasscheibe zwischen Mutter und Sohn war der Himmel immer blau, und die Luft war frisch. Die Sonne schien, der Mond lächelte vom Himmel, die Sterne glitzerten. Flüsse führten klares Wasser, und die Bäume tanzten im Wind. Nazmiyya saugte alles gierig in sich auf, merkte sich jedes Wort, das ihr Sohn sagte. Jede Liebesbekundung seiner Augen. Sie konzentrierte sich darauf, sich alles einzuprägen, damit sie später jederzeit dorthin zurückgehen und die Haare seines Schnurrbarts zählen konnte, wenn sie den Wunsch danach verspürte. Sie wollte das Lied seines Gesichts noch viele Male abspielen.

Da summte der Wecker – ihre Zeit zusammen war vorbei. Mutter und Sohn umarmten sich mit den Augen und verstauten die wertvollen Erinnerungen der vergangenen halben Stunde.

Die Frauen wurden noch einmal durchsucht, bevor sie abfahren durften. Die Nacktheit, die Kiste mit ihren Kleidern, die Metalldetektoren, die Gitter, Türen und Wände, die verschwendete Zeit – alles war so wie immer, aber die Demütigung fraß sich nicht in sie hinein. Sie standen still da, in sich ruhend, in den würdevollen kleinen Räumen, die sie in ihren Herzen gebaut hatten – mit Plastikstühlen, schmutzigen Plexiglasscheiben und Liebesliedern. Während der Rückfahrt hielten sie sich in jenen Räumen auf, durch die Checkpoints und die aufziehende Dämmerung hindurch. Der unruhige Junge, der auf der Hinfahrt von Nazmiyya ermahnt worden war, machte schon wieder Krach. Dieses Mal aber lächelte Nazmiyya ihn an und zog ihn zu sich heran. »Du bist ein hübscher Junge«, sagte sie zu ihm und gab ihm ein Bonbon aus ihrer Tasche.

30

Teta Nazmiyya und Jiddu Atiyah hatten einen besonderen Tanz, den sie mit den Fingern tanzten. Teta sagte mir einmal, auf diese Art hätten sie sich gegenseitig ihre Geheimnisse erzählt. Ich war damals noch nicht geboren, aber ich weiß, dass ihre Hände miteinander getanzt haben, als meine Eltern heirateten. Und ich weiß, dass sie nach der Hochzeit in schwacher Vorahnung die Finger verschränkten.

Wie alle Hochzeiten im Flüchtlingslager versammelte die von Alwan und Abdel Qader Hunderte von geladenen Gästen und zog Tausende Schaulustiger auf die Wege und Gänge des Lagers. Alle hatten freudig auf das Ereignis hingefiebert. Zwei verschiedene *zaffah*-Prozessionen tanzten durch die Straßen; eine trug die weiß gekleidete Braut auf einem Stuhl, die andere begleitete den Bräutigam zu Pferd, und sowohl der Stuhl als auch das Pferd waren mit Blumen und Fahnen geschmückt. Die Prozessionsteilnehmer sangen und schickten Gebete zum Himmel, und die Schaulustigen auf den Balkonen blieben beglückt zurück.

Haja Nazmiyya jedoch war an diesem Tag der allerglücklichste Mensch. Sie tanzte und sang lauthals auf der Straße. Hätten die Leute sie und ihre unkonventionelle Art nicht gekannt, wären sie schockiert gewesen über diese erwachsene Frau in traditioneller Thoba, die ganz öffentlich die Hüften schwang. So aber tanzten und klatschten sie mit ihr. Sie trug zwei gerahmte Fotos in der Hand: Das eine zeigte Mazen, das andere Mamduh und Yasmin, und wenn sie tanzte, hielt sie sie hoch, um die fehlenden Familienmitglieder wenigstens auf diese Art mit einzubeziehen.

Alle freuten sich, dass Mamduh aus Amerika kommen würde, um die Hochzeit mitzuerleben. Endlich hatte er die nötigen Papiere beisammen, die ihm das volle Sorgerecht für seine Enkeltochter Nur gewährten, und durfte mit ihr ausreisen. Er wollte tatsächlich zurück nach Palästina kommen, zusammen mit dem jüngsten Mitglied der Familie, und zwar für immer. Er hatte Fotos von Nur geschickt, und Nazmiyya war überwältigt davon, dass sie Mariams Augen geerbt hatte. Sie hielt das Foto der kleinen Nur in der Hand und weinte, weil sie überzeugt war, dass Mariam in ihr weiterlebte. Mamduh hatte seiner Schwester außerdem von seiner heimlichen Vermutung erzählt, dass Nur Farben sah wie damals ihre Schwester; das faszinierte Nazmiyya umso mehr und verstärkte ihren Wunsch, ihre Großnichte endlich kennenzulernen. Alles würde gut werden. Alles war Liebe.

Fast acht Jahre war der letzte Besuch ihres Bruders und Yasmins in Gaza her. Als sie damals gekommen waren, brachten sie zwei Koffer voller Geschenke aus Amerika und eine große Sehnsucht nach der Heimat mit. Yasmin weinte, als sie den *adhan* hörte. Sie schlossen die Augen, sogen die Düfte des *suq* ein und tranken die Brise des Mittelmeers. Nazmiyya verhätschelte die beiden und schwärmte immer um sie herum. Täglich kam auch die Witwe des alten Imkers und kochte für sie. Nazmiyya und Yasmin hielten Händchen wie Schulmädchen, wenn sie herumflanierten und abends lange aufblieben und redeten. Jeden Abend rauchten sie *arghilah* und füllten die Stunden, indem sie über Menschen und Orte einer lange vergangenen und doch präsenten Zeit redeten. Nazmiyyas Enkelkinder, die nicht viel jünger als Alwan waren – und die war ja noch ein junges Mädchen –, lauschten begierig diesen Geschichten und jammerten, wenn ihre Mütter sie schließlich nach Hause schickten. Im Schlaf träumten sie von Beit Daras. Genauer gesagt, von einem Fluss in Beit Daras. Von einer Frau, die mit den Dschinn sprach, und einem Mädchen namens Mariam, das lesen lernte.

Als der unvermeidliche Tag der Abreise gekommen war, waren alle traurig. Mamduh und Yasmin wären gerne geblieben und nie mehr nach Amerika zurückgefahren, aber sie hatten ja einen Sohn dort. Er hatte sich geweigert mitzufahren. Er studierte und war mit einer spanischen Frau verlobt. Sowohl Yasmin als auch Nazmiyya beteten dafür, dass die beiden sich bald trennen würden.

Muhammad, der Sohn von Mamduh und Yasmin, war einmal in Gaza gewesen. Alwan war damals aber noch so klein gewesen, dass sie sich nicht an seinen Besuch erinnerte. Er konnte kein Arabisch – oder wollte es nicht sprechen – und beschwerte sich über alles, vom Essen bis hin zu den seiner Meinung nach schlechten hygienischen Verhältnissen. Alwans Brüder hatten ihm eine wohlverdiente Abreibung verpassen wollen, aber Nazmiyya hatte das verhindert. Später hatte sie bereut, dass sie eingeschritten war. »So was passiert, wenn man bloß ein Kind bekommt«, hatte Nazmiyya zu Atiyah gesagt. »Solche Kinder bekommen niemals ihre Gemeinheiten von ihren Geschwistern oder Eltern ausgeprügelt. Ich hätte unsere Jungs nicht davon abhalten sollen. Das hätte ihm ganz gutgetan.«

Einige Jahre nach diesem Besuch heiratete Yasmins und Mamduhs Sohn die spanische Frau und bekam ein Kind mit ihr. Yasmins Krebs kehrte zurück, und kurz darauf starb sie. Dann kam Muhammad durch einen Autounfall um, und Mamduh dankte Allah dafür, dass seiner geliebten Yasmin dieser Schmerz erspart geblieben war. Damals beschloss Mamduh, zurück nach Gaza zu gehen, aber nicht ohne Nur. »Komm nach Hause, mein

Bruder«, hatte Nazmiyya ihn angefleht. »Ein Leben fern von der Heimat und der Familie hat keine Würde.«

Mamduh opferte einige Jahre seines Lebens, sein ganzes Geld und viele Nerven, um das volle Sorgerecht für Nur zu bekommen. Und als er es endlich geschafft hatte, war Nazmiyyas Glück so groß wie Gottes weite Welt. Ihre einzige Tochter würde heiraten, ihr Bruder käme nach Gaza und brächte ihre einzige Nichte Nur mit – in der Mariams Geist vielleicht weiterlebte –, und eines Tages, das wusste sie ganz sicher, würde Allah auch Mazen zurück nach Hause bringen. *Allahu akbar!*

Nazmiyya war zwar enttäuscht, als ihr Bruder anrief, um zu sagen, dass er krank geworden sei und die Abreise verschieben müsse, aber nicht übermäßig besorgt. Er hatte ihr versichert, dass sie bald wieder vereint wären. Sie schlug vor, die Hochzeit zu verschieben, aber Mamduh bestand darauf, dass alles ablief wie geplant. Er würde kommen, sobald er konnte. »*Insha'allah,* bald wird unsere Familie wieder komplett sein.«

Kurz nach der Hochzeit begann Mamduh, mehrere Male in der Woche anzurufen. Er war im Krankenhaus und versuchte, Nazmiyya zu beruhigen, aber sie spürte, dass Unheil bevorstand. Er berichtete von seiner Lungenentzündung. Und Entzündungen heilten ja immer, wenn man Antibiotika bekam. Bald würde er wieder zu Hause sein. Sein langes Exil wäre vorbei. Das Exil habe ihm alles genommen, sagte er zu Nazmiyya. Es habe Heimat und Herkunft und Sprache aus seinem einzigen Sohn gerissen. Ihm Yasmin geraubt. Das Exil habe einen alten Mann aus ihm gemacht, der an einem ewig fremden Ort lebe. Aber das Leben habe ihm auch Gnaden erwiesen, denn er habe das Geschenk einer wunderbaren Enkeltochter bekommen, die nun mit ihm nach Gaza zurückkehren würde. Sie könne bereits Arabisch sprechen und bekomme nie genug von seinen Geschichten über Palästina. Zusammen würden sie ein Buch schreiben, das von den Dingen handelte, die sie liebten. »Es heißt ›Jiddu und ich‹«, erzählte er seiner Schwester.

»Möge Gott euch beide in seinen liebevollen Händen halten und dein Leben verlängern, damit du ihr gleichzeitig Vater und Großvater sein kannst«, hatte Nazmiyya erwidert, aber tief in ihrem Inneren wunderte sie sich ein wenig über seine intensive Beschwörung der Nostalgie.

Dann kamen keine Anrufe mehr.

Nazmiyya wählte die Nummer, die Mamduh ihr gegeben hatte, hörte aber nur eine automatische Ansage auf Englisch, die sie nicht verstand. Sie bat Alwan, es zu versuchen, ohne Erfolg, und dann einen ihrer Söhne, weil sie glaubte, dass sowohl sie als auch Alwan falsch gewählt hatten. Doch auch er bekam dieselbe Nachricht zu hören, und Nazmiyya stapfte erbost aus dem Zimmer und schimpfte auf ihre Kinder, die nicht einmal einen einfachen Telefonanruf erledigen konnten. In dieser Nacht stand sie mehrmals auf, um das Funktionieren des Telefons zu überprüfen. Bald darauf legte sie neben den gelben Telefonapparat eine Matratze und ein Kissen auf den Boden und schlief im Wohnzimmer, wo sie alle paar Stunden aufwachte und sich vergewisserte, dass das Freizeichen ertönte. Sie träumte, dass Mamduh anrief, und als sie erwachte, klammerte sie sich an die Bruchstücke dieses Traums und versuchte, sie in die Realität zu überführen. Bei den Mahlzeiten stellte sie das Telefon neben sich. Als einer der Enkelsöhne mit seinem guten Zeugnis prahlte, bat sie ihn sofort, die Nummer ihres Bruders zu wählen. »Du bist der Klügste von uns allen«, sagte sie. »Ich bin mir sicher, du kannst die richtige Nummer wählen.«

Der Junge, der erst elf war, sah sich verwundert um und blickte in die Gesichter der ebenso ratlosen Erwachsenen. Dann setzte er sich an die Wählscheibe des Telefons und arbeitete sorgfältig eine Ziffer nach der anderen ab.

»Schon gut, mein Junge. Wir versuchen es weiter, irgendwann muss es ja klappen«, sagte sie, als schon wieder die verdammte amerikanische Ansage kam. Sie nahm den Hörer und kontrollierte wieder einmal, ob das Freizeichen zu hören war.

Dann endlich klingelte das gelbe Telefon. Nazmiyya, zwei ihrer Schwiegertöchter und die frisch verheiratete Alwan waren gerade auf den Markt gegangen, um Obst und Gemüse für das *jumaa* am nächsten Tag einzukaufen. Nazmiyya hatte sich von ihrem Apparat losgerissen, weil sie wusste, dass Abu Bara'a, der Gewürzhändler, ein rotes Telefon besaß. Atiyah hatte ihr versprochen, jeden Anrufer dorthin zu verweisen. Während nun das rote Telefon klingelte, eilte Atiyah zum Markt. Ein fassungsloser Abu Bara'a übergab Nazmiyya, die gerade in seinem Laden saß und an einer Tasse Tee nippte, den Hörer. Sie machte große Augen und zischte den anderen Kundinnen zu, dass sie still sein sollten.

»Mamduuuh, Mamduuh! Bist du das, lieber Bruder?«, fragte sie lächelnd. Plötzlich aber fiel ihr Lächeln in sich zusammen. Der Himmel stürzte ein. Beit Daras stürzte ein. Nazmiyya sank auf die Knie und setzte sich auf den Boden. Sie verbarg ihr Gesicht in den Händen und hielt den Hörer ans Ohr.

Von einem Epizentrum, das mitten in ihrem Körper lag, breitete sich ein Ring der Stille durch das laute Treiben des Marktes aus. Die Händler wandten sich von ihren Kunden ab und sahen hilflos zu Nazmiyya hinüber, und das allgegenwärtige Feilschen verwandelte sich in ein unterdrücktes Flüstern. Allen war klar, dass Haja Nazmiyya den Anruf bekommen hatte, vor dem sie sich schon lange gefürchtet hatte.

Am anderen Ende der Leitung war ein alter Freund von Mamduh, der in Kalifornien lebte. Er war Palästinenser und hatte

Mamduh gekannt, seit er nach Amerika gekommen war. Nazmiyya hatte von ihm gehört und sogar schon einmal mit ihm telefoniert, als Mamduh und Yasmin vor Jahren bei ihr angerufen hatten. Der Mann war tieftraurig, und es tat ihm leid, dass er eine solche Nachricht überbringen musste. Er hatte einen Karton mit Mamduhs persönlicher Habe, den Nur nicht verwahren konnte, weil sie noch zu klein war. Der Freund versprach, ihnen den Karton, den er von der Fürsorgebehörde bekommen hatte, zu übersenden. Mamduh hatte ihm das Versprechen abgenommen, dafür zu sorgen, dass Nur zu ihrer Familie nach Gaza geschickt wurde, aber die Behörde hatte sie ihrer Mutter in Obhut gegeben. Er konnte nichts dagegen tun. Nazmiyya hörte die Tränen in seiner Stimme. Es gab keine Möglichkeit, Nur aus Amerika herauszuholen. Der Freund war sich sicher, dass sie christlich erzogen werden würde. Die Mutter erlaubte nicht, dass er Kontakt zu Nur hatte. »Ich bin ein alter Mann«, seufzte er. »Ein Ausländer. Ich wünschte, ich könnte mehr für sie tun.«

Nazmiyya saß auf dem Boden, und das Gewicht ihres gebrochenen Herzens strebte nach oben, der Schwerkraft entgegen, sodass ein Teil von ihr emporstieg und einen Körper aus dichter Stille zurückließ.

Eine Frau aus der Menge flüsterte: »Was ist denn los?«

»Haja Nazmiyya hat den Anruf gekriegt. *Inna lillahi wa inna ilayhi raja'un.* Wir kommen von Gott, und zu ihm kehren wir zurück.«

»Möge er der Seele ihres Bruders gnädig sein«, erwiderte jemand.

31

Meine Mutter liebte im Stillen und lebte, als würde sie die Welt durch Schlitze im Vorhang betrachten. Die Menschen dachten, sie hätte aus Frömmigkeit beschlossen, den niqab *zu tragen, aber in Wirklichkeit wollte sie ihre Unsichtbarkeit perfektionieren. Sie wollte die Gardinen überallhin mitnehmen, während sie ihr eigenes Leben lebte. Aber mein Vater sah sie doch. Er trat hinter den Vorhang und liebte sie dort. Als sie sich dafür entschied, den* niqab *wieder abzulegen, dachten die Leute, sie täte es, weil Teta Nazmiyya sie deswegen ständig nervte. Aber sie tat es für Baba. Er bat sie nie ausdrücklich darum, aber sie wusste, dass er ihr Gesicht brauchte, ihr ganzes Gesicht, in allen Lebenslagen.*

Die Jahre brachten Alwan einige Fehlgeburten und eine Totgeburt. Sie brachten Enteignungen und israelische Siedler und noch mehr Soldaten. Rein jüdische Siedlungen fraßen sich in die Hügel hinein, und das Schicksal höhlte Alwans Schoß aus. Die Anfangsjahre ihrer Ehe mit Abdel Qader waren voller Hoffnung und Liebe, aber in den Ecken wuchsen Schatten, und die missbilligenden Augen seiner Mutter starrten auf ihren Bauch. Die Wüste in ihrer Gebärmutter dehnte sich aus, bis sie alle ihre Gedanken eingenommen hatte und auch die Räume füllte, in denen sie sich bewegte. »Ich kann es verstehen, wenn du dir eine andere Frau nehmen möchtest, mein Liebling. Aber bitte lass dich nicht von mir scheiden«, bat sie ihren Ehemann fünf Jahre nach der Hochzeit.

»Wir bekommen im Leben nur, was Allah uns zugesteht, *habibti.* Lass uns die Sache in seine Hände legen«, entgegnete Abdel Qader.

Tatsächlich hatte er schon darüber nachgedacht, sich eine Zweitfrau zu nehmen, hauptsächlich, weil seine Mutter sich immer lauter über seine Kinderlosigkeit beklagte, aber er fürchtete, dass das Problem nicht in Alwans Gebärmutter, sondern in seinem Samen lag.

Derweil willigte Abdel Qader ein, in das Elternhaus Alwans einzuziehen. Ihre Brüder hatten sich ihre Häuser ganz in der Nähe gebaut, und einer wohnte mit seiner Familie gar in einem angebauten Stockwerk im Elternhaus. Inzwischen lebten nur noch Alwans Eltern im eigentlichen Haus, und Alwans früheres Zimmer stand leer. Diese Entscheidung verlieh Alwan und Abdel Qader neue Kraft und Optimismus. Irgendwo tief in ihren Herzen hatten sie ganz ohne Worte einen Beschluss gefasst: Sie würden annehmen, was Allah für sie vorgesehen hatte. Über diese Entscheidung tauschten sie sich in der Sprache der ehelichen Zärtlichkeit aus. Keiner von beiden sagte ein Wort, als sie sich – einander verbunden in stiller Zuneigung – in Alwans altem Bett liebten: ohne Erwartungshaltung, dafür voller Leidenschaft. Alwan sah das alles in den Augen ihres Mannes und schrie vor Wonne. Abdel Qader hielt sie ganz fest, streichelte sie, küsste sie. Sein fast schon gnadenloser Hunger weckte in ihr einen ungewohnten, ungezügelten Appetit. In jener Nacht verzehrten sie sich nach einander, formten kleine Höhlen der Sehnsucht im Körper des anderen, in die sie winzige Teile ihres Herzens zur Aufbewahrung legten.

Alwan wurde wieder schwanger – das hatten sie nicht zu hoffen gewagt. Ihr Bauch wuchs an, sogar noch im neunten Monat.

Atiyah und Abdel Qader waren gerade auf See, als Alwans Wehen einsetzten, aber sie verbot ihrer Mutter, ihnen eine Nachricht zu schicken, weil sie ihrem Ehemann die erneute Enttäuschung ersparen wollte. Sie weigerte sich auch, ins Krankenhaus zu gehen, denn sie wollte allein sein in dieser schwarzen Stunde. Also rief Nazmiyya nur die Hebamme – und mit ihrer Hilfe hatte Alwan nach vier Stunden einen kleinen Jungen auf die Welt gebracht.

So trug es sich zu, als ich geboren wurde. Am 27. Dezember 1998, drei Wochen vor Tetas nächstem geplanten Besuch bei Khalu Mazen.

32

Ich weiß nicht, wer meinen Namen bestimmt hat und wann derjenige sich dafür entschieden hat. Mariam nannte mich Khaled, aber ich weiß nicht, ob ich ihr gesagt hatte, dass ich so heiße, oder ob sie mich so genannt hat, weil sie wollte, dass meine Teta nach meiner Geburt den Namen Khaled vorschlug. So gesehen hat Mariam meinen Namen noch vor meiner Geburt ausgesucht, und zwar, nachdem ich im Alter von zehn Jahren ins Blau einging. Was ich gerade erzähle, klingt ziemlich unlogisch, aber ich kann es leider nicht anders wiedergeben.

Nazmiyya hob den schreienden kleinen Jungen hoch, und Alwan bekam große Angst, als sie in das kummervolle Gesicht ihrer Mutter blickte. »Was ist mit ihm?«, wollte sie wissen.

Nazmiyya sah ihre Tochter an, dann wieder den Jungen. »Khaled. Nenn ihn Khaled. Er ist ein hübscher, gesunder Junge.«

Überglücklich schloss Alwan ihren kleinen Sohn in die Arme. Khaled. Sie mochte diesen Namen, bestand aber darauf, dass sie mit der endgültigen Namenswahl bis zur Rückkehr von Abdel Qader warteten.

Nazmiyya ließ sofort nach Atiyah und Abdel Qader schicken. Die Nachricht verbreitete sich auch in der Nachbarschaft, und bald quoll das Haus nur so über vor lauter Freunden und Verwandten. Alwans Brüder und ihre Familien kamen vorbei, genau wie Abdel Qaders Geschwister und deren Familien. Alwans Schwiegermutter überwand ihre Nörgelei und sprühte vor guter Laune. Auch die Nachbarn strömten herbei. »*Allahu akbar*«, sagten alle. Gratuliere, möge Allah dieses Kind segnen und schützen. Allah ist allwissend und gnadenvoll. Die Leute, die sich bis hinaus auf die Straße drängten, bekamen zwar Alwan kurz zu Gesicht, nicht aber den kleinen Khaled. Haja Nazmiyya ließ niemanden das Kind sehen oder gar auf den Arm nehmen, bis auf die Schwiegermutter und später noch Atiyah und Abdel Qader. Sie behauptete, das geschehe nur aus Vorsicht, damit sich das Kind nicht mit etwas anstecke; in Wirklichkeit aber ging es ihr darum, das Schicksal nicht herauszufordern. Sie fürchtete den *hassad*-Fluch, den Fluch des bösen, neidvollen Blicks. Erst nachdem sie ihren Enkelsohn mit einem blauen Amulett ausgestattet und schützende Koranverse aufgesagt hatte, würde sie anderen erlauben, sich ihm zu nähern.

Atiyah und Abdel Qader kehrten so schnell wie möglich an Land zurück. Als sie zu Hause eintrafen, waren noch immer viele Besucher da, und der Name Khaled war bereits offiziell. Abdel Qader hatte eigentlich vorgehabt, das Kind Mohammad zu nennen, nach seinem Vater.

Freudestrahlend hielt Abdel Qader seinen Sohn im Arm, und die Gäste gingen nach Hause, damit die Familie ihr neues Glück ungestört genießen konnte. In ihrer trauten Zweisamkeit betrachteten Alwan und Abdel Qader ihr Baby. Sie befühlten seinen Nabelschnurrest, dankten Allah für das gesunde Anhängsel zwischen seinen Beinen, beobachteten ihn beim Saugen an Alwans Brust, küssten ihn, atmeten seinen Duft und erfreuten sich an Allahs unendlicher Großzügigkeit. *Allahu akbar*.

Wie bei den Arabern üblich, war Khaleds zweiter Name der Name seines Vaters, sein dritter der seines Großvaters, und so weiter. Er hieß also Khaled Abdel Qader Mohammad Ghassan

Maqadamah. Und genauso, wie Kinder die Namen ihrer Eltern bekommen, bekommen die Eltern die Namen ihrer Kinder. Von diesem Tag an hieß Abdel Qader Abu Khaled, und Alwan war überall nur noch als Umm Khaled bekannt.

33

Teta Nazmiyya schnitt meine Nabelschnur durch. In dem Moment, als sie mich im Arm hielt, wusste sie, dass ich ihr Lieblingsenkelkind sein würde, so erzählte sie es mir später. Aber das war unser Geheimnis, und ich habe es nie jemandem verraten.

Als Alwans und Abdel Qaders Sohn Khaled geboren wurde, beschlich Haja Nazmiyya das Gefühl, dass er schon viel länger auf der Welt war, als alle glaubten. Sie war die Erste, die ihn eingehend betrachtete. Einmal, als sie ihn im Arm hielt und dabei eine große Dankbarkeit empfand, hätte sie ihn beinahe fallen lassen, als sie eine weiße Haarsträhne in seinem schwarzen Schopf entdeckte. Sie dachte an die Worte ihrer Schwester Mariam: »Khaled hat eine weiße Strähne im Haar.« Allah war allwissend, und seine Wege waren unergründlich. Sie versuchte zu verstehen, was das bedeutete, verstrickte sich aber bald in ihren eigenen Gedankengängen. »Törichte alte Frau«, sagte sie zu sich selbst, und das war lange Zeit ihr letztes Wort zu dieser Sache. Als Khaled ein paar Jahre älter war und schon gut sprechen konnte, fragte sie ihn trotzdem, ob er manchmal von einem Mädchen namens Mariam träume.

»Nein«, erwiderte er immer nur, egal, wie geschickt sie die Frage auch formulierte.

Obwohl die Siedlungen und Wachtürme der Israelis immer näher rückten, lebte die Familie friedlich von den Früchten des Meeres. Ihr Dasein war bestimmt von den täglichen Aufgaben, von Klatsch und Tratsch, von Politik, Widerstand und Liebe. Als nach und nach alle von Haja Nazmiyyas Söhnen heirateten und Kinder bekamen, war sie bald umgeben von einer Schar Enkelkinder, die um ihre Aufmerksamkeit konkurrierten. Die Enkel waren Cousins und Cousinen, die oft miteinander im Streit lagen und sich immer danach zusammenschlossen, wie ihre Mütter gerade zueinander standen. Denn auch die Mütter waren eifersüchtig aufeinander, und so gruppierten sich die Fraktionen ständig neu. Die Kleinkriege der Schwiegertöchter, die oft in eisigem Schweigen oder gegenseitigen Verwünschungen gipfelten, wurden jeden Freitag in der Küche von Haja Nazmiyya ausgefochten, wenn das Mittagsgebet vorüber war und alle auf das *jumaa*-Essen warteten. An solchen Freitagen wurde erbittert gekämpft; hässliche Wörter und böse Blicke flogen hin und her, Augen wurden verdreht, Füße stampften auf den Boden. Aber es gab auch immer die berühmte rote Linie, die niemals überschritten wurde. Allahs Name durfte nie angerufen werden, es sei denn zur Lobpreisung, vulgäre Flüche waren verboten, und Haja Nazmiyya hatte immer das letzte Wort. Sie war die höchste Autorität, wenn es zum Familienstreit kam.

Das *jumaa ghada* bei Haja Nazmiyya bestimmte jeweils die Atmosphäre der folgenden Woche. Wenn eine der Schwägerinnen etwa ein neues Kleid präsentierte (»Mein Mann hat es mir gekauft, einfach so …«), schmollten alle anderen tagelang und sagten zu ihren Ehemännern: »Warum kannst du nicht so wie dein Bruder sein und mir ab und zu ein Geschenk machen, obwohl es keinen Anlass gibt?«

Dasselbe spielte sich ab, wenn es um neue Möbel oder Haushaltsgeräte ging. Oft flehten sich die Brüder gegenseitig an, mäßigend auf ihre Frauen einzuwirken, aber vergeblich. Als eine schwanger wurde, scherzte Nazmiyya: »Ich glaube, meine Söhne werden in den nächsten Wochen sehr glücklich sein, denn ich weiß, dass ihr anderen jetzt auch versucht, schwanger zu werden.« Alwan bat ihre Mutter, mit solchen Reden aufzuhören. »Am Ende denken sie noch, du meinst das ernst.«

»Wer behauptet denn, ich würde das nicht ernst meinen, liebe Tochter?«, erwiderte Nazmiyya. »Du wirst schon sehen. In ein paar Wochen kommen mindestens zwei dieser Weiber zu uns und verkünden, dass sie auch schwanger sind.«

Alwan las immer öfter im Koran, denn das schien ihr ein gutes Gegengewicht zu den freimütigen Bemerkungen ihrer Mutter zu sein. In den Kleinkriegen der Schwägerinnen galt Alwan als neutral. Nichts an ihr provozierte die anderen Frauen. Sie war Haja Nazmiyyas einzige Tochter, nicht sehr attraktiv, hatte bloß einen einzigen Sohn und einen Mann, der sich meist seltsam und distanziert verhielt. Außerdem stand sie Haja Nazmiyya am nächsten; sie hielt die Brüder zusammen und zwang deren Frauen dazu, sich zusammenzuraufen. Haja Nazmiyya war die Matriarchin der Familie, immer zu einem launigen Spruch aufgelegt, geliebt und gleichzeitig gehasst von den Matriarchinnen anderer Familien. Sie war wohl die einzige Mutter weit und breit, die man mit ihrem eigenen Vornamen anredete. Alle anderen Mütter nannten sich Umm, gefolgt von dem Vornamen ihres ältesten Sohnes. Es war aber kein Zeichen von mangelndem Respekt, dass Nazmiyya sich nicht über ihr Verhältnis zu einem anderen Menschen definierte, sondern ein Zeugnis ihrer Präsenz, ihres Stolzes, ihrer Mütterlichkeit und Freundlichkeit, ihrer Sexualität und ihres Vorwitzes. Kein Sohn und kein Ehemann konnten ihr einen anderen Namen verpassen. Die Menschen fühlten sich von ihr angezogen. Ihre Kinder und Enkelkinder schwirrten um sie herum und küssten ihr die Hände zur

Begrüßung und zum Abschied. Sie war eine Schwiegermutter, die ihre Schwiegertöchter lehrte, wie man die Leibgerichte ihrer Ehemänner zubereitete. Sie scheute sich nicht, peinliche Fragen zu stellen. »Wie ist mein Sohn im Bett?«, wollte sie wissen. »Wenn er sich dumm anstellt, zögere nicht, ihm etwas beizubringen.« Sie brachte ihre Schwiegertöchter zum Lachen. Und wenn sie einmal traurig waren, durften sie sich an ihrer Schulter ausweinen. Ohne dass es den zänkischen Frauen bewusst gewesen wäre, schweißte Haja Nazmiyya sie zu einer verschworenen Gemeinschaft zusammen, die in schweren Zeiten füreinander einstand; etwa in dem Moment, als Haja Nazmiyya die Nachricht vom Ableben ihres Bruders bekam, oder auch später, als der Himmel einstürzte und der Tod auf ihre Dächer hinabregnete.

34

Niemand bemerkte meinen ersten Schub, als ich ins stille Blau ging und wieder zurückkam. Es war ein ganz normaler Tag. Ich war vielleicht sechs Jahre alt und ging mit meinen Cousins und Kameraden zur Schule, als einige Siedler von ihrem Hügel aus auf uns zukamen: jüdische Frauen mit ihren Babys im Kinderwagen, die älteren Kinder vorneweg. Ich begriff sofort, dass sie uns attackieren wollten, einfach, weil es ihnen Spaß machte. Wir suchten nach Deckung, während die Siedlerkinder unter den Augen ihrer Mütter Steine und Glasflaschen nach uns warfen. Kurz bevor die Welt mich mit dem stillen Blau umspülte, spürte ich die warme Nässe von Urin an meinem Bein. Als Nächstes erinnere ich mich erst wieder daran, wie mein Cousin mich ausschimpfte, während wir uns hinter einen großen Stein flüchteten. »Nächstes Mal stehst du nicht einfach nur da wie ein dummer Esel. Wenn ich dich nicht weggezogen hätte, hätten die Juden dich in die Hände bekommen.«

Es kam der Tag, an dem Israel seine Siedler abzog. Die Welt tat so, als hätte Israel sich im Namen des Weltfriedens beinahe einen Arm abgeschnitten. Die Palästinenser in Gaza verdrehten bloß die Augen. Das ist doch mal was, sagten sie sich. Erst stehlen sie unser Land, und jetzt, nachdem sie alles Fruchtbare aus ihm herausgesaugt haben, geben sie es uns zurück – wirklich eine große Geste. Zur Hölle mit ihnen, sagten sie und machten es sich dort bequem, wo zuvor die Siedler gewesen waren. Haja Nazmiyya begann wieder, mit Mariam zu sprechen, und bat sie um ein Zeichen. Sie wusste nicht, um was für eines, warnte die anderen aber davor, allzu übermütig zu feiern. »Wo Licht ist, ist auch Schatten«, sagte sie ahnungsvoll.

Bald darauf starb Atiyah friedlich im Schlaf. Das kam nicht ganz unerwartet, hatte er in letzter Zeit doch viele Eigenschaften und Verhaltensweisen eines sterbenden Mannes angenommen: unerschöpfliche Geduld und große Weisheit, einen schleppenden Gang, zitternde Hände und ein scheinbar grundloses Lächeln. Manchmal hielten er und Nazmiyya Händchen – beim Fernsehen, beim Essen, beim Abwaschen oder im Bett –, und ihre Finger tanzten den ewig jungen Tango, der vor so langer Zeit aus verbotener Sehnsucht neben den Ruinen einer Burg und einer Zitadelle entstanden war. Beide wussten, dass das Ende bevorstand, sprachen aber nie darüber. Und doch war sein Tod erschütternd. Er machte eine alte Frau aus Nazmiyya; ihre Jugend und ihre Verliebtheit wurden zusammen mit Atiyah begraben. Sie legte ihren bunten Schleier ab und hüllte sich stattdessen in schwarze Trauer. Voll schmerzlicher Nostalgie beobachtete sie ihre Söhne dabei, wie sie den Vater wuschen und zu Grabe trugen. Die Söhne versammelten sich um ihre Mutter und küssten ihr die Füße, während der Koran aus den Lautsprechern tönte und die Trauernden mit seiner hypnotischen Melodie umfing. Viele Freunde kamen, kondolierten voller Respekt und verließen das Haus wieder.

Während die Familie in ihrem eigenen Universum der Trauer lebte, bekämpften sich die palästinensischen Gruppierungen untereinander, und schließlich gewann jene die Oberhand, die weniger kompromissbereit gegenüber Israel war. Das führte dazu, dass Israel Gaza einmauerte und sogar das Meer abtrennte.

Von diesem Tag an schlüpfte Haja Nazmiyya in die beruhigende Schwärze der Witwenschaft und verabschiedete sich von aller Farbe, abgesehen von den bunten Herkunftsstickereien auf ihrer Thoba. Abdel Qader küsste die Hand seiner Schwiegermutter und bat Allah, ihr noch viele Jahre des Lebens zu schenken. Aus der See, die in ihm wohnte, sagte er: »Wenigstens ist Abu Mazen auf natürliche Weise gestorben.« Wenigstens hatten die Zionisten ihn nicht getötet.

35

Eine junge Amerikanerin namens Rachel Corrie kam nach Gaza. Ihre Schönheit berührte uns alle. Alle zwölf Millionen Palästinenser auf der ganzen Welt. Aus Gaza schrieb sie einen Brief an ihre Mutter, in dem es hieß: »Es ist so enttäuschend, wenn man herausfindet, zu welch furchtbaren Taten wir alle fähig sind. Aber ich habe ebenso herausgefunden, dass ein Mensch auch noch unter den schlimmsten Umständen stark sein und seine Menschlichkeit behalten kann. Ich glaube, das Wort, nach dem ich suche, heißt Würde.«

Alwan, Umm Khaled, wurde im Jahre 2003 noch einmal schwanger. Die Schwangerschaft dauerte so lange an, dass man das Geschlecht des Kindes erkennen konnte, bevor Alwan wieder eine Fehlgeburt erlitt. Ihr Ehemann hatte seinen Fischerkollegen schon erzählt, dass er eine Tochter bekommen würde. Das war auch der Grund, weshalb Abdel Qader sich selbst die Schuld an der Fehlgeburt zuschrieb: Er hatte über Dinge gesprochen, die allein Allah zu bestimmen hatte. Abdel Qader trauerte, fügte sich aber bald Allahs Willen, so wie er es immer tat.

»Es war uns nicht gegeben, dieses Kind zu bekommen, Umm Khaled«, sagte Abdel Qader tröstend zu seiner Frau. »Wir werden es wieder versuchen. *Insha'allah*, wir bekommen unsere kleine Rachel.«

Da regte sich etwas in Alwan, und sie protestierte. »Alle

nennen ihre Töchter Rachel, Abu Khaled. Diesen Namen will ich nicht. Er ist ja nicht mal arabisch. Was soll er denn bedeuten?«

»Alwan, wir waren uns doch einig. Du hast den Namen des ersten Kindes ausgesucht. Ich darf den Namen des nächsten bestimmen«, erwiderte er siegessicher.

Da sagte Alwan nichts mehr.

»Vertrau mir, Umm Khaled. Egal, was der Name auf Englisch bedeutet, hier bedeutet er ›reines Herz, fester Glaube und großer Mut‹.«

»Abu Khaled, wir dürfen keinen Namen aussuchen, solange das Kind nicht da ist. Das bringt Unglück.«

Schließlich stimmte er ihr zu und umarmte sie.

36

Einmal kam Baba mit dem Meer in den nassen Haaren zurück. An jenem Tag hatte Mama mich zu den Nachbarn geschickt, um eine Zitrone und etwas Knoblauch gegen Zwiebeln einzutauschen, die Teta und ich dann fürs Abendessen kleinhackten. Ein Jahr später, als ich endgültig ins Blau überging, schickte Sulayman mich in die Vergangenheit, um mit eigenen Augen zu sehen, was damals auf dem Meer geschehen war. Und indem wir zurückgingen, wurden wir ein Teil jenes Tages. Sulayman und ich waren diejenigen, die die Fische ins flache Wasser gelockt hatten.

Eines Tages verabschiedete Abdel Qader sich kurzerhand vom Meer; es war ruhig und der Himmel endlos blau. Er und seine Fischerkollegen atmeten die Weite ein, als sie die Drei-Meilen-Grenze erreichten, die Israel festgelegt hatte. Exakt so weit durften sie hinausfahren, ansonsten würden die Kanonenboote feuern. Sie warfen ihre Netze aus und warteten. Auf Abdel Qaders Boot fuhren noch drei andere Männer mit. Sein Cousin Murad zog ein abgegriffenes Kartenspiel hervor, mit dem sie in der feuchten, salzigen Meeresluft schon viele Partien Tarnib gespielt hatten.

Die Fischer lachten und scherzten auf Seemannsart, immer eine Zigarette im Mundwinkel. Ihre kantigen, unrasierten Gesichter wirkten hart im hellen Sonnenlicht. Auf der stillen Unendlichkeit dahintreibend, fühlten sie sich wohl und warteten geduldig darauf, dass die Wellen ihnen ihren Lebensunterhalt in die Netze spülten. Sie wussten, dass sie so nahe an der Küste nicht viel fangen würden, dankten Allah aber trotzdem für seine Großzügigkeit, als sich die Meereskreaturen schließlich im Netz wanden. Noch einmal warfen sie die Netze aus – und dieses Mal fingen sie ein Wunder: Wolfsbarsche, Zackenbarsche, Brassen, Schnapper, Rotbarben, Streifenbarben, Sardinen, Thunfische. Die Männer trauten ihren Augen kaum. Wo kamen all die Fische her? Hatte Allah ihre Gebete erhört? Es konnte nicht anders sein. Die glücklichen Schreie der Fischer hallten von nah und fern.

Doch die Hochstimmung wurde mit einem Mal getrübt, als ein israelisches Schnellboot auf die Flotte der kleinen Fischerboote zuhielt. Die meisten holten rasch ihre Netze ein und fuhren mit ihrer Beute an den Strand zurück, aber Abdel Qader und seine Kameraden waren dem Militärboot am nächsten und konnten nicht entkommen. Die Netze noch in der Hand, riefen sie laut: »Wir haben die Drei-Meilen-Grenze nicht überschritten!«

»Alles in Ordnung. Bleibt ganz ruhig. Wir haben nichts getan«, sagte Abdel Qader zu seinen Kameraden, und plötzlich verwandelte sich der Ozean in einen kleinen Raum ohne Fenster und Türen, in dem es nur noch ein kleines Fischerboot und ein Marineboot gab. »Wir befinden uns innerhalb der Grenze!«, rief Abdel Qader über das Wasser hinweg.

Die Soldaten lachten und schossen ein Loch in das Fischerboot. Die vier Kameraden stopften es, so schnell sie konnten. »Ihr sagt, ihr seid für Freiheit, dabei unterdrückt ihr die Fische«, sagte einer der Soldaten und lachte über seine Bemerkung. »Vielleicht sollten wir euch auch in ein Netz stopfen, damit ihr mal seht, wie sich das für die Fische anfühlt.« Sie befahlen den Fischern, ihren Fang zurück ins Meer zu werfen. Alle sahen zu, wie die Fische fortschwammen. Dann zwangen die Soldaten die Fischer, sich nackt auszuziehen und ins Wasser zu springen, auf der Stelle zu treten und bis hundert zu zählen. Als sie bis dahin gekommen waren, mussten sie wieder von vorne anfangen. Für die Soldaten war diese Grausamkeit eine willkommene Abwechslung von der Langeweile der Patrouillenfahrt. Bald aber wurde ihnen auch das zu dumm, und sie schlossen Wetten ab, während die Fischer zählend im Wasser strampelten.

Abdel Qader und sein Cousin Murad wurden flankiert von Abu Michele, einem Christen, und Abu'l Banat, einem Mann ohne Söhne, aber mit sechs Töchtern. Man nannte ihn nur den »Vater der Mädchen«. Er war der Erste, den die Erschöpfung übermannte, und als er unterging, jubelten einige Soldaten, und die anderen streckten ihnen Geldscheine hin. Abdel Qader und Abu Michele versuchten, ihn nach oben zu ziehen, konnten sich aber selbst kaum an der Oberfläche halten. »Bitte habt Gnade! Wir haben Kinder und Familien!«, flehte Abdel Qader.

Nachdem auch Murad still die Augen geschlossen und sich seinem Schicksal ergeben hatte, zog ein Soldat seine Waffe und schoss Abu Michele in die Schulter. Abdel Qader sagte die Schahada auf, überzeugt davon, dass sein Ende gekommen sei. Doch die Soldaten waren fertig mit ihnen. Sie rauschten ab, und ihre Heckwelle brachte das, was von dem Fischerboot übrig war, heftig zum Schaukeln. Abdel Qader entspannte die Muskeln und glitt mit angehaltenem Atem nach unten, sich gegen die Versuchung wehrend, das Wasser tief in die Lunge einzusaugen. Da griff eine Hand nach ihm. Keuchend stieg er an die Oberfläche auf. Neben ihm trieb Abu Michele, nur noch halb bei Bewusstsein. »Lass mich nicht sterben, Abu Khaled«, röchelte er.

Einige Familien aus Khan Yunis grillten gerade am Strand, als ein paar Kinder aus dem Wasser hasteten und aufgeregt in die Ferne deuteten. Die Erwachsenen sprangen auf und blinzelten in die Sonne, um die Umrisse am Horizont auszumachen. Sie erkannten, dass dort draußen mindestens ein Mann in Lebensgefahr war. Er winkte und rief um Hilfe. Zwei junge Männer sprangen ins Wasser und schwammen auf den hilflos Treibenden zu. Da entdeckten sie einen weiteren Mann, der sich an die Reste eines Bootes klammerte. Noch mehr Helfer kamen mit *abbayas* hinzu, um die nackten Männer notdürftig zu bedecken, bevor sie aus dem Wasser humpelten. Der verletzte Mann blutete an der Schulter und war einer Ohnmacht nahe. Eilig brachten sie die Geretteten ins Krankenhaus, wo man sie befragte.

»Wie heißt du, Bruder?«, wollte jemand wissen.

»Abdel Qader, Abu Khaled«, antwortete der eine Mann. »Wir sind Fischer«, fügte er hinzu. »Die Juden kamen. Unsere beiden Kameraden haben es nicht geschafft und sind in Gottes Meer geblieben. Ich muss es jetzt ihren Familien sagen. Aber ich bin bald zurück, mit der Familie meines verletzten Freundes.«

37

Als Jiddu Atiyah starb, stand Baba ganz vorne in der Trauergesellschaft. Wie alle anderen kondolierte er Mama und Teta mit den Worten: »Mögen seine verbleibenden Jahre zu euren dazukommen.« Als wir abends dann allein waren, rauchte er die arghilah *und atmete seine Gedanken zusammen mit einer Rauchwolke aus, die ihn anzustarren schien. »Ich freue mich für Ammi Atiyah, dass er an Alterschwäche gestorben ist. Es ist ein Segen, einen natürlichen Tod sterben zu dürfen.«*

An Land gab es keine Arbeit. Als Folge der Belagerung Gazas durch Israel stieg die Arbeitslosigkeit auf achtzig Prozent, und die Kinder wiesen Zeichen der Unterernährung auf. Abdel Qader verstärkte das Heer der arbeitslosen Männer, die sich jeden Morgen auf der Straße trafen. Sie waren Tagelöhner, die lange vor Sonnenaufgang aufstanden, um sich in die Schlange am israelischen Checkpoint anzustellen und auf eine Arbeit zu hoffen. Ihre Hände waren voller Schwielen und Narben, ihre Fingernägel brüchig. Aber sie waren stark. Sie trafen sich frühmorgens und kamen erst spätabends wieder nach Hause, so wie es ein Familienernährer eben tat, auch an den Tagen, an denen sie keine Arbeit fanden. Sie trafen sich, um der Scham des Nichtstuns und den hungrigen Augen ihrer Kinder zu entfliehen. Nur die wenigsten standen je Schlange, um die Lebensmittelhilfe der

UN zu erhalten. Meist übernahmen es ihre Frauen und Kinder, stundenlang zu warten, ehe sie Säcke mit Reis und Mehl nach Hause schleppen durften. Doch Abdel Qader hatte bloß einen Sohn, der gerade einmal sieben Jahre alt war, und eine schwangere Frau, die schon viele Fehlgeburten erlitten hatte und nicht schwer tragen durfte.

Er zögerte es so lange wie möglich hinaus, sich in die Lebensmittelschlangen einzureihen. Er versuchte sogar, seine Neffen und Nichten an seiner Stelle zu schicken, aber die bekamen nur die Rationen für ihre eigenen Familien ausgehändigt. Als es überhaupt keine Arbeit mehr gab und nichts mehr zu essen da war, senkte er den Kopf und stellte sich in die Ausgabeschlange hinter die Frauen und Kinder, die ihn mitleidig ansahen. Er fühlte sich ohnmächtig und nutzlos.

Aber seine Scham verwandelte sich bald in Wut, und Alwan war diejenige, die sie abbekam. Er machte ihr Vorwürfe, weil sie schwach war und nicht in der Lage dazu, ein gesundes Kind auf die Welt zu bringen. Er stellte die Ehe infrage. Warum hatte er sich auch eine Frau mit so schmalen Hüften ausgesucht? Zum Glück war sein erstes Kind wenigstens ein Sohn, der seinen Namen weitertragen würde. Hätte Alwan ihm jedoch mehr Kinder geschenkt, hätte er sie statt seiner in die Ausgabeschlange schicken und sich diese Schande ersparen können. Er hätte auf seine Mutter und Schwestern hören sollen, als die ihn davor warnten, Alwan zu heiraten – ihre Großmutter war schließlich die Verrückte aus Beit Daras gewesen! Und ihre Mutter Nazmiyya – die er eigentlich mochte – war die derbste Haja weit und breit. Er hätte sich seine Frau wirklich besser aussuchen sollen. Es war alles Alwans Schuld. Sie hatte so viele Fehler und außerdem eine Familie, über der ein Fluch lag.

Am Morgen verließ Abdel Qader das Haus und kam am frühen Nachmittag mit zwei Lebensmittelsäcken zurück. Er warf sie mitten ins Wohnzimmer, wo seine Frau sich gefälligst darum kümmern sollte. Alwan betrachtete die schweren Säcke und fasste sich an ihren dicken Bauch. Sie packte den Reissack und schob ihn mit ihrem Körpergewicht in die Zimmerecke. Die Anstrengung war fast zu viel für sie. Sie betete still zu Allah, er möge ihre Schwangerschaft beschützen und ihr Kind nicht zu früh kommen lassen. Dann griff sie nach dem Mehlsack und bugsierte ihn zu dem anderen in die Ecke. Still dankte sie Allah dafür, dass er ihrer Mutter diese Schufterei erspart hatte; Nazmiyya war mit den anderen Matriarchinnen gerade draußen unter den Orangenbäumen, wo sie Brot in der *tabona* backten.

Abdel Qader litt noch immer unter der Demütigung und ließ noch immer alles an Alwan aus. Er sah seine Frau nicht einmal an, als die sich mit den schweren Säcken abmühte, und verließ das Haus, ohne zu wissen, wohin er gehen sollte. Er wollte aus der Haut fahren, wollte der Wut und der Ohnmacht entfliehen. Er hatte keine Arbeitsstelle, zu der er gehen konnte. Kein Boot. Das Meer hatte ihn verraten. Zu den anderen Männern wollte er sich nicht gesellen. Sie langweilten ihn, und er schämte sich vor ihnen. Also lief er einfach durch die Gegend. Dabei entdeckte er seinen Sohn Khaled, der zusammen mit anderen Jungen schreckliche englische Musik hörte und dazu wie ein Mädchen tanzte. Der Anblick ließ seine Wut von Neuem auflodern, und dann verspürte er für einen kurzen Augenblick eine gewisse Autorität und eine Zuständigkeit.

Er hätte den Kassettenspieler gern zerschmettert, konnte es sich aber nicht leisten, einen zerstörten Gegenstand zu ersetzen. Darum drückte er nur den Stoppknopf und funkelte seinen Sohn böse an.

»Wie kannst du dir so einen Müll anhören?«

»Baba, das ist Rap. Der kommt nicht aus Israel.«

»Das ist doch alles dasselbe, und hör gefälligst auf, mir Widerworte zu geben.« Er verpasste seinem Sohn eine Ohrfeige, die den schmächtigen Jungen zu Boden warf. »Geh und hilf deiner Mutter, Junge!«

Die Verzweiflung stand Abdel Qader ins Gesicht geschrieben, als er sich umdrehte und in die Ziellosigkeit wanderte. Zum Meer.

Als er endlich wieder nach Hause kam, war er klatschnass, und seine Augen waren rot und angeschwollen. Still betrat er das Haus und zog sich trockene Kleidung an. Irgendetwas an der Art, wie er sich bewegte, hielt Alwan und seinen Sohn davon ab, ihn zu fragen, warum seine Kleider so durchnässt waren. Alwan hatte sich große Mühe gegeben, ein halbwegs anständiges Essen auf den Tisch zu bringen, aber Abdel Qader lobte sie nicht dafür. Er sprach überhaupt nicht, während sie sich nach einem zärtlichen Moment sehnte. Stattdessen saß er gedankenverloren da, direkt neben seinem Sohn und doch ganz weit weg. Die Wut ließ in ihm das Bild einer größeren Familie aufsteigen. Wie schön wäre es, wenn mehr Kinder um den Tisch herumsäßen. Andererseits schämte er sich seiner Gedanken und war froh darüber, nicht noch mehr Mäuler stopfen zu müssen. Die vergangenen Stunden im Meer und der feige Ausweg, den er erwogen hatte, machten ihm zu schaffen. Er dachte an jenen schicksalhaften Tag, an dem das Meer sein Boot und seine Kameraden zu sich genommen hatte. Das vertraute Gebräu aus Angst, Hilflosigkeit, Wut und Fassungslosigkeit begann in seinem Inneren zu brodeln. Er kniff die Augen zu und ballte die Fäuste, um innerlich zu widerstehen.

»Was ist los mit dir, Baba?«

Als Abdel Qader die Berührung seines Sohnes spürte, öffnete er die Augen und löste die Fäuste. In diesem Moment ertönte der *adhan,* der die Gläubigen zum Abendgebet rief. Abdel Qader küsste seinen Sohn auf die Wange – auf die er ihn kurz zuvor geschlagen hatte. »Möge Allah mir die Hand abschneiden, wenn sie dein Gesicht noch einmal schlägt«, sagte er.

»Lass uns zusammen den *maghrib* beten, mein Sohn.« Die beiden knieten sich nebeneinander auf ihre Gebetsteppiche und verbeugten sich vor Allah.

Danach aß die Familie zu Abend. Nebenbei liefen die Nachrichten, dann begann Haja Nazmiyyas Lieblings-Soap. Khaled ging ins Bett, und bald erfüllte Haja Nazmiyyas Schnarchen das Haus. Alwan spülte das Geschirr und gesellte sich zu Abdel Qader, der draußen eine *arghilah* rauchte. Nach so vielen Jahren der Ehe und nur einem Kind und etlichen Fehlgeburten begriff Alwan, dass ihr Ehemann sie für die Entwürdigung, die er empfand, verantwortlich machte.

»Was kann ich tun?«, wollte sie von ihm wissen.

Er sah sie nicht an, paffte weiter.

Sie ließ sich zu seinen Füßen nieder und fand nach einer Weile wieder den Mut, ihn anzusprechen. »Es tut mir leid, Abdel Qader. Schlag mich, wenn du willst. Ich halte das schon aus. Aber bitte wende dich nicht von mir ab.«

Ihre Worte rührten ihn, und er rückte näher an sie heran. Dann nahm er ihr Gesicht in die Hände und küsste sie auf die Stirn, zuerst zögerlich, dann heftiger. »Es ist nicht deine Schuld, Alwan. So Allah will, werden wir auch diese Situation bewältigen.« Das war alles, was er sagte. Aber er hielt seine Frau noch lange im Arm, und in jener Nacht schliefen sie eng umschlungen, in einer Umarmung, die die Welt zusammenhielt.

38

Als meine Schwester Rhet Shel geboren wurde, sagte Teta zu mir, ich solle mir keine Sorgen machen. Ich würde immer ihr Lieblingsenkel bleiben, auch wenn Rhet Shel nach der einzigen mutigen Amerikanerin benannt worden war, die sie kannte. »Der Rest baut nur tödliche Waffen oder irgendwelchen Schrott, den man den Leuten andrehen kann«, sagte Teta Nazmiyya. »Ich weiß nicht, warum Allah sie so hübsch gemacht hat mit ihren gelben Haaren.« Sie dachte über ihre eigenen Worte nach. »Vielleicht, um das Böse in ihren Herzen auszugleichen.«

Mädchen wurden oft nach ihren Großmüttern benannt; manchmal auch nach einer anderen großen Frau der Familie, nach einer Frau aus dem Koran oder aus der Geschichte. Doch Alwans und Abdel Qaders Tochter wurde nach einer jungen Amerikanerin benannt, die Rachel Corrie geheißen hatte. Die Aktivistin war von einer israelischen Planierraupe überfahren worden, als sie versuchte, das Haus einer palästinensischen Familie vor dem Abriss zu bewahren. Die Augenzeugen des Vorfalls schworen, dass der Fahrer sie absichtlich umgefahren hatte, und ganz Gaza strömte auf die Straßen, um der Märtyrerin zu huldigen. Bei Rachel Corries Beerdigung wurde zum ersten und einzigen Mal eine amerikanische Flagge durch Gaza getragen; sie lag auf einem symbolischen Sarg, denn die Leiche der jungen Frau war bereits in ihre Heimatstadt Olympia in Washington überführt worden.

Bald gab es Hunderte kleiner Mädchen in Gaza, die Rachel hießen; da die Aussprache des Namens den Palästinensern aber sehr schwerfiel, schufen sie zweisilbige arabisierte Annährungen wie Ra-Shel oder Rhet Shel, wobei letztere dem englischen ch-Klang etwas näher kam. Abdel Qader behauptete, er habe als Erster daran gedacht, Rachel Corrie auf diese Weise zu ehren, und hielt an der Idee fest, bis Alwan ihr zweites Kind auf die Welt gebracht hatte.

Die Monate vor Rhet Shels Geburt waren hart, aber Abdel Qaders Geduld und Gebete wurden belohnt. Er schaffte es, einen Mikrokredit von einer Hilfsorganisation zu bekommen, und investierte ihn in Bauholz, Maschendraht und Hühnerfutter. Mit dem Rest kaufte er Hühner und Küken.

Es kam Khaled so vor, als wäre seine Mutter schon seit Jahren schwanger gewesen. Als er sieben war, wurde seine Schwester Rhet Shel geboren. Während die übrigen Familienmitglieder ihr Glück kaum fassen konnten, war er enttäuscht, weil er sich einen Bruder gewünscht hatte. »Sie ist hässlich, hat keine Haare, dafür aber gelbe Haut«, klagte er seinen Freunden Wasim und Tawfiq. »Und sie heult den ganzen Tag lang. Baba redet mit ihr, als könnte sie ihn verstehen. Warum macht er das? Hat er den Verstand verloren?«

Bevor Rhet Shel geboren wurde, war sein Baba ständig reizbar und schlecht gelaunt gewesen. Er hatte sein Boot verloren, weigerte sich aber, darüber zu reden. Israel hatte die Welt zum Stillstand gebracht und viele Menschen in den Hunger getrieben. Khaled hörte seinen Vater sagen: »Möge Gott die Juden dafür bestrafen, was sie uns angetan haben.«

Am selben Tag schaute Khaled sich ein israelisches Fußballspiel im Fernsehen an. Er dachte an die Worte seines Vaters, während er die athletischen Männer in den schönen blauen Trikots mit den goldenen Streifen beobachtete. Als die Kamera die Fans im Stadion zeigte, darunter aufgeregte Jungen in seinem Alter, sprach er den Wunsch seines Vaters laut aus. Er fuhr fort: »Und wenn die Juden ihre Strafe gekriegt haben, bring ihre Trikots bitte nach Gaza, o Allah. Die blauen mit den goldenen Streifen.«

Khaled war überzeugt, dass eben gerade er der Familie Glück bringe, nicht aber das Neugeborene. Immerhin war er doch derjenige, der fünfmal am Tag betete und die *doaa* sagte. Er neidete seiner Schwester die Aufmerksamkeit und versuchte, sie auf anderen Gebieten zu übertrumpfen. So half er seinem Baba, das Hühnerhaus auf dem Dach zu bauen. Dabei lernte er schnell, und Baba erlaubte ihm bald, den Hammer in die Hand zu nehmen. Hämmern ist ja – wie jeder weiß – die wichtigste Aufgabe eines Handwerkers. Sein Vater wurde zum einfachen Helfer degradiert, der die Bretter zurechtsägte und sie festhielt, während Khaled die Nägel einschlug.

Alwan lächelte, als sie ihrem Mann die geschwollenen Finger verband und seinen Erzählungen lauschte.

»Khaled war so geschickt, dass ich ihm den Hammer einfach nicht wegnehmen konnte«, sagte Abdel Qader. »Ich weiß aber nicht, wie ich mit diesen Händen morgen zupacken soll. Wir haben noch einen ganzen Tag Arbeit vor uns.«

»Ich werde die Verbände etwas dicker machen. *Insha'allah*, deine Hände werden bald heilen. Der Körper heilt schnell, gelobt sei Allah.« Alwan lächelte ihren Mann kokett an, und er spürte, dass sein Unterleib in derselben Sekunde hart wurde.

»Ist das unten bei dir denn schon verheilt?«, flüsterte er. »Es sind jetzt bestimmt mehr als vierzig Tage vergangen, oder?«

»Es sind erst zweiundzwanzig«, berichtigte sie und sah ihn voller Leidenschaft an. »Aber mein Körper ist schon vollständig verheilt.«

Abdel Qader ging auf seine Frau zu; seine Erektion kümmerte sich nicht darum, dass in den heiligen Büchern stand, ein Mann dürfe seine Frau vierzig Tage nach einer Geburt nicht anrühren. Alwan zögerte. Sie war eine fromme Frau. »Lass mich wenigstens Rhet Shel noch stillen. Meine Brüste sind geschwollen«, sagte sie. Es war ein Versuch, die Lust ihres Mannes – und ihre eigene – zu zügeln, aber Abdel Qader packte sie bereits.

»Lass sie schlafen. Ich kann dir helfen«, sagte er und nahm ihre Brust in den Mund. Er saugte erst an der einen, dann an der anderen, immer abwechselnd. Je länger diese Sünde dauerte, desto erregter wurde er. Bald drang er in sie ein, und seine Welt war wieder in Ordnung.

Später, als er neben seiner Frau lag und eine Zigarette rauchte, machte er sich klar, wie gut er es eigentlich hatte. Er hatte Alwan. Sie hatte ihm Khaled geschenkt, der, *insha'allah*, zu einem starken Mann heranwachsen und seinen Namen weitertragen würde. Der Hühnerstall war fast fertig, und er hatte noch nicht einmal ein Drittel des Kredits aufgebraucht, was bedeutete, dass er mehr Hühner kaufen konnte als gedacht. Er nahm einen Zug von der Zigarette und rechnete alles immer wieder durch. Wie viele Hühner und Küken musste er kaufen, damit er so schnell wie möglich den größten Ertrag erzielte? Schließlich beschloss er, vierzehn Hühner, zwanzig Küken und einen Hahn zu kaufen. Wenn alles wie geplant lief, konnte er den Kredit in sechzehn Monaten zurückgezahlt haben. Außerdem wäre er bald wieder in der Lage, seine Familie zu ernähren. Die Rechnerei befriedigte ihn, auch wenn er knapp kalkulieren musste. Er nahm einen letzten tiefen Zug von der Zigarette, drückte sie im

Aschenbecher aus und drehte sich zum Schlafen auf die Seite. *Allah ist großzügig,* dachte Abdel Qader. Sein unerschütterlicher Glaube in schwierigen Zeiten hatte ihm wohl die Gunst Allahs erhalten. Genau in diesem Moment regte sich die kleine Rhet Shel. Ein weiteres Geschenk des Himmels.

39

Als der Himmel, das Land und das Meer abgesperrt wurden, vergruben wir unsere Körper in der Erde, so wie die Nagetiere, und gingen darum nicht zugrunde. Die Tunnel breiteten sich immer weiter unter unseren Füßen aus, so wie die Erzählungen, die von der Geschichte geschrieben, ausradiert und neu geschrieben wurden. Unsere Familie hatte noch immer Hühner. Ich verdiente Geld, indem ich ihre Eier auslieferte, und ich war verliebt in Yusra. Einmal entdeckte ich ein einzelnes Überraschungsei in einem Laden und kaufte es sofort. Dann legte ich es in die Lieferung, die für Yusras Familie bestimmt war. Ich war stolz darauf, meinem Schwarm ein solches Geschenk machen zu können, fühlte mich aber auch schuldig, weil ich es nicht Rhet Shel schenkte. Sie wollte nämlich immer welche haben.

Jeden Morgen und Nachmittag fütterte Khaled die Hühner und beobachtete, wie ihre Zahl wuchs. Er lieferte die Bestellungen an die Kunden aus, das war eine gute Arbeit, weil er manchmal ein Trinkgeld bekam. Für Yusras Familie suchte er immer die größten Eier aus, denn es war nie zu früh, sich bei den Eltern seiner Auserwählten beliebt zu machen – eines Tages würde er um ihre Hand anhalten. An diesen Tagen gab er sich besondere Mühe beim Frisieren und nahm einen Tropfen Olivenöl, um seine schwarze Mähne besser scheiteln zu können. Er zog seine beste Jeans und ein weißes Hemd an, das er ordentlich in die Hose steckte. Es würde noch Jahre dauern, bis die ersten Barthaare sprossen, trotzdem inspizierte er seine Kieferpartie – vielleicht war er ja besonders früh dran?

Zu seinem Unbehagen beobachtete Teta Nazmiyya ihn mit einem wissenden Lächeln. »Du hast heute also wieder eine Lieferung für Yusras Familie, mein Sohn?«

»Nein«, log er.

»Das ist gut, denn du siehst heute wieder sehr schick aus. Ich will nicht, dass dieses Mädchen dich anhimmelt.«

Khaled stellte sich vor, wie Yusra ihn anhimmelte, und hoffte inständig, dass sie ihn an der Tür empfangen würde. Normalerweise war das ihre Aufgabe. Wenn ihre Familie das Geld für die Lieferung nicht zusammenbekam, zahlte Khaled von seinem eigenen Geld die Differenz. Für seine Familie war das Leben besser geworden. Sie hatten genug Geld für den täglichen Bedarf, brauchten sich nicht mehr in die Lebensmittelschlangen zu stellen und konnten sich sogar Luxusartikel wie Schokolade und Pasta leisten – solche Dinge wurden aus Ägypten durch die Tunnel nach Gaza geschmuggelt.

Wenn er keine Anstellung gehabt hätte, wäre Khaled vielleicht auch der Versuchung der Tunnel erlegen. Das war einer der wenigen Jobs, die gut bezahlt waren, und die Geschäftsleute, denen die Tunnel gehörten, stellten am liebsten junge Männer ein, die klein und geschmeidig genug waren, um durch die engen Röhren zu klettern und Körbe voller Waren hin und her zu schieben. Alle möglichen Dinge wurden geschmuggelt: Windeln, Zucker, Bleistifte, Benzin, Schokolade, Handys, Besteck, Bücher. Ein besonders geschäftstüchtiger Tunnelbesitzer kam sogar auf die Idee, Bestellungen von Kentucky Fried Chicken aus Ägypten anliefern zu lassen. Bald gingen Khaleds Freunde von der Schule ab, um in den Tunneln zu arbeiten. Der erste war

Tawfiq, ein schmächtiger Zwölfjähriger. Schon sein älterer Bruder hatte in den Tunneln gearbeitet, musste aber aufhören, als er sein linkes Auge verlor und sich das rechte schwer verletzte. Jetzt musste Tawfiq der Familie helfen.

Eines Tages schwänzten Khaled und Tawfiq die Schule und durchliefen zusammen mit fünf anderen Jungen einen Lehrgang. Man zeigte ihnen, wie das komplizierte System aus Hebeln und Flaschenzügen funktionierte und was sie tun mussten, wenn die Erde bebte, weil Bomben fielen oder Tunnel einstürzten. Khaled war mitgegangen, obwohl er genau wusste, dass seine Mutter und seine Teta ihn windelweich prügeln würden, wenn sie herausbekämen, dass er die Schule geschwänzt hatte. Aber er wusste auch, dass sie seinem Vater nichts verraten würden, es sei denn, er täte es wieder. Er bekam immer mindestens eine Warnung.

An jenem Tag ging Khaled mit seinem Freund Tawfiq mit, um ihm einen Gefallen zu tun, denn Tawfiq war kreidebleich vor seinem ersten Abstieg in die Tunnel. Jeder neue Junge sollte in der ersten Arbeitswoche einen älteren Jungen an seiner Seite haben, das war so erwünscht.

Das Tunneldorf war ein unheimlicher Ort; Türen und Fenster waren verbarrikadiert. Es gab keine Bäume und keine spielenden Kinder. Alle Kinder arbeiteten und trugen Tücher vor dem Gesicht, um sich vor dem Staub der Grabungen zu schützen, der überall in der Luft hing. Tawfiq hatte daran gedacht, seine *kufiya* mitzubringen und schlang sie sich um das Gesicht. »Ich bin bereit«, sagte er.

Ein Schotterweg führte zum Tunneleingang, der in einem verlassenen Ziegenstall lag. Die neueren Tunnel waren raffinierter als dieser, sie hießen Fünf-Sterne-Tunnel. In ihnen konnte man fast die ganze Zeit über aufrecht gehen. Laternen leuchteten sie aus, und ein festes Gebälk verlieh ihnen Sicherheit. Doch dieser Tunnel war eng und dunkel und besaß bloß ein einfaches System aus Flaschenzügen. Darum stellte der Besitzer auch nur schmächtige Jungen ein.

Tawfiq griff nach dem Seil und setzte sich auf den Plastikkorb. Immer tiefer in der Erde verschwindend, ließ er den Blick auf Khaled ruhen. Khaled sah seinen Freund vor Angst zittern und dann im schwarzen Loch verschwinden.

»Wie kann er da unten etwas sehen?«, fragte Khaled einen Arbeiter.

»Unten sind Laternen.«

»Wie ist es da sonst so?«

»Da ist es so kalt wie die Muschi deiner Mama. Und jetzt hör auf, mir blöde Fragen zu stellen.«

Stundenlang wartete Khaled darauf, dass Tawfiq zurückkam. Als er endlich auftauchte, war sein Gesicht mit einer Dreckschicht verkrustet. Inzwischen war es so spät, dass Khaled mit Sicherheit eine Tracht Prügel bekommen würde, aber noch nicht so spät, dass seine Mutter und seine Teta sich Sorgen machen würden. Tawfiq bekam seinen Tageslohn direkt auf die Hand ausbezahlt, und die beiden Freunde – der eine neun, der andere zwölf Jahre alt – trugen einen Lohn nach Hause, der einem erwachsenen Mann Ehre gemacht hätte.

»Wie war's?«, wollte Khaled auf dem Weg zu einem Laden wissen.

Tawfiq schnäuzte sich und zeigte Khaled das Taschentuch. »So war's.«

Khaled betrachtete den schwarzen Schleim.

»Unten habe ich einen anderen Jungen getroffen, er heißt Mahmud. Er ist echt nett. Wir sind jetzt Freunde. Aus seiner Nase kam noch dunklerer Schleim«, bemerkte Tawfiq mit einer Spur von Neid. »Weißt du, was ich am komischsten fand?«

»Was denn?«

»Es ist wirklich kalt unter der Erde. Ich dachte, es wäre viel heißer da unten, weil man doch näher an der Hölle ist.«

Die beiden Freunde wunderten sich schweigend über dieses Rätsel. Dann gewannen andere Gedanken die Oberhand. »Mahmud hat schon die ersten Bartstoppeln. Er hat sie mir gezeigt. Er hat eine ganze Menge auf dem Kinn, aber noch nicht genügend für einen Schnurrbart«, erzählte Tawfiq. »Und er hat eine Riesenlücke zwischen den Vorderzähnen. Die Mädchen machen sich bestimmt dauernd darüber lustig. Der Arme.«

Khaled bekam tatsächlich eine Tracht Prügel von seiner Mutter. Und seine Teta hatte kein Mitleid für ihn übrig, erst recht nicht, als er zugab, bei den Tunneln gewesen zu sein. »Ich will nicht hören, dass du dort je wieder hingehst!«, schrie Alwan. »Da unten sterben jeden Tag Menschen!« »Jeden Tag, verdammt!«, wiederholte Teta Nazmiyya. Sie drohten, alles seinem Vater zu sagen, falls er jemals wieder zu den Tunneln gehen würde.

Er versprach, es nicht wieder zu tun, traf sich nach der Schule aber trotzdem weiter mit Tawfiq beim Laden; der Besitzer versprach ihnen, noch mehr Überraschungseier aufzutreiben.

Etwa zwei Wochen später erschien Tawfiq nicht am üblichen Treffpunkt. Als er am Tag darauf kam, erzählte er Khaled, dass er nicht in den Tunneln, sondern am Meer gewesen sei.

Tawfiq hatte sich wie immer auf den Plastikkorb gesetzt, um in den Tunnel hinuntergelassen zu werden. Doch plötzlich ereignete sich ein heftiger Erdrutsch, der vom Eingang her in den Schlund abging und Tawfiq hoch in die Luft schleuderte. Er wusste nicht, wie ihm geschah, als er zwölf Meter vom Tunneleingang entfernt recht unsanft auf dem Boden landete. Benommen saß er da und bekam nur am Rande mit, wie ein Haufen Menschen schreiend umherrannte. »Der Tunnel stürzt ein!« Das Geheul der Krankenwagensirenen mischte sich mit dem

Geschrei der Frauen, die zum Unglücksort eilten. Sein Freund Mahmud war unten im Tunnel gewesen. Der Junge mit dem fröhlichen Lächeln, der Zahnlücke und den vereinzelten Bartstoppeln, den Tawfiq beneidet hatte, lebte nicht mehr. Einige Männer kamen angerannt, um Tawfiq zu helfen. Sie gaben ihm Wasser, dann wandten sie sich den anderen Opfern zu und fingen an zu graben.

Da ging Tawfiq weg, erst langsam, dann rannte er. Er rannte, bis er sich am Ufer des weiten blauen Mittelmeers wiederfand. »Ich habe einfach nur dagesessen«, erzählte er Khaled. »Dann bin ich nach Hause gegangen.«

40

Am Anfang war ich noch zu jung, um den Zauber zu spüren, den Rhet Shel ausstrahlte. Ich machte sie für meinen eigenen Schmerz verantwortlich. Als Baba Simsin schlachtete, mein Lieblingshuhn, schrie er mich an, ich solle mich zusammenreißen, erwachsen werden, ein Mann werden. Er sagte: »Junge, du darfst einem Huhn keinen Namen geben. Das ist Fleisch, Allahs Geschenk, das uns am Leben erhält. Komm, hilf mir, das Huhn zu rupfen.« Das machte ich, und von da an war es meine Aufgabe, die Hühner zu schlachten. Rhet Shel übernahm meine Aufgabe, die Hühner zu füttern. Nicht lange darauf änderte sich die Welt, und ich ging ins Blau ein.

Khaled konzentrierte sich, beschwor Allah und sprach sich selbst murmelnd Mut zu, dann fuhr er mit der Klinge in einer raschen Bewegung durch den schmalen Hühnerhals.

Rhet Shel, die mittlerweile schon drei war, bekam die Aufgabe, die Hühner zu füttern. Mit den ungelenken Bewegungen eines Kleinkinds warf sie ihnen das Futter hin – das hauptsächlich vor ihren eigenen Füßen landete und zum Teil auch in ihren Zöpfen. Es war ein Schauspiel, das ihr Vater jeden Tag genoss. Er stand im Türrahmen, mit Kaffee und Zigarette, und beobachtete, wie Rhet Shel sich freute, wenn die Hühner in Scharen zu ihr strömten und pickten. Dabei versuchte sie, eine gewisse Ordnung durchzusetzen. »Nein, nein, nein, ihr Hühner!«, rief sie ihren gefiederten Freunden zu und wedelte mit ihrem winzigen Zeigefinger. »Lasst auch die Kleinen essen! Bewegt euch. Nein, nein, nein. Böse Hühner!«

Wer Abdel Qader kannte, der wusste, dass Rhet Shel das Lied war, das sein Herz zum Tanzen brachte. Sie war seine größte Liebe. Für Khaled dagegen war Rhet Shel eine Nervensäge, die mit allem davonkam und für alles gelobt wurde, egal, wie gering ihre Leistung auch gewesen war. Sie hatte keine Aufgaben außer der Hühnerfütterung – die sie noch nicht einmal richtig erledigte –, und wenn Khaled ihr zeigen wollte, wie es besser ging, brüllte sein Vater ihn an. Er verbot Khaled auch, Rhet Shel beim Schlachten der Hühner zusehen zu lassen. »Ich will nicht, dass sie traurig wird«, sagte Baba. Khaled begann, einen Groll auf beide zu hegen. Niemand kümmerte sich je darum, wie es ihm ging! Glaubte sein Vater etwa, ihm fiele es leicht, die Hühner zu schlachten und zu rupfen? Rhet Shel war ein Mädchen und noch klein, na und? So unschuldig war sie nun auch wieder nicht. Es würde ihr ganz guttun, sich ein bisschen abzuhärten. Sie musste begreifen, dass Hühner keine Schoßtiere waren. Sie waren Fleisch, eine Gabe von Allah. Er tat ihr also bloß einen Gefallen, als er es so einrichtete, dass sie ihm einmal »versehentlich« beim Schlachten eines Huhns zusah. Es war das Tier mit dem weißen Band um den Hals.

»Ich habe dir doch gesagt, du sollst dieses Huhn in Ruhe lassen, oder?«, schrie Abdel Qader.

»Ja, Baba. Aber …«

»Gib mir keine Widerworte! Das hast du mit Absicht getan. Ich habe dir genau erklärt, dass du dieses Huhn nicht schlachten sollst, und ihm extra ein weißes Band um den Hals gebunden, damit du es nicht verwechselst.«

»Das Band ist abgefallen, Baba«, wimmerte Khaled. Dann spürte er den Zorn seines Vaters an der Wange.

»Lüg mich nicht an. Du sollst niemals lügen, Junge. Niemals!« Abdel Qader nahm seinen Gürtel ab, um Khaled damit zu schlagen.

Ich fühle eine Art Ruhe, als hätte sich mein Körper in einen Moment der Stille verwandelt. Eine Höhle des Lebens innerhalb eines Lebens. Ich sehe meinen Vater; sein Zorn verwandelt sich in Besorgnis. Dann in Angst. Dann in Schrecken.

»Khaled! Khaled!«, schrie Abdel Qader und ließ den Gürtel fallen.

Rhet Shel ist ins Zimmer gekommen. Sie weint, um Baba davon abzuhalten, mich zu schlagen.

»Mein Sohn! Mein Sohn! Was ist los mit dir? Es tut mir leid. Es tut mir leid, mein Sohn. Ich wollte dir nicht wehtun. Khaled! Bitte sprich mit mir, mein Sohn. Was habe ich getan?« Jetzt war Abdel Qader verzweifelt, und Rhet Shel heulte. Da kam Alwan angelaufen.

»Abu Khaled, das ist neulich schon einmal passiert, da ist er bald wieder zu sich gekommen«, sagte Alwan zu ihrem Mann.

»Was ist los mit ihm?«, fragte er. Khaleds wild umherrollende Augen und sein starrer Gesichtsausdruck verunsicherten Abdel Qader zutiefst.

»Leg ihn hin. Das ist schon mal passiert. Er ist wieder zu sich gekommen, als ich ihm die Brust gerieben habe, so ungefähr«, sagte Alwan, die angefangen hatte zu zittern.

Meine Mutter reibt mir die Brust, das fühlt sich gut an. Ich spüre, wie ihre Liebe mich durchströmt. Meine Schwester Rhet Shel schluchzt immer noch. Sie ist mir nahe, und ich spüre die Verbindung zwischen uns. Ich schäme mich dafür, dass ich ihr Huhn getötet habe.

»Tawfiq und Wasim haben ihn vor ein paar Wochen in diesem Zustand nach Hause gebracht«, sagte Alwan zu ihrem Mann. »Sie berichteten, dass er mitten in einer Unterhaltung angefangen hat, mit den Augen zu rollen.«

»Er muss zu einem Arzt, Alwan. Das hättest du mir sagen müssen.«

»Ich dachte, er ist eben so sensibel. Es dauerte ja nur ein paar Minuten.« Alwan rieb ihrem Sohn jetzt heftiger über die Brust. Die Angst einer Mutter stand ihr ins Gesicht geschrieben. Die Eltern sahen sich besorgt an. Da blinzelte Khaled, und seine Augen erwachten wieder zum Leben.

»Was ist denn los?«, sagte Khaled. »Ich brauche keinen Arzt.«

Khaled

Man kommt sich vor wie ein spielendes Kind,
das mit der Lupe Ameisen verbrennt.

Israelischer Soldat, beim Angriff auf Gaza

Ich wusste, dass der 27. Dezember 2008 kein gewöhnlicher Tag werden würde. Er würde den Abschluss meiner ersten Lebensdekade markieren, den wichtigen Übergang von einem einstelligen zu einem zweistelligen Alter.

Alwan und Abdel Qader kamen beide aus großen Familien, in denen Geburtstage ganz normale Tage waren, darum hatten sie nichts übrig für solche Spinnereien. Auch Haja Nazmiyya war entschieden gegen Geburtstagsfeiern, denn Mazen war ausgerechnet an dem Tag entführt worden, an dem sie die einzige Geburtstagsfeier ihres Lebens ausgerichtet hatte. Doch Khaled hatte sich so auf seinen Geburtstag gefreut und zählte schon seit Monaten die Tage bis dahin. So schwappte seine Vorfreude auch auf die Familie über, und bald war klar, dass es eine Feier geben würde. Sogar Abdel Qader ließ sich anstecken. »Also, mein Sohn, wie viele Tage sind es noch?«, fragte er Khaled oft.

Tawfiq und Wasim, die schon im zweistelligen Alter waren, erzählten mir, dass es ein magisches Erlebnis sei, zehn Jahre alt zu werden. Sie behaupteten, ich bekäme dann besondere Kräfte. Ich wollte wissen, was für welche. Aber sie kicherten nur und sagten mir, ich müsse Geduld haben. Ich wusste, dass sie sich einen Spaß mit mir machten. So was taten sie manchmal, weil ich der Jüngste war.

Als die Kinder zur Schule aufbrachen, begann Alwan, einen Kuchen zu backen. Haja Nazmiyya ließ sich widerstrebend dazu überreden, die Feier nicht zu verbieten. »An die letzte *hafla* unserer Familie anlässlich eines Geburtstages erinnerst du dich nicht, da warst du noch zu klein«, sagte sie zu Alwan.

»*Ya ummi,* die Juden haben Mazen nicht mitgenommen, weil du meinen ersten Geburtstag gefeiert hast. Das ist doch Unsinn. Bitte mach mit, Khaled wird so glücklich sein.« Alwan versuchte ihre Mutter umzustimmen.

»Möge Allah uns mit seiner Gnade bedenken«, sagte Haja Nazmiyya und gab nach, obwohl sie bereits eine Vorahnung hatte.

Ich dachte, Wasim und Tawfiq würden mich anschwindeln. Aber sie sagten die Wahrheit. Zehn Jahre alt zu werden, das war genauso, wie sie versprochen hatten, vielleicht noch besser. Es war ein magisches Erlebnis. Sogar die Juden kamen, um mit mir zu feiern. Ganz Gaza – und wohl die ganze Welt – feierte meinen zehnten Geburtstag.

Die Schulen entließen gerade die Schüler der Vormittagsklassen, sodass die Straßen voll waren mit Kindern, die entweder von der Schule kamen oder zur zweiten Unterrichtsschicht dorthin unterwegs waren, als die ersten Bomben fielen. Die Explosionen ließen die Erde erzittern, rissen Gebäude und Menschen und alle anderen Lebewesen in Stücke und schleuderten sie in alle Richtungen. Es gab keine Möglichkeit, dem Wahnsinn zu entkommen.

Gaza brannte.

Khaled blieb wie angewurzelt stehen und begab sich an den Ort, den seine Mutter immer »Schub« nannte. Sie war mit ihm zu verschiedenen Ärzten gegangen, die ihm nicht helfen konnten. Khaled suchte einen stillen Schutzraum tief in seinem Inneren auf. Einen Ort aus Blau.

Ein gewaltiges Feuerwerk ließ den Boden erzittern. Autos fuhren hupend durch die Straßen, und die Menschen liefen panisch durcheinander, schreiend und winkend. Die Krankenwagen schalteten ihre Sirenen ein und rasten die Straßen entlang. Israel hatte Flugzeuge für mich geschickt, die so tief flogen, dass die Häuser zitterten und die Fenster zerbrachen. Ich habe mich geirrt, was die Juden angeht. Sie sind wunderbar. Baba hat unrecht mit seiner Meinung über sie, und ich werde Allah bitten, meine Gebete für ihre Bestrafung zu vergessen.

Blut floss und Staub wirbelte durch die Luft. Rauch drang in die Lungen der Menschen ein und ließ ihre Herzen rasen. Die Mehlmühle – der letzte Ort, an dem wir Brot bekamen – wurde bombardiert. Auch die Schulen, Wohnhäuser, Moscheen und Universitäten. Dann ließ Israel Phosphorbomben auf Gaza regnen.

Sie schickten Hubschrauber, die riesige Ströme von weißem Konfetti abwarfen; das sah aus wie ein großes Spinnennetz am Himmel. Das Konfetti landete auf dem Boden wie eine Million Kerzen mit einer Million Flammen. Manche Leute fingen die Konfettiflammen mit ihren Körpern auf und rannten schreiend damit herum. Was für eine Erfindung! Jeder weiß, dass die Juden die klügsten Menschen auf der Welt sind. Ich wurde beinahe schwerelos und schwebte über Gaza umher. Ich glitt sogar über das Meer. So sieht Magie aus, wenn man zehn Jahre alt wird.

In Gaza herrschte ein schier unglaublicher Lärm, aber in mir, in meinem zehnjährigen Körper, wurde es ganz still. Als ich in der Mitte dieser Stille schwebte, sah ich Rhet Shel in einer seltsamen Höhle am Fundament unseres Hauses sitzen. Baba stützte eine Mauer mit seinem Rücken ab und brüllte Rhet Shel an, sie solle weglaufen. Ich wusste, dass ich nach Rhet Shel rufen musste. Das tat ich, und dann durchstreifte ich weiter die Welt, als wäre ich eine Brise.

Rhet Shel hörte nicht auf mein Rufen. Aber ein Mann kam aus dem Körper meines Vaters heraus und schickte Rhet Shel in meine Richtung. Ich wusste, dass es in Wirklichkeit kein Mann war. Es war Sulayman. Wenn man zehn Jahre alt ist, weiß man Sachen, ohne zu wissen, woher. Dann trugen mich alle Männer in der Stadt zu meiner Mutter, die so glücklich war, mich zu sehen, dass sie mich fest umarmte und nur noch weinte.

41

Auf der Haut meiner Teta Nazmiyya standen Geschichten geschrieben. Als ich vier oder fünf Jahre alt war, spielten wir ein Spiel mit den Falten in ihrem Gesicht. Sie markierte zwei willkürlich ausgesuchte Punkte auf ihrem Gesicht und machte ein Nickerchen. Ich durfte sie jederzeit wecken, sollte aber erst einen Weg finden, der die beiden Punkte über die Falten miteinander verband. Auf diese Art bekam Teta wenigstens eine halbe Stunde Ruhe, denn sie wusste, dass ich vollständig von der Aufgabe absorbiert war. Mein Lieblingsweg war die Verbindung zwischen ihrem linken Ohr und dem Winkel ihres rechten Auges. Das war eine fast gerade Linie, wenn man eine Falte entlangfuhr, die sich quer über ihre Stirn zog; diese traf sich dann mit drei kleineren Falten, die aus dem Augenwinkel kamen. Wenn Teta lachte, waren diese Augenfalten besonders deutlich zu sehen. Durch dieses Spiel brannte sich ihr Gesicht in mein Gedächtnis ein, so ähnlich wie ein Weg, der einen nach Hause führt.

Durch Israels Bombardement von Gaza änderte sich der Lauf der Zeit. Als wäre die Zeit verwundet worden, bewegte sie sich nur noch kriechend voran. Ihr täglicher Lauf wurde gebremst von dem vielen Geröll auf der Erde, und sie war so schwer geworden, dass Haja Nazmiyya förmlich spürte, wie sehr sich die Sonne abmühen musste, die Stunden vorwärts zu schleppen. So viel musste getan werden, und doch konnte man nichts tun. Die

Menschen versammelten sich, obwohl sie sich nichts zu sagen hatten; in jedem Herzen ruhten ohnehin dieselben Worte. So blickten sie still in den Abgrund, bargen die verschütteten Toten und begruben sie. Sogar Zorn und Rachegefühle schienen nur noch an der Oberfläche zu existieren. Der einzige Schutzraum waren die Tränen. Sie waren ein Ort, an den man sich begeben konnte, um etwas zu spüren, obwohl Abstumpfung sicher praktischer gewesen wäre. Viele warteten nur noch auf den eigenen Tod. Jede Form der Hoffnung schien obszön zu sein, und der Gedanke an den Tod war so tröstlich und anziehend, dass niemand ihn aussprach, denn Worte hätten den Traum von einem stillen Ende zerstört.

Die Zeit verging trotz allem, wenn auch quälend langsam. Nach und nach fanden die Leute wieder zu sich selbst und zum Leben zurück. Haja Nazmiyya sammelte Dinge, die vielleicht noch jemandem nutzen konnten: alte Töpfe, herumfliegendes Papier, zerbrochene Bleistifte für Schularbeiten. Ein einzelner Schuh, der vielleicht zu einem anderen einzelnen Schuh passte. Für viele Kinder – denn Kinder sind ziemlich widerstandsfähig, Allah sei gelobt – wurde die Suche nach altem Trödel zu einer Art Spiel oder Wettstreit. Aber für viele andere barg diese Szenerie der Zerstörung vor allem die Trümmer ihres eigenen Lebens – Erinnerungen an Bomben, Angst und tote Verwandte –, und auf die wollte keiner stoßen. Die Kinder saßen an der Peripherie ihrer eigenen Leben, auf Steinen, um Lagerfeuer herum, und warteten darauf, dass die Zeit endlich vorwärts humpelte. Irgendjemand legte ein Brett über einen großen Stein und baute so eine Wippe für die Kinder. Ihr Lachen war wie viele kleine Sonnen. Als der strenge Winter vorbei war, spross im Zeltlager der Frühling aus dem Boden und nahm die Verschmutzung der Bomben und des Kummers in sich auf. Die Insekten kamen zuerst zurück, dann die Vögel und schließlich auch die Schmetterlinge.

Nazmiyyas Haus war teilweise zerstört worden. Sie und Alwan konnten noch durch die Tür hineingehen und ihre Zimmer erkennen, aber das obere Stockwerk, in dem einer der Söhne mit seiner Familie gewohnt hatte, war weggesprengt worden, und die Tür, die zu Alwans und Abdel Qaders Schlafzimmer führte, öffnete sich jetzt ins Nichts. Auch das Badezimmer war weg. Sie bekamen Zelte, genau wie vierzehn andere Familien, die ausgebombt worden waren. Im Zelt gab es Lampen und blaue Feldbetten mit einem weißen Punkt darauf, der die Erde darstellte – das Symbol der Vereinten Nationen. Doch Haja Nazmiyya benutzte das Zelt nicht, sondern fand in jener ersten Nacht bei einem ihrer Söhne Unterschlupf, während sie versuchten, den Leichnam von Abdel Qader aus den Trümmern zu bergen. Die melancholischen Totengebete des Korans drangen aus jedem Lautsprecher, von jedem Minarett, aus jeder Seele.

Es dauerte einige Tage, bis sie Abdel Qaders Leiche aus den Trümmern eines zerstörten Gebäudes ausgegraben hatten. Deshalb verbot Alwan ihrer Tochter, zusammen mit den anderen Kindern nach Gegenständen zu graben. Wieder einmal versammelten sich Nazmiyyas Söhne zu Füßen ihrer Mutter; sie waren starke Männer, die sich während der Invasion schrecklich hilflos gefühlt hatten. Auch sie waren panisch herumgelaufen, auf der Suche nach Schutz. Jetzt rackerten sie sich ab, angetrieben von Zorn, Demütigung und Liebe, um Abdel Qader zu finden und auszugraben. Sie wuschen und begruben ihn; dann begannen sie damit, das Haus ihrer Mutter und Schwester wieder aufzubauen.

Israel hatte seit Langem verhindert, dass Baumaterial nach Gaza eingeführt wurde, doch ein lokaler Unternehmer recycelte Steine und Geröll zu neuen Ziegeln. Die Brüder legten ihr ganzes Geld zusammen, um solche Steine zu kaufen, und experimentierten mit verschiedenen Schlammmischungen, die als Mörtel dienten – denn richtigen Mörtel gab es in Gaza natürlich nicht. Ihre Frauen und Kinder brachten ihnen Essen und sorgten für eine ruhige Arbeitsatmosphäre, aber bald schon brach das übliche familiäre Chaos aus, es wurde gelacht und geschäkert.

Im Rhythmus der täglichen Schufterei, der reglementierten Gebete, der ständigen Beerdigungen, der poetischen Zeilen des Korans, der Versammlungen von Familien und Nachbarn, der Unterhaltungen, Tränen und Kinderspiele wurden die Häuser so gut wie möglich wieder aufgebaut. Die Wut verblasste, Skandale lösten sich auf, und in den Büchern des Lebens schlug man eine neue Seite auf. Die Männer fanden ihre Männlichkeit wieder, unter den dankbaren Blicken der Frauen, die sich um ihre erschöpften Körper und ihre verschwitzten Kleider kümmerten. Die Mütter spendeten den Männern Hoffnung, so auch Haja Nazmiyya, die in jede Stille hinein eine *doaa* zu Allah sprach; die Frauen schliefen mit ihnen; die Kinder suchten ihre Nähe, weil sie Trost brauchten. Die Frauen arbeiteten an der Seite der Männer, räumten Schutt zur Seite, reparierten und bauten neu auf. Sie putzten und kochten und backten und wiesen den Kindern Arbeiten zu. Die ständige Bewegung und der Schmerz in den Muskeln und Knochen beruhigten ihre Seelen und lenkten sie vom Elend ab.

Für Alwan jedoch konnte niemand etwas tun. Sie war wie ein Baum im endlosen Herbst, an einem festen Ort verwurzelt, während die Blätter vertrockneten und schließlich abfielen. Sie wurde zu einer Insel in sich selbst, und ihre Mitmenschen suchten sie vergeblich in ihren Augen. Sie wollte wieder den *niqab* tragen, aber Haja Nazmiyya sprach ein Machtwort: »Unsinn! Das ist nicht islamisch. Du darfst deinen Kummer nicht hinter Frömmigkeit verstecken.«

An der Oberfläche wirkte das Leben wie der grenzenlose Verfall. Die Zerstörung der Gebäude und der Infrastruktur war so immens, dass Schutt und Staub die Luft tagelang grau malten. Die grüne Erde wurde erst verbrannt und dann mit dem Geröll kaputter Gegenstände und kaputter Körper bedeckt. Doch als die Toten begraben und alle Tränen geweint waren, dünnte sich die Zeit in eine Flüssigkeit aus, die über Gaza rann wie ein Fluss über Steine; sie glättete die scharfen Kanten und bedeckte sie mit dem Moos des neuen Lebens. Die vielen Menschen, die den Schutt aufräumten, die Häuser wieder aufbauten, aus Schrott neue Dinge bauten, zusammen Essen kochten, bildeten die Keimzelle eines neuen Gemeinwesens.

Für Nazmiyya und Alwan war Khaled am allerwichtigsten. Noch Wochen nach dem Angriff hatte er sich nicht von dem Schub erholt. Immer wieder gingen sie mit ihm zum Arzt, ohne etwas zu erreichen, und beteten für ihn. Er atmete ein und aus. Wenigstens das funktionierte, Allah sei Dank. Ein freundlicher norwegischer Arzt namens Mads schloss ihn an Schläuche an, über die seine Ernährung und Ausscheidung geregelt wurden. Der Arzt sagte, in seinem Inneren sei alles in Ordnung. Er brachte Alwan und Nazmiyya bei, den Plastikbeutel mit Khaleds »Essen« zu füllen und den Plastikbeutel mit seinen Ausscheidungen zu leeren.

»Heißt das, er kann uns hören und verstehen?«

»Das weiß ich nicht«, sagte der Arzt entschuldigend. »Wir haben hier keine Möglichkeit, seine Hirnfunktionen zu untersuchen. Mehr kann ich im Moment nicht für ihn tun.«

Khaled

Wo können wir die Verzweiflung
und den Zorn hinausschreien über all das Schreckliche,
das wir aus nächster Nähe mit ansehen mussten?

Dr. Mads Gilbert

Hier existiert die Zeit nicht. Alles ist Jetzt, aber wenn ich mit Sulayman zusammen bin, kann ich nicht gleichzeitig mit Mama und Rhet Shel und Teta Nazmiyya zusammen sein. Ich verlasse Sulayman, wenn ich meine Mutter spüre. Ich höre sie zu jemandem sprechen, den ich nicht kenne. Sie erzählt diesem Fremden, dass meine Augen normalerweise wild herumrollen. Aber jetzt: »Schauen Sie!«, sagt sie.

»Seine Augen scheinen etwas anzusehen, und er blinzelt, als wäre er wach«, bemerkt sie.

Sie versucht, jemanden davon zu überzeugen, dass ich sie hören kann. Aber ich begreife, dass sie mich nicht hören können. Ich habe aufgegeben, seit Sulayman mir sagte, dass meine Worte in meinem Kopf herumflögen und keinen Ausgang fänden.

Ich höre eine Männerstimme. »Wir sind alle eins, Haja«, sagt der Mann zu meiner Teta. Kann er nicht in mein Blickfeld kommen, damit ich ihn besser sehen kann?

Da ist er. Er hat eine Kamera. Komme ich ins Fernsehen? Er fragt

Mama, was passiert ist. Er will wissen, ob ich schon vor dem Angriff irgendwas hatte. Mama berichtet, dass ich Schübe bekam und Phasen, die kamen und gingen.

»Sie haben ihn so gefunden und hierhergebracht«, sagt Mama.

»Dann hat er angefangen zu zittern und bekam Anfälle«, sagt sie. »Wir hatten in der Schule Schutz gesucht. Das Haus hatten wir verlassen, weil die Bombeneinschläge näher kamen. Alle rannten in die Schule der Vereinten Nationen. Khaled und Rhet Shel waren bei mir.« Ich frage mich, ob sie tatsächlich von mir spricht, weil ich mich an nichts erinnern kann.

»Mein Mann Abu Khaled ging zurück, um die Hühner zu retten.« Jetzt zittert Mamas Stimme. Gleich wird sie weinen. Jetzt. Sie weint, und Teta dankt Allah für seine Gnade und bittet ihn um die Kraft, seinen Willen zu ertragen. Dann spricht Mama wieder.

»Wir waren in der UN-Schule, und Rhet Shel lief los, als ich eingeschlafen war. Wir konnten sie nicht finden. Khaled ist losgegangen, um sie zu suchen. Wir waren uns sicher, dass sie zusammen mit den anderen Kindern in einem der Klassenzimmer war, darum hat er nur innerhalb der Schule nach ihr gesucht.«

Ich erinnere mich aber nicht daran, dass ich losgegangen bin und nach Rhet Shel gesucht habe. Ich sehe die Spitze von Mamas Kopf, der sich vor den senffarbenen Gardinen bewegt, die meine Onkel für uns aufgehängt haben. Mama trägt einen schwarzen Hijab. Im Augenwinkel erkenne ich eine schwarze Linie, die durch die Vor- und Zurückbewegung ihres Kopfes entsteht. Sie wiegt sich immer hin und her, wenn sie weint. Dann redet der Mann. Er will wissen, was als Nächstes passierte. Mama antwortet nicht. Die schwarze Linie hypnotisiert mich, und ich denke, ich sollte jetzt gehen, um bei Sulayman zu sein. Der Mann sagt zu Mama, sie solle auf Allah vertrauen, denn unsere Stärke sei in ihm, und Mama und Teta beschwören die Einheit Allahs.

»Und plötzlich waren beide Kinder weg«, berichtet Mama. »Ich habe alle in der Schule darum gebeten, mir bei der Suche zu helfen.

Dann haben die israelischen Hubschrauber das Feuer eröffnet.« Erst jetzt begreife ich, dass nichts von dem, was ich gesehen habe, real war. Es gab keine Geburtstagsfeier. In meinem Kopf läuft alles noch einmal ab, jede Einzelheit, und ich sehe das Gesicht des Schreckens vor mir. Das Gesicht des gnadenlosen Schreckens. Die Juden haben Gaza von Neuem zerstört und meinen Vater getötet. Teta sagt: »Möge Allah auch sie bombardieren, im Namen des Propheten.«

Jetzt will ich gehen. Die schwarze Linie von Mamas Hijab ist weg. Sie weint nicht mehr. Ich höre, dass Teta Kaffee kocht.

»Schließlich haben wir Rhet Shel gefunden. Sie stolperte über die Trümmer des Schulhofs und lutschte heftig am Daumen. Ich musste ihn ihr aus dem Mund reißen, um verstehen zu können, was sie sagte. Aber sie sagte bloß, dass Khaled sie zurückgebracht hat und dann verschwunden ist. Sie wusste nicht, wohin, und weigerte sich, noch mehr zu sagen.«

Daran kann ich mich auch nicht erinnern.

»Ein paar Stunden später kamen die Männer. Sie trugen Khaled.«

Das weiß ich noch. Sie trugen mich zu Mama, und sie war …

»Ich war so glücklich, dass ich ihn wiederhatte, dass ich ihn fest umarmte und einfach nur weinte.«

Teil V

Wir waren besorgt, als die Sonne im Himmel versank.
Dann entzündete die Dunkelheit die Sterne,
so wie nur die Dunkelheit es vermag,
und wir lagen im Dreck und bewunderten
den Glanz und die Unsterblichkeit über uns

42

Nur liebte auf eine Art, die hartnäckig und waghalsig zugleich war. Ihr Herz war nicht klug genug, um Grenzen der Großzügigkeit zu setzen. Vielleicht wird man so, wenn die eigene Mutter einen ablehnt. Das hemmt die Entwicklung des Herzens und führt dazu, dass es zu schnell und grenzenlos liebt.

Sie hielten den Kontakt. Auch noch, nachdem Nzinga geheiratet und Kinder bekommen hatte und Nur der Jugendfürsorge entwachsen war, College und Graduiertenstudium abgeschlossen hatte. Auch noch, nachdem die Apartheid in Südafrika Geschichte war und Nzinga mit ihrer Familie wieder nach Durban zurückkehrte. Die Verbindung zwischen ihnen blieb bestehen und passte sich den Bedürfnissen der beiden an. So viele Elemente waren darin enthalten: die Erfahrung, Mutter, Schwester, Frau zu sein; die Kameradschaft im Kampf; der politische Aktivismus; die gegenseitige Hilfe und die Freundschaft.

Als Israel im Dezember 2008 einen verheerenden Angriff auf Gaza flog, arbeitete Nur als Psychotherapeutin für das Jugendamt in Charlotte. Sie kümmerte sich um Teenager, die Vergewaltigung, Inzest, Misshandlung, Vernachlässigung, Drogenmissbrauch und unvorstellbare Traumata hinter sich hatten.

»Logisch, dass du in diesem Bereich gelandet bist«, bemerkte Nzinga einmal über Skype. »Wir verwundeten Frauen wählen alle Berufe, in denen wir versuchen, andere Leute wieder ganz zu machen.«

Kurz nach Israels Angriff schickte Nzinga einen Videolink.

Liebste Nur,
howzit? Wie geht es dir?
Hier ist das Video, von dem ich dir erzählt habe. Ich weiß ja, dass du an der Uni eine Arbeit über das Locked-in-Syndrom geschrieben hast, und dachte mir, dass dich das hier vielleicht interessiert. Ich habe den Nachnamen überprüft, so wie immer, wenn ich etwas aus Gaza höre. Leider ist es nicht derselbe Name wie der deines Großvaters.
Ich war sehr gerührt, als ich sah, was die Großmutter und die Mutter des Jungen für ihn tun. Sie haben so viel verloren.
Gib mir Bescheid, wie es mit deiner Spendenaktion gelaufen ist. Du machst wunderbare Sachen. Ich bin sehr stolz auf dich.
Alles Liebe
Zingie

Nur klickte auf den Link und sah sich die achtminütige Dokumentation an. Eine Szene zeigte einen Jungen in Nahaufnahme. Sie starrte auf sein Gesicht und die weiße Haarsträhne. Irgendwie kam er ihr bekannt vor. Er hieß Khaled. Zwei Frauen saßen vor senfgelben Gardinen. Die ältere war die Großmutter. Die Mutter weigerte sich zu glauben, dass er im Koma lag. »Ich weiß, dass er mich hören kann«, betonte sie. »Manchmal zwinkert er, wenn ich ihn darum bitte.«

In Nurs Zimmer klingelte das Telefon. Es war fast acht Uhr abends. Am anderen Ende war jemand vom Organisationskomitee des Kinderhilfsfonds für Palästina und teilte ihr mit, dass der eingeladene Redner seine Teilnahme bestätigt habe. Es war ein palästinensischer Psychologe, einer von insgesamt einer Handvoll in Gaza. Nach sechs Monaten des angestrengten

Herumtelefonierens und E-Mail-Schreibens hatte Israel dem Mann endlich eine Ausreiseerlaubnis erteilt. Dr. Musmar durfte also die Grenze in Rafah passieren und von Kairo aus in die Vereinigten Staaten fliegen.

»Wunderbar«, sagte Nur, legte auf und griff nach einer Tüte Kartoffelchips.

43

Nur war ein ordentlicher Mensch. Auch bei der Entleerung ihres Magens ging sie sehr gewissenhaft vor. Nachdem sie ihn mit Junkfood angefüllt hatte, steckte sie sich zwei Finger in den Mund, um einen Würgereiz zu erzeugen; danach putzte sie sich sofort die Zähne, in einem festen Bewegungsablauf, der ihrem Selbsthass eine Art Struktur und Präzision verlieh. Sie arbeitete bis tief in die Nacht, egal, ob bezahlt oder ehrenamtlich, und stürzte sich immer tiefer in die Einsamkeit, indem sie anderen half. Außerdem zähmte sie ihre wilden verschiedenfarbigen Augen jeden Tag mit braunen Kontaktlinsen, um so den Eindruck einer Symmetrie zu erzeugen.

Der Tag war voller Hetze und Erwartungsdruck. Nur instruierte die Freiwilligen, damit auch wirklich jede Einzelheit des Benefizabends glatt über die Bühne gehen würde. Viele Organisationen baten Nur um Hilfe, weil sie einen Sinn für Ordnung und gute Ideen hatte.

Sie stellte drei Freiwillige für den Empfangstisch ab, zehn fürs Catering und zwei für den Babysitter-Service. Die Verkaufstische wurden besetzt, die Platzanweiser bekamen ihren Sitzplan, und der Rest der Helfer begann damit, Geschenktüten für die Spender aufzufüllen. An einem Ecktisch saß ein Freiwilliger, den Nur nicht kannte. Er war groß, hatte markante Gesichtszüge und einen riesigen Schnurrbart. Auf gewisse Weise faszinierte er Nur, und sie näherte sich ihm, offiziell natürlich nur, um sich nach seinen Arbeitsfortschritten zu erkundigen.

Monate später würde sie sich fragen, warum sie sich vom ersten Moment an zu ihm hingezogen gefühlt hatte. Was war so besonders an ihm gewesen? Bei der Veranstaltung hatte sie viele Leute gesehen, die sie nicht kannte, und viele von ihnen sahen arabisch aus. Warum war er ihr gleich aufgefallen?

»Hallo, Nur!«, sagte eine der Helferinnen. »Wir sind fast fertig.«

»Toll!«, erwiderte Nur. »Das ging aber schnell. Wir haben noch ein paar Stunden Zeit, bevor die Gäste kommen.« Der Fremde am Tisch stand auf – er war wirklich groß und wirkte ein bisschen schüchtern. »Mein Name ist Jamal.« Er streckte ihr die Hand hin.

Seine Stimme war kraftvoll, aber kontrolliert, und verriet seine arabische Herkunft. Er war schlank, fast schon konkav, ganz so, als wäre er bemüht, nicht zu viel Raum einzunehmen. Seine leicht zerknitterten Kleider hingen locker an seinem Körper, und sein Haar war zerzaust und vielleicht ein wenig zu lang. Seine braunen Augen hatten einen konzentrierten Ausdruck und lagen unter hängenden Lidern, die ihn traurig wirken ließen. Sein Schnurrbart passte nicht zu seinem übrigen, etwas ungepflegten Äußeren: Er war sorgfältig getrimmt, ganz symmetrisch – einfach perfekt. Nur fand den Mann sehr attraktiv.

»Ich bin Nur«, entgegnete sie und gab ihm die Hand.

Die Berührung ihrer Hände, auch wenn sie nur sehr kurz dauerte, erregte sie. Dann fehlten ihnen die Worte, und eine unangenehme Stille entstand.

»Nur, sollen wir die Tüten an die Plätze legen?«, wollte eine Helferin wissen.

»Ja, bitte, tausend Dank!«, erwiderte Nur mit übertriebener Begeisterung.

Während die anderen Freiwilligen sich entfernten, dankte Nur dem Mann für seine Hilfe.

»Gern geschehen«, sagte er und trat von einem Fuß auf den anderen.

»Was führt Sie hierher?«

»Ich bin bloß zu Besuch hier«, sagte er jetzt etwas selbstsicherer.

»Na, dann haben Sie einen tollen Abend vor sich. Der Redner ist klasse. Ich bin mir sicher, sein Vortrag wird uns ganz neue Denkanstöße geben.«

Er lächelte mit nur einem Mundwinkel. »Wer ist der Redner?«

»Ein Psychologe aus Gaza. Doktor Musmar. Sie können sich nicht vorstellen, wie schwierig es war, eine Ausreiseerlaubnis für ihn zu bekommen.«

Er hob eine Augenbraue. Ein Zeichen der Neugier? »Ich freue mich auf seinen Auftritt.«

Nur sah sich im Raum um. »Er müsste eigentlich schon da sein.«

»Kennen Sie ihn persönlich?«

Aus irgendeinem Grund wollte sie ihn beeindrucken. Und da war ihr die Lüge auch schon über die Lippen gekommen: »Ja.« Rasch versuchte sie zurückzurudern, musste aber weiterlügen. »Na ja, nur über E-Mail.« In ihrem Kopf sponnen sich die Märchen schneller, als sie mitdenken konnte. Je mehr sie sagte, desto tiefer verstrickte sie sich in ihre Geschichte. »Wir haben über einen Patienten, der mich besonders interessierte, korrespondiert. Ein sehr trauriger Fall …« Sie dachte an das You-Tube-Video. An die weiße Haarsträhne. Der Name des Jungen wollte ihr nicht einfallen. »Ein Junge aus Nussairat …« Endlich kam ihr wenigstens der Name des Flüchtlingslagers wieder in den Sinn. »Er liegt im Koma. Na ja, nicht direkt im Koma …«

»Sind Sie Psychologin?«, unterbrach er sie.

»Ja, ich arbeite bei der SB in Charlotte«, sagte Nur. Zur Abwechslung wenigstens eine Wahrheit.

»SB?«

»Sozialbehörde. Ich arbeite mit Jugendlichen, die aus schwierigen Verhältnissen herausgenommen werden und in Pflegefamilien kommen.«

»Aber bitte erzählen Sie doch, was ist Ihr Fachgebiet?«, sagte er. »Entschuldigen Sie, mein Englisch ist etwas gerostet. Ich bin nur neugierig, warum Sie sich gerade für diesen Patienten in der Speziellen interessieren. Er ist so weit weg.« Jetzt verhielt er sich unbeholfen.

Nur kramte in ihrer Erinnerung. Sie erzählte von der Mutter des Jungen, die glaubte, ihr Sohn könne sie hören. Sie prahlte mit Fachbegriffen. »Das nennt man Locked-in-Syndrom«, dozierte sie. »Es ist sehr selten.« Sie erklärte ihm, dass ein Teil des Gehirns – der Hirnstamm – wegen einer Verletzung sämtliche Muskelbewegungen unterbinde, ohne die Wahrnehmung oder das Denkvermögen zu beeinträchtigen.

Da er nicht gleich reagierte und nervös herumzappelte, redete Nur weiter und begab sich immer tiefer in den Morast der improvisierten Lüge. »Ich habe vor, nach Gaza zu fahren und mit diesem Patienten und anderen in einem Therapiezentrum zu arbeiten«, sagte sie.

Er sah zu Boden und trat unruhig von einem Fuß auf den anderen, als fühlte er sich schuldig.

»Dr. Musmar! Da sind Sie ja«, rief die Komiteepräsidentin von der anderen Ecke des Raums zu ihnen herüber. Nur blickte hinter sich, auf der Suche nach Dr. Musmar, aber da stand niemand. Als sie sich wieder nach vorne drehte, lächelte er entschuldigend. Sie lief rot an und ließ ihn stehen.

»Nur, warten Sie, bitte«, rief er hinter ihr her, aber um ihn herum sammelten sich bereits einige Mitglieder des Komitees, die ihn begrüßen wollten.

Nur suchte sich ein stilles Eckchen, von dem aus sie ihn hin und wieder sehen konnte. Er schien auf der Suche zu sein. Nach ihr? Sie ließ sich tiefer in die Ecke gleiten und wartete, bis sie ungesehen verschwinden konnte.

Zu Hause aß sie, dann erbrach sie sich.

Am Dienstag nach der Veranstaltung bekam sie eine E-Mail von ihm.

Liebe Nur,
nach meiner Rede habe ich sofort nach Ihnen gesucht. Leider hatte ich den ganzen Abend lang keinen Erfolg. Schließlich ist es mir gelungen, Ihre Mailadresse aufzutreiben. Ich hoffe, sie ist korrekt. Ich möchte mich bei Ihnen entschuldigen, von ganzem Herzen, und zwar dafür, dass ich mich Ihnen nicht gleich vorgestellt habe. Ich weiß auch nicht, warum ich das Spiel einfach mitgespielt habe, aber es tut mir leid. Ich wäre sehr froh, wenn ich wüsste, dass Sie mir verziehen haben. Bitte sagen Sie mir wenigstens, ob Sie diese Mail bekommen haben.
Herzliche Grüße
Jamal

Sie las die Mail mehrere Male, schrieb eine Antwort, überarbeitete sie und löschte sie dann doch. Sie wollte mit Nzinga reden, aber in Durban war es inzwischen zu spät.

Lieber Dr. Musmar,
Sie brauchen sich für nichts zu entschuldigen. Ich freue mich, dass Sie mir geschrieben haben. Die Situation war mir so peinlich, dass ich früher gegangen bin. Ich hoffe, es hat Ihnen in Charlotte gefallen.
Herzliche Grüße
Nur

Auf ihrer E-Mail stand der Zeitstempel 16:30; die Antwortmail kam um 16:38.

Liebe Nur,
bitte nennen Sie mich Jamal, und Ihnen braucht nichts peinlich zu sein. Sie sind sehr liebenswürdig und charmant. Es war mir eine echte Freude, Sie kennenzulernen. Ich würde den Kontakt zu Ihnen wirklich gerne ausbauen, auch um über den Jungen aus dem Dokumentarfilm zu reden. Ich kenne dieses Video, weil der Junge – er heißt Khaled – von seiner Mutter in unsere Klinik gebracht wurde und ich eine Akte über ihn angelegt habe. Ein lokaler Filmemacher hat ein Interview mit Umm Khaled geführt, als er von ihrem Sohn und den mysteriösen Umständen seines Zustands hörte. (Er hatte keine äußeren Verletzungen, anhand derer wir darauf schließen konnten, warum er ins Koma fiel; oder vielleicht ist es auch gar kein Koma, wie Sie schon sagten.) Wir konnten leider nicht viel für ihn tun, aber möglicherweise kann ich von Ihnen etwas lernen, das mir bei seiner Behandlung hilft.
Ich weiß nicht, ob Sie noch immer nach Gaza kommen wollen, aber ich habe Forschungsmittel, aus denen ich Ihnen ein bescheidenes Stipendium über ein Jahr gewähren könnte. Sie könnten in unserem Zentrum wohnen, in einem einfachen Zimmer. Ich habe Ihnen ein Bewerbungsformular angehängt, falls Sie Interesse haben. Ich hoffe, Sie werden es sich überlegen.
Sehr herzlich grüßt Sie
Jamal

Von da an schrieben sie sich täglich. Für Nur war der Mailwechsel eine Zuflucht, in der sie Sinn fand. Sie erinnerte sich wieder daran, wie ihr Großvater ihr erzählt hatte, dass sie dieselben Augen hatte wie seine Schwester. »Ich glaube, du bist die Einzige in der Familie, die diese Augen geerbt hat«, hatte er vor langer Zeit zu ihr gesagt. »Und wir haben eine sehr große Familie, die du bald kennenlernen wirst.« Sie malte sich aus, in Gaza eine ältere Frau mit ihren Augen zu finden. Wie es sein würde, von ihrer Familie umgeben zu sein. Den Ort zu finden, an den sie gehörte.

Monate später kam dieser Tag. Sie passierte zum ersten Mal die Grenze bei Rafah, wo Jamal auf sie wartete. Er hatte sich die Haare schneiden lassen und wirkte irgendwie gepflegter als bei dem Benefizabend in den Vereinigten Staaten.

»Willkommen, Nur. Gaza erstrahlt, weil Sie gekommen sind«, sagte er und nahm ihr Gepäck.

»Wie schön, Sie zu sehen. Ich bin froh, dass ich hier bin.«

»Sie fragen sich hoffentlich nicht immer noch, ob Sie mich wirklich Jamal nennen dürfen, oder?« Er lächelte. Dann lachten sie zusammen.

»Sie sehen verändert aus«, bemerkte sie.

»Ach. Ja. Meine Frau mag es gar nicht, wenn ich so abgerissen herumlaufe. Als wir uns in Charlotte trafen, war ich schon einen Monat ohne meine Frau. Sie war in Kanada zu Besuch bei ihrer Familie.«

Da traten die Wörter »meine Frau« sanft in den Raum hinein, den Nur sich aus Worten und Buchstaben und Sehnsüchten gezimmert hatte.

44

Zu Nurs Abschlussfeier im College kam nicht nur Nzinga mit ihrer Familie, sondern auch Tío Santiago. Er war älter geworden; seine Haut war blass, und seine Zähne hatten sich durch das Heroin dunkel verfärbt. Seine Gitarre hatte er verkaufen müssen; jetzt besaß er eine alte Mundharmonika, die dafür sorgte, dass die Musik weiter in seinem Herzen wohnen konnte. Am Tag der Abschlussfeier spielte er für Nur mit unglaublicher Zärtlichkeit, obwohl er innerlich schon so kaputt war, dass er nicht mehr genesen konnte. Einige Monate später bekam Nur die Mundharmonika per Post geschickt, zusammen mit einem Brief, der den Tod ihres Onkels anzeigte. In Nurs Innerem entstand das Bild ihres Tío, der mit der Melancholie des Liedes verschmolz, das er damals für sie gespielt hatte.

Jamals Büro war ein kleiner Raum mit nackten Wänden, von denen die grüne Farbe langsam abblätterte. An der Decke hing ein Ventilator. Papierstapel und Akten bedeckten den Boden, benutzte Kaffee- und Teetassen standen auf dem Schreibtisch. Jamal blätterte geistesabwesend durch eine Akte. »Ich glaube, ich habe Ihnen schon alles geschrieben, was ich weiß. Wie gesagt, ich habe ihn zweimal getroffen. Seine Familie hat ihn noch einmal hergebracht, obwohl ich ihnen gesagt hatte, dass ich nichts für ihn tun kann.« Er schüttelte den Kopf. »Die Menschen hoffen immer noch auf Wunder an diesem verfluchten Ort.«

Die Zeilen eines Gedichts kamen Nur in den Sinn:
Hoffnung ist weder ein Thema
Noch eine Theorie.
Sie ist ein Talent.

Sie blätterte durch die Akte. Körperlich lag bei dem Jungen anscheinend nichts vor, das seinen komaähnlichen Zustand erklärt hätte. »Steht hier, dass er familiär mit Schizophrenie vorbelastet ist?«, fragte sie und deutete auf eine Notiz, die nur teilweise auf Englisch abgefasst war.

»Sieht aus, als hätte seine Urgroßmutter mit den Dschinn gesprochen. Hierzulande bedeutet das meistens Schizophrenie«, sagte er. Plötzlich kam ihr ein Name ins Bewusstsein.

»Das klingt vielleicht seltsam, aber heißt die Urgroßmutter zufällig Sulayman?«

»Ich kenne ihren Namen nicht, kann Ihnen aber versichern, dass sie nicht Sulayman heißt, weil das ein Männername ist.«

Jamals Auto hielt in einer engen Gasse, die von grauen Betonmauern voller Graffiti und Märtyrerbildern gesäumt war. Die Plakate zeigten junge Männer mit ernsten Mienen in der jämmerlichen Erhabenheit ihres verfrühten Todes.

In der Umgebung machten ein paar kleine Mädchen Hüpfspiele; eins hatte ein Baby auf dem Arm. Kleinere Kinder sahen ihnen zu. Die Jungen dagegen stellten Verhaftungsszenen nach: Einige spielten die Soldaten, andere die Palästinenser. Als Maschinengewehre benutzten sie Stöcke. Nur stieg aus dem Auto. Plötzlich lastete die Verantwortung schwer auf ihr, und sie fühlte sich unzulänglich wie so oft.

»Wir haben hier nicht genügend Psychologen, um alle zu behandeln, die es nötig hätten«, sagte Jamal, als hätte er ihre Gefühle erspürt. »Egal, was Sie erreichen, allein Ihre Anwesenheit hilft schon.« Er plauderte kurz mit den Kindern, die sie durch ein Labyrinth aus Gassen führten. Jamal bedeutete Nur, ihm zu folgen. »Außerdem weiß man nie. Vielleicht sind Sie ja tatsächlich das Wunder, auf das die Familie hofft.«

Die Kinder brachten sie zu einer Metalltür, die mit Graffiti besprüht war. Die Schmierereien dehnten sich weiter auf die fahlen Wände aus; alles atmete Traurigkeit. An den Wänden hingen auch Plakate, die einen Fischer zeigten, der gerade sein Netz ausbreitete. Seine Gesichtszüge waren nicht klar zu erkennen, aber man sah, dass er blinzelte, und seine gebräunte, raue Haut zeugte von einem engen Verhältnis zu Sonne und See. »Das ist Ammu Abu Khaled«, sagte eins der Kinder. »Khaled ist kaputt und kann nicht mehr sprechen.«

Die Metalltür öffnete sich, und Nur erkannte die Frau aus dem Dokumentarfilm – Khaleds Mutter. Sie begrüßte die Gäste herzlich auf die typisch arabische Art: voller Gastfreundschaft, Hoffnung und dem Glauben, dass Allah diejenigen belohnt, die geduldig sind und auf ihn vertrauen. »Möge Allah Ihnen dieselbe Freude schenken, die Ihr Kommen mir jetzt schenkt«, sagte Khaleds Mutter. Im Haus nahm sie Nurs Hand und küsste sie auf die Wangen. »Ich bin Umm Khaled«, sagte sie. »Meine Mutter Haja Nazmiyya ist in der Küche. Sie wird gleich da sein.«

Jamal begrüßte die Frauen, indem er die rechte Hand ans Herz legte, anstatt ihnen die Hand zu reichen. Er ging hinüber zu Khaled, der mitten im Zimmer in einem mit Kissen ausgepolsterten Rollstuhl saß. Seine kleine Schwester lehnte sich an ihren Bruder, die eine Hand fest um einen Teddy gekrallt, die andere am Mund, den Daumen zwischen den Zähnen. Beide Kinder waren von einem Tom-und-Jerry-Cartoon im Fernsehen vollkommen gefesselt. Neben Khaled stand ein kleines Tablett mit brennenden Kerzen, die langsam vor sich hin schmolzen.

»Sag Guten Tag, Rhet Shel«, bat Umm Khaled, und das kleine

Mädchen stand auf, um erst Jamal die Hand hinzustrecken, dann Nur.

»Willkommen, mein Sohn. Willkommen, meine Tochter.« Die Großmutter kam aus der Küche herein und lächelte. Sie trug eine traditionelle schwarze Bäuerinnen-Thoba, auf die in Rosa, Olivgrün und Gelb, den Farben des Landes, feine Muster aufgestickt waren. Um den Kopf hatte sie ein schwarzes Tuch gebunden, das ihr zusammen mit ihrer enormen Oberweite und ihren breiten Hüften etwas Mütterliches und Großzügiges verlieh. Ihre Haut mochte faltig sein, aber sie wirkte nicht viel älter als ihre Tochter. Vielleicht waren die Furchen auf ihrer Haut ja der Ort, in dem sich ihre Jugend festgesetzt hatte?

Haja Nazmiyya, die erheblich kleiner war als Nur, zog Nurs Gesicht zu sich heran und sah ihr forschend in die Augen. Daraufhin küsste sie sie auf die Wangen. Sie wirkte enttäuscht und wandte sich Rhet Shel zu. »*Habibti*, hilf mir, das Essen aufzutragen.«

»Aber Haja, Sie hätten sich doch nicht so viel Arbeit machen sollen«, protestierte Jamal.

Haja Nazmiyya sah ihn missbilligend an. »Sie wissen doch, wie es in diesem Haus ist. Wenn Sie zu Haja Nazmiyya kommen, werden Sie niemals mit leerem Magen wieder gehen. Sie brauchen sich auch keine Sorgen zu machen, mein Sohn ist schon unterwegs, Sie werden nicht der einzige Mann sein.« Sie verschwand in die Küche und brachte zusammen mit Rhet Shel das Essen herein.

Alwan, Umm Khaled, hatte sich den Tag von der Arbeit freigenommen. Sie hoffte, diese neue amerikanische Psychologin namens Nur hätte vielleicht die Antworten, die ihren Sohn erlösen und heilen würden. Einer ihrer Brüder kam hinzu, und das Essen begann. Es gab ein leicht verspätetes Frühstück aus Eiern, Kartoffeln, *za'atar* mit Olivenöl, Hummus, *ful,* eingemachtem

Gemüse und ofenwarmem Brot. Obwohl Nur fließend Arabisch sprach, hatte sie Schwierigkeiten, der schnellen Gaza-Variante zu folgen. So verstand sie auch nichts, als Alwan sich mit ihrer Mutter über sie unterhielt. »Glaubst du, sie ist es?«

»Natürlich ist sie es. Wie viele Amerikanerinnen heißen schon Nur?«, erwiderte Haja Nazmiyya. »Aber unsere Nur hat Mariams Augen.«

Alwan verbarg ihren Unmut und beendete den gemurmelten Wortwechsel. »Es gibt wahrscheinlich Tausende mit diesem Namen. Jetzt ist nicht die Zeit dafür, *ya ummi.* Jetzt geht es um Khaled.«

Haja Nazmiyya fand es amüsant, dass die Amerikanerin Arabisch konnte, und korrigierte ihre Aussprache, während Nur sich mit Alwan über Khaled und seine Behandlungsmöglichkeiten unterhielt. Rhet Shel lutschte derweil am Daumen und betrachtete Nur mit einer Mischung aus Neugier, Schüchternheit und Misstrauen.

Als Umm Khaled bemerkte, dass eine der Kerzen fast heruntergebrannt war, bat sie Rhet Shel, eine frische zu holen. »Ich brenne immer Kerzen ab, wenn er wach ist«, erklärte sie Nur. »So habe ich ihn auch das erste Mal zum Blinzeln gebracht, da bin ich mir ganz sicher. Er reagiert auf die Kerzen.« Mit geschlossenen Augen hielt sie den Atem an. Dann ließ sie die Luft langsam aus der Lunge entweichen. »Er ist irgendwo in seinem Inneren.«

Jamal und Alwans Bruder sahen betreten zur Seite. Der Kummer dieser Mutter machte sie hilflos. Nur berührte die angespannten Fäuste Umm Khaleds, um sie zu beruhigen, und Haja Nazmiyya versuchte, die Traurigkeit, die sich im Raum angesammelt hatte, zu verscheuchen. »Genug davon, meine Tochter. Sag *al hamdu li'llah* und nimm an, was Allah uns zuteilt.« Mit einem Winken forderte sie Rhet Shel auf, ihr beim Abräumen der Teller zu helfen.

Die Männer brachen zum Kaffeehaus auf, sodass die Frauen in Ruhe über Nurs Sitzungen mit Khaled reden konnten. Bevor er ging, flüsterte Jamal Nur etwas auf Englisch zu: »Versprechen Sie nichts, was Sie nicht halten können.«

Draußen spielten ein paar Jungen Fußball, darum schloss Alwan das Fenster. Unsicher lächelte sie Nur an. »Können Sie meinen Sohn aufwecken?«

Nur sah zu Boden und suchte nach Worten. »Umm Khaled …«

»Wir sind zu Hause und nur unter Frauen. Nennen Sie mich ruhig Alwan, das ist schon in Ordnung. Ich weiß, dass die Amerikaner sich gern mit dem Vornamen anreden«, unterbrach Alwan. »Ich bin sicher, dass mein Sohn nicht im Koma ist.«

»Ich glaube, Sie haben recht, Alwan, aber …« Nur kam ins Stocken, als sie merkte, dass ihre Worte das Gesicht der Mutter aufleuchten ließen. Ihre Freude schien sich in das ganze Zimmer zu ergießen. Da dachte Nur an Jamals Warnung. »Ich glaube, wenn ich Glück habe, gelingt es mir, eine Möglichkeit zu finden, wie er mit Ihnen kommunizieren kann.«

»Möge Allah Ihr Herz mit derselben Freude anfüllen wie die, die Sie mir gerade geschenkt haben.« Alwan umarmte Nur.

Haja Nazmiyya war aus der Küche zurückgekommen. »Ich verstehe kein Wort von dem, was die Amerikanerin sagt«, klagte sie. Dann lächelte sie Nur an. »Mein Kind, Sie haben meine miesepetrige Tochter glücklich gemacht, und mit Allahs Hilfe werden wir Ihnen schon beibringen, wie man richtig Arabisch redet.«

»Vielleicht kannst du mir ja helfen.« Nur wandte sich an Rhet Shel, die sich in einer Ecke versteckte und sich an ihre Stofftiere klammerte.

Zum ersten Mal lächelte das Mädchen. Sofort verdeckte sie

ihre Lippen mit einem Stofftier. Nur ging in die Hocke und holte einen kleinen Gegenstand aus Plastik aus der Tasche. »Ich weiß nicht, was das auf Arabisch heißt, aber auf Englisch heißt es Mundharmonika.« Sie blies hinein.

Rhet Shel traute sich nicht, danach zu greifen.

»Willst du's mal versuchen?«

Rhet Shel nickte.

»Die hat mal einem ganz besonderen Musiker gehört. Darum kann ich sie dir nicht schenken. Aber du darfst darauf spielen, so lange du möchtest«, sagte Nur. »Meinst du, du kannst für mich darauf aufpassen?«

»Ja! Darf ich sie meinen Freunden zeigen?«

»Na klar.«

In diesem Moment schoss einer der Jungen draußen ein Tor. Seine heiseren Jubelschreie drangen ins Zimmer, und Rhet Shel rannte hinaus, um mit den anderen Kindern Spaß zu haben und ihre Musik zu teilen.

Khaled

Und unsere Kaffeetassen.
Und die Spatzen und grünen Bäume
Mit ihren blauen Schatten.
Die Sonne springt von einer Mauer
Zur anderen wie eine Gazelle.
Was uns vom Himmel bleibt:
Das Wasser in den Wolken mit immer neuen Formen
Und etwas, dessen Erinnerung wir aufschieben,
Beweist, dass dieser Morgen schön und kräftig ist
Und dass wir zu Gast bei der Ewigkeit sind.

Mahmud Darwish

Ich habe ein Tor geschossen, als ich heute mit Wasim und Tawfiq Fußball gespielt habe. Ich konnte sehen, dass Yusra uns vom Fenster aus beobachtete. Ich weiß, dass sich alles bloß in meinem Kopf abspielt. Aber ich konnte spüren, wie der Ball von meinem Fuß ins Tornetz sprang. Ich spürte die Umarmung meiner Freunde. Ich spürte Yusras Augen, die auf mir ruhten, und die Arme meiner Freunde um meine Schultern.

Wasim hat mich besucht. Er stand in meinem Blickfeld, bewegte sich dann aber weg, sodass ich ihn nicht mehr sehen konnte. Aber ich konnte trotzdem erkennen, dass er Haare im Gesicht hat. Seine Schultern sind breiter geworden. Noch nicht so breit wie die eines Mannes, aber breiter als meine. Ich frage mich, wie viel Zeit vergangen ist.

Ich gehe oft nach Beit Daras. Immer an den Fluss, wo Mariam und ich eine unendliche blaue Weite bewohnen. Zusammen haben wir ein Lied geschrieben. Vielleicht haben wir uns auch nur daran erinnert. Ich habe es irgendwie geerbt.

Ach, such mich
In dem Blau
Zwischen Himmel und Wasser
Wo die einzige Zeit das Jetzt ist
Wo wir die Ewigkeit sind
Die fließt wie ein Fluss

Auch mein Jiddu Atiyah kommt manchmal her. Er kennt Mariam gut. Aber es ist komisch, ihn ohne Teta Nazmiyya zu sehen. Hier ist alles mit Liebe erfüllt. Ich habe Schwierigkeiten mit dieser Wirklichkeit, weil ich doch weiß, dass sie nicht leben. Wie kann ich Mama von dieser Freiheit erzählen? Davon, dass es ein Beit Daras in einem Palästina ohne Soldaten gibt und wir alle dorthin gehen können?

Vorerst verständigen wir uns mithilfe von Kerzen. Wenn ich am Fluss in Beit Daras sitze, zusammen mit meinen Vorfahren und den alten Dorfbewohnern, leuchtet eine Kerze am Himmel auf, und dann weiß ich, dass Mama mich nach Hause ruft. Ich gehe immer zurück zu ihr. Ich blinzele immer für sie. Sie flüstert mir zu, dass sie mich hören kann. Auch meine Teta kann mich hören. Teta Nazmiyya sagte zu mir: »Ich weiß, dass du immer noch da bist, mein Sohn.« Sie weiß, dass ich in meinem Körper bin. Sie singt mir Lieder vor und erzählt mir, was sie auf dem Herzen hat. Sie erzählt mir Geschichten aus Beit Daras, und wenn ich später dorthin gehe, lebe ich sie aus. Die Orte und Personen, von denen sie berichtet, erscheinen mir, wenn ich zum Fluss gehe. Dann lasse ich sie mit meinem Körper allein. Er kommt mir ohnehin immer fremder vor. Er ist die Hülle eines Jungen; ich kehre nur in sie zurück, um bei den Kerzen zu sein, die meine Mutter aus dem Gewebe ihres Herzens herstellt.

Jetzt ist Nur hier, und ich bin noch länger an die Kerzen meiner Mutter gebunden. Nur ist nicht mehr das kleine Mädchen, das mich und Mariam am Fluss besucht hat, sondern eine amerikanische Frau, die ein Ziel verfolgt. Sie redet mit Rhet Shel und erzählt ihr, dass sie einen Großvater aus Gaza hatte, und als ich zum Fluss zurückkehre, sehe ich, dass es mein Groß-Khalu Mamduh war. Er ist die ganze Zeit über bei uns gewesen. Nur weiß nicht, dass sie nach Hause gekommen ist. Als Teta sie musterte, suchte auch Nur in Tetas Gesicht nach Spuren der Vergangenheit: Sie suchte nach der Schwester ihres Jiddu, deren verschiedenfarbige Augen sie geerbt hatte. Ich möchte ihr alles sagen, was ich weiß.

Nur hat mich gebeten zu blinzeln, falls ich sie hören und verstehen könne. Also habe ich es gemacht, und Mama verkündete triumphierend: »Na, habe ich es Ihnen nicht gesagt!«

Rhet Shel ist Nurs Assistentin. Wenn sie sich unterhalten, höre ich, wie die Stimme meiner kleinen Schwester ihr die Angst von den schmalen Schultern fegt. Zusammen basteln sie für mich Pappschilder mit Buchstaben und den gängigsten Wörtern darauf.

45

Nur kam jeden Tag und blieb länger, als sie musste. Sie dachte, sie würde ein Versprechen einlösen. Etwas Gutes tun. Helfen. Das tat sie natürlich auch, aber nur zufällig. Sie kam, um in dem beengten Gewusel von Familie und Nachbarn zu baden. Sie kam, um das Leben aus nächster Nähe zu betrachten, um ihre Seele mit dem Rhythmus der Familien abzureiben. Der warme Dampf unserer Leben kondensierte auf der kalten, trockenen Oberfläche von Nurs Haut, und sie saugte alles in sich auf. Darum war sie gekommen: wegen der Tautropfen der Familie auf ihren Blättern.

»Er war beinahe eine halbe Stunde lang aufmerksam und beantwortete einfache Fragen. Einmal blinzeln für Ja, zweimal für Nein«, sagte Nur aufgeregt in den Telefonhörer.

»Das ist wunderbar, Nur«, erwiderte Jamal. »Es muss sehr befriedigend sein, so schnell Ergebnisse zu sehen.«

»Ich weiß nicht, wie viel Hoffnung wir uns machen dürfen, aber die größte Wandlung hat Rhet Shel durchgemacht«, berichtete Nur. »Die meisten Fragen kamen von ihr. Sie wollte wissen, ob Khaled ihre Frisur gefiel und ob er einen Film mit ihr sehen wollte.«

Es war wie ein Wunder gewesen, als zwei Kinder sich – wenn auch nur kurzfristig – aus den jeweiligen Fesseln ihres Bewusstseins befreiten. Es war Rhet Shels Idee gewesen, Khaleds alte

Musik abzuspielen, und sie war sich sicher, dass er versuchte zu tanzen, als seine Wange zuckte. Diese winzige Muskelbewegung ließ Alwan mit Tränen in den Augen auf die Knie fallen.

Haja Nazmiyya trank gerade Tee mit den Nachbarinnen – sie hatten eine Pause vom Brotbacken eingelegt –, als Rhet Shel atemlos angerannt kam und ihrer Großmutter die Neuigkeit berichtete. Haja Nazmiyya lief sofort los. Während ihre Enkelin ihr erklärte, dass Khaled bald aufwachen würde, lobte die alte Frau Allahs unendliche Weisheit. Hinter der Großmutter und ihrer Enkeltochter eilten einige Freundinnen der Familie auf das Haus zu.

Sie waren enttäuscht, als sie sahen, dass Khaled noch immer unbeweglich in seinem Bett lag, hatten sich aber schon von Rhet Shels Euphorie anstecken lassen. Die fröhliche Popmusik von Nancy Ajram und Amr Diab hob die Stimmung im Haus und schenkte dem Tag Energie und einen Liedtext – und alles hatte mit Rhet Shels übersprudelndem Charme begonnen. Sie band sich das Tuch ihrer Mutter um die schmale Hüfte und tanzte. Auch ihre Freundinnen waren gekommen – sie waren den Freundinnen der Großmutter hinterhergerannt. Jetzt tanzten die Mädchen, und die älteren Frauen klatschten anfeuernd. Bald gesellte sich Haja Nazmiyya zu den jungen Tänzerinnen und zog auch Alwan in den Kreis hinein.

Als sie sahen, dass Khaled aufmerksam war und blinzelte, brachen sie in Jubelrufe aus. Nur spielte die Lieder, die Khaled auswählte, indem er blinzelte, wenn Rhet Shel ihm Karten mit den verschiedenen Songs zeigte. Es waren fünf Lieder, und während sie liefen, ließ Rhet Shels Freude alle Frauen aufleben; Israels Blockade wurde aufgehoben, die Militärbesatzung endete, und alle gingen zurück nach Hause, nach Beit Daras.

Nur spürte das Glück, das sich im Raum ausbreitete. Sie lächelte still und beobachtete, wie sich ganz gewöhnliche Liebe entfaltete. Würde vielleicht ein bisschen davon auch auf sie abfärben?

46

Der Anstand erlaubte es Mama nicht, nach Babas Tod wieder den niqab *anzulegen, aber sie wünschte es sich. Sie hätte sich auch gerne eine Burka umgelegt, so wie die Frauen am Golf – dann hätte sie sich nämlich für immer in der Dunkelheit und der Erinnerung einrichten können. Nur ich konnte das Ausmaß von Mamas Verlust erkennen. Sie verbarg ihren Schmerz in ihrer privaten Welt, hinter den Gardinen. Manchmal jedoch formte sie kleine Wutkugeln daraus und schleuderte sie grundlos auf ihre Mitmenschen. Meistens aber gärte ihre Wut tief in ihrem Inneren.*

Auf Nurs anfänglichen Erfolg mit Khaled folgten Monate der Frustration, in denen sie keine weitere deutliche Reaktion hervorrufen konnte. Haja Nazmiyya erklärte ihr, dass Wunder sehr hochmütig seien. Sie kämen nur, wenn der Glaube stark genug sei. Doch während Khaled mit leerem Blick in die Welt starrte, blühte Rhet Shel regelrecht auf. Ihre Aufgabe als Nurs Assistentin gab ihr Selbstvertrauen, und sie wurde zur Hüterin ihres Bruders. Sie redete mit ihm, kämmte ihm die Haare, wusch ihm das Gesicht und säuberte seine Ohren, Nase, Fingernägel und seinen Bauchnabel von dem »Schmutzigen«. Abends, wenn Nur gegangen war, tat Rhet Shel so, als lese sie Khaled etwas vor, genau wie Nur es immer tat. Sie übernahm auch das Füttern ihres Bruders, denn ihre Mutter schien jeden Tag müder und kränker zu werden, und das Augenlicht ihrer Großmutter reichte dafür nicht mehr aus.

Alwan kam immer blass und erschöpft von der Handarbeitsgenossenschaft nach Hause. Dort bestickte sie den ganzen Tag lang Kaftane, die durch die Tunnel nach Ägypten geschmuggelt und in alle Welt verkauft wurden. Reiche Palästinenser in Amerika – alle Amerikaner waren reich, oder etwa nicht? – waren die Hauptkunden der Genossenschaft. Sie bezahlten viel Geld für alles, was aus der alten Heimat kam.

Alwan hatte sogar von einer Familie gehört, die ein paar Tausend Dollar für zwei Eimer Dreck aus Nablus bezahlt hatte. Die Leute wollten die Erde, um sie auf das Grab des verstorbenen Vaters zu streuen; seinem letzten Wunsch, nämlich in Palästina begraben zu werden, hatte Israel nicht stattgegeben.

»Was glaubst du, wie viel lassen sie für Dreck aus Gaza springen?«, scherzte eine der Frauen.

Alle lachten. Einige äußerten Verständnis. »*Al ghurba* ist etwas Schlimmes. Der arme Mann wollte nach Hause und durfte nicht, nicht mal nach dem Tod. Möge Allah ihm seine Gnade erweisen.«

»Wir sind doch die Armen. Wir sind in Gaza eingesperrt«, wandte eine andere ein und setzte sich kerzengerade hin, um ihre ganze Empörung zu demonstrieren. »Und bevor ihr es erwähnt, sie kriegen doch was für ihr Geld. Es ist ganz einfach. Wir bitten sie nicht um ein Almosen. Erst wenn sie kämpfen wie wir oder uns Waffen schicken, können wir sie Palästinenser nennen.«

Einige Frauen äußerten ihre Zustimmung, andere waren entrüstet und erinnerten die anderen an diejenigen Familienmitglieder, die ins Ausland gegangen waren und jetzt Geld schickten. Eine jüngere Frau, die für ihre Militanz bewundert wurde, warnte davor, sich zu zerstreiten, denn das sei es doch, was der

Feind erreichen wolle. Da wurde sie von einer anderen Frau zurechtgewiesen: »Ich habe genug von deinen politischen Vorträgen!« Zu den Übrigen sagte sie: »Also, jetzt mal ernsthaft, meint ihr, wir können Geld verdienen, indem wir Erde aus Gaza verkaufen?« Die Diskussion ging weiter, aber Alwan trug nicht viel dazu bei.

»Was denkst du darüber, Umm Khaled?«, wollte eine der Frauen von Alwan wissen. »Diese Amerikanerin scheint ja ganz nett zu sein. Wie heißt sie noch mal? Nur?«

Alwan dachte daran, wie sehr Rhet Shel den Gast verehrte. Sie hatte sogar gesagt, sie wolle genau wie Nur werden, wenn sie einmal groß sei. »Es ist eine Sünde, schlecht über andere zu reden«, sagte Alwan. Ihre Freundinnen schüttelten die Köpfe und kicherten. »Du kommst wirklich nicht nach deiner Mutter.«

Die Unterhaltung ermöglichte Alwan dennoch, in die geschlossenen Räume ihres eigenen Herzens einzudringen. Nur hatte ihr falsche Hoffnungen gemacht. Warum hatte diese Frau ihr Leben in Amerika aufgegeben, um in ihr gottverlassenes Flüchtlingslager nach Gaza zu kommen? Benutzte sie ihren Sohn als Studienobjekt oder versuchte sie, ihre Karriere auf seine Kosten voranzubringen? Ständig kamen und gingen irgendwelche Westler, die wie Touristen das Elend anglotzten und dann Bücher darüber schrieben. Alwan beschloss, die Besuche Nurs bei ihrem Sohn in Zukunft zu unterbinden. Khaled war verloren. Sie wünschte ihm die Gnade des Todes. Was hatte er denn schon für ein Leben? Er hatte einen Körper, der atmete, aus Beuteln aß und in sie hineinschiss, einen Körper, den sie nur mit letzter Kraft versorgen konnte. Sie schaffte es einfach nicht, ihren Kindern, Khaled und Rhet Shel, die auf rührende Art alles tat, um ihr zu helfen, ein besseres Leben zu bieten. Ihre Unfähigkeit fraß sich wie ein Flächenbrand in sie hinein. Die kleine Rhet Shel war zur Pflegerin ihres Bruders geworden. In ihrer Verbitterung sah Alwan in Nur die Ursache für alles, was sie schmerzte. Als sich dann auch noch ihr Husten zurückmeldete, hasste sie Nur noch viel mehr, ganz so, als wären all ihre körperlichen Leiden allein Nurs Schuld. Sie bestrafte Nur für all die unausgesprochene Bitterkeit in ihrem eigenen Herzen, für diese Sünde. Aber sie versuchte weiterhin, alles von sich wegzuschieben. Sie betete zu Allah und flehte um Vergebung für den wachsenden Drang, Sulayman anzurufen.

»Sulayman, bitte hilf uns, wenn es Allah gefällt. Bitte bring uns meinen Sohn zurück.«

»Mama!«, rief Rhet Shel am nächsten Morgen. »Die Frau von Doktor Jamal hat uns morgen zu einem *ghada* für Nur eingeladen!«

Nur kam hinter Rhet Shel herein. »Ich darf das Auto des Zentrums zwei Tage lang haben, um Patienten zu besuchen, aber auch für private Fahrten.«

Alwan glaubte, eine Bitte in Nurs Gesicht zu erkennen. Vielleicht war es auch der unausgesprochene Vorschlag für einen Waffenstillstand zwischen ihnen. »Ich muss hier bei Khaled bleiben.« Alwan wandte den Blick ab.

Doch Rhet Shel wollte nichts davon wissen. »Wir können seinen Rollstuhl doch ins Auto laden. Bitte, Mama.«

Alwan hatte schon von Jamals Frau gehört. Sie kam aus einer wohlhabenden Familie aus Gaza, doch ihr Bruder galt als Verräter. Wenn sie mitging, würde sie vielleicht erfahren, ob an diesen Gerüchten etwas dran war. Wie sah es wohl bei ihnen zu Hause aus? War sie eine gute Köchin? Wie lebten solche Leute? Alwan war neugierig.

»Na schön, *habibti*. Wir können mitfahren, wenn deine Teta auch dabei sein möchte«, sagte Alwan.

Nazmiyya hob eine Braue. »Da werden wir hinterher aber viel Gesprächsstoff haben!«

»Du wirst Gesprächsstoff haben«, verbesserte Alwan, denn sie selbst ging nicht mehr zu den Treffen der Frauen. Sie hoffte, dass ihre Lunge sich erholen würde, wenn sie nicht mehr die *arghilah* rauchte. Sie hatte schon bald bemerkt, dass das Alleinsein ihr gefiel, und freute sich jedes Mal auf einige einsame Stunden, wenn ihre Mutter zu den anderen Frauen auf ein Glas Tee und *bizr* ging.

Morgen jedoch würden sich die Frauen während Haja Nazmiyyas Abwesenheit versammeln. Alwan malte sich aus, wie sie sich schon auf den Bericht über die Frau des Arztes und ihr *ghada* freuten.

Rhet Shel ging zu Khaled. »Blinzele dreimal, wenn du mich liebst. Blinzele, Khaled! Na gut. Nur zweimal. Warum blinzelst du denn nicht? Blinzele doch einfach, Khaled. Na gut, nur ein Mal. Mama, Mama, Nur! Er hat geblinzelt! Er hat geblinzelt!« Rhet Shel kuschelte sich neben ihren Bruder, um mit ihm fernzusehen, und Alwan hörte, wie sie ihm etwas von »einem tollen *ghada* bei reichen Leuten« erzählte. »Ich wette, die essen so richtig am Tisch.«

47

Teta kümmerte sich um alles, während Mama den ganzen Tag lang arbeitete. Sie meinte, wir könnten froh sein, sie zu haben, weil unsere Mutter als Köchin nichts taugte. Jeden Freitag kamen meine Onkel, ihre streitenden Frauen und meine Cousins und Cousinen zu Besuch. Teta übernahm das Kommando und bestimmte, worüber geredet wurde und worüber nicht. An diesen Tagen lachte sie mehr als sonst und stellte mich immer in den Mittelpunkt, wodurch auch Rhet Shel im Mittelpunkt stand. Der Duft von Zimt, Kardamom, Piment und Muskat breitete sich über dem Gelächter und dem Gezänk aus. Später führte Teta uns immer ans Ufer, wo wir bizr *aßen,* arghilah *rauchten, süßen Pfefferminztee tranken und im Mondlicht spielten. Tetas Freundinnen, die Matriarchinnen des Lagers, mit denen sie schon damals in Beit Daras gemeinsam die Wäsche gewaschen hatte, gesellten sich zu ihr, und dann wurden verschiedene Themen angeschnitten: Klatsch und Tratsch, neugeborene Kinder, der Krieg, Skandale, Freundschaft, Glaube – das ganze harte schöne Leben, das Furchen in ihre Gesichter gegraben hatte.*

Das Haus des Arztes stand in starkem Kontrast zu dem bescheidenen Mann, der mit den Kindern im Lager arbeitete. Nazmiyya stieß einen Pfiff aus, als sie die weißen Granitstufen vor der großen Bogentür erblickte. Dieses Zuhause war prachtvoll, aber nicht so wie die alten Häuser in Gaza, die vor Jahrhunderten entstanden waren. Hier war alles neu und protzig – in einem teuren Viertel, das mitten im größten Getto der Welt lag.

Eine atemberaubend attraktive Frau, die elegant-westlich gekleidet war und ihr Haar nicht bedeckte, begrüßte sie an der Tür. Haja Nazmiyya kam es vor, als hätte die Frau erwartet, dass Nur ohne Begleitung kam. Sie schaute zu Nur, um eine Antwort auf die unausgesprochene Frage zu bekommen, doch die war vollkommen fasziniert von der Schönheit der Frau. Nur versuchte, ein Lächeln aufzusetzen, aber Nazmiyya erkannte die Unsicherheit darin. Angesichts dieser entzückenden, zarten Frau des Psychologen schrumpfte Nurs groß gewachsene, amerikanische Persönlichkeit in sich zusammen.

Nur streckte ihr die Hand hin. »Wie schön, Sie kennenzulernen, Maisa. Jamal hat mir viel von Ihnen erzählt.« Haja Nazmiyya wusste augenblicklich, dass sie log.

»Darf ich Ihnen meine Familie aus Gaza vorstellen«, fuhr Nur fort. »Haja Umm Mazen, Umm Khaled, Rhet Shel, und das hier ist Khaled.« Haja Nazmiyya begriff, dass Nur versuchte, Alwans verletzten Stolz zu beschwichtigen – denn es war unübersehbar, dass auch diese die Überraschung von Jamals Frau bei der Begrüßung registriert hatte.

»Ja, natürlich. Willkommen, willkommen!« Maisa gab ihnen die Hand und küsste sie auf die Wangen.

Alwan trat einen winzigen Schritt näher an Nur heran, bevor sie Maisa begrüßte – das war ihre Art, ihre spontane Solidarität mit Nur auszudrücken. In der intuitiven, stummen Sprache der Frauen hieß das, Alwan und Nur würden zusammenstehen gegen die fremde Frau, sollte bei dem *ghada* ein Streit ausbrechen. Das stille Drama, das sich gerade entfaltete, verlieh Haja Nazmiyya neue Energie, denn sie hatte darunter gelitten, dass Alwan während der Woche zuvor zunehmend gereizt auf Nur reagiert hatte. So schloss Haja Nazmiyya die Reihen, indem sie ebenfalls einen kleinen Schritt auf Nur zuging und dann erst Maisas Hand ergriff. »Möge Allah euren Besitz vergrößern, Sitt Maisa, und euch einen Sohn schenken, der den Familiennamen weitertragen wird«, sagte Nazmiyya.

Alwan versetzte Rhet Shel einen Rippenstoß; die trat dann schüchtern vor und begrüßte die Gastgeberin.

Maisa nahm ihre kleine Hand. »Allah möge sie segnen. Sie ist ja so süß! Sie erinnert mich an meine Töchter, als sie noch kleiner waren.« Dann erzählte sie, dass ihre Töchter jetzt langsam das College-Alter erreichten und gerade bei ihrer Familie in Kanada zu Besuch seien.

»Sie müssen sie vermissen«, bemerkte Alwan und rückte Khaled den Kopf in seinem Rollstuhl zurecht.

»Ja, natürlich. Wir beide vermissen sie sehr. Aber für Jamal und mich ist es auch schön, einmal allein zu sein, wenn Sie verstehen, was ich meine.« Maisa lachte. »Nehmen Sie bitte Platz. Willkommen.«

Nur erstarrte, und Alwan war sichtlich schockiert darüber, dass diese Frau so offen andeutete, was sie mit ihrem Mann trieb. Nazmiyya lehnte sich in ihrem Stuhl zurück und freute sich über neues Tratschfutter. Je länger sie beobachtete, wie die Frauen dasaßen und auf ihren Stühlen herumrutschten, unwillkürliche Blicke tauschten, beinahe unmerklich mit den Augen zuckten, desto besser verstand sie, was der Zweck der Einladung eigentlich gewesen war.

»Möge Allah Doktor Jamal seine Manneskraft erhalten«, sagte Nazmiyya und blickte zu Nur hinüber, deren Gesichtszüge jetzt wie versteinert wirkten.

Während sie unter angestrengtem Geplänkel köstliche Appetithäppchen verzehrten, begann eine junge Frau, die Haushaltshilfe, den Tisch zu decken. Wie die Sitten es geboten, versuchte Alwan, ihr zu helfen, aber Maisa, die bequem im Sessel saß, erklärte nur, die namenlose junge Frau komme aus dem Shati-Flüchtlingslager und sei auf die Arbeit angewiesen. »Wir tun, was wir können, um zu helfen«, sagte sie. »Sie haben tatsächlich erst kürzlich fließendes Wasser bekommen. Wie traurig.« Maisa schüttelte den Kopf.

Nazmiyya, Nur und Alwan tauschten Blicke. Sie alle spürten den Impuls, dieses Haus zu verlassen. »Mein Mann hat mir gerade eine SMS geschickt. Er parkt nur noch das Auto«, sagte Maisa. »Das Essen steht auf dem Tisch. Willkommen zu unserem *ghada.*«

Rhet Shel schob den Rollstuhl ihres Bruders an den Esstisch. »Siehst du? Ich hab dir doch gesagt, dass sie einen extra Tisch nur zum Essen haben«, flüsterte sie ihm zu.

Nazmiyya war überrascht, dass Doktor Jamal alleine kommen würde. Dann würde er sicher nicht lange bleiben – als einziger Mann unter lauter Frauen.

Jamal kam herein, in der Hand eine Tüte mit frischem Brot und Obst – Requisiten für einen glücklichen Ehealltag, dessen Vorgetäuschtheit eine Sekunde später augenfällig wurde, denn die erste Frau, zu der er hinstrebte, war Nur. Im letzten Moment bremste er sich und begrüßte seine Frau.

Die junge Haushaltshilfe namens Shirin schöpfte Reis auf ihre Teller. Nazmiyya dankte ihr und forderte sie auf, sich zu ihnen zu setzen und mit ihnen zu essen.

»Möge Allah Ihnen ein langes Leben schenken, Haja«, gab Shirin zurück. Sie servierte den Rest des Essens und zog sich wieder in die Küche zurück.

Nazmiyya, die nicht wusste, welches der vielen Besteckteile sie benutzen sollte, griff nach dem großen Löffel zu ihrer Rechten, um den Reis zu essen, und zerkleinerte das Fleisch mit den Händen. Dann verteilte sie die Stücke, so wie sie es immer machte. Die Knochen behielt sie selbst, damit sie sie abnagen und aussaugen konnte – das war der größte Leckerbissen. Nachdem sie Rhet Shel den Teller gefüllt hatte, teilte sie Jamal, der sofort abwehrte, einige feine Stücke zu. Nazmiyya sagte: »Mein Sohn, so ist es richtig. Sie arbeiten hart und brauchen jemanden, der für Sie sorgt.«

Maisa spürte diese Spitze und rutschte unruhig auf ihrem Stuhl herum. Dann wandte sie sich Nur zu, mit der sie eine Unterhaltung auf Englisch begonnen hatte. Aber Nur antwortete ihr immer auf Arabisch. Nazmiyya konnte sich nicht mehr beherrschen und platzte neckend mit den einzigen Wörtern heraus, die sie auf Englisch sagen konnte: »Food. Good. Welcome.« Dann lobte sie auf Arabisch die Hände, die das Essen gekocht hatten, und bat um Allahs Segen für die Gastgeber.

Jamal hielt den Blick auf seinen Teller gerichtet und stocherte in seinem Essen herum.

»Entschuldigen Sie bitte, Haja«, begann Maisa. »Jetzt, wo meine Töchter fort sind, habe ich niemanden, mit dem ich Englisch sprechen kann. Mit meinen Töchtern rede ich immer nur Englisch und Französisch, damit wir nicht aus der Übung kommen.« Sie versuchte klarzumachen, wie glücklich sie über die Gelegenheit war, mit Nur Englisch sprechen zu können – wo doch auch ihr Mann den ganzen Tag lang bei der Arbeit war.

Nazmiyya konnte es nicht lassen, Nur einen Kommentar zuzuflüstern. »Jetzt verstehe ich, warum der Doktor sie immer so lange alleine lässt.« Nur allein nahm diese Worte wahr, aber die anderen konnten ihre Energie spüren. Dann legte sich Stille über den Raum; nur das selbstvergessene Geplauder von Rhet Shel war noch zu hören.

Jamal sprach während des Essens kaum ein Wort und entschuldigte sich bald darauf und überließ es Maisa, mit der unangenehmen Stimmung im Haus fertigzuwerden. An der Art, wie die Eheleute sich unterhielten, erkannte Haja Nazmiyya jedoch, dass Maisa weinen und ihren Mann anschreien würde, sobald die Gäste gegangen waren. Der Gedanke befriedigte sie.

Nach dem köstlichen Mahl wurden Früchte, Süßigkeiten, Tee und Kaffee serviert. Das meiste davon landete in den Mägen von Haja Nazmiyya und Rhet Shel, die sich auf dem Nachhauseweg darüber zankten, welche Speise am besten geschmeckt hatte. Als wären sie beide fünf Jahre alt, stritten sie sich außerdem darüber, wer mehr geschafft hatte. »Ich natürlich, denn ich habe einen größeren Bauch, in den viel mehr Essen passt«, sagte Haja Nazmiyya zu ihrer Enkeltochter.

»Dafür bist du morgen dicker und ich größer«, gab Rhet Shel zurück. Haja Nazmiyya musste so lachen, dass sie stehen blieb und nach Atem rang.

»Rhet Shel entwickelt sich zu einem Scherzkeks, genau wie ihre Teta«, seufzte Alwan lächelnd, während sie zusammen mit Nur versuchte, Khaled auf den Autositz zu bugsieren. Als beide Kinder im Auto saßen, winkte Haja Nazmiyya Nur und Alwan zu sich. Die ältere Frau hatte einen ernsten Ausdruck im Gesicht.

Trocken fragte Haja Nazmiyya: »Glaubt ihr, Maisa schreit auf Englisch und Französisch, wenn der Doktor sie vögelt?«

Da sprudelte der Übermut aus ihnen heraus, und sie gackerten ausgelassen, als sie ins Auto einstiegen. Sogar Alwan, die es nicht leiden konnte, wenn ihre Mutter sich ordinär benahm, konnte sich ein lautes Lachen nicht verkneifen.

Rhet Shel wollte an der allgemeinen Fröhlichkeit teilhaben und stellte eine Scherzfrage. »Was muss man tun, wenn man einen Elefanten auf dem Gartenzaun sitzen sieht?« Auf die Antwort wartete sie erst gar nicht. »Einen neuen Zaun bauen!«

Alle lachten mit ihr, und die Lautstärke im Auto schwoll weiter an, als Alwan hinzufügte: »Und während die Haushaltshilfe aus dem Flüchtlingslager den Zaun aufbaut, fährt man nach

Kanada, um sein Englisch und Französisch aufzupolieren.« Rhet Shel war sehr glücklich, ein solches Gelächter ausgelöst zu haben. Sie schmiegte sich an ihren starr dreinblickenden Bruder. »Blinzele, wenn du innerlich lachst.«

Während Rhet Shel langsam eindöste, fasste Haja Nazmiyya die stumme Geschichte, die sie bei dem *ghada* beobachtet hatte, in Worte. »Ich gebe zu, das Essen war köstlich und das Haus ist sehr geschmackvoll eingerichtet, aber mach dir keine Sorgen, Nur, sie kann dir nicht das Wasser reichen.«

Instinktiv trat Nur auf die Bremse.

»Fahr weiter, Nur, du kannst nichts vor mir verbergen«, sagte die Großmutter. »Ich bin Haja Nazmiyya. Mir entgeht nichts. Dieser Mann ist in dich verliebt, und es ist ganz offensichtlich, dass seine Frau das weiß. Darum hat sie dich ja eingeladen. Sie wollte dich begutachten und dir vorführen, wie glücklich sie und ihr Mann miteinander sind. Wieso hätte sich der Mann sonst so lange zu einem Haufen Frauen gesetzt? Sie hat ihn dazu gezwungen. Und er saß da wie ein Trottel und hat sich geschämt, weil er sich von einer Frau hat herumkommandieren lassen.«

»*Ya ummi,* bitte.« Alwan wurde es langsam zu viel.

»Unterbrich mich nicht, das mag ich nicht. Ich sage doch nur, wie es wirklich gewesen ist. Es ist ja auch nichts verkehrt daran, dass er in Nur verliebt ist. Allah und sein Prophet, Friede sei auf ihm, haben es *halal* erklärt, dass ein Mann mehr als eine Frau hat. Warum auch nicht? Er kann es sich leisten. Und Nur wäre versorgt. Da ist doch nichts dabei.«

»Aber Mama, du gehst einfach davon aus, dass Nur Interesse an ihm hat«, protestierte Alwan.

Nur sagte kein Wort und starrte auf die Straße, die vor ihr lag.

»Ich brauche sie gar nicht zu fragen, ich sehe doch, dass sie auch in ihn verliebt ist. Stimmt das etwa nicht?« Haja Nazmiyya lächelte Nur zu, deren Finger sich um das Steuerrad klammerten. »Vielleicht bist du deswegen überhaupt hergekommen. Dafür brauchst du dich auch nicht zu schämen.« Haja Nazmiyya rutschte auf ihrem Sitz herum und schien einen neuen Gedanken ausgebrütet zu haben. »Und überhaupt, wieso dürfen diese Frau und ihre Töchter so frei aus- und wieder einreisen, während die Kranken und Sterbenden nicht mal zur Behandlung rausdürfen? Sag mir doch mal, was das bedeutet …«

»*Istagfirullah! Ya ummi*, das reicht. Es ist eine Sünde, so über die Ehre anderer Leute zu reden.«

»Nein, ist es nicht. Manchmal glaube ich, die Hebamme hat dich nach der Geburt vertauscht«, bemerkte Haja Nazmiyya. »Eine Sünde ist es eher, dass wir keine medizinische Bildmaschine haben und die Ärzte kein Bild vom Kopf meines Enkelsohns machen können. Und es ist eine Sünde, dass wir ihn nicht nach Kairo fahren und ihn dort einem richtigen Arzt vorstellen können. Und es ist eine Sünde, dass du so viel Gewicht verloren hast und nachts so viel hustest, dass du mich aufweckst. Wenn du nicht bald zum Arzt gehst, schlage ich dich mit meinen Pantoffeln, genau wie früher.« Als Rhet Shel voller Angst die Augen aufriss, flüsterte Nazmiyya ihr ins Ohr: »Ich werde sie doch nicht wirklich schlagen.«

Nur drehte sich zu Alwan um. In ihren Augen lag eine Art Mitgefühl, und etwas Weiches füllte den Raum aus, der zwischen ihnen lag. Sie nahmen die jeweils andere bewusst wahr: Alwan war krank und erschöpft und Nur schrecklich einsam. Es war ein seltener Augenblick der Verletzlichkeit, der schnell wieder vorbeiging und doch schwesterliche Gefühle hinterließ.

»Nur, du kannst heute bei uns schlafen, wenn du magst«, sagte Alwan. »Morgen kommt die Familie, und ich werde Weinblätter rollen für das *ghada*. Ich kann es dir beibringen.«

Haja Nazmiyya versicherte Nur, dass sie das Kochen übernehme, und Rhet Shel hüpfte aufgeregt auf ihrem Platz herum. »Du kannst bei mir und Mama schlafen«, rief sie.

Ins stille Dunkel der Nacht gehüllt, rückten sie näher zusammen: drei Generationen von Frauen und zwei Kinder, das eine aufblühend, das andere verwelkend. Nur ging nie mehr zurück in ihr Herbergszimmer, nur einmal, um ihre wenigen Besitztümer zu holen.

Khaled

Ich bin weit genug gelaufen, um zu wissen,
wo der Herbst anfängt; dort, hinter dem Fluss reifen
die letzten Granatäpfel in einem zusätzlichen Sommer,
und in den Apfelkernen wachsen Schönheitsflecke.

Mahmud Darwish

Immer wenn ich meine Mutter vermisste, klammerte ich mich an die Kerzenflamme, die mich nach Hause brachte. Dann konnte ich Gaza im Duft von Tetas Essen sehen, hören und riechen. Das war wunderbar, aber es war nicht alles, was mein Leben damals ausmachte. Wenn ich mit Rhet Shel und Nur redete, machte es sie glücklich; für meinen Körper aber war es zu anstrengend. Ich hatte viel zu erzählen, und als ich es endlich konnte, blieben meine Worte in den Buchstabentafeln, die sie gebastelt hatten, einfach hängen. Inzwischen ist es nicht mehr wichtig, ob sie wissen, dass Mariam noch immer am Fluss sitzt und liest, oder dass es ein anderes Jetzt gibt, in dem Beit Daras wieder existiert, oder dass Nur zu uns gehört und Tetas Nichte ist. Ich würde Mama gerne sagen, dass sie keine Angst zu haben braucht. Aber in letzter Zeit kann ich die Flamme nicht mehr finden. Sulayman sagt, irgendwann wird die Kerze verlöschen.

Manchmal brauche ich die Kerze nicht. Ich gehe einfach nach Hause, weil Mama mich zu sich holt, so wie kürzlich, als sie gedemütigt wurde. Ich konnte sie sehen, wie sie an dem Tisch dieser Frau saß und sich um den Körper im Rollstuhl kümmerte, der sich nicht mehr anfühlt wie meiner. Ich werde zu diesem Jungen, weil meine Schwester darauf angewiesen ist, dass ich blinzele. Sie bemisst die Zeit in ihrer Welt nach der Häufigkeit meines Blinzelns. Rhet Shel ist unruhig; erst klammert sie sich an Mama, dann an mich, dann an Nur. Und ich habe das Gefühl, mich immer weiter zu entfernen.

Ich verstehe Mamas Qual und ihren Wunsch zurückzuschlagen. Aber es schweben auch noch so viele andere Emotionen im Zimmer. Zwischen Nur und Dr. Jamal hat sich etwas Dickes, Klebriges aufgebaut. Sulayman hat mir erklärt, dass es Liebe ist, und ich denke an Yusra und das letzte Überraschungsei, das ich ihr geschenkt habe. Aber das hier ist nicht das Gleiche. Das, was zwischen diesen beiden Menschen passiert, ist endgültig. Sie können es nicht zurücknehmen oder ungeschehen machen. Ich will ein Teil davon sein. Ich spüre das Gewicht dieses Etwas, es ist verlockend und faszinierend. Es bleibt zwischen ihnen bestehen, auch noch, nachdem Nur zusammen mit meiner Mutter, meiner Teta, meinem Körper und Rhet Shel aufgebrochen ist. Die Unterhaltung im Auto erzeugt eine ständig wechselnde Landschaft der Gefühle. Ich blinzele für Rhet Shel, als alle lachen. Der Übermut legt sich auf Tetas immerwährende Liebe, auf Mamas Verwirrung und auf den zähflüssigen Gedankenstrom, der zwischen Nur und Dr. Jamal fließt. Dann verlasse ich sie und gehe zusammen mit Sulayman fort.

48

Nur trug nie mehr Shorts, nachdem ihr in der achten Klasse ein Junge gesagt hatte, dass ihre Beine aussähen wie Baumstämme. Auf der Highschool sagte ihr eine beliebte Klassenkameradin, ihr Hintern sei so dick, dass sie sich lieber gleich umbringen solle. Ein Jahr später brachte dasselbe Mädchen ihr bei, wie man schön sein konnte. »Steck dir einfach nach jeder Mahlzeit zwei Finger in den Hals.« Zu dieser Zeit begann Nur außerdem, braune Kontaktlinsen zu tragen, damit sie nicht so »komisch« aussah. Als sie sie endlich ablegte, lösten ihre Augen ein Erdbeben aus. Täglich kamen Besucher und lobten Allahs unendliche Weisheit und Gnade. Teta begann wieder, mit Mariam zu reden, und die Gerüchte über den Dschinn Sulayman lebten wieder auf. Das Schicksal war grausam gewesen, als es das Leben einer der Unsrigen aus Einsamkeit, Exil, Zurückweisung und Sehnsucht zusammensetzte und sie dann als Fremde zurück nach Hause führte. Die Menschen riefen Allahu akbar *und lobten Allahs unendliche Weisheit, denn er hatte ihr Mariams Augen geschenkt, und sie halfen ihr, den Weg nach Hause zu erkennen.*

Im Badezimmer gab es keinen Spiegel. Darum betrachteten Nur und Rhet Shel sich gegenseitig, während sie sich vor dem Zubettgehen die Zähne putzten und das Gesicht wuschen.

»Was machst du da mit deinen Augen?«, fragte Rhet Shel.

»Ich hole meine Kontaktlinsen heraus. Mit ihnen kann ich nicht schlafen. Siehst du?« Nur balancierte die erste Linse auf der Fingerspitze.

»Warum?«

»Es ist schlecht für meine Augen, wenn ich sie zu lange trage.«

»Warum?«

Nur lächelte. »Ich zeige dir mal was. Das ist eigentlich ein Geheimnis.« Sie entfernte die andere Linse.

»Du hast verschiedenfarbige Augen!«, rief Rhet Shel. »Wie hast du denn das gemacht?«

»Ich bin so auf die Welt gekommen. Na, was sagst du dazu?«

»Das ist wunderschön.« Rhet Shel war fasziniert. »Ich hätte auch gern verschiedene Farben in meinen Augen.«

Bevor Nur etwas erwidern konnte, hatte Rhet Shel sie schon am Arm gepackt und zog sie aus dem Badezimmer. »Mama, Teta, Khaled! Schaut euch das mal an!«

»Rhet Shel, schrei nicht so laut, es ist schon spät«, sagte Alwan, die gerade zur Nachbarin gehen wollte, um sich etwas Kardamom für den Morgenkaffee zu borgen.

»Hör auf, sie ständig zurechtzuweisen«, sagte Haja Nazmiyya. »Komm her, *habibti*, und zeig deiner Teta, was du Tolles gesehen hast.« Sie hob Rhet Shel auf ihren Schoß.

»Nur hat ein grünes Auge!«, flüsterte sie, die Warnung ihrer Mutter im Hinterkopf. »Sie hat ein normales Auge und ein grünes. Schaut doch!« Aufgeregt deutete sie auf die lächelnde Nur.

Nazmiyyas Arme wurden völlig schlaff. Die Furchen in ihrem Gesicht wichen einem gebannten Staunen und legten sich um die Erfüllung einer uralten Hoffnung. Tränen rollten aus ihren Augen und schienen unter ihrem Kinn der Schwerkraft entgegen wieder nach oben zu steigen, als wollten sie zurück in ihre Augen klettern und wieder von Neuem fallen, immer im Kreis, wie wirre Gedanken.

Rhet Shel schüttelte ihre Großmutter. »Was ist denn los, Teta?«

Nur sank auf die Knie und starrte Haja Nazmiyya an, aus verschiedenfarbigen Augen, die aus einer anderen Zeit zu kommen schienen. Nur begriff sofort. »Mein Vater hieß Muhammad. Mein Großvater hieß Mamduh Baraka, und meine Großmutter hieß Yasmin.«

Ein atemloses Flüstern entrang sich Haja Nazmiyyas Kehle. »Du bist also unsere Nur?«

Mit zitternden Fingern berührte sie Nurs Gesicht. *»Allahu akbar! Allahu akbar!«*

Nur bebte unter Haja Nazmiyyas sanften Händen. Sie war jetzt dort, wo alles angefangen hatte, wo die ersten Teile von ihr entstanden waren.

Haja Nazmiyya wandte sich an Rhet Shel. »*Habibti*, hol mir Mariams Kiste.«

Rhet Shel rannte zum Kleiderschrank und kam mit einer abgegriffenen Holzkiste wieder zurück.

Nazmiyya öffnete sie langsam. Als sie daran dachte, wie sie vor vielen Jahren ein Paket aus den Vereinigten Staaten bekommen hatte, flossen die Tränen von Neuem.

Es war einige Jahre nach dem schicksalhaften Tag im *suq* gewesen; Mamduhs alter Freund hatte Nazmiyya auf dem roten Telefon des Gewürzhändlers angerufen. Durch diesen Apparat war der Kummer zu ihr gekommen. Noch einmal hatte der Mann angerufen. Für Nur hatten sie noch kein Zuhause gefunden, und die Frau vom Jugendamt befürchtete, ihr wichtigster Besitz könne für immer verloren sein. Es war ein Buch, das sie und Mamduh zusammen geschrieben hatten. Ihre Betreuerin durfte es nicht behalten, das verboten die Gesetze. Sie zweifelte aber auch daran, dass man es der israelischen Post anvertrauen konnte. Darum hatte sie Mamduhs Freund, der schon die Habe des Großvaters dessen Schwester in Gaza überbracht hatte, darum gebeten, Nurs persönlichen Besitz zu überführen. Nzinga hatte Nur alles erklärt, doch die hatte genug damit zu tun, das Leben als Teenager zu meistern, und kein Interesse daran, sich an der unwiederbringlichen Vergangenheit festzuklammern. Im ersten Karton befanden sich Mamduhs Armbanduhr, alte Fotografien, ein abgenutzter Koran, die Eheringe von Mamduh und Yasmin und die Reste ihrer *shabka:* ein goldener Armreif, den sie von Nazmiyya zur Hochzeit geschenkt bekommen hatte.

Nazmiyya hatte sich schon damit abgefunden, dass sie Nur vielleicht niemals sehen würde. Genau wie damals, als sie ihre Schwester, ihre Mutter, ihren Bruder und ihren Ehemann verloren hatte, schickte sie tränenreiche Gebete zu Allah und überantwortete ihr Herz ganz dem Willen des Schicksals.

»Dieses Buch sollte Nur gehören, aber ich weiß nicht, wie ich es ihr überbringen kann«, hatte Mamduhs Freund zu Haja Nazmiyya gesagt. Er befürchtete, er könne die *amana* nicht erfüllen, die heilige Pflicht, einen Gegenstand für einen Freund sicher aufzubewahren. Schließlich übergab er das Buch einem anderen Freund, der nach Gaza fuhr und es Nazmiyya persönlich überreichen konnte. So machte man das eben in Palästina. Man vertraute Reisenden Pakete an, auch wenn sie einem fremd waren, und niemals wurde die *amana* gebrochen.

Nazmiyya nahm den hölzernen Deckel der Kiste ab, sodass Nur den Inhalt sehen konnte. Eine vertraute Armbanduhr und ein Stapel Papier mit kindlichem Gekritzel, das sie nicht entziffern konnte. Langsam nahm Nazmiyya den Stapel mit den Blättern heraus – und da lag es. Nur griff nach dem Buch, fuhr mit den Fingern über das Deckblatt, berührte die Worte, die sie vor so langer Zeit geschrieben hatte. »Jiddu und ich.« Eine

Zeichnung, die sie darstellte – ein lächelndes Mädchen mit schwarzem Haar; das Kind streckte seinen Arm und seine Finger – einen Strich mit fünf kleineren Strichen – nach den fünf kleinen Strichen am Arm eines lächelnden alten Mannes mit grauem und schwarzem Haar aus. Nur nahm das Buch aus der Kiste. Das staubige Band darum war noch immer zu einer Schleife gebunden. Als sie die Schleife berührte, verwandelte sie sich in ein strahlend blaues Haarband, das in kleinen, ausgestreckten Händen lag. »Jiddu, kannst du mir das bitte in meine Zöpfe binden?«, sagte ein kleines Mädchen in ihrem Kopf.

Eine alte Hand nahm das Band entgegen. »In welchen Zopf denn?«, fragte der Mann. Seine Stimme war sonor und freundlich. Nur versuchte, sich sein Gesicht vorzustellen, schaffte es aber nicht. Sie sah nur das Haarband, ihre eigenen Hände und seine, ihre Stimme und seine.

Sie öffnete die Augen, drückte das Buch an ihre Brust und sagte zu Haja Nazmiyya: »Ich kann mich nicht mehr an das Gesicht meines Jiddu erinnern.«

Nazmiyyas Tränen verwandelten sich in Lachtränen. *»Allahu akbar!«* Laut wiederholte sie diese Worte und sprach zu ihrer verstorbenen Schwester. »Ich weiß, dass du die Finger da drin hast, Mariam. Ich weiß, dass du bei mir bist. Du warst nie weg. Oh, wie gnädig Allah doch ist. Ihm gebührt alles, was ich habe. Unser Kind ist zu Hause.« Dann blickte sie in Nurs verschiedenfarbige Augen, nahm Nurs Gesicht in die Hände und zog es zu sich heran. »Unsere Nur ist wieder zu Hause. Ich habe nie aufgehört, für dich zu beten. Ich habe nie aufgehört, Allah darum zu bitten, dich nach Hause zu bringen. Du warst die ganze Zeit über hier! *Allahu akbar*. Sieh, Allah ist allwissend. Sieh, wie er uns zusammengebracht hat. Siehst du es, mein Kind? Siehst du Allahs Weisheit?« Haja Nazmiyya küsste Nurs Wangen, und zusammen wiegten sie sich in Allahs Gnade. »Oh, wie der Duft von Mamduh und Yasmin jetzt durch dieses Haus zieht. Oh, Allah, mein Gebieter. Du bist voller Gnade!«

Rhet Shel rannte sofort los, um ihre Mutter aus dem Haus der Nachbarin zu holen.

»*Allahu akbar!* Ich wusste, dass du etwas an dir hast. Du kamst mir nie vor wie eine Fremde. *Allahu akbar!*« Alwan umarmte Nur, als sie hereinkam, mit der Nachbarin im Schlepptau.

Dann telefonierten sie den Rest der Familie herbei, und am nächsten Morgen kamen Alwans Schwägerinnen zu Besuch. Die Nachricht verbreitete sich im Lager wie Gerüchte einer Blut weinenden Madonna in Rom. »Hast du schon gehört? Diese amerikanische Frau! Stellt sich doch tatsächlich heraus, dass sie Haja Nazmiyyas Nichte ist. Erinnerst du dich noch an den Tag im *suq?* Weißt du noch, dass Mamduh eine Enkeltochter hatte und versuchte, sie herzuholen? Die amerikanische Frau ist dieses Mädchen! Sie haben es gerade erst herausgefunden, gelobt sei Allah!«

Die Menschen kamen, um Haja Nazmiyya dafür zu beglückwünschen, dass ihre Gebete erhört worden waren, und die Gerüchte über die Dschinn lebten wieder auf. Nur, die im Mittelpunkt des Tumults um Wunder, Gebete und Dschinn stand, zog sich zunehmend ins Haus zurück. Immer erst am Abend, wenn der Himmel sich verdunkelte und nur noch die Menschen übrig waren, die ihr nahestanden, ließ die Aufregung nach. Sie war umgeben von ihrer Großtante Nazmiyya, von Alwan, Rhet Shel und Khaled. Das Leben hatte ihre Einzelteile eingesammelt und zum Ursprung der Liebe zurückgebracht. Zufälle hatten dabei keine Rolle gespielt. Die Welt war atemberaubend, und ihr fiel auf, dass sie während ihrer gesamten Zeit in Gaza nicht ein einziges Mal den Impuls verspürt hatte, den Finger in den Hals zu stecken. An jenem Abend hielt sie die Überreste der Liebe in der Hand und las Rhet Shel aus ihnen vor, bis schließlich der

Schlaf kam, untermalt von der Musik von Haja Nazmiyyas sachtem Schnarchen, Alwans Husten und Khaleds unermesslicher Stille. Ihre Gedanken kreisten um Erinnerungen und um Sehnsucht. Und fanden immer wieder zurück zu Jamal. Zu seinen einzelnen Teilen und seinem Ganzen.

Teil vi

Wörter und Geschichten wurden an jenem
antiken Ufer angespült, und wir machten neue Lieder
aus ihnen. Die Sonne kam wieder zum Vorschein
und warf Schatten, die wir von der Straße kratzten
und zu neuen Kleidern verarbeiteten

49

Als Mama noch ein kleines Mädchen war, schwamm sie versehentlich in einen Schwarm Quallen hinein und holte sich schlimme Verbrennungen. Danach planschte sie höchstens noch mit den Beinen im Wasser, aber der äußere Abstand zum Ozean vergrößerte seine Präsenz in ihrem Inneren bloß. Das Geräusch der brechenden Wellen klang wie ihr eigener Herzschlag, wenn sie am Ufer stand. Von dort aus blickte sie in Allahs blaue Unermesslichkeit und spürte Baba. Ihr war, als würde er gleich an Land kommen, die Netze voll mit seinem Fang.

Alwan zog sich in aller Ruhe um. Sie hoffte, Nur würde bald ungeduldig werden und zur Arbeit gehen. Sie waren schon zu spät dran für den Termin, weil Alwan nicht rechtzeitig von der Genossenschaft zurückgekommen war. In einem letzten Versuch, den Termin irgendwie abzubiegen, versuchte sie, Streit anzufangen.

»Ich habe die Nase voll von diesem ständigen Krach, immer wenn ich nach Hause komme«, schnaubte sie und stellte die Popmusik aus, woraufhin Rhet Shel und ihre Freundinnen mitten in ihrem Tanz gestoppt wurden. Dankbar blinzelte Nur Alwan zu, denn sie selbst hatte nicht den Mut gehabt, die schreckliche Musik zu beenden. Alwan ärgerte sich insgeheim, denn ihr Plan hatte das Gegenteil bewirkt. Sie beugte sich hinunter und begrüßte ihre Tochter Rhet Shel, die laut protestierte. »Aber Mama, das machen wir doch nur, damit Khaled blinzelt!«

Alwan küsste Khaled auf die Stirn. Sie stellte Nur die immer gleiche Frage, ohne wirklich eine Antwort darauf zu erwarten. »Hat er heute irgendwie reagiert?«

»Ich habe den Doktor schon angerufen und gesagt, dass wir uns ein paar Stunden verspäten werden«, sagte Nur. »Wir haben also noch jede Menge Zeit. Du solltest etwas essen, bevor wir aufbrechen.«

Jetzt grummelte Alwan hörbar.

»Hör mal, Alwan, auf dem Bolzplatz findet jetzt ein Fußballspiel statt«, sagte Nur. »Ich gehe mit den Kindern dorthin, du brauchst dich nicht zu beeilen.«

»Er hat immer so gerne mit diesen Jungen gespielt«, seufzte Alwan, die leise von hinten an Nur herantrat und diese damit erschreckte. Sie standen an der Seitenlinie des Bolzplatzes.

»Ich habe gar nicht gehört, wie du gekommen bist«, sagte Nur. »Bist du so weit?«

Zwei von Khaleds Freunden kamen auf Alwan zu und umarmten sie, ihre Ammitu Umm Khaled. Durfte Khaled nicht noch ein bisschen bleiben? Bitte?

»Wenn du glaubst, dass sie gut auf ihn aufpassen können, würde es ihm vielleicht guttun, mal wieder mit seinen alten Freunden zusammen zu sein«, sagte Nur, und die beiden Jungen, angespornt durch die Unterstützung der Amerikanerin, bettelten noch heftiger.

»Na gut, Wasim. Du und Tawfiq, ihr wart seine besten Freunde. Aber er kann nichts selbst tun, darum müsst ihr mir versprechen, ihn die ganze Zeit über bei euch zu behalten. Ihr dürft nichts an seinen Schläuchen machen, sonst kann er eine Infektion kriegen. Bei uns zu Hause hängt eine Buchstabentafel an der Wand. Die könnt ihr euch holen. Manchmal blinzelt er, das heißt ja oder nein.« Alwan sah den beiden Jungen prüfend in die Augen. Begriffen sie, was sie gesagt hatte? »Habt ihr das verstanden?«

»Na klar! Wir werden uns gut um ihn kümmern!«, versprachen sie.

»Hier sind seine Augentropfen.« Alwan holte sie aus ihrer Handtasche. »Wenn er nicht blinzelt, braucht er einen Tropfen in jedes Auge. Ich bin in ein oder zwei Stunden zurück. Später dürft ihr ihn nicht zurückbringen. Und bleibt immer bei ihm. Glaubt ihr, ihr schafft das?«

Die Jungen jubelten vor Dankbarkeit und überboten sich darin, Alwan zu beruhigen. Dann fuhren sie ihren Freund im Rollstuhl davon. Alwan hörte noch, wie sie sagten: »Ich wette, wir können ihn aufwecken. Dann wird es wieder wie früher …«

Rhet Shel griff nach der Hand ihrer Mutter, dann nach Nurs. Sie weinte, weil sie nicht wollte, dass ihr Bruder sie verließ.

Khaled

Ich will nicht sterben.

Omsyat, 15 Jahre

Es kommt mir vor wie ein anderes Leben, damals, als Wasim, Tawfiq und ich immer zusammensteckten. Ich war zwei Jahre jünger als sie, musste immer schlichten, wenn sie sich stritten, und wurde von ihnen gehänselt, wenn sie sich gerade gut verstanden. Sie waren auf doppelte Art miteinander verwandt; ihre Mütter waren Schwestern und ihre Väter Brüder. Einmal haben wir Wasims verheiratetem Cousin ein schmutziges Heftchen geklaut und es in unser Geheimversteck gebracht. Niemand hat je davon erfahren. Wir liebten einander wie Brüder, und das waren wir ja auch. Brüder.

Wasim und Tawfiq schoben mich also ein bisschen herum an jenem Tag, an dem Mama zum Arzt ging. Sie fuhren mich über einen steinigen Weg zum alten Friedhof, dahin, wo wir uns früher oft getroffen hatten. Sie rauchten und redeten mit mir, wussten aber nicht, ob ich sie hörte. Manchmal konnte ich blinzeln, dann wieder nicht. Meine Augen standen offen, und sie gaben mir ständig Augentropfen. Ich stellte mir vor, wie wir zu dritt aussahen, besonders, als wir an unserem alten Lieblingsplatz, dem Paradiesausguck, angekommen waren. Es waren kleine Gucklöcher in einer Wand, ausgeschnitten von Gewehrkugeln. Auf der anderen Seite war der Himmel.

Yusra war sechs Jahre alt, als ich mich in sie verliebte. Ich war sieben. Sie hatte sechs Schwestern und keinen einzigen Bruder. Das ganze Dorf nannte ihren Vater Abu'l Banat, das bedeutet »Vater der Mädchen«. Sie waren alle so schön, dass ihr Vater immer sagte, er sterbe sicher einmal an einem Herzanfall, weil er sich ständig Sorgen um sie mache. Es stellte sich aber heraus, dass er ertrinken sollte.

»Allah möge mir vergeben, dass ich das sage«, begann Wasim. »Aber seit Abu'l Banat den Märtyrertod gestorben ist, ist es nicht mehr so gefährlich, hierherzukommen und unsere zukünftigen Frauen zu betrachten, obwohl wir uns natürlich immer noch vor ihrer Mutter und den Nachbarn in Acht nehmen müssen.«

Sie hoben mich hoch, damit ich mit meinem starren Auge durch das Loch schauen konnte.

»Sie sind nicht im Hof, du musst auf das zweite Fenster von rechts sehen.«

Ich konnte gar nichts sehen, stellte mir aber Yusra vor – wie sie sich das Haar bürstete, sich mit ihren Schwestern stritt, ihrer Mutter beim Abwasch half.

»Wir müssen es morgen am Tarmal-Hügel probieren. Heute war es nicht gut«, sagte Wasim. Ich konnte sie nicht gut hören, weil sie mit den Gesichtern an der Mauer standen und sich die Nasen platt drückten, um einen Blick durch die Löcher zu erhaschen. Ich wusste aber, dass sie sich über Schrott unterhielten. Mit dem Schrottsammeln trugen sie zum Familieneinkommen bei, denn Tawfiq arbeitete ja nicht mehr in den Tunneln. Danach zankten sie sich. »Sei doch ein Mann. Das ist der beste Ort für Schrott. Und es ist ohnehin Sabbat. Die Soldaten dürfen niemanden töten an ihrem heiligen Tag, Blödmann. Ich wette, Khaled hat keine Angst, dorthin zu gehen. Wenn er aus seinem Rollstuhl aufstehen könnte, wäre er schon längst auf dem Weg.«

»Der Blödmann bist du. Denk mal an das Bombardement letztes Jahr. Das war auch am verdammten Sabbat«, erwiderte Tawfiq.

»Bomben sind was anderes.«

»Ich gehe jetzt nach Hause, und du solltest mitkommen«, sagte Tawfiq. »Außerdem müssen wir Khaled zurückbringen.«

Wasim flehte eindringlicher. »Komm schon, Bruder. Mama verlässt sich auf mich.«

50

In der Stille meines Körpers erinnerte ich mich an immer mehr Begebenheiten. Zum Beispiel an den Tag, an dem Rhet Shel geboren wurde, und an Babas überglückliche Augen, als er sie im Arm hielt. An meinen Geburtstag, den Tag, an dem die Erde erzitterte und die Häuser einstürzten und Baba … Er brüllte Rhet Shel an, sie solle weglaufen. Sie klammerte sich an sein Bein, und er konnte sie gerade noch wegstoßen, bevor die Betonmauer, die er mit dem Rücken abstützte, in sich zusammenfiel und ihn unter sich begrub. Rhet Shel rannte schreiend davon und hängte sich an mein Bein. Von da an rollte sie sich zusammen und lutschte an ihren Daumen, bis sie wund waren. Das ging so lange, bis Nur auftauchte, mit Büchern und Musik und Licht von einem anderen Ort.

Rhet Shel saß bei Nur, während der Arzt ihre Mutter hinter dem Vorhang untersuchte. Rhet Shel hatte kein Vertrauen zu Ärzten und auch nicht zu anderen Leuten, die nur darauf warteten, kleinen Mädchen eine Nadel in den Arm zu jagen. Auf ihrem Oberarm, dort wo ein Arzt sie einmal mit einer Nadel gestochen hatte, befand sich eine runde Narbe. Er hatte ihr versprochen, es würde nicht wehtun. Rhet Shel rieb sich die Stelle und setzte sich auf Nurs Schoß. Sie warteten.

Der Arzt hinter dem Vorhang sagte nichts. Rhet Shel rechnete damit, dass ihre Mutter gleich aufschreien würde, weil sie eine Spritze bekam, aber es war nichts zu hören. Erschöpft kam die Mutter hinter dem Vorhang hervor, gefolgt von dem Arzt, der einen kleinen Beutel mit kandierten Mandeln aus der Brusttasche seines Kittels zog und ihn Rhet Shel überreichte. Sie bedankte sich bei ihm und überdachte ihre Meinung über Ärzte.

Jetzt unterhielten sich die Erwachsenen, und Rhet Shel verstand nicht alles, was sie sagten. Einige Bruchstücke des Gesprächs setzten sich jedoch in ihrem Kopf fest; Jahre später sollte sie ihre Erinnerungen hervorholen und miteinander zu einem Ganzen verbinden. Sie redeten darüber, wie hart ihnen die israelische Belagerung zugesetzt hatte. Rhet Shel lutschte an den Mandeln und hörte den Arzt sagen, dass sie »nichts mehr hatten«. Er öffnete einen Medizinschrank mit leeren Fächern, um es ihnen zu beweisen. »Wir haben nicht einmal …« Rhet Shel kannte das Wort nicht, aber es verzerrte das Gesicht des Arztes, und sie begriff, dass es etwas Wichtiges war. Er erklärte, dass es am besten sei, sie zu »entfernen«, und dass ihre Mutter sie sich am besten wie »kleine Fleischklumpen« vorstellen solle. Auf diese Weise könnten sie ein ganzes Jahr gewinnen.

Rhet Shel dachte an Fleischklumpen, an zarte Stücke vom Lamm, und flüsterte Nur ins Ohr: »Können wir uns auf dem Rückweg Shawerma-Brote holen?«

Ohne den Ausdruck im Gesicht ihrer Mutter zu verstehen, kletterte Rhet Shel instinktiv auf deren Schoß und wiederholte die Frage. »Mama, können wir uns auf dem Rückweg Shawerma-Brote holen?«

»Na klar.«

Das Taxi fuhr sie zu Abdur Rahmans kleinem Imbisskarren am Strand. Zu dritt teilten sie sich ein paar stille Augenblicke und ein kleines Mahl. Sie hörten dem Meer beim Atmen zu, bevor sie wieder zurück nach Hause fuhren.

Als sich das Taxi dem Ziel näherte, sahen sie, dass das Lager bebte. Aus seiner Mitte quoll eine Energie von Zorn, Angst und Empörung. Die Leute rannten ziellos herum, wie im Kreis. Alwan legte eine Hand auf ihr Herz. »Allah sei uns gnädig. Wahrscheinlich schon wieder ein Märtyrer.« Sie flehte Allah an, der Mutter des Märtyrers, wer sie auch war, Kraft zu geben, ihr Schicksal zu ertragen. »Es kommt mir vor, als würden wir nur noch auf Beerdigungen von Märtyrern gehen.«

Als sie aus dem Taxi stiegen, merkten sie, dass die Menge auf sie zugerannt kam. »Umm Khaled!«, rief jemand, und Alwan lief los. Ihr Herz und Rhet Shel ließ sie auf dem Boden zurück; Nur hob sie auf.

»Ammitu Umm Khaled! Wir haben dich schon überall gesucht!«, sagte ein kleiner Junge. »Alwan, dein Sohn«, schrie eine ihrer Schwägerinnen. Alwan bekam große Angst und rannte hinter dem Jungen her. Jemand versuchte noch, sie zurückzuhalten, aber dann schlossen sich alle ihr an und riefen laut: *»Allahu akbar!«* Einfach nur, um etwas zu tun, um nicht so hilflos zu sein.

Alwan rannte. Sie keuchte. Die Fleischklumpen in ihren Brüsten, die Tumore, die sie langsam, aber sicher umbringen würden, rangen in dem hauchdünnen BH nach Atem. Tränen rollten aus ihren Augen. Dann hörte sie eine böse Frauenstimme hinter sich. »Wieso kriegt dieser Junge so viel Aufmerksamkeit?«, rief die Stimme. »Er ist doch schon lange tot. Er sitzt bloß in diesem Stuhl und atmet und schwebt zwischen den Lebenden und den Toten. Auf dieser Familie liegt ein Fluch. Der Junge ist schuld daran, dass Tawfiq zum Märtyrer wurde. Er war ein Klotz am Bein für ihn!«

Tawfiq wurde zum Märtyrer. Alwan lief weiter, zog die Beine mit der Kraft der Angst voran. *Khaled war schuld daran.* Alwan lief. *Er schwebt zwischen den Lebenden und den Toten.*

»Allahu akbar!« Die Worte der Menge waren nicht im Gleich-

klang mit ihren Atemzügen und ihren Schritten. *Auf dieser Familie liegt ein Fluch.*

Da war er, in einiger Entfernung. Es wurde langsam dunkel. »Umm Khaled, sie werden dich erschießen und deine Tochter zum Waisenkind machen. Beim Propheten, warte. Diese Söhne des Satans spielen ein Spiel mit uns. In einer halben Stunde ist Wachablösung. Dann holen wir ihn. Jetzt ist es zu gefährlich.«

Sie konnte ihn in der Ferne erkennen. Er wirkte ganz ruhig. Wäre es irgendwo anders gewesen, so hätte er einfach nur ausgesehen wie ein Junge im Rollstuhl, der den Sonnenuntergang betrachtete. Haja Nazmiyya krümmte sich auf dem Boden, schlug wild um sich und brüllte auf Mariam ein, dass ihre Beine wieder gelähmt seien.

»Warum machen alle so viel Theater um einen Jungen, der schon lange tot ist?«

Alwan drehte sich zu der Frau um, die weiter ihr Gift verspritzte: »Es ist seine Schuld, dass Tawfiq zum Märtyrer wurde!«

Tawfiq ist tot. Ein Mann versetzte der Frau einen Schlag. Es war ihr Ehemann. Wütend rezitierte er einen Koranvers: »Oh, ihr, die ihr glaubt! Vermeidet häufigen Argwohn; denn mancher Argwohn ist Sünde. Und spioniert nicht und führt keine üble Nachrede übereinander. Würde wohl einer von euch gerne das Fleisch seines toten Bruders essen? Sicher würdet ihr es verabscheuen. So fürchtet Allah.«

Wie? Warum? War Tawfiq wirklich tot?

Alwan schüttelte den Schock ab und bahnte sich einen Weg durch die Menge zu ihrem Sohn. Alle waren froh, dass sie in Ohnmacht fiel, bevor sie zu ihm gelangen konnte.

Rhet Shel lag geschützt in Nurs Armen, war aber ein Kind dieser brutalen Welt. Sie bekam genug mit, um sich instinktiv zu einer Kugel zusammenzurollen und heftig am Daumen zu lutschen. Sie ließ die Welt nicht an sich heran.

Khaled

Noch nie zuvor hatte ich gesehen,
wie Soldaten Kinder wie Mäuse in die Falle lockten
und mit sportlichem Ehrgeiz erschossen.

Chris Hedges

So brachen wir auf. Sie hielten immer wieder an, um meine Augenlider mit den Fingern zum Blinzeln zu bewegen oder mir Augentropfen zu geben. Dann waren wir bei den verbotenen Dünen angelangt, die einmal ein Wohnviertel gewesen waren. Tausende Menschen hatten hier gelebt, bis Israel die Gegend vor einigen Jahren platt walzte, um die Pufferzone zu erweitern. Hier lag noch jede Menge Schrott herum.

Wasim hatte recht gehabt: Ich hatte keine Angst, aber nach einer Weile brannten meine Augen. In ihrem Eifer, so viel Schrott wie möglich einzusammeln, vergaßen sie meine Augentropfen.

Ich konzentrierte mich darauf, meine Lider zu bewegen, und versuchte, Sulayman anzurufen, damit er mir half. Die Welt um mich herum fühlte sich leer an. Nur hin und wieder füllte das Geräusch von Wasims und Tawfiqs hastigen Bewegungen die Stille. Es war die Stille der Pufferzone. Von den Dünen. Dann hörte ich ein leises Plopp, wie ein Kieselstein, der in ruhiges Wasser fällt. Vor meinen Augen war schon alles verschwommen, aber ich sah aus den Augenwinkeln, wie

Wasim hinfiel. Dann hörte ich noch ein leises Geräusch von ihm, so etwas Ähnliches wie ein gedämpftes Niesen. Ich glaube, diesen Laut vergesse ich nie. Ich hörte Tawfiq loslaufen. Der Klang seiner Atemzüge und seiner heftigen Schritte löste die Stille auf, und in mir stieg die Angst hoch. In den Dünen wohnte der Tod, und wir hatten ihn aufgeweckt.

Blinzeln, blinzeln, verdammt, blinzeln. Hilf mir, Sulayman!

Ein weiterer Kieselstein fiel in stehendes Wasser.

Verdammt, blinzeln!

»Ich hole Hilfe!«, schrie Wasim.

Blinzeln!

Das Dunkel der Dämmerung kam und hüllte meinen Körper in eine Decke aus Eis. Endlich blinzelte ich und fand mich in der Wüste wieder. Ihre Wellen aus Sand erstreckten sich vor mir und bildeten einen vertrauten Weg. Ich stand aus dem Rollstuhl auf. Ich wusste genau, wo ich mich befand und wohin ich gehen musste. Langsam begab ich mich auf den vertrauten Pfad; ich ging von den kleinen Falten an Tetas linkem Ohr über die zerstörten Wege auf ihrer Stirn hin zur anderen Seite ihres Kopfes. Ich lief und lief, immer weiter über den sandigen Wüstenboden, der gleichzeitig das wettergegerbte Gesicht meiner Teta war, bis ich den Winkel ihres rechten Auges erreicht hatte, und setzte mich auf den Schönheitsfleck dort, um zu warten. Mein Vater, mein Jiddu Atiyah und mein Groß-Khalu Mamduh kamen, so wie ich es schon geahnt hatte, und zusammen gingen wir nach Beit Daras. Wir setzten uns an den Fluss und redeten. Da tauchten drei Reiter in der Ferne auf, und als sie näher kamen, konnte ich sehen, dass Tawfiq einer von ihnen war. Ich sprang auf ihn zu. »Khaled! Stell dir das mal vor! Das ist mein Groß-Jiddu, und das sind die drei Pferde, die meiner Familie in Beit Daras gehört haben!« Mein Jiddu und Groß-Khalu Mamduh kannten sie alle. Zusammen machten wir uns auf zu ihrem Haus in Beit Daras, die Frauen ließen wir am Fluss zurück. Ich sah mich noch einmal um. Mariam war immer noch nicht da. Als wir aber am Brunnen vorbei-

gingen, hörte ich jemanden meinen Namen flüstern. Ich sah hinein und entdeckte Mariam auf einem kleinen Vorsprung im Brunnenschacht. Sie wirkte verängstigt. Ohne die Lippen zu bewegen, flüsterte sie mir zu: »Sag meiner Schwester Nazmiyya, dass sie kommen und mich holen soll.«

51

Einmal, als Mama noch den niqab *trug, sprach eine Westlerin sie im* suq *an, auf sehr höfliche Art. Ihr männlicher Übersetzer erklärte Mama, sie sei eine feministische Schriftstellerin, die an einem Artikel über den Gesichtsschleier arbeite. Der Übersetzer sagte, Feminismus sei der Kampf für Frauenrechte. Die Frau lächelte sanftmütig, legte Mama wie zur Erlösung eine Hand auf den Arm und sagte: »Ich sehe sehr schöne, exotische Augen, und ich möchte so gerne das hübsche Gesicht sehen, das zu diesen Augen gehört.« Mama ging weg ohne ein Wort. Sie verfügte oft über tiefe Einblicke in andere Menschen. Ich war also nicht überrascht, als sie meinem bewegungslosen Körper eines Tages zuflüsterte: »Mein Sohn, du brauchst unseretwegen nicht hierzubleiben, wenn die Engel dich rufen. Wir werden schon damit fertig.« Und als sie fürchtete, ich könnte in den Dünen erschossen worden sein, wusste ich, dass sie sich ersehnte, ich wäre so gegangen, wie ich es mir selbst wünschte. Vielleicht hatte sie, indem sie den* niqab *erst anzog und dann wieder ablegte, einfach nur so gelebt, wie sie es sich wünschte.*

Als Alwan wieder zu sich kam, hatten die Leute Khaled schon geholt, und ringsherum wollten alle wissen, wie es dem Jungen ging, der in seinen Körper eingesperrt war und ganz alleine in einer der Todeszonen von Gaza hatte ausharren müssen. Wasim und Tawfiq waren weggestolpert, um Hilfe zu holen, aber nur Wasim hatte es lebend aus den Dünen hinausgeschafft, und die

Soldaten hatten Khaled seinem Schicksal überlassen. Zwei Stunden hatte er einfach dagesessen, bis man ihn hatte holen und in Sicherheit bringen können. Zuvor hatten zwei mutige Sanitäter versucht, zu ihm vorzudringen, waren aber beschossen worden und mussten wieder umkehren. Man konnte nichts tun, außer die Lage zu beobachten. Es bestand aber Hoffnung, dass die Soldaten Khaled verschonen würden, weil sie ihn noch nicht erschossen hatten. Sie wussten nicht, dass seine Augen austrockneten.

Nach diesem Vorfall hing die Stimme dieser lieblosen Frau in der Luft. Viele glaubten, der Tod wäre eine Gnade für den Jungen, besonders, da er jetzt anscheinend noch das Augenlicht verloren hatte. Dann aber änderte sich alles, und keiner verstand, wie Khaled es geschafft hatte zu überleben. Er hing an Schläuchen, die ihm Nahrung zuführten und seine Ausscheidungen abtransportierten. Er konnte weder sprechen noch sich bewegen. Jetzt war er vielleicht noch blind dazu – aber hatte er zuvor denn überhaupt sehen können? Die Menschen sinnierten darüber, dass Allah Khaled vielleicht auf der Erde beließ, weil er ihn für ein höheres Ziel ausersehen hatte. Andere jedoch glaubten, dass seine Mutter oder seine Großmutter einen Pakt mit dem Teufel geschlossen hatten. Und so kamen auch wieder die Geschichten von Sulayman auf.

Haja Nazmiyya musste von ihren Söhnen nach Hause getragen werden. Die erinnerten sich an ein früheres Ereignis, als die Beine ihrer Mutter den Dienst versagt hatten. Am Abend jedoch, nachdem die Schwägerinnen und die Nachbarn gegangen waren, setzten sich Haja Nazmiyya, Alwan, Nur und Rhet Shel zusammen mit Khaled auf die Kissen, die auf dem Boden lagen, und ließen die Stille auf sich wirken. Khaleds Augen waren mit einem Verband versehen. Alwan hielt ihren Sohn im Arm und strich ihm über das Haar. Rhet Shel, die immer noch in Nurs Armen lag, war inzwischen eingeschlafen. Haja Nazmiyya wiegte sich langsam hin und her, die gefühllosen Beine ausgestreckt, und ließ die Gebetsperlen durch ihre Finger gleiten.

»*Habibi*, Khaled. Kannst du mich hören? Mein Liebling, mein Sohn.« Alwan seufzte. Nazmiyya betrachtete ihre Tochter und ihren Enkel voller Liebe. Da sagte es Alwan ihnen. Der richtige Moment würde nie kommen, ihren Lieben mitzuteilen, dass sie sterben würde. Dann konnte sie es genauso gut jetzt tun. »*Ya ummi* … Ich muss mir die Brüste abschneiden lassen, damit ich ein bisschen länger leben kann. Aber ich könnte auch während der Operation sterben.« Sie hielt kurz inne, um sich die Tränen aus dem Gesicht zu wischen. »Wie auch immer, sterben werde ich auf jeden Fall.«

Nazmiyya erstarrte. Es war ein stummer Protest gegen die unaufhörliche Zerstörung ihrer Zukunft. In ihr loderte ein Feuer auf, eine brennende Uneinsichtigkeit, die sich weigerte, das Schicksal zur Kenntnis zu nehmen. Ein Feuer, das sich gegen Allah und das erbärmliche Dreckloch des Todes richtete. »Unsinn. Ich lasse nicht zu, dass du mir genommen wirst. Niemals, meine Tochter.«

»*Istagfirullah, ya ummi.* Du lässt die Sünde in unser Haus, wenn du so gegen Allahs Willen wütest.« Alwan seufzte.

»Wir sind Gläubige, und heute wurde unser Sohn gerettet. Morgen ist ein neuer Tag, *insha'allah,* und alles wird gut werden. *Allah bifrijha.* Jetzt wollen wir uns ausruhen und uns an Allahs Gnade wärmen, meine Tochter.« Haja Nazmiyya hatte keine Kraft mehr, um eine solche Nachricht zu verdauen. Sie ließ sie einfach nicht an sich heran, ganz so, als hätte sie die Worte ihrer Tochter nicht gehört.

Das Leben, die Liebe, der Tod und der Wille drängten sich in jener Nacht in dem kleinen Haus, während die Familie auf dem Wohnzimmerboden schlief. Am nächsten Morgen erwachten alle wiederhergestellt und mit neuer Energie. Haja Nazmiyyas Beine waren mit ihr aufgewacht. »Allah lädt uns niemals mehr Kummer auf, als wir ertragen können«, sagte sie.

52

Es kostete Nur einige Mühe, die amerikanischen Überzeugungen und Gewohnheiten abzulegen. Beim ersten Mal, als sie bei uns duschte, kam Teta ins Badezimmer gestürmt und drehte den Wasserhahn ab, bevor unser Wasservorrat für den ganzen Monat aufgebraucht war. Mama zeigte Nur, wie man sich wusch, indem man Wasser aus einer kleinen Schüssel schöpfte und möglichst viel von dem benutzten Wasser wiederverwendete. Das dreckige Wasser fingen wir in einer anderen Schüssel auf und benutzten es, um die Toilette zu spülen. Rhet Shel brachte Nur bei, während der langen Stromausfälle zurechtzukommen. Und Teta lehrte sie die besten Flüche und die besten Strategien gegen aufdringliche Männer auf der Straße. »Wenn du ihnen sagst, sie sollen abhauen, und sie tun es nicht, nimm den größten Stein, den du hochheben kannst, und tu so, als würdest du ihnen damit den Kopf einschlagen wollen. Setz einen wahnsinnigen Blick auf. Glaub mir, dann wird dich keiner mehr belästigen.« Die Frauen meiner Onkel zeigten ihr, wie man Körperhaare mit karamellisiertem Zucker entfernte. »Männer rasieren sich. Aber du bist kein Mann.« Nurs hartnäckigste Überzeugung lag darin, dass sich das Schicksal beeinflussen ließ, indem man hart arbeitete oder vielleicht auch im Lotto gewann. Und dass man ein schlechtes Schicksal mit Unbeugsamkeit oder einem Gerichtsprozess wenden konnte. Am Tag nach den schrecklichen Szenen in den Dünen lernte Nur von Mama und Teta, wie man weiterlebte, ohne vor hilfloser Wut in Verbitterung zu verfallen.

Jamal hatte in Rafah gearbeitet und erfuhr erst von Khaleds Schicksal, als Nur ihm zwei Tage später eine SMS schickte, in der sie schrieb, was passiert war, und um einen weiteren freien Tag bat.

»Nur, wäre es in Ordnung, wenn ich heute vorbeikäme?«, lautete die Antwort.

Haja Nazmiyya holte keinen ihrer Söhne herbei, als der Doktor zu Besuch kam. »Du bist der Herr des Hauses«, sagte sie zu ihrem Enkelsohn. Sie küsste seine Stirn über den Verbänden und rollte ihn in die Küche, wo sie ein Essen für den Gast zubereitete, obwohl der betont hatte, dass er nur auf einen Sprung vorbeikommen und Khaled untersuchen wolle.

Nur war mit Rhet Shel unterwegs, und Alwan gesellte sich zu ihrer Mutter und ihrem Sohn in die Küche. »Es ist doch ohnehin egal, seine Frau kommt wahrscheinlich auch«, sagte Alwan.

»Also, ich glaube, sie macht sich nicht gern schmutzig im Lager«, widersprach Haja Nazmiyya. »Und wenn sie doch kommt, dann, weil sie ihn in Nurs Nähe beaufsichtigen will. Wenn sie nicht kommt, hat er ihr entweder nichts gesagt, oder sie haben sich wegen Nur gestritten.« Sie war sehr zufrieden mit ihrer Analyse.

Am Nachmittag begrüßte Haja Nazmiyya Jamal. »*Tfadalu,* mein Sohn. Bitte nehmen Sie doch Platz. Haben Sie uns auch Ihre bezaubernde Frau mitgebracht?«

Der Doktor entschuldigte sich in ihrem Namen und tischte ihnen eine Schwindelei auf: Sie sei krank geworden. Alle wussten, dass das nicht stimmte. Nur sah, wie Alwan und Haja Nazmiyya einen Blick tauschten, und wechselte das Gesprächsthema. Noch immer hatte sie nicht begriffen, dass die Ereignisse der vergangenen Tage so schnell vorübergezogen waren. Bloß noch Spuren davon waren in den Gesichtern von Haja Nazmiyya und

Alwan zu entdecken. Und auch Rhet Shel, die vielleicht unbewusst dem Vorbild ihrer Mutter und ihrer Großmutter folgte, hatte den Daumen aus dem Mund genommen und sich aus ihrer zusammengerollten Haltung entfaltet. Wenn sie aßen und atmeten, war die Wehmut, die bei Tawfiqs Beerdigung in der Luft gehangen hatte, noch präsent, aber sie sprachen nicht mehr darüber. War das ein Zeichen von Widerstandsfähigkeit? Oder eher von Verdrängung? Nur versuchte, einen psychologischen Fachbegriff dafür zu finden: War es Abspaltung?

Nur begann, über die Erlebnisse zu sprechen. Reden war wichtig, um damit umgehen zu können. Aber Haja Nazmiyya unterbrach sie. »Was geschehen ist, ist geschehen. Lasst uns unser Schicksal in Allahs Hände legen und uns darauf konzentrieren, für Khaleds Augenlicht zu beten.«

Nur gehorchte. Während sich um sie herum eine höfliche Konversation entwickelte, tauchte sie jedoch in die tieferen Schichten ihres Selbst ab. In einsame Orte voller alter Schuhe und gerissener Halsketten.

Jamal war absichtlich spät gekommen, in der Hoffnung, dass sie dann schon gegessen hätten, aber die Haja bestand darauf, dass er mit ihnen aß, und er konnte nicht ablehnen, weil sie auf ihn gewartet und selbst noch nichts zu sich genommen hatten. Nur beobachtete ihn, ohne ihn anzusehen; sie spürte, was er sagte und wie er sich bewegte. Er aß mit gesundem Appetit, und sie ertappte sich dabei, wie sie ihm mehr Essen auf den Teller gab, so wie sie es bei den anderen Frauen in Gaza gesehen hatte, wenn sie ihre Gäste, ihre Kinder und Ehemänner umsorgten. Die stille Kommunikation zwischen Alwan und Haja Nazmiyya entging ihr. Als er aufgebrochen war, merkte sie, dass sie nicht viel von der allgemeinen Unterhaltung mitbekommen hatte. Seine Präsenz hatte dennoch einen tiefen Eindruck hinterlassen und wirkte an jenem Abend noch lange in ihr nach. Die Stunden vergingen mit alltäglichen Verrichtungen: Gemeinsam säuberten sie Khaleds Beutel und prüften, ob auch keine Anzeichen für eine Infektion vorlagen; sie beteten auf den Knien; Alwan stickte und versuchte, liegen gebliebene Arbeiten zu beenden; Nur half Rhet Shel mit den Hausaufgaben; Haja Nazmiyya traf sich mit ihren Freundinnen auf einen Tee mit Süßigkeiten und eine *arghilah.*

Der Strom kam zum optimalen Zeitpunkt zurück: Gerade wurde es dunkel, und Rhet Shel musste vom Spielen hereinkommen. Nur und Alwan schlossen reflexartig ihre Handy-Ladekabel an, so wie wahrscheinlich jeder Mensch im Lager. Der Akku von Khaleds Beatmungsgerät steckte bereits in der Steckdose. Im Fernsehen begann eine Soap-Opera, und Haja Nazmiyya eilte vor den Apparat, um ja nichts zu verpassen. Wenn es keinen Strom gab, ging sie zu Bekannten, die einen Generator hatten. »Ich schaue die Serie lieber bei mir zu Hause«, sagte sie immer, und dann redete sie über die Figuren. Sie beklagte das Unglück der einen, verfluchte die andere und wünschte einer dritten ein bestimmtes Schicksal an den Hals. Manchmal brüllte sie den Apparat an, lachte oder weinte, und immer versuchte sie, Rhet Shel etwas beizubringen. »Siehst du? So kriegst du, was du im Leben brauchst.« Oder: »So einen Mann sollst du heiraten, wenn du einmal groß bist.« Und so weiter, und so weiter. Auch Nur verfolgte die Sendung – bis sie eine SMS von Jamal bekam, die ihr Herz öffnete.

Kannst du reden? Ich gehe an den Strand, um den Kopf frei zu bekommen.

Nur dachte zuerst, er hätte ihr die Nachricht aus Versehen zukommen lassen. Aber es war kein Versehen. Er schrieb, er werde seine Frau verlassen. Schon so lange vermisse er die wahre Liebe in seinem Leben. Aber was schrieb er denn da? Und warum an Nur? Die plötzliche Intimität seiner Worte verängstigte und beglückte sie zugleich.

»Verlass diesen Hundesohn! Er betrügt dich mit jeder einzelnen Hure in der Stadt!« Haja Nazmiyya verteilte wieder einmal Ratschläge an eine Serienfigur.

Dann kam eine weitere SMS.

Sie weiß, dass ich in dich verliebt bin.

Nur starrte auf ihr Handy, während das Licht aus dem Fernseher auf den Wänden des abgedunkelten Zimmers tanzte. Sie bekam nicht mit, dass Alwan sie beobachtete. Nur antwortete nicht, und Jamal entschuldigte sich sofort. Er schrieb, er sei in dem Glauben gewesen, dass seine Gefühle auf Gegenseitigkeit beruhten. Und dass sie ihm zum ersten Mal seit Jahren die lange vermisste Vitalität geschenkt habe.

Mit zitternden Händen schrieb sie, dass es ihr genauso ginge – und löschte es gleich wieder. Dann schrieb sie, dass sie ihn unbedingt sehen wolle – und löschte auch das sofort wieder. Da kam eine weitere SMS.

Bitte antworte doch.

Nur, die jetzt bemerkte, dass Alwan sie beobachtete, zog sich auf die Toilette zurück und antwortete ihm.

Ich kann dich am Strand treffen, bei Tal Umm al Amr in drei Stunden.

Sie dachte daran, wie er sie zum ersten Mal zu den Ruinen des antiken St.-Hilarion-Klosters geführt hatte. Das Gebäude hatte von der römischen Zeit bis zur Epoche der Umayyaden im siebten Jahrhundert gestanden. An seinen Mauern hatten sie zu Mittag gegessen, nachdem Jamal Patienten besucht hatte, und währenddessen hatte er ihr fünftausend Jahre Geschichte nahegebracht.

Die Fernsehserie war schon seit einiger Zeit vorbei, und ein ägyptischer Film hatte angefangen, als wieder einmal der Strom ausfiel. Das war aber nicht weiter schlimm, weil Rhet Shel ohnehin eingeschlafen war und sowohl Alwan als auch Haja Nazmiyya kurz davor waren, ebenfalls einzunicken.

Es verging eine weitere Stunde voller Tagträume, die die Dunkelheit mit unerträglichem Verlangen anfüllten. Langsam hob Nur ihre Decke an und stieg aus dem Bett. Da spürte sie eine Berührung an der Schulter – es war Alwan.

»Meine Teure, das Meer kann warten«, flüsterte Alwan schlaftrunken.

Nur wartete ab, bis wieder Stille eingekehrt war, und schlich aus dem Schlafzimmer, vorbei an Haja Nazmiyya, die auf dem Klappbett im Wohnzimmer schnarchte. Die Tür knarrte leise, und Nur hielt kurz inne, bis der Rhythmus der Nacht zurückgekehrt war. Dann trat sie hinaus in die schwarze Dunkelheit. Sie hatte noch niemals eine solche unverfälschte Finsternis erlebt wie in Gaza. An Orten, an denen man mit der bloßen Betätigung eines Schalters jederzeit für Licht sorgen konnte, waren die Straßen stets hell erleuchtet. Aus den Zimmern der Schlaflosen drang immer ein Lichtschein. Auch aus den Läden, die vierundzwanzig Stunden am Tag geöffnet waren. Außerdem waren da noch die Laternen und die Lichter der Schnellstraßen. Echte Dunkelheit so wie diese war dort unerreichbar, denn sie bestand ja nicht einfach in der Abwesenheit des Lichts, sondern in der Anwesenheit von etwas Unsichtbarem, das jeden Winkel des Lebens ausfüllte. Nicht einmal der Mond und die hellsten Sterne konnten mehr als ihre eigene unmittelbare Umgebung erleuchten. Nur spazierte durch das, was vom Tag übrig geblieben war, geführt von Einsamkeit und Verlangen. Das klangvolle Rauschen des Meeres, das Zirpen der Grillen, das Herumhuschen der streunenden Katzen und der Ratten, die Melodie ihrer eigenen Schritte – das war die Musik der Nacht. Sie ging immer weiter, bis sie wusste, wo sie war. Nicht weit entfernt von ihr, inmitten dieser wunderbaren Schwärze, wartete Jamal auf sie. Sie erreichte den Ort, an dem sie einmal zusammen zu Mittag gegessen hatten. Der Mond tanzte auf der Meeresoberfläche und auf den Steinen der Ruine. Da hörte sie fremde Schritte, deren Klang sich unter die Musik ihrer eigenen mischte. Sie ging weiter – da waren die fremden Schritte wieder. Jamal war hinter ihr. »Nur«, sagte er. »Ich hatte schon befürchtet, du würdest nicht kommen.«

Jedes Wort fühlte sich an wie ein ungebetener Gast, darum sagten sie fast nichts. Die Dunkelheit keuchte, und Nur rang nach Atem. Der Geschmack seiner Haut, die Feuchte seiner Lippen an ihrem Hals. Sie atmeten zunehmend abgehackter, hungriger. Sie spürte ihre nackten Brüste an seinem Körper und sog die Luft an seiner Haut so tief ein, wie sie nur konnte. Als er in ihren willigen Körper eindrang, keuchte sie einmal kurz – das war der Moment, in dem sie sich zum ersten Mal ganz zu Hause fühlte.

Khaled

Dann wird das Dunkel das Licht sein
und die Stille der Tanz.

T.S. Eliot

An jenem Tag schlossen sie mir die Augen zu, und die Dunkelheit hüllte mich ein wie eine Decke im Winter. Ich dachte, es wäre vorbei. Dass ich nicht wieder in den bewegungslosen Körper im Rollstuhl zurückkehren könnte. Aber ich hörte Mama reden: über ihre Krankheit, ihre Angst und die Liebe. Ich glaube, sie ist auch nicht mehr lange hier. Sie sitzt nämlich stundenlang auf dem Boden und spielt mit Rhet Shel. Und sie ist überhaupt nicht mehr hektisch. Wenn sie nicht sterben würde, hätte sie Nur eine runtergehauen, als die ihr von dem verheirateten Mann erzählte und davon, was sie zusammen am Strand gemacht haben. Mama war mitten in der Nacht aufgewacht und hatte entdeckt, dass die Tür nicht abgeschlossen war. Aber sie hat Nur nicht angeschrien. Sie hat auch Teta nichts erzählt und Nur nicht eine Familienzerstörerin oder eine Hure genannt. Sie hat ihr nur gesagt, dass sie egoistisch ist und mit dem Glück anderer Menschen spielt wie alle Amerikaner. Dann hat sie tagelang nicht mehr mit ihr gesprochen, nur ganz kühl und nur dann, wenn es unbedingt sein musste.

Nur flehte sie an, ihr zu vergeben. Aber Mama wollte nichts davon wissen. In jener Nacht hatte sie auf Nur gewartet – fast bis die Sonne aufging. Ich spürte, wie die Verzweiflung in Nur wuchs, genau wie der Krebs in Mama wuchs, und beide vertrauten sich mir an. Ich war der Behälter für ihre Geheimnisse und ihre stille Angst. Ein lebendes, atmendes Depot des Verständnisses, das nicht urteilte oder Widerworte gab. Nur sagte: »Noch nie hat jemand mich so geliebt oder begehrt wie Jamal.« Mama sagte: »Die Amerikaner lernen schon von klein auf, nur an sich selbst zu denken.« Sie konnten mir ihr Herz ausschütten, während sie meine Beutel wechselten, meine Schläuche säuberten, Spucke und Kacke abwischten und sich um meine wund gelegenen Stellen kümmerten.

Mama hielt Nur nicht für unmoralisch. Ob sie es zugab oder nicht, sie war die Tochter ihrer Mutter und wusste, dass es die untreuen Ehemänner waren und nicht ihre Liebhaberinnen, die Ehen zerstörten. Mama fand Nur aber egoistisch, weil sie nicht darüber nachgedacht hatte, welche Auswirkungen ihre Tat auf den Rest der Familie hatte. Zum Beispiel auf Rhet Shel. Man würde Alwans Haus als Hurenhaus bezeichnen, und ihre Brüder würden die Schuld dafür bekommen und unter Druck geraten, die Ehre der Familie wiederherzustellen. »Alle könnten verletzt werden, mein Sohn«, sagte sie zu mir. »Und wofür?« Sie seufzte. Sie hustete. Sie wurde still. Dann sagte sie: »Möge Allah uns gnädig sein. Möge er meine Kinder beschützen, um des Propheten und des Himmels willen.« Dort hielt Mama sich auf: an dem Ort der Vernunft, des Planens und Betens und Sichsorgens. Und dort beschäftigte sie sich mit den Erfordernissen und Einzelheiten der Angst.

Doch Nur war nirgendwo verwurzelt. Sie war voller Schmerz und total verloren. So eine erschütternde Einsamkeit hatte ich überhaupt noch nie erlebt. Sie steckte mich damit an. Ich würde sie zurücklassen müssen, und dann würde sie nur noch mit einem leeren Körper reden können. Der Doktor hatte begonnen, sie zu meiden, schrieb nicht mehr und rief auch nicht mehr zurück. Die Erde unter Nurs Füßen schien nachzugeben, und ich konnte ihren unregelmäßigen Herzschlag spüren. Die endlosen Tränen, die sie nicht weinen konnte, sammelten sich in einem Strudel, der sie noch tiefer in sich selbst hineinzog. Mamas Kälte gab Nur dann den Rest. Welcher Mensch in Gaza konnte nachvollziehen, dass diese Frau, die alles hatte – die Freiheit, überall hinfahren und leben zu können, Sicherheit, Studienmöglichkeiten, berufliche Chancen, einen gesunden Körper und eine vielversprechende Zukunft –, so unerträglich litt?

Auch Rhet Shel vertraute sich mir an. »Nur ist traurig, weil Mama wütend auf sie ist.« Schließlich packte Teta beide an den Armen und sagte: »Jetzt setzt euch hier hin und erzählt mir ganz genau, was eigentlich los ist, sonst ziehe ich meinen Pantoffel aus und verpasse euch damit eine Tracht Prügel!«

Da ging ich. Sulayman kam, und zusammen besuchten wir den Fluss. Mariam hatte den Vorsprung im Brunnen verlassen und saß jetzt in dem kleinen Verschlag in unserem alten Haus in Beit Daras. Ich wartete darauf, dass meine Augen sich öffneten, damit ich ihre Botschaft an Teta Nazmiyya überbringen konnte.

Die Verbände wurden ohne viel Federlesen entfernt. Eine Krankenschwester war da, sonst nur Mama und ich. So hatte Mama es gewollt. Meine Augen waren nicht gestorben, sagte die Krankenschwester, aber sie wusste nicht, ob ich sehen konnte oder nicht. Sie forderten mich auf zu blinzeln. Ich blinzelte. Die Schwester deckte erst eins meiner Augen ab, dann das andere, und sagte, ich solle blinzeln, wenn ich ihre Hand sehen könne.

»Dank sei Allah, mit dem rechten Auge kann er noch sehen«, sagte die Krankenschwester.

»Und was ist mit dem linken?«, wollte Mama wissen. Die Schwester glaubte, das sehe nichts mehr. Sie meinte, Mama solle auf Allah vertrauen. Was mache es denn auch für einen Unterschied?

Mama sagte nichts mehr und ging. Das Tageslicht tat mir weh, obwohl ich eine Sonnenbrille trug, darum zog ich mich in die Behaglichkeit der Dunkelheit hinter meinen Augen zurück.

53

Wir alle hatten braune Haut und lockiges schwarzes Haar, aber die festen Ringellocken und die dunklere Haut meiner Schwester deuteten besonders auffällig auf unsere afrikanischen Vorfahren hin. Manche Leute nannten sie abda, *und das war oft sogar freundlich gemeint. Schöne* abda, *sagten sie, und niemand dachte großartig darüber nach, bis Nur sich so heftig gegen dieses Wort aussprach, dass sogar Tetas unbeugsamer Wille dahinschmolz. Das war einer der Momente, in denen Nurs amerikanische Logik ihre Vorteile hatte und uns zum Besseren veränderte. Wenn man mitbekam, wie Teta die Leute anschrie, die dieses Wort benutzten, hätte man nie geglaubt, dass sie es noch vor Kurzem selbst in den Mund genommen hatte. Nur zeigte Rhet Shel Bilder von afrikanischen Königinnen und Göttinnen aus Ägypten und Sansibar und Gabun auf ihrem Computer, und Rhet Shel begann, von diesen weit entfernten Orten zu träumen, wo alle aussahen wie sie.*

Am Freitag war immer schulfrei. An dem Tag putzte man und ging in die Moschee, und im Fernsehen kamen die besten *musalsal*-Serien. Doch an diesem Freitag war alles anders. Die Stimmung war ruhig und entspannt. Rhet Shel erwachte als Erste und machte Kaffee – schwarz und ohne Zucker für ihre Mutter und Nur, mit besonders viel Zucker für ihre Teta. Rhet Shel konnte den bitteren Geschmack nicht ausstehen, liebte aber den Duft von frisch gemahlenem und aufgebrühtem Kaffee.

Sie stellte ein Tablett mit den beiden Mokkatassen auf den Boden zwischen ihre Mutter und Nur, die nebeneinander auf Matten auf dem Boden schliefen, während ihre Teta in einer anderen Ecke des Zimmers vor sich hin schnarchte.

Zuerst schüttelte sie ihre Mutter, dann Nur. »Wacht auf!«

Rhet Shel wollte den beiden Fröhlichkeit schenken, weil sie am Abend zuvor so traurig gewirkt hatten. Das Kind hatte zwar kein Wort verstanden von dem, was die Frauen im anderen Zimmer geflüstert hatten, begriff aber, dass ihre Teta auf beide schlecht zu sprechen war. Das war doch kein Zustand, ein Haus, in dem die Bewohner nicht miteinander redeten!

»Ach, meine kleine Rhet Shel«, sagte Nur. »Was würde ich nur ohne dich machen. Noch nie hat mir jemand den Kaffee ans Bett gebracht.«

Das waren die allerschönsten Worte – bis Mama ihre Rhet Shel zu sich heranzog, sie auf die runden Wangen küsste und erklärte: »Ich liebe dieses Mädchen mehr als jedes andere Mädchen auf dem ganzen Erdball.«

»*Allah yustor* mit dieser ganzen Liebe!«, versetzte Haja Nazmiyya lächelnd. »Wo sind denn meine Küsse?«, fragte sie mit gespielter Entrüstung, und Rhet Shel sprang auf ihre Teta zu und überzog sie mit Küssen.

»Ich hole Khaled, damit er bei uns sein kann, wenn wir den Kaffee trinken«, sagte Alwan und mühte sich auf die Beine. Rhet Shel bemerkte, dass ihre Mutter beim Atmen jetzt noch heftiger keuchte.

Nazmiyya, die den Schatten in den Augen ihrer Enkeltochter entdeckt hatte, schlug vor: »Rhet Shel, hol dir doch ein Glas Milch, damit du auch etwas zum Trinken hast.«

Dann saßen sie auf gemütlichen Kissen auf dem Boden zusammen und unterhielten sich. Rhet Shel hatte es sich auf dem Schoß ihrer Teta bequem gemacht, Nur genoss ihren Kaffee, und Alwan machte Khaled fertig für den Tag. Als sie alle zusammen im Zimmer waren, verkündete Rhet Shel: »Ich wollte euch allen etwas zeigen.« Sie drehte Khaleds Kopf so hin, dass er sie sehen konnte. »Kannst du meinen ganzen Körper sehen, Khaled? Blinzele, bitte.« Und Khaled blinzelte ein Mal. Sie zögerte. »Khaled, blinzle zwei Mal, damit ich weiß, dass du nicht einfach nur so geblinzelt hast.« Er blinzelte zweimal mit dem guten Auge. Das machte Rhet Shel eine solche Freude, dass sie aus lauter Begeisterung ein paar Purzelbäume schlug und dann noch ein einwandfreies Rad hinterherschickte.

»Wie findet ihr das? Ich habe die ganze Woche geübt. Meine Freundin hat es mir beigebracht!«

Alle klatschten Beifall. Rhet Shel kletterte auf Khaleds Schoß und küsste ihn auf die Lippen. »War das schön, Khaled?« Er blinzelte viele Male hintereinander, und seine Schwester lächelte immer breiter. Dann schlüpfte sie zwischen Alwan und Nur und trank ihre Milch, wobei sie sich vorstellte, dass es Kaffee war. Sie war zufrieden mit sich, denn sie hatte die Traurigkeit vertrieben.

54

Einmal wurde eine von Tetas alten Freundinnen aus Beit Daras krank. Sie hatte keine Töchter und brauchte Hilfe bei den täglichen Verrichtungen, weigerte sich aber, zu einem ihrer Söhne zu ziehen, weil deren Frauen, wie sie sagte, bösartige Zicken waren. Als die Söhne der Frau sie zum Umziehen zwingen wollten, redete Teta ihnen ins Gewissen. Als sie gingen, hatten sie Tränen in den Augen, und später kamen sie zurück, um ihrer Mutter die Füße zu küssen. Teta zog bei der Frau ein, um ihr zu helfen. Sie kochte für sie, badete sie und wusch ihr die intimsten Stellen, als sie mit ihr zur Toilette ging. Beide wussten, dass ihre Tage gezählt waren, und Teta blieb bei ihr bis zum Ende. Viele der anderen Frauen, die in Beit Daras noch Mädchen gewesen waren und ihre Kleider im Fluss gewaschen hatten – sie alle waren inzwischen Großmütter und sogar Urgroßmütter –, kamen täglich am Totenbett der alten Freundin zusammen und sprachen über bessere Zeiten. »Ach, wie schön war es früher«, sagten sie, aber auch: »Wer hätte gedacht, dass wir einmal als Flüchtlinge sterben müssen?« Als sie außer Hörweite der alten Freundin waren, zogen sie über die bösen Schwiegertöchter und deren Ehemänner her, die bereit waren, »ihre Mutter für die Muschi einer Frau zu verkaufen«. Das waren natürlich Tetas Worte, und alle lachten und freuten sich an der Unverfrorenheit ihrer Freundin.

Die Fröhlichkeit an diesem gewöhnlichen Freitagmorgen pflanzte sich in den Tag hinein fort. Nach Rhet Shels akrobatischer Vorführung putzten und zerkleinerten sie Gemüse für das abendliche *ghada,* dann gingen sie in die Moschee, um zu beten. Auf dem Nachhauseweg wollte Alwan gern noch ein bisschen am Strand spazieren gehen.

Rhet Shels Geist schien zu wachsen, und sie rannte immer hin und her, schlug Purzelbäume und Räder im Sand, während die drei Frauen ihr zusahen und sich die Füße vom Wasser umspülen ließen. Dann setzte Haja Nazmiyya sich in den Sand und streckte die Beine aus, und die beiden anderen Frauen gesellten sich zu ihr. Alle paar Minuten rannte Rhet Shel zu Khaled hin und drehte seinen Kopf, sodass er ihre Vorführung beobachten konnte.

»Mein Bruder – dein Jiddu, Nur –, Allah sei seiner Seele gnädig, hat uns immer hierhergeführt, als wir noch in Beit Daras wohnten«, erzählte Nazmiyya, während sie den Horizont absuchte. »Wir dachten, der Ozean würde sich verändern, nachdem wir Flüchtlinge geworden waren. Ich weiß nicht, wieso. Vielleicht glaubten wir, er wäre auch heimatlos geworden. Wir waren oft zu zweit hier, nur mein lieber Bruder Mamduh und ich. Wir sind dann händchenhaltend spazieren gegangen wie Verliebte. Am Anfang fand er das peinlich.« Sie lachte und zeigte mit ihrer vom Alter gezeichneten Hand in die Ferne. »Auf einem dieser Spaziergänge entdeckten wir auch, dass nur eins seiner Beine weiterwuchs.« Nur erinnerte sich an die Melodie der schwankenden Schritte eines alten Mannes.

Nur und Alwan hörten schweigend zu, als Haja Nazmiyya in ihren Erinnerungen kramte. »Er war ein guter Mann. Ein Ernährer und Beschützer. Er kümmerte sich um alle, die ihm nahestanden. Ein guter Bruder und Sohn und Ehemann. Und ein guter Vater und Großvater.« Haja Nazmiyya sah Nur mit feuchten Augen an. »Spürst du diese Weite hier? So sehr liebte er dich. Du warst noch zu klein, um es mitzukriegen, aber er gab deiner Mutter jeden Cent, den er hatte, um dich behalten zu können. Kurz bevor ihr beide hierher aufbrechen wolltet, ist er krank geworden. Er hatte die Abreise nur noch etwas aufgeschoben, weil er noch sein Auto verkaufen wollte, um ein wenig Geld zu haben.« Tränen glitzerten auf Haja Nazmiyyas runzligem braunem Gesicht. »Das verdammte Geld! Du hättest hier bei deiner Familie aufwachsen sollen, Nur. Es tut mir so leid, dass ich es nicht geschafft habe, dich herzuholen. Ich hatte Angst, dich nach deinem Leben auszufragen. Du hättest es hier bei deiner Familie verbringen sollen. Dann wäre ich deine Mama gewesen.«

Nur spürte ihre eigenen Tränen, aber sie blieben in ihrer Kehle stecken und brachten sie zum Husten, als sie sprechen wollte. Sie vergrub die Hände im Sand und schloss sie um die warmen Körner, die durch ihre Finger rannen. »Und das möchte ich dir noch sagen, meine Tochter«, fuhr Haja Nazmiyya fort. »Du musst in dich gehen, was diesen Doktor betrifft. Solche Sachen machen wir hier nicht, das musst du lernen. Du bist vielleicht in ihn verliebt und er in dich, aber er wird dein Leben zerstören. Schlimmer noch, wenn die Leute es herausfinden – und das werden sie mit Sicherheit –, dann wird dich keiner mehr heiraten wollen. Denkst du daran, wenn du den ganzen Tag lang SMS mit ihm austauschst?« Haja Nazmiyya blickte direkt in Nurs verschiedenfarbige Augen. »Ich bin kein Trottel, meine liebe Tochter.« Sie lächelte. »Jedenfalls nicht, wenn es um die Liebe geht. Aha, ich sehe, er hat dir gerade wieder eine SMS geschrieben. Was steht denn drin?«

Nur zögerte und sah zu Boden. »Er schreibt, dass er mich liebt und seine Frau verlassen will.«

»Na, das ist mal was Neues. Und was wird er dir nächste Woche schreiben?« Haja Nazmiyya schnalzte missbilligend mit der Zunge.

Nur senkte den Blick und holte Luft, als wollte sie antworten, aber Haja Nazmiyya redete einfach weiter. »Sag jetzt nichts. Es gibt nämlich nichts zu sagen. Ich habe genug Lebenserfahrung, um vorhersagen zu können, wie die Geschichte ausgehen wird. Seine Frau wird ihm eher den Pimmel abschneiden, als ihn freizugeben. Diese Leute sind nicht wie wir.«

Alwan runzelte die Stirn. »*Ya ummi*, warum musst du immer solche Ausdrücke benutzen? Khaled kann dich doch hören!«

Haja Nazmiyya ignorierte ihre Tochter. »Nur, ich kann dir deine amerikanischen Sitten nicht vorwerfen, weil ich daran schuld bin, dass du nicht hier aufgewachsen bist. Aber jetzt bist du hier, und du darfst dich nicht auf den Weg der Sünde begeben. Dieser Mann darf nicht mehr zu uns nach Hause kommen, es sei denn, er hält formell um deine Hand an. Habe ich mich klar genug ausgedrückt?«

Alwan nahm Nurs Hand, und die zwei Frauen atmeten die Luft des Mittelmeers, beobachteten zwei Wunderkinder und versuchten, die Gedanken an die kommenden Tage zu vertreiben.

Haja Nazmiyya, die ihre Enkelkinder betrachtete – Rhet Shel spielte mit anderen Kindern, Khaled saß bewegungslos in seinem Stuhl –, griff nach der Hand ihrer Tochter und drückte sie. Sie spürte, dass ihr Kind ihr etwas sagen wollte. »Meine Tochter, hast du schon einen Termin für die Operation ausgemacht?«

Die drei Frauen saßen in einer Reihe, die Gesichter zum blauen Meer gewandt, und dachten darüber nach, wie nah Zufriedenheit und Schmerz doch beieinanderlagen, während Rhet Shel im Zentrum all ihrer Gedanken spielte.

Keine wagte es auszusprechen, aber alle begriffen, dass Khaled nicht mehr lange bei ihnen sein würde. Er atmete immer schwerer, brauchte öfter das Beatmungsgerät, und die Ärzte sagten, sie könnten in Gaza nichts mehr für ihn tun. Sein Schicksal liege in Allahs Hand, hatten sie gesagt, und Alwan hatte geantwortet: »Unser aller Schicksal liegt in Allahs Hand.«

55

Meine Schwester tat, als würde sie Mama eine meiner Buchstabentafel-Botschaften vorlesen, aber die meisten meiner Nachrichten wanderten direkt zu ihren alten Schulsachen und Zeichnungen. Vielleicht schämte sie sich, dass sie noch nicht lesen konnte. Oder sie wollte meine Worte nicht mit anderen teilen. Vielleicht wird sie sie wiederfinden, wenn sie etwas älter ist, und dann von meiner inneren Welt lesen; von einer Welt, die sich der Zeit und dem Tod entzieht. In der Baba und Mariam und Groß-Khalu Mamduh existieren. In der man im Meer schwimmt und Menschen spürt, ohne sie zu sehen oder zu hören. Vielleicht wird sie dann glauben, dass alles nur ausgedacht war. Aber sie wird auch davon lesen, wie sehr ich sie liebte, und sie wird begreifen, dass alles real war.

Die Einzelheiten des Tages liefen ab wie immer. Rhet Shel rannte von der Schule nach Hause und wurde von ihrer Mutter begrüßt, die sie auf die Stirn küsste, bevor sie zu ihrer Arbeitsstelle in der Genossenschaft eilte. Nachdem Rhet Shel ihre Mutter verabschiedet hatte, sah sie wie üblich nach Khaled. Sie kletterte auf seinen Schoß, gab ihm einen Kuss und sagte: »Ich bin gleich wieder da, Khaled.« Erst dann rannte sie aufs Klo. Derweil kochte Teta Nazmiyya in der Küche das Essen, und Nur war noch bei der Arbeit.

»*Habibti*, heute sind wir beide mit Khaled allein. Nur ist mit einer Kindergruppe im Süden und übernachtet vielleicht in einer Jugendherberge«, sagte Haja Nazmiyya zu ihrer Enkeltochter. »Deine Mama wird zum Abendessen wieder zurück sein. Das Zentrum hat doppelt so viele Kleider verkauft wie sonst, da kommt sie bestimmt mit Süßigkeiten nach Hause!«

Rhet Shel kreischte und hüpfte vor Aufregung. »Hast du schon das *duhr*-Gebet gesprochen?«, fragte Teta, und Rhet Shel beeilte sich, es nachzuholen. Kurz darauf war sie wieder bei Khaled. »Ich bin zurück«, sagte sie zu ihrem Bruder und drehte sein Gesicht zu ihr. »Nur kommt heute nicht nach Hause.«

Khaled blinzelte nicht. »Blinzele, Khaled!«, bat Rhet Shel. Ihr Bruder blinzelte. Zwei Mal. »Komm, wir spielen mit den Buchstaben.« Sie sprang auf, um die Tafel zu holen.

Inzwischen konnte sie schon einige Wörter lesen, aber das meiste von dem, was Khaled ihr diktierte, war ihr noch immer unverständlich. Würde sie diese Botschaft wieder verstecken müssen? »Ist das ein Brief für mich?« Khaled reagierte nicht. »Ist er für Mama?« Wieder nichts. »Für Nur vielleicht?« Nichts. »Ist er für Teta?« Er blinzelte. »Blinzele zwei Mal, wenn er für Teta ist«, bat Rhet Shel, und Khaled blinzelte zwei Mal.

Rhet Shel, die stolz darauf war, die Überbringerin von Khaleds Nachrichten zu sein, versuchte, die neueste Botschaft zu entziffern. Es waren nur ein paar Wörter, doch die ergaben keinen Sinn, und so gab sie auf und reichte das Blatt an Teta weiter.

»Lauf und hol den erstbesten Menschen, den du triffst und der lesen kann«, sagte ihre Teta.

Kurz darauf kam Rhet Shel mit einem Fünftklässler zurück. Haja Nazmiyya stellte dem Jungen einen Schekel in Aussicht, wenn er ihr behilflich wäre. Der Junge brütete über dem Zettel und runzelte die Stirn. Ein paar Mal sah er unsicher zu Haja Nazmiyya, die langsam die Geduld verlor. »Kannst du etwa nicht lesen, Junge?«, bellte sie.

»Doch, Haja«, erwiderte er mit zitternder Stimme. Dann log er. »Hier steht, Mariam möchte, dass du ein Fest veranstaltest. Sie – sie – sie sagt, sie ist niemals weggegangen. Sie ist in Beit Daras.«

Der Junge und Rhet Shel beobachteten, wie Haja Nazmiyyas Gesicht aschfahl wurde. Er schnappte sich seinen Schekel und rannte davon, so schnell er konnte.

Rhet Shel versuchte, ihre Teta, die jetzt schluchzte, so gut wie möglich zu trösten. Haja Nazmiyya weinte, bis ihre Tränen sich in Lachtränen verwandelten. Dann küsste sie ihre Enkeltochter und verkündete: »Wir werden ein Fest feiern.«

Sie stand auf und ging zu Khaleds Rollstuhl. »*Habibti*, hol deiner alten Teta einen Stuhl«, bat sie Rhet Shel. Dann flüsterte sie Khaled etwas in die Ohren, in die Augen, in die Stirn, in das Haar, in die Wangen, und überall schickte sie noch Küsse hinterher. Rhet Shel kam zurück und hörte ihre Teta sagen: »Ich wusste es, ich habe es immer gewusst.« Dann redete sie endlos lange mit einer unsichtbaren Person. »Ich bin bereit, Schwester. Dieses Mal werde ich dich retten.«

»Rhet Shel, *habibti*, du und Khaled, ihr geht jetzt in den *suq* und kauft Essen für morgen ein«, sagte Haja Nazmiyya. »Nimm ein paar von deinen Freundinnen mit, damit sie dir helfen können, die vielen Tüten zu tragen. Nimm am besten gleich fünf Freundinnen mit. Alle Helferinnen bekommen Süßigkeiten.«

56

Nur versuchte, die Sache zu beenden, aber ihr gepeinigtes Herz zog sie nur noch tiefer hinein. Die heimlichen Treffen, SMS und Anrufe brachten ihr keine Erleichterung, sondern fachten das Feuer in ihrem Herzen zusätzlich an. Zwischen Nur und Jamal herrschte die pure Leidenschaft. Sie log Mama und Teta an und erzählte ihnen, sie würde in den Süden fahren und Patienten besuchen. Und in einer Jugendherberge schlafen, um nicht bei Nacht unterwegs sein zu müssen. In Wirklichkeit jedoch übernachtete sie in einer geheimen Wohnung, die er angemietet hatte. Er hatte gesagt, er wolle neben ihr aufwachen, aber sie schliefen überhaupt nicht in jener Nacht, und er ging wieder weg, als der Mond noch am dunklen Himmel stand.

Leise betrat Nur das Haus. Eine Kakofonie von Stimmen, die sich rund um das Gelächter von Haja Nazmiyya gruppierten, war zu hören. Nur zögerte und versuchte, etwas zu erlauschen. Aufgeregte und erwartungsvolle Wörter hingen in der Luft wie Girlanden. Als sie um die Ecke bog, hörte sie einen spitzen Schrei. »Khaltu Nur! Teta, Khaltu Nur ist da!«, rief Rhet Shel und rannte auf Nur zu. Alle Schwiegertöchter und auch ein paar Nachbarinnen mit ihren Kindern waren anwesend. Manche tranken Kaffee, andere saßen um Haja Nazmiyya herum und bereiteten Speisen zu. Sie hackten und würfelten, und wenn sie gerade Zwiebeln schnitten, weinten sie. Sie füllten Gemüse, rollten Teig aus, mischten Reis mit Olivenöl und Gewürzen. Alle sahen auf, grüßten gut gelaunt und luden Nur ein, in ihrer Mitte Platz zu nehmen.

»Morgen feiern wir ein Fest, ohne jeden Grund!«, platzte Rhet Shel heraus. Da fiel ihr ein, dass sie die geheime Botschaft von Khaled nicht verraten durfte.

Nur begab sich ins Zentrum der Dinge, ging in die Hocke und küsste Haja Nazmiyya die Hand. »Setz dich, meine schöne Tochter«, sagte die Großmutter. »Ich freue mich so, dass du zu Hause bist. Du arbeitest zu viel. Möge Allah meine Töchter immer mit seiner Gnade bedenken. Amen.«

Niemand begriff, was vorging, aber keiner verweigerte sich der improvisierten Feier. Es herrschte grundlose Freude, was vielleicht doch nicht ganz unerwartet kam, wenn man Haja Nazmiyya kannte. Die geborgten Platten bogen sich unter den vielen wunderbaren Speisen: dampfender Gewürzreis mit gerösteten Pinienkernen, zartes Hühnchen, gefüllte Kartoffeln, Zucchini und Weinblätter. Die Frauen aus der ganzen Nachbarschaft hatten geholfen, aber den größten und besten Beitrag zum Buffet hatte die Witwe des alten Imkers von Beit Daras beigesteuert.

»Niemand versteht es wie Haja Nazmiyya, eine Überraschungs-*hafla* zu schmeißen«, sagten die Leute.

Sie tanzten. Die alten Matriarchinnen und Patriarchen sahen den jungen Leuten zu und klatschten im Takt. Sie schwelgten in Erinnerungen an lange vergangene Zeiten. Sie wiegten sich zur Musik und zum Wind. Junge Paare mit ihren Kindern kamen dazu, und für einen Tag und eine Nacht lösten Ärger und Angst sich in Wohlgefallen auf. Als der Himmel sich verdunkelte und kein Strom mehr aus den Leitungen kam, entflammten überall Kerzen: auf jedem Vorsprung, auf den Geröllhaufen, hinter den Fenstern. Die Männer hakten sich unter und tanzten *dabka* um *dabka*, und die Frauen gesellten sich hinzu; einige bildeten ihre eigene Reihe. Alle fragten nach dem Anlass des Festes, mussten aber Haja Nazmiyyas rätselhafte Antwort hinnehmen: »Wir feiern, weil das Leben voller Magie ist und uns eine zweite Chance gewährt.« Viele stimmten ihr zu und erklärten, eine schöne *hafla* sei die beste Medizin in ihrem Gefängnis am Meer. »Wir finden unsere eigenen Wege zur Freiheit. Die zionistischen Söhne des Satans können ja nicht auch noch unsere Freude einsperren, nicht wahr?« Nazmiyya nickte, rollte ihren Enkelsohn umher und flüsterte eifrig mit ihm. Einige hörten, wie sie sagte: »Ich habe immer gewusst, dass du Mariams Khaled bist. Ich wusste, dass du es bist.« Da befürchteten sie, die alte Frau werde langsam dement.

Nur hatte die Witwe des Imkers bereits zuvor kennengelernt; erst an jenem Abend erfuhr sie aber, dass der Imker ihr Urgroßvater gewesen war. Diese Frau war die Stiefmutter ihrer Teta Yasmin. »Aber sie sieht nicht viel älter aus als du«, sagte Nur zu Haja Nazmiyya.

»Das ist sie auch nicht. Der alte Imker mochte junge Dinger und nahm sich eine nach der anderen, wenn die Vorgängerin zu alt wurde«, lachte Haja Nazmiyya. »Die hier war beschädigte Ware. Sie konnte keine Kinder bekommen, aber das war nicht weiter schlimm. Sie liebte deine Teta Yasmin und kümmerte sich um sie, obwohl sie bloß ein paar Jahre älter war als sie. Die Leute mögen sie, aber sie lebt sehr zurückgezogen und geht nur selten aus dem Haus. Seit deine Großeltern weggegangen sind, lebt sie alleine. Die Leute kaufen Kräuter gegen Erkältungen und Potenzschwäche bei ihr. Und sie kocht besser als jede andere, sogar als ich. Aber schau sie dir an, sie ist stark und dick und einfältig wie ein Maultier.«

Nur wünschte sich, Jamal wäre bei ihr. Sie wollte ihm von dieser neuen Erkenntnis erzählen. Von einem neu entdeckten Puzzleteil ihres Lebens. Sie rief ihn an, ohne Erfolg, und fantasierte von einem Leben mit ihm, in dem sie gemeinsam bei einer *hafla* mit ihm zusammen tanzen konnte. Sie wählte und wählte, bis endlich eine SMS von ihm kam: *Meine Frau verlässt mich. Bleib auf Abstand, bis ich mich melde.*

Am Ende des Festes gab man sich Abschiedsküsse und trug die schlafenden Kinder nach Hause. Obwohl sie sich sehr anstrengte, unbedingt wach zu bleiben, schlief Rhet Shel schon früh am Abend ein. Alwan legte sich zu ihr, als die Gäste gegangen waren. Sie war erschöpft. Ob Khaled wach war oder schlief, war immer nur schwer zu beurteilen, denn seine Augen waren oft geschlossen, obwohl er wach war, und offen, obwohl er an einem anderen Ort war. Erschöpfung war aber nicht das richtige Wort, um zu beschreiben, was in Nur vorging. Sie selbst hätte es nicht in Worte fassen können. Auf Drängen ihrer alten Freundin Haja Nazmiyya blieb die Witwe des Imkers über Nacht und öffnete das Fenster der Erinnerung, damit Nur hindurchsehen konnte. Sie erzählte von ihrem Ehemann, dem Imker, und seinem jungen Lehrling Mamduh. Davon, wie Mamduh die schöne Yasmin verstohlen beobachtete, in dem Glauben, sie würde es nicht bemerken. Von Pflanzen und Bäumen in Beit Daras. Von Yasmin, die ihre Sympathie anfangs nicht erwiderte, bald aber zu ihrer besten Freundin und Stieftochter wurde, als sie nach der Nakba niemanden mehr hatten. Von Mamduh, dem erwachsenen Mann mit einem kranken Bein, der nach Kairo ging, um Geld für die Hochzeit mit Yasmin zu verdienen. Davon, wie sie zuerst nach Kuwait gezogen waren, dann nach Amerika, und nur noch auf Besuch zurück nach Gaza kamen. Von der Liebe in Yasmins Stimme, als sie die Witwe angerufen und von ihrer Enkeltochter Nur berichtet hatte.

Bald hörten die Kerzen von Gaza auf zu flackern; sie schmolzen dahin und erloschen, eine nach der anderen, ganz so, als wollte auch die Nacht endlich die Augen schließen und schlafen gehen. Eine unverdorbene Stille gähnte am Himmel über Gaza, während Nur sich so lange wach im Bett herumwälzte, bis der Schlaf endlich kam und ihre unruhigen Gedanken unterdrückte.

57

Wegen Rhet Shel blieb ich. Es schmerzte mich, dass ich meinen Körper nicht mit Leben erfüllen konnte, und es tat noch mehr weh, weil sie mit dem Blinzeln meines Auges zufrieden war. Aber dann war es Zeit. Ich war gerade beim Fluss Suqreir mit Jiddu Atiyah, als Mariam zusammen mit Mamduh kam, eine Kerze in der Hand. Ich wusste, dass es Zeit war, die Flamme zu löschen. Ich holte tief Luft und blies sie aus.

Alwan erwachte als Erste. Sie dachte, es würde ein entspannter Freitag werden nach der ausgelassenen *hafla.* Nur lag auf der anderen Seite des Bettes, und Rhet Shel schlief zwischen ihnen. Ihr kleiner Körper nahm den meisten Platz im Bett ein. Alwan lächelte und deckte die beiden besser zu. Dann ging sie in die Küche und setzte einen Topf Wasser für den Kaffee auf, bevor sie nach Khaled sah. Zuerst kontrollierte sie seinen Urinbeutel, dann beugte sie sich vor, um ihm einen Kuss auf die Stirn zu geben. Als ihre Lippen seine kalte Haut berührten, streckte sie die Hand aus, um nach seinem Arm zu tasten. Unbeweglich verharrte sie in der unbequemen Haltung. Ihr Herz klopfte wild in ihrer Brust, und sie weinte. Ihre Tränen und ihr Rotz landeten auf Khaleds Stirn, dort, wo sie ihn geküsst hatte. Ihre Augen zuckten, dann ihr ganzer Körper. Sie hatte Angst davor, sich aufzurichten, Angst davor, ihre Lippen und ihre Hand zu bewegen.

Murmelnd rezitierte sie Gebete. Was sollte sie jetzt tun? Wenn sie aufstand, würde sie dem Tod ihres Sohnes und dem gebrochenen Herzen ihrer Tochter ins Auge sehen müssen.

Starke, gütige Arme umfingen sie und führten sie zu einem Stuhl. Es war die Witwe des Imkers. Als Alwan sich von ihrem Sohn entfernte, entrang sich ihrer Kehle ein klagendes Geheul. Haja Nazmiyya wollte von ihrer Matratze aufspringen. Sie brauchte ihre Tochter nur anzusehen, um zu wissen, was geschehen war. *»Allahu akbar … La illaha illa'llah«*, wimmerte sie. Sie konnte nicht aufstehen, denn ihre Beine versagten wieder einmal den Dienst. In der Küche kochte derweil der Wassertopf vor sich hin. Die Witwe des Imkers brachte beiden Frauen ein Glas Wasser und ging in die Küche, um den Kaffee aufzubrühen. Sie brannte etwas Salbei ab, um Schock und Schmerz einen heilenden Duft entgegenzusetzen. Haja Nazmiyya holte das Blatt Papier hervor, auf das Rhet Shel Khaleds Botschaft aufgeschrieben hatte. »Ich habe gedacht, ich bin an der Reihe. Ich habe gedacht, er wollte, dass ich eine *hafla* veranstalte, weil meine Zeit abgelaufen ist«, murmelte Haja Nazmiyya. *»La illaha illa'llah.«*

»*Ya ummi,* wovon redest du?«, fragte Alwan durch den Nebel in ihrem Kopf hindurch.

Nur kam genau in dem Moment herein, als Haja Nazmiyya ihrer Tochter das Blatt Papier reichte. »Schau mal. Khaled hat diese Botschaft Rhet Shel diktiert, und ich habe getan, was er gesagt hat. Ich dachte, meine Zeit sei gekommen, und Mariam wünschte sich, dass ich ein Fest feiere«, stöhnte Haja Nazmiyya. *»Allahu akbar … La illaha illa'llah.«*

Alwan faltete das Papier auseinander und versuchte, das Geschmier zu entziffern. Sie entdeckte auch die Notizen des Nachbarjungen, hilflose Versuche, den wahllos zusammengewürfelten Buchstaben einen Sinn abzutrotzen. Aber es gab keinen Sinn darin. Es war alles ein einziges Kauderwelsch, so wie bei allen ihren Versuchen, mit Khaled zu kommunizieren. Ihr Sohn war schon lange zuvor fortgegangen. Alwan fand ein wenig Trost in dem Gedanken, dass er jetzt Frieden gefunden hatte, endlich. *La illaha illa'llah.*

»Siehst du? Meine Tochter, siehst du? Khaled hat mir diese Nachricht geschickt.« Haja Nazmiyya weinte.

»Du hast recht, *ya ummi.* So steht es in der Botschaft. Du hast ihm die Abschieds-*hafla* geschenkt, die er sich gewünscht hat.« Alwan steckte den Zettel in die Tasche und kniete sich neben ihre Mutter hin, während Nur telefonisch die Brüder herbeirief.

In diesem Moment hörten sie, wie Rhet Shel auf Khaleds Schoß kletterte. »Blinzele, Khaled.«

Nur ließ den Telefonhörer fallen und rannte zu Rhet Shel hin, in deren Schrei der Schmerz der ganzen Welt lag. Alle versuchten, sie zu beruhigen, aber jedes Mal, wenn ihr Schluchzen zu versiegen schien, erblickte sie ihren Bruder von Neuem, und die Tränen flossen in unverminderter Stärke. Dann kamen Alwans Brüder, um Khaleds Leiche abzuholen. Wieder einmal war das Haus voller Leben: Zuerst kam die Familie, dann kamen die Nachbarn und Bekannten, die dem Jungen die letzte Ehre erweisen wollten.

KHALED

Selbst im Schlaf vergeht der Schmerz nicht,
fällt Tropfen für Tropfen in des Menschen Herz.
Und in unserer Verzweiflung gelangen wir,
gegen unseren Willen,
dank Gottes unermesslich großer Gnade zu Weisheit.

Aischylos

An jenem Morgen, als ich fortging, erwachten unsere Nachbarn vom ernsten Tonfall der Koran-Rezitationen. Die Leute traten in ihren Schlafanzügen auf die Straße, um herauszufinden, aus welcher Richtung die Klagelaute kamen. Schnell verbreitete sich die Nachricht, dass in unserem Haus etwas passiert war. Einige konnten sehen, dass meine Onkel und Cousins, die das Fest erst wenige Stunden zuvor verlassen hatten, mit dunklen Augenringen zurückkehrten. Ya satir, *alle beteten auf die eine oder andere Art dafür, dass nichts Schlimmes geschehen war.*

»Es ist der Junge«, sagte eine Nachbarin. »Möge Allah seiner Seele gnädig sein.«

»Die arme Familie. Ist das die Strafe dafür, wenn jemand ein Fest ohne Anlass feiert?«, bemerkte eine andere. »Können wir nicht einmal Spaß haben, ohne dass sofort das dicke Ende nachkommt?«,

»Halt den Mund, Frau! Du wirst zur Hölle fahren, wenn du Allahs Wille infrage stellst.«

Stundenlang gingen die Menschen bei uns ein und aus. Meine Onkel wuschen meinen Körper und beteten für mich. Sie wickelten mich in ein weißes Leichentuch und segneten es für die Beerdigung. Mama und Teta und Nur hüllten sich in schwarze abbayas. *Nur kümmerte sich um Rhet Shel, die glücklicherweise von unseren Cousins abgelenkt wurde und draußen mit ihnen spielte.*

Viele der Frauen, die kamen, um ihr Beileid auszudrücken, waren neugierig darauf, Nur kennenzulernen. Sie sagten, es sei ein Wunder, dass sie nach so langer Zeit unter den Amerikanern zu einem Leben in einer guten Familie gefunden habe. Manche der Frauen vergewisserten sich aber auch, dass Nur nicht mithörte, und machten flüsternde Bemerkungen über »sie und den Doktor«.

»Doktor Jamal?«

»Allah möge die Zunge des Teufels von uns fernhalten! Istagfirullah! *Rede nicht so über die Ehre einer Frau! Und das auch noch, während sie trauern!* Istagfirullah.*«*

Aber so redeten nur ein paar. Die meisten kamen, um zu helfen. Von der hafla *war noch genug Essen übrig, das man den Trauergästen anbieten konnte, und am nächsten Morgen waren noch mehr Speisen da. Währenddessen klangen Koranverse durch unser Haus. Aus Respekt spielten die Nachbarn keine Musik und drehten ihre Fernseher leise. Die Leute kamen und gingen im Rhythmus von Allahs Worten; wenn sie das Haus betraten, hielten sie den Kopf gesenkt, und dann tranken sie bitteren Kaffee. Die Männer und die Frauen sammelten sich in verschiedenen Zimmern. Niemand hatte sich herausgeputzt oder geschminkt, keine hatte lackierte Fingernägel. Nirgendwo waren Farben zu sehen. So gebietet es die Trauer.*

Die Witwe des alten Imkers blieb im Haus, um zu helfen, weil Tetas Beine immer noch nicht wieder funktionierten. Sie übernahm das Kommando in der Küche und kümmerte sich darum, dass genug zu essen und saubere Teller da waren.

Dann kam eine Frau herein, die noch nie zuvor bei uns gewesen war. Sie fiel allen auf, weil sie zwar schwarze Trauerkleidung trug, ihr Haar aber nicht bedeckte und eine sehr selbstbewusste Körpersprache hatte. Man flüsterte: »Das ist die Frau von Doktor Jamal.«

Sie sprach Teta und Mama ihr Beileid aus. Als Nur aus dem Schlafzimmer kam, schien Maisa fast ein wenig erschrocken. Aber sie fing sich schnell wieder und kondolierte Nur, auch im Namen ihres lieben Ehemannes. Sie sagte, er sei gerade unterwegs, und es sei schade, dass Nurs Arbeitsaufenthalt bald zu Ende gehe. »Wie die Zeit vergeht«, bemerkte sie und fügte noch hinzu, dass ihr Mann ganz begeistert gewesen sei von Nurs Einsatzfreude. »Er hat gesagt, es war schön mit Ihnen«, versetzte Maisa spitz und ging.

58

In Mills Home, dem Heim, in dem Nur ihre Jugend verbracht hatte, waren die Bewohner dazu verpflichtet, dreimal die Woche in den Gottesdienst zu gehen. Nur war die einzige Muslimin auf dem Campus, und als sie dabei erwischt wurde, wie sie zusammen mit einer Freundin im Kirchenkeller Marihuana rauchte, wurde sie auch für ihre falsche Religion bestraft. Die Erzieherinnen und Hauseltern behandelten sie wie eine Aussätzige und strichen ihr bis auf Weiteres alle Freizeitbeschäftigungen, sodass ihr Leben nur noch aus Schule und Kirche bestand. Nur sah bloß einen Weg aus diesem Gefängnis: Jeden Mittwoch im Gottesdienst ging sie vor zum Altar und nahm Jesus als ihren Erlöser an. An einem Sonntag wurde sie getauft, und alle jubelten. »Jetzt bist du errettet«, sagten sie. Man vergab ihr und hob ihre Strafe auf. Doch heimlich sorgte Nur sich um ihre Seele und betete zu Allah.

Khaleds Weggang veränderte den Alltag und die Atmosphäre im Haus. Seine stille Gegenwart war selbstverständlich gewesen; jetzt erst wurde der Familie klar, wie stark ihr Leben sich um seine Pflege gedreht hatte. Und wie viel Zeit Rhet Shel mit ihm und der Buchstabentafel verbracht hatte. Nur erkannte, dass Rhet Shel enorm viel gelernt hatte durch die dauernde Beschäftigung mit Khaleds Diktaten. Eine Zeit lang blieb sein Rollstuhl an der alten Stelle stehen, wie ein Stängel ohne Blüte. Aber bald darauf verkaufte die Familie ihn, und die Lücke, die Khaled hinterlassen hatte, wurde kleiner, als Rhet Shel neue Freunde kennenlernte und mit ihnen auf der Straße spielte. Nur nahm sich eine Auszeit von der Arbeit, darauf hatte Haja Nazmiyya bestanden.

»Ich habe lange dabei zugesehen, was dich und diesen Mann betrifft, aber jetzt ist Schluss«, schimpfte Haja Nazmiyya. »Du bist wie ein leichtsinniger Teenager. Trotz deines Alters und deiner Schulbildung benimmst du dich wie ein vernachlässigtes Kind, das zum ersten Mal die Liebe findet. Aber er ist ein untreuer Ehemann und ein Opportunist, der deine Liebe nicht zu würdigen weiß und deine Ehre beschmutzt hat. Wenn ich ihn jemals zu fassen kriege, Allah sei mein Zeuge, dann schneide ich ihm seinen Schwanz ab.« Haja Nazmiyya machte eine Kunstpause. »Wir sind hier nicht in Amerika, wo jeder mit jedem ins Bett steigt, weil es Spaß macht. Hier sind wir in Gaza. Das ist ein islamischer Ort. Ich hätte mich von Anfang an durchsetzen und diese Sache beenden sollen.«

Nur ließ die Schultern hängen und senkte den Blick. Auf ihrem Mobiltelefon hatten sich unzählige unbeantwortete SMS und Anrufe in Abwesenheit angesammelt.

Dann plötzlich wurde Haja Nazmiyya wieder freundlicher. Sie zog Nur zu sich heran. »Bitte vertrau mir doch. Ich werde nicht zulassen, dass du dich so zum Narren machst. Glaubst du, seine Frau war hier, um uns ihr Beileid auszusprechen? Natürlich nicht. Es ist ihr egal, ob wir leben oder sterben. Sie ist gekommen, um dir zu demonstrieren, dass sie gewonnen hat. Es war eine Siegesparade.« Nazmiyya trat von einem Fuß auf den anderen, als wäre sie sich nicht sicher, was sie mit ihrem Körper anfangen sollte. »Ich hätte sie am liebsten verprügelt. Aber das ging ja leider nicht. Ich war so wütend auf sie, obwohl du ja diejenige bist, die sich falsch verhalten hat. Aber ich hätte es gern getan, weil du mein Fleisch und Blut bist und weil man solche Spielchen nicht im Haus einer trauernden Familie spielen darf.«

Nazmiyya hatte sich jetzt richtig in Rage geredet. Es fühlte sich gut an, die eigene Wut zu spüren. Wieder verlagerte sie ihr Gewicht und fuhr fort. »Ich habe tagelang zugesehen, wie du alle paar Sekunden auf dein Handy schaust. Er wird nicht mehr anrufen oder schreiben. Leck deine Wunden, so viel du willst, aber mach es zu Hause. In der Öffentlichkeit musst du Haltung bewahren.« Haja Nazmiyya wechselte schon wieder den Fuß, weil sie so aufgeregt war. »Das ist das eine. Das andere ist, dass alles, was du hier im Land deiner Wurzeln tust, auf deine ganze Familie zurückfällt. Hier ist das Wohl der Familie wichtiger als deine persönlichen Wünsche.«

Im Angesicht von Haja Nazmiyyas Worten löste sich das ohnehin nur locker verwobene Netz, das Nurs Sein ausmachte, und wurde von Grund auf neu geknüpft. Stand sie jetzt an dem Punkt, an dem sie sich zwischen der Frau, die sie gewesen war, und der Frau, die sie sein wollte, entscheiden musste? Zwischen der ungebundenen, freien Frau, die tat, worauf sie Lust hatte, und derjenigen, die von einer uralten Familie abstammte, ihr verpflichtet war und aus ihr Kraft schöpfte?

Nur stand da wie vom Donner gerührt. In ihrem Inneren mischten sich die Worte der Haja und ihre Sehnsucht nach Jamal. Plötzlich erschien eine SMS auf ihrem Handy, und als sie die Worte las, hörte die Welt für einen Moment lang auf, sich zu drehen.

Bitte schreib mir keine SMS mehr. Die Lage zu Hause ist kritisch. Ich will meine Familie nicht zerstören. Ich werde gezwungen, eine Nachricht an dich aufzusetzen. Du wirst sie noch heute bekommen. Du musst wissen, dass ich kein Wort darin ernst meine.

59

Die Witwe des alten Imkers war schon eine Ehe eingegangen, bevor sie den Imker heiratete. Ihr Mann hatte sie verstoßen, weil sie ihm keine Kinder gebären konnte. Der Imker war schon fast sechzig, als er sie heiratete. Sie war zwanzig, fünf Jahre älter als Yasmin, ihre neue Stieftochter, um die sie sich nach der Nakba von 1948 kümmerte. Sie war eine einfache, liebenswürdige Frau, die eine Affinität zu Erde und zu Essen hatte. Die meiste Zeit über grub und pflanzte sie, erntete und kochte. Und wenn sie schlief, nahm sie die Erde mit sich, unter den Fingernägeln und zwischen den Zehen.

Während der Trauerzeit wohnte die Witwe des alten Imkers bei der Familie. Sie bemerkte Alwans schlechten Gesundheitszustand und sprach sie darauf an. »Mein Kind, ich mag halb blind sein, aber ich spüre die Krankheit unter deinen Rippen«, sagte sie und strahlte dabei mütterliche Besorgnis aus. »Erzähl mir, was der Doktor gesagt hat.«

»Es ist die verfluchte Krankheit«, erwiderte Alwan, die ihren eigenen Worten nicht recht glaubte. »Bald muss ich mir die Brüste abschneiden lassen.«

»Vertrau auf Allah, Umm Khaled, und lass mich dir helfen«, sagte sie. »Seit Jahrhunderten heilen wir uns selbst. Lass mich dir helfen, mein Kind. Wir sind doch eine Familie – und außerdem Freundinnen.«

»Möge Allah dir ein langes Leben schenken, Haja. Ich habe mein Leben in seine Hände gelegt und füge mich in das, was er für mich vorgesehen hat. Sag mir, was ich machen soll.«

Die Witwe des alten Imkers erklärte Nur, der Enkeltochter ihrer Yasmin, was zu tun war. Sie malte Bilder von den Pflanzen in ihrem Garten und zeichnete einen Plan, wo genau sie zu finden waren. »Abu Shanab, der Gärtner, ist vielleicht dort. Zeig ihm einfach diese Bilder und sag ihm, ich hätte dich geschickt. Er wird dir helfen. Nimm Rhet Shel mit und verrate niemandem, wo der Garten liegt!«

Gerade als sich Nur dorthin aufmachen wollte, schob die Witwe noch hinterher: »Sollen wir anschließend darüber reden, was dich so traurig macht?«

Haja Nazmiyya, die diese Bemerkung mit angehört hatte, mischte sich ein: »Das ist gut, meine Schwester. Je mehr Leute unserem Kind ins Gewissen reden, desto besser.«

Dass sie »unser Kind« sein sollte, gefiel Nur. Sie rang sich ein Lächeln ab, als sie sich das Bild und Rhet Shel schnappte.

Auf dem Weg durch enge Gassen, vorbei an den vielen Menschen, die schon ihr Leben lang als Flüchtlinge dort wohnten, betrachtete Nur das Pflanzenbild. War das vielleicht Cannabis? Ihr Lächeln wurde breiter und ihr Gang schneller. Der Garten befand sich nahe am Westrand von Gaza – ein gefährlicher Ort, wegen der Landminen und der Nähe zu den israelischen Checkpoints. Aber die Witwe des Imkers meisterte den Weg schließlich schon seit Jahren. Nur öffnete das Tor und erstarrte. Vor ihr lagen endlose Reihen sorgfältig angelegter und gepflegter Pflanzen. Darunter waren auch viele Marihuanapflanzen – solche hatte sie bislang nur im Fernsehen gesehen, wenn darüber berichtet wurde, dass der Polizei ein Schlag gegen einen Drogenring gelungen war. Die Marihuanapflanzen standen bei den Wüstengewächsen und waren mit klebrigem Harz überzogen. Nur und

Rhet Shel begannen, so viele wie möglich abzuschneiden. Noch einmal erinnerte Nur Rhet Shel daran, niemandem von dem geheimen Garten zu erzählen. Das fand Rhet Shel sehr aufregend. Verstohlen füllten sie ihre Taschen.

Als sie fast fertig waren, erschien Abu Shanab. Er wirkte nicht begeistert darüber, dass jemand in seinen Garten eingedrungen war, und wiederholte die Ermahnung, niemandem etwas zu verraten.

»Ich sage nichts«, versprach Rhet Shel und sah dem verärgerten Mann ins Gesicht. »Ich bin gut darin, Geheimnisse zu bewahren.«

Nur ging in die Hocke und betrachtete Rhet Shels Gesicht. Dann gab sie ihr einen Kuss und umarmte sie. »Aber vor uns brauchst du keine Geheimnisse zu bewahren«, sagte Nur.

Einige Stunden später, gerade als der Abendruf des Muezzins ertönte, kamen sie wieder zu Hause an. »Das trifft sich gut«, sagte die Witwe des Imkers. »Dann wollen wir mal sehen, was ihr gebracht habt.«

Nur und Rhet Shel leerten ihre Taschen aus. »Ist das genug, Haja?«, fragte Rhet Shel mit einem gewissen Stolz.

»Wunderbar, *habibti*. Das wird deiner Mama helfen, *insha'allah*. Zuerst müssen wir die Pflanzen trocknen. Ich habe schon das Dach geputzt und mit Tüchern ausgelegt. Wir brauchen alles nur dort auszubreiten, dann trocknet die Sonne es. Danach fangen wir damit an, die Medizin zu bereiten.«

Am Nachmittag darauf halfen Nur und Rhet Shel der Witwe dabei, die getrockneten Blätter immer wieder von Neuem in ein Lösungsmittel einzulegen, das sie von einem örtlichen Handwerker bekommen hatten. Sie entzogen den Pflanzen das Öl, reinigten und filterten es. Dabei ging die Witwe des Imkers mit demselben Enthusiasmus zu Werke, den sie auch beim Kochen an den Tag legte. Nie maß sie etwas ab, sondern merkte anhand von Geruch, Farbe oder Konsistenz, wenn sie eine neue Zutat hinzugeben musste.

Inzwischen funktionierten Haja Nazmiyyas Beine wieder, und sie machte sich auf den Weg, um die Nachbarn zu besuchen. Die Witwe des Imkers vermutete, dass die Lähmung ohnehin kürzer angedauert hatte, als die alte Frau behauptete.

Am Abend war alles so weit, dass sie das restliche Wasser aus dem letzten Topf entfernen und das Pflanzenöl abschöpfen konnten. Rhet Shel, die irgendwann die Lust verloren hatte, war zum Spielen zu ihren Freundinnen gegangen. Alwan war am frühen Nachmittag ins Frauenzentrum aufgebrochen. Nur und die Witwe des Imkers waren allein im Haus. »Nur, *habibti*, ich wohne ein gutes Stück entfernt von euch, und wenn man so dick ist wie ich, ist jeder Weg eine Qual«, sagte die Witwe und goss einen Eimer mit Lösungsmittel durch einen mit einem Tuch abgedeckten Trichter in einen anderen Eimer. »Darum fände ich es schön, wenn du mich häufiger besuchen kämst.«

»Das werde ich. Mein Arbeitsvertrag läuft schon bald aus, und ich …« Nur wusste nicht, wie sie den angefangenen Gedanken zu Ende bringen sollte.

»Ja, das mit deiner Arbeit. Sag mir bitte, dass da nichts ist zwischen dir und dem Doktor«, erwiderte die dicke Matriarchin sanft.

Nur sah auf ihr Handy. »Ich weiß nicht«, sagte sie. Als sie in die erstaunten Augen der Witwe blickte, geriet sie ins Stocken. »Ich meine …«

Die alte Witwe unterbrach die Arbeit und schaute Yasmins amerikanischer Enkeltochter prüfend ins Gesicht. Nur sah aus, als wäre sie Mamduhs und Yasmins Tochter, nicht deren Enkelin. »Mein Kind, du bist schön und hast eine gute Schulbildung genossen. Du kommst aus einer angesehenen Familie. Jede Frau in Gaza beneidet dich um deine Größe und deine Kraft und

Unabhängigkeit. Eines Tages wirst du jemanden kennenlernen, der nicht verheiratet ist und deine Liebe verdient. Der Doktor hat eine Familie und wird sie nicht verlassen. Und wenn du nicht bereit bist, eine Zweitfrau zu werden …«

»Nein«, unterbrach Nur sie.

»Ja, und genau das wird auch seine Frau sagen. Ich zweifele nicht daran, dass er dich wirklich liebt, aber selbst wenn er die Scheidung wollte, würden seine Familienältesten das nicht erlauben. Es würde auch Nazmiyyas Söhnen schaden. In Gaza geht so etwas nicht. Es würde alle beschädigen, am allermeisten dich selbst. Du musst auf deine Familienältesten hören, mein Kind«, sagte sie und strich Nur über das Gesicht. »Jetzt reich mir das Rohr und den Saugball.«

60

Auf der Highschool verliebte Nur sich in einen Jungen namens Clay Jared, der ihre Gefühle erwiderte. Mrs. Whitter, ihre Pflegemutter, verbot ihr, sich mit ihm zu treffen. Aber Nur konnte den Ruf ihres Herzens nicht unterdrücken und wurde dabei erwischt, wie sie heimlich mit ihm telefonierte. Mrs. Whitter riss ihr den Hörer aus der Hand, verhängte wieder Stubenarrest und sagte, Nur sei ein nichtsnutziges Negerliebchen, das nicht einmal von Jesus errettet werden könne.

Nur hörte der Witwe des Imkers zu und half ihr mit der Zubereitung der Medizin, die das ganze Haus mit einem unangenehmen Geruch erfüllte. Sie blickte noch einmal auf ihr Handy, in der Hoffnung, Jamal hätte vielleicht eine SMS geschickt. Mit etwas Glück würden sie bald wieder Strom haben, dann würde sie nachsehen, ob er ihr eine E-Mail geschrieben hatte. Sie wusste, dass sie sich über den Inhalt nicht freuen würde. Aber er hatte ja geschrieben, dass man ihn gezwungen habe, einen solchen Text zu verfassen.

Nur sah zu, wie das schwarze Öl in dem Rohr aufstieg, jedes Mal, wenn die Witwe des Imkers den Saugball drückte. »Alwan muss sechsmal am Tag eine Dosis hiervon bekommen«, sagte sie. »Das Zeug schmeckt wie Schafmist.« Nur musste an ihre Tage im College denken, als sie ab und zu Marihuana geraucht hatte. Warum hatte sie nicht daran gedacht, eine Pflanze für sich selbst mitzunehmen?

Die Lampen gingen an, und sie sprang auf, um mit ihrem Laptop ins Internet zu gehen. Nach wenigen Sekunden las sie die erwartete Nachricht von Jamal.

Liebe Nur,
was wir getan haben, war ein Fehler. Es war falsch, und es tut mir leid, dass ich das nicht deutlicher gesagt habe. Ich bin verheiratet mit der einzigen Frau, die ich jemals wirklich geliebt habe, und werde meine Kraft jetzt dafür einsetzen, unsere Beziehung wieder in Ordnung zu bringen – trotz meines Verrats an ihrer Liebe und an der Familie, die wir zusammen aufgebaut haben. Da das Datum deines Ausscheidens aus dem Zentrum wegen des Todesfalls in deiner Familie vorgezogen wurde, wäre ich dir dankbar, wenn du deine persönlichen Sachen aus dem Büro holen könntest, wenn ich während der Mittagspause zu Hause bei meiner Frau bin.
Mit herzlichen Grüßen
Dr. Jamal Musmar

Nur las die Zeilen einmal, dann noch ein weiteres Mal. Und noch einmal. Sie rannte zu einem örtlichen Internetcafé, um sie auszudrucken, bevor der Strom wieder abgestellt wurde. Sie hatte das Bedürfnis, sich mit jedem einzelnen Wort zu stechen. Sie musste bluten, bevor sie damit würde aufhören können, ihn anzurufen oder ihm zu schreiben.

Sie faltete den Brief in ihrer Hand zusammen, öffnete ihn und faltete ihn wiederum zusammen. Sie war auf dem Weg zum Strand, allein. Dort saßen Familien auf Decken und Plastikstühlen, schwammen im mondbeschienenen Meer oder drängten sich um Lagerfeuer. Sie durchquerte die Schatten des Abends, suchte nach dem undeutlichen Umriss von Jamal, der auf sie wartete. Aber gleichzeitig wusste sie, dass er nicht da sein würde. Langsam löste sich ihr Körper auf und glitt in einen Nebel hinein. Nichts existierte mehr außer einem abgetragenen alten Schuh, der sich an einen Brief klammerte und weinte. Endlich weinte. Nur, allein im Nebel der Nacht und des Schmerzes, allein an einem Strand, der im Mondlicht glitzerte, weinte bitterlich, bis sie aus nur noch drei Dingen zu bestehen schien: einem alten Schuh, einem zusammengeknüllten Brief – und einer ausgebliebenen Periode.

61

Teta hätte es nie zugegeben, aber sie brauchte die Witwe des Imkers, und sie glaubte daran, dass es Allahs unendliche Weisheit war, die sie in den Kreis unserer Familie gebracht hatte.

Die Tage vergingen in einer unwirklich erscheinenden Eintönigkeit. Das übel riechende Laboratorium der Witwe, das aus Lösungsmitteln, Eimern, Trichtern, Filtersieben, Töpfen und Saugbällen bestand, erzeugte in unermüdlicher Arbeit die täglichen Rationen, die Alwan ohne zu murren einnahm. Sie fügte sich in Allahs Willen. Nazmiyya, die Herrin des Hauses, akzeptierte die Witwe als die neue Herrscherin der Küche, als Königin über Teller, Töpfe und Löffel. Langsam wurden die beiden alten Frauen, die in ihrem langen Leben so viel durchgemacht hatten und durch Heirat zur selben Familie gehörten, zu besten Freundinnen. Haja Nazmiyya, deren Stolz es nicht erlaubte, der Witwe gegenüber unfreundlich zu sein, kam allerdings erst über die staatsstreichartige Übernahme ihrer Küche hinweg, als sie bemerkte, dass das Leben allmählich in Alwans Augen zurückkehrte.

Anfangs plauderten die beiden Hajas über Belangloses, was Haja Nazmiyya bald langweilte. Aber nach und nach krochen die Erinnerungen und die alten Geschichten aus den Sedimenten ihrer Knochen heraus. Die Geister von Mamduh und Yasmin und allen anderen schwebten durch ihre Worte hindurch. Die Witwe des Imkers erinnerte sich gut an die Tage von Umm Mamduh und Sulayman. Sie lachten, und die Witwe erzählte, was im Dorf getratscht wurde, als Nazmiyya gelähmt war, aber immer neue Babys bekam. Manchmal flossen auch Tränen. Beide beklagten den Tag, an dem Mamduh und Yasmin aus Gaza fortgegangen waren.

»Also, du bist wirklich die beste Köchin, die ich kenne«, räumte Haja Nazmiyya ein. »Keiner könnte das bestreiten. Aber war ich vielleicht nicht das hübscheste Mädchen von Beit Daras?«

Die alte Witwe lachte. »Du hast auf jeden Fall einige Jungs verrückt gemacht, Nazmiyya, und hast so manches Herz gebrochen, als du Atiyah geheiratet hast.«

Nazmiyya, die sich an diesen Komplimenten weidete, überließ der neuen Küchenkönigin schließlich ihr Reich, und die wiederum brachte Nazmiyya freudig bei, wie man verschiedene Arten von Medizin herstellte.

»Ich verrate dir noch ein Geheimnis, Nazmiyya«, sagte die alte Witwe, und ihre Schülerin spitzte die Ohren. »Die Pflanzen, aus denen ich die Medizin für Alwan herstelle, sind Haschischblätter.«

»Allah, mögest du den Teufel von uns fernhalten«, rief Haja Nazmiyya und rutschte unruhig auf ihrem Stuhl herum. Sie wusste nicht, was sie erwidern sollte – sie hatte die Witwe des Imkers immer für eine fromme Frau gehalten, die sich niemals mit so dubiosen Dingen wie Haschisch eingelassen hätte.

Die Witwe des Imkers lachte. »Die junge Nazmiyya aus Beit Daras hätte eine solche Eröffnung aufregend gefunden«, sagte sie. »Sie hätte darum gebeten, es ausprobieren zu dürfen.« Haja Nazmiyya sah erst perplex drein, doch plötzlich blinzelte sie die Freundin aus Augen an, die einer viel jüngeren Frau zu gehören schienen. Ihr Mund verzog sich zu einem frechen Lächeln, dann brach sie in ein Gelächter aus, das auch noch die Nachbarn hören konnten. Und als die beiden Frauen so viel gelacht hatten, dass alles Unglück aus ihren Körpern verschwunden war, flüsterte Haja Nazmiyya der Witwe des Imkers leise etwas zu. »Willst du damit sagen, dass du all die Jahre, die ich dich jetzt kenne, Haschisch geraucht hast? Wie konntest du das nur vor mir verheimlichen?«

»Umm Mazen, ich bin noch immer eine gottesfürchtige Frau«, erklärte die Witwe. »Allah hat diese Pflanze für alle, die auf dieser Erde wohnen, erschaffen. Und er hat uns nicht verboten, sie zu benutzen.« Nazmiyya stimmte ihr zu.

Obwohl sie fast gleich alt waren, empfand die Witwe eine beinahe mütterliche Liebe für Nazmiyya, und im Haus regierten von nun an zwei Matriarchinnen, die zusammen Medizin herstellten, sich berauschten und beteten. Für Alwans Genesung, Nurs Seelenfrieden und Rhet Shels Gedeihen.

62

Mama blieb ihrem Glauben treu und kritisierte diejenigen, die das nicht taten. Doch der Tod, der sich an ihre Brüste heranschlich, veränderte sie. Er lockerte ihre Ansichten über soziale Konventionen, und wie zum Ausgleich klammerte sie sich an Nur fest. Mama und Nur fanden in der jeweils anderen die eigene Verlustangst, Einsamkeit und Sehnsucht nach Liebe wieder, und daraus entwickelten sich schwesterliche Bande.

Nachdem Alwan sechs Wochen lang die widerliche Mixtur der Witwe eingenommen hatte, in dem Gefühl, sich damit etwas Gutes zu tun, brach sie frühmorgens zu einem Arzttermin auf. Sie und Nur saßen in einer Art ineinander verschränkter Einsamkeit gemeinsam in dem braunen Taxi-Kleinbus. Als die Krankenschwester Alwan etwas Blut aus der Armvene abnahm, sahen beide Frauen der Prozedur aufmerksam zu. »Wir testen das Blut auf bestimmte Marker und zählen, ob sie hoch oder niedrig sind«, erklärte die Krankenschwester. »Aber leider können wir uns nicht hundertprozentig auf das Ergebnis verlassen, weil das Testmaterial durch den Tunnel gebracht wird und nicht die ganze Zeit über gekühlt werden kann. Aber wir tun unser Bestes mit dem, was wir haben, und legen alles andere in Allahs Hände. Sie können jetzt zum Röntgen. Allerdings sind noch viele Patienten vor Ihnen dran. Wahrscheinlich müssen Sie etwa drei Stunden warten, dann wird der Doktor sie hereinbitten.«

»Al hamdu li'llah.« Alwan dankte Allah für alles.

Während sie auf den Arzt warteten, spielte Alwan nervös mit ihren Händen. Da drückte Nur ihr die Hand; sie glitt aus ihrer eigenen Einsamkeit heraus und in die von Alwan hinein. So warteten die beiden nebeneinander, mit derselben stillen Sehnsucht nach dem Leben – nach Leben, egal wie verstümmelt es auch sein mochte.

In der kleinen Untersuchungskabine, abgetrennt nur durch einen Vorhang, bestand Alwan darauf, dass ihre »Schwester« Nur dabei war, als der Arzt ihren nackten, nur von einem geblümten Laken verhüllten Körper abtastete. Die beiden Frauen hielten sich die ganze Zeit über an den Händen.

»Okay, ziehen Sie sich wieder an, dann besprechen wir alles«, sagte der Arzt.

Hastig zog Alwan sich mithilfe von Nur wieder an, und die beiden kamen hinter dem Vorhang hervor. Der Arzt hielt gerade zwei Röntgenbilder gegen das Licht und verglich sie miteinander. Das linke, auf dem zwei walnussgroße Tumore zu erkennen waren, kannten die Frauen bereits.

»Alwan, ich weiß nicht genau, was hier los ist«, sagte der Mund des Arztes, aber seine Augen sprachen eine andere Sprache. Sie verrieten Alwan, dass die Tumore auf dem Bild in seiner rechten Hand kaum noch zu sehen waren.

Alwan, die noch immer Nurs Hand hielt, sagte: »Ich spüre, dass es mir so langsam besser geht.«

»Sie wissen ja, dass wir außer dem Röntgen keine andere Bildgebung zur Verfügung haben, und das Röntgen ist nicht sehr genau, aber im Vergleich zu den ersten Bildern von vor einigen Monaten scheint es, dass die Tumore kleiner geworden sind. Manchmal beobachten wir eine Remission, das heißt, die Tumore wachsen nicht weiter, aber es ist sehr selten, dass sie derartig schrumpfen. Sie sind noch da, aber viel kleiner geworden.«

Alwan und Nur tauschten einen Blick. Sie drückten sich die Hände. »Dank sei Allah. Nur er kennt das Unbekannte«, sagte Alwan, die das Schicksal nicht herausfordern wollte.

Als sie auf den Taxi-Kleinbus warteten, kniete Alwan sich an einer geschützten Stelle auf den Boden, um zu beten. Im Kleinbus schwärmte Nur begeistert von der Medizin der Witwe. Sie konnte es kaum erwarten, dem Rest der Familie die gute Nachricht zu überbringen. Wie wunderbar würde das nächste *jumaa ghada* werden, zusammen mit allen Brüdern, Schwägerinnen und Kindern.

»Nur, du darfst so nicht reden«, sagte Alwan. »Es bringt Unglück, so viel über Allahs Segen zu sprechen. Außerdem wollte ich dir noch etwas anderes sagen.«

Alwan senkte die Stimme und bemerkte vorsichtig: »Nur, mir ist aufgefallen, dass du in letzter Zeit keine Binden mehr benutzt hast, und …«

Nurs Gesicht drückte ihre Bestürzung aus. Damit hatte sie nicht gerechnet. »Was?«

»Nur, du weißt doch, dass ich zu dir halte.« Alwan rückte näher zu ihr heran, und Nur begann zu schluchzen. Seit jenem Abend am Strand waren ihre Tränen wieder näher an der Oberfläche.

Kurz war es still. Dann sagte Nur: »Ich war immer unglücklich darüber, dick zu sein, bis mir klar wurde, dass ich es auf diese Art verstecken kann, jedenfalls eine Weile lang.«

Nur blickte durchs Fenster auf die Straße hinaus, und Alwan sah die karge, einsame Wüste in ihren Augen. Nur erzählte, dass sie Jamal geschrieben und ihm die Lage geschildert habe. Eine Antwort war er ihr jedoch schuldig geblieben. Zuerst hatte sie geglaubt, er brauche Zeit zum Nachdenken, aber dann war eine ganze Woche ohne ein Zeichen von ihm vergangen. Daraufhin hatte sie die E-Mail noch einmal an ihn abgeschickt, weil sie auf den Gedanken gekommen war, dass er die erste vielleicht nicht bekommen hatte. Während Nur erzählte, betrachtete Alwan den Nebel der Depression in ihren Augen.

»So ein Hundesohn, das hätte ich ihm nie zugetraut«, erwiderte Alwan. Dann sprach sie aus, was ohnehin klar war: »Du kannst hier kein uneheliches Kind zur Welt bringen. Wir müssen uns was überlegen, und wir müssen es unserer Mutter sagen.«

Die Art, wie Alwan *unsere Mutter* sagte, ließ Nur noch heftiger schluchzen.

»Schon gut. Lass es heraus, aber zu viel Weinen ist in Gaza auch nicht erlaubt«, sagte Alwan. Sie hatte die Worte als Scherz gemeint, obwohl sie einen wahren Kern beinhalteten.

Als sie das Haus betraten, schlug ihnen ein merkwürdiger Geruch entgegen. Alwan dachte, es würde brennen, aber Nur erkannte den Geruch. Haja Nazmiyya und die alte Witwe saßen mit roten Augen da und schienen die beiden jüngeren Frauen nicht zu bemerken.

»Mama, was riecht hier so? Was ist hier los? Wo ist Rhet Shel?« Mit jeder Frage wurde Alwan nervöser.

»Habibti!« Haja Nazmiyya streckte ihrer Tochter liebevoll die Arme entgegen. »Rhet Shel ist bei ihren Cousins. Heute Abend sind wir allein. Setz dich hin und berichte uns, was der Arzt gesagt hat. Was es auch ist, zusammen werden wir schon damit fertig.«

Alwan, die noch immer verwirrt war, erzählte unaufgeregt von ihrem Arzttermin. Als sie der alten Witwe des Imkers ins Gesicht sah, musste sie lächeln. »Deine schreckliche Medizin hat gewirkt«, sagte sie, und Nazmiyya fing an, laut zu schreien und zu singen. Dann brach sie in *zagharit* aus. Die Witwe lachte so herzhaft, dass ihre Fettpolster wackelten. »Ruhe!«, rief sie schließlich. »Die Nachbarn können dich hören. Willst du vielleicht, dass sie rüberkommen und ihre Nasen in unsere Angelegenheiten stecken?«

»O nein«, stöhnte Nazmiyya und versuchte, sich wieder zu beruhigen.

»Was raucht ihr denn da?«, fragte Alwan und deutete anklagend auf eine selbst gedrehte Zigarette.

Nur legte Alwan eine Hand auf die Schulter. »*Habibti*, kannst du dir das nicht denken?«

Es dauerte noch einen Moment, bis Alwan endlich begriff.

Haja Nazmiyya lachte noch lauter, und plötzlich hatte Alwan auch eine Zigarette in der Hand. Sie bekam einen schrecklichen Hustenanfall. Zwei Züge hatten ausgereicht, dass ihr schwindelig wurde. »Allah vergib mir! Das ist total verrückt«, sagte sie.

»Wovon redest du, Kind?«, gab die alte Witwe zurück. »Da gibt es nichts zu vergeben. Allah hat diesen Stoff erschaffen, so wie er dich erschaffen hat. Und er hat ihn dir gegeben, damit du geheilt werden kannst.«

Nur weigerte sich, einen Zug zu nehmen, und legte sich instinktiv eine Hand auf den Bauch. Diese Geste und die Art, wie Alwan dabei zu Boden sah, weckten Haja Nazmiyyas Misstrauen.

»Ihr beiden versteckt etwas vor uns, und ich will wissen, was es ist«, sagte sie. Jetzt lachte sie nicht mehr.

Nur begann zu weinen.

Die alte Witwe sagte: »Ich kann dir helfen. Ich bereite dir eine Medizin, die dort wirkt, wo du deine Hand hingelegt hast.«

63

Nur bewegte sich arglos durch die Welt und lockte dadurch sowohl Menschen, die ihr Gutes wollten, als auch Menschen, die ihr Böses wollten, an. Sie war diejenige von uns, die am gebildetsten und am privilegiertesten war. Diejenige mit den besten Chancen auf eine gesicherte Zukunft. Doch auch diejenige, deren Schmerz am offensichtlichsten war. Ihre Stärke erwuchs daraus, dass sie gebraucht wurde. Darum lernten wir bald, Nur dadurch zu schützen, dass wir sie brauchten.

Die Tage sammelten sich in Nurs Bauch an. Die Frauen ihres Hauses sorgten sich um sie, und Nur gab sich alle Mühe, jede Unterhaltung zu vermeiden, denn man stellte ihr ohnehin immer dieselbe Frage: »Was wirst du jetzt machen?«

Jeden Tag ging Nur mit ihrer heimlichen Schande ins Internetcafé und hoffte, dort eine Nachricht von Jamal zu lesen oder Nzinga auf Skype zu erwischen. Sie schrieb ihm E-Mails. Doch er antwortete nie. Erst flehte sie ihn an, dann verfluchte sie ihn, alles in der Hoffnung, irgendeine Reaktion auszulösen. Sie brauchte etwas, um die Ödnis, die sich in ihrem Herzen ausbreitete, einzudämmen. Wie dumm sie doch war. Wie konnte sie erwarten, dass ein Mann sie liebte, wenn noch nicht mal ihre eigene Mutter dazu fähig gewesen war? Sie konnte ihm das nicht vorwerfen. Es gab ja nichts an ihr, was der Liebe würdig gewesen wäre. Sie war eine dicke Familienzerstörerin mit Beinen wie Baumstämmen, und nicht mal Jesus konnte sie erretten. Sie ging ins Badezimmer, kniete sich vor die Toilette und steckte sich die Finger in den Hals, aber sie schaffte es, sich zurückzuhalten. Erschöpft umfasste sie ihren Bauch und stand auf.

Zweimal wartete sie vor dem Büro auf Jamal, aber weder ging er hinein noch kam er heraus. So langsam wurde die Zeit knapp. Genau wie das Geld und die Ideen. Sie fuhr nach al-Rimal, in sein Wohnviertel, traf ihn aber auch nicht vor seinem Haus an. Auch seine Frau blieb unsichtbar.

Sie ging den Strand entlang – die Küste, an der im Laufe der Geschichte so viele Eroberer angekommen waren. Gaza war schon immer ein Ort der Krieger und der Überlebenden gewesen. Nur sammelte die Überreste ihres Mutes vom Sandboden auf und ging zurück nach al-Rimal. Dort stieg sie die Stufen von Jamals Haus empor und klopfte an die Tür. Keine Antwort. Sie klopfte noch einmal.

Die Nachbartür öffnete sich, und eine junge Frau um die zwanzig kam heraus. Sie hatte Lehrbücher in der Hand und war sicher auf dem Weg in ihr Seminar. »Hallo«, sagte sie. »Suchen Sie die Frau meines Bruders?«

»Sind Sie die Schwester von Dr. Jamal?«

»Nein, nein. Die beiden wohnen nicht mehr hier. Meine Familie hat ihre Wohnung gemietet. Mein Bruder ist frisch verheiratet und wird bald mit seiner Frau einziehen.«

Da löste sich irgendetwas in Nur, vielleicht ihr Herz. Sie fing es auf, bevor es auf den Boden ihres Lebens fiel und zerbrach. »Wo sind sie denn hingezogen?«

»Nach Kanada«, sagte sie. »Sie haben ein riesiges Abschiedsfest gefeiert. Endlich haben sie ihre Einwanderungspapiere bekommen! Beneidenswert.« Sie blickte Nur besorgt an. »Liebe

Schwester, Sie wirken so blass. Kann ich Ihnen ein Glas Wasser anbieten?«

»O nein, vielen Dank. Ich bin eine alte Freundin. Ich war länger nicht im Land und habe nicht mitbekommen, dass sie schon weg sind. Danke. Möge Allah Ihnen Erfolg auf der Universität schenken, liebe Schwester. *Salam.*«

Ein weggeworfener alter Schuh, verwirrt und schwanger, saß wieder einmal am Wasser. Dank sei Gott für das Wasser. Nur dachte, sie würde gleich anfangen zu weinen, aber sie weinte nicht. Ein Lied wurde am Ufer angespült und tanzte aus ihr heraus.

Ach, such mich
In dem Blau
Zwischen Himmel und Wasser,
Wo die einzige Zeit das Jetzt ist
Wo wir die Ewigkeit sind,
Die fließt wie ein Fluss.
Ach, such mich dort,
Wo immer Tag ist
Und immer Nacht.
Es gibt keine Stunden
Hier im Blau
Zwischen Himmel und Wasser.
Hier gibt es keine Länder
Und keine Soldaten,
Keinen Schmerz und keine Freude,
Nur das Blau zwischen Himmel und Wasser.

Als die Dämmerung heraufzog, machte sie sich auf den Heimweg. Noch einmal sah sie im Internetcafé vorbei. Diesmal blinkte das Symbol neben Nzingas Skype-Namen grün. Eilig begann Nur zu tippen.

Nzinga! Ich bin so froh, dass du online bist. Ich vermisse dich so.

Hey, Süße! Ich vermisse dich auch. Bist du noch in Gaza?

Ja. Kannst du reden? Ich kann mir ein Headset ausleihen. Sehen können wir uns leider nicht, die Kamera braucht zu viel Übertragungskapazität. Der Strom kann jede Sekunde ausfallen, und ich muss dir was sagen.

Natürlich, mein Kind. Ganz ruhig. Geht's dir gut?

Nur atmete tief ein, und als sie das Headset anschloss, strömten ihr die Tränen nur so aus den Augen. »Nzinga, ich muss ganz dringend mit dir reden. Ich habe ein Problem, und …«

»Geht es um die Bewilligung der Mittel?«

Nur hatte sich ein kleines Büro in Nussairat eingerichtet, um dort Einzel- und Gruppentherapie für Frauen und Kinder abzuhalten. Dafür hatte sie sich um finanzielle Mittel beworben. Sie konnte eine kleine Zuwendung der Europäischen Union bekommen, wollte aber kein Geld aus Amerika oder Europa annehmen. Darum hatte sie sich mit Nzinga darüber ausgetauscht, wie sie Mittel aus Afrika beantragen konnte.

»Nein. Ich meine, doch. Aber … Es ist …« Plötzlich waren Nur die Wörter ausgegangen.

»Okay, ganz ruhig«, sagte Nzinga. »Erzähl mir alles von Anfang an. Wenn wir unterbrochen werden, musst du versuchen, mir irgendwie eine Mail zu schicken. Ich wollte dir schon die ganze Zeit über schreiben, dass ich nächste Woche zu einer panafrikanischen Konferenz nach Ägypten fahre. Ich hoffe, wir können uns treffen, von da aus ist es ja nicht so weit zu dir. Aber jetzt erzähl mir erst mal, was dir auf der Seele brennt, meine Süße.«

»Es ist Jamal.«

Nzinga gab einen Laut von sich, den Nur gut kannte. Sie wusste, dass Nzinga gerade die Lippen spitzte und die Brauen hob – bemüht, die Flüche zurückzuhalten, die sie bei der

Nennung von Jamals Namen am liebsten losgelassen hätte. Nur hatte bei ihrem letzten Kontakt geschwindelt, dass es aus sei zwischen ihnen und dass sie über ihn hinweggekommen war.

»Er ist aus Gaza weggegangen … Mit seiner Familie«, begann Nur.

»Gut, dass du ihn los bist. Nur, ich weiß, dass das hart ist, aber ich habe dir doch gesagt, dass das nicht gut ausgeht für dich. Zum Glück hat es nicht so lang gedauert, und jetzt kannst du dich wieder auf dein eigenes Leben konzentrieren. Ich habe Neuigkeiten wegen der beantragten Mittel, und jetzt …« Nzinga machte eine Pause. »Nur?«

Der Ort in Nzingas Innerem, an dem sie eine junge Sozialarbeiterin war und ein kleines Mädchen mit dunklen Locken kennenlernte, das sich an seinen sterbenden Großvater klammerte, war im Laufe der Jahre mit vielen Dingen angefüllt worden: mit Erinnerungen, Wissen und der Liebe zwischen ihnen beiden. In dem Raum, den Nzinga zunächst nicht wahrgenommen hatte, bildeten sich Wörter und entwichen aus ihrem Mund. »Nur, bist du schwanger?«

64

In den stillen Augenblicken, bevor meine Schwester einschlief, sprach sie mit mir. Dann besuchten wir sie in ihren Träumen, und sie wusste, dass ich immer bei ihr sein würde, auch wenn sie sich nach dem Erwachen nicht mehr an diese Träume erinnern konnte.

Der Stiel eines Lollis ragte aus Rhet Shels Mund. Sie lutschte heftig daran, während sie zusah, wie ein Stapel mit gefalteter Wäsche anwuchs. »Khaltu Nur, darf ich mit dir nach Ägypten fahren?«, fragte sie.

Nur hielt beim Falten inne und lächelte entschuldigend. »Dieses Mal leider nicht, *habibti.*«

»Warum fährst du denn nach Ägypten?«

»Ich besuche eine alte Freundin, die sich um mich gekümmert hat, als ich noch klein war. Und ich muss mich auch um Geld für unser neues Büro kümmern. Das streichen wir zusammen an, wenn ich wieder da bin.«

Rhet Shel lächelte. »Darf ich die Farbe aussuchen?«

»Na klar! Eigentlich könnten wir auch eine ganze Wand für die Kinder reservieren. Darauf dürfen sie dann schreiben.«

»Boah!« Rhet Shel machte große Augen. »Du erlaubst den Kindern, dass sie auf die Wand schreiben dürfen?«

Rhet Shels erstauntes Gesicht amüsierte Nur. »Na sicher! Und du darfst die Farbe für die Wand aussuchen.«

»Wann denn?«

»Sobald ich zurück bin aus Ägypten.«

»Wann ist das?«

»In ein paar Tagen.«

»Und was, wenn die Ägypter oder die Israelis dich nicht mehr reinlassen?«

»Dann warte ich einfach, bis sie die Grenze wieder aufmachen.« Nur gab Rhet Shel einen Kuss. »Aber du kannst ganz sicher sein, dass ich wiederkomme.«

»Versprichst du es mir?«

Nur zögerte. Dann lächelte sie. »Ich werde dir Geschenke mitbringen.«

65

Die Witwe des Imkers zog dauerhaft bei uns ein. Niemand erinnerte sich daran, wann genau das war, aber alle fanden es ganz natürlich, dass ihr Platz bei uns im Haus war. Ihr enorm dicker Körper füllte die Lücke aus, die ich hinterlassen hatte. Die Witwe schlug ein Mittel gegen Nurs Dilemma vor. Aber alle merkten, dass Nur entsetzt darüber war. Alle waren entsetzt darüber. Aber sie fanden, dass Nur immer noch zu amerikanisch war, um wirklich verstehen zu können, was ihre Sünde bedeutete. Es war Mama, die alle überraschte, indem sie bemerkte: »Die Sünde ist schon geschehen. So Allah will und Nur das Kind zur Welt bringt, wäre es von unserem Fleisch und Blut.« Die Witwe des Imkers sprach weniger vernünftig, als sie sagte, den Leuten wäre es vielleicht egal, da Nur in Amerika aufgewachsen sei und die Menschen dort eben solche Sachen machten. Teta sah sie missbilligend an und verkündete: »Zuerst mal: Meine Tochter hat recht, und ich habe unrecht. Unser eigen Fleisch und Blut abzutreiben ist auch eine Sünde. Selbst wenn die Menschen nichts davon mitbekämen, wüsste es Allah doch.« Sie überlegten hin und her. Nur konnte das Baby im Ausland zur Welt bringen und mit einem angeblich adoptierten Kind zurückkommen. Sie konnte wegfahren und so tun, als hätte sie im Ausland geheiratet – dafür brauchte sie natürlich einen Ring. Sie konnten behaupten, ihr Ehemann habe keine Erlaubnis bekommen, die Grenze zu passieren. Sie konnten aber auch sagen, Nur sei bereits vor ihrer Ankunft in Gaza verheiratet gewesen. Wenn sie nach

Ägypten fuhr, konnte sie behaupten, sie hätte ihren Mann besucht; etwas später würde sie dann erklären, sie habe sich scheiden lassen, und dann käme auch schon das Kind. Wie sollte irgendjemand ahnen, dass etwas nicht stimmte? Meine Teta und die Witwe des Imkers – und sogar Mama, aber nur heimlich – träumten schon davon, ein Baby im Haus zu haben.

Alwan sah Nur ins Wohnzimmer kommen, in der Hand einen großen Koffer. Sie wollte eine Art Geständnis ablegen, das sah man an ihrer Körpersprache. Am nächsten Morgen wollte sie ganz früh abreisen. »Ich glaube, ich habe alles eingepackt«, sagte Nur. »Der Koffer ist fast leer, und wird, *insha'allah*, auf dem Rückweg voll sein. Aber ihr habt mir noch gar nicht gesagt, was ich euch aus Kairo mitbringen soll.«

»Wir wollen gar nichts«, erwiderte Alwan. »Bloß, dass du wieder heil nach Hause zurückkommst.«

Haja Nazmiyya protestierte. »Das ist vielleicht deine Meinung. Letzten Monat ist Umm Zhaq gestorben, Allah sei ihrer Seele gnädig, und Abu Zhaq sucht vielleicht bald eine neue Frau. Ich muss mich schön machen.« Sie lachte. »Bring mir ein paar aufreizende Nachthemden mit. Nur für den Fall, dass Allah mir einen Ehemann schickt.« Sowohl Haja Nazmiyya als auch die Witwe des Imkers schüttelten sich vor Lachen. Ihre Hochstimmung steigerte sich noch, als sie sahen, dass Alwan schockiert war. Als Haja Nazmiyya wieder Luft bekam, sagte sie zu ihr: »*Habibti*, ich habe doch bloß Spaß gemacht. Ich bin da unten so eingerostet, dass ich gar nicht mehr weiß, was ich tun muss.« Jetzt bekamen die beiden Frauen einen neuen Lachanfall, und die Witwe nässte sich ein. »O nein, sieh nur, was du angerichtet hast!«, klagte sie. »Und du nennst dich Haja.«

Nur und Alwan stimmten schließlich auch in das Gelächter ein und halfen der Imkerin auf. Haja Nazmiyya schob noch hinterher: »Wenn wir nicht pinkeln müssten, würden wir bestimmt vergessen, dass da unten noch was anderes ist!«

Die alte Frau eilte zur Toilette und schimpfte keuchend: »Verflucht seiest du, Frau! Deinetwegen habe ich mich jetzt noch schlimmer beschmutzt!«

»Du weißt, dass ich recht habe. Ich bin nicht mal halb so lang Witwe wie du, und bei mir ist alles schon vor einer Ewigkeit abgestorben.« Haja Nazmiyya konnte einfach nicht ernst bleiben.

»Zum Glück kann niemand außer uns sie hören«, flüsterte Alwan.

Die Witwe des Imkers kam zurück und zündete etwas Weihrauch in einer kleinen Schüssel an. So verging der Abend in dieser kleinen Welt der Frauen und der Freude. Sie bereiteten das Abendessen zu, und Rhet Shel kam nach Hause, müde von endlosen Stunden des Spielens. Zusammen aßen sie, und Rhet Shel kicherte mit den Erwachsenen, auch wenn sie oft nicht verstand, worum es gerade ging. Sie erzählte Witze, von denen die meisten gar keine Pointe hatten, aber die Frauen lachten herzlich und nahmen das Mädchen auf diese Weise in ihren Kreis auf. Nach dem Essen badete Alwan ihre Tochter, und dann weigerte Rhet Shel sich, ins Bett zu gehen, obwohl sie so müde war, denn sie fürchtete, die Erwachsenen würden ohne sie weiterlachen. Ihre Lider wurden schwer, und schließlich kam der Schlaf doch angekrochen, während sie sich eng an ihre Mutter schmiegte. Nur wünschte den beiden eine gute Nacht und ging selbst zu Bett.

Nachdem Stille in das Haus eingezogen war, wandte sich die alte Witwe an Alwan, die mit der schlafenden Rhet Shel im Arm dasaß. »Wann lässt du sie abschneiden?«

Die Frage überraschte Alwan, aber sie fing sich schnell wieder. »Ich habe es auf dem Kalender eingetragen. Die Ärzte sagen, sie haben in zwei Wochen einen Termin für mich, *insha'allah.*

Es sei denn, die Israelis greifen uns an und die Krankenhäuser füllen sich wieder.«

»Kopf hoch«, erwiderte die Witwe. »Das ist das Beste, was du tun kannst. Wenn du die Tumore jetzt, wo sie so klein sind, wegschneiden lässt, wirst du vielleicht wieder ganz gesund!«

»Ach, wofür sollen ihre Brüste denn auch gut sein, die Kinder sind groß, und einen Mann hat sie auch nicht mehr«, warf Haja Nazmiyya ein.

Alwan hatte genug. »Mama, hör auf!«

»Na gut, *habibti*«, sagte Haja Nazmiyya beschwichtigend. »Sei bitte nicht traurig deswegen. Ich habe ja nur versucht, dich zum Lachen zu bringen.«

»Entschuldige, *ya ummi,* aber ich bin müde«, entgegnete Alwan. »Gute Nacht.«

»Gute Nacht, *habibti.*« Haja Nazmiyya legte sich auf ihrer Matratze zurecht. Dann packte sie ein Kissen und warf es auf die Witwe, die laut schnarchte. »Ich hasse es, wenn sie vor mir einschläft. Ihr Geschnarche ist nicht auszuhalten!«

»*Ya ummi,* warum schläfst du nicht bei uns im Bett?«, sagte Alwan, ehe sie Rhet Shel ins Schlafzimmer trug. »Außerdem ist dein Geschnarche auch nicht gerade ein Ohrenschmaus«, fügte sie hinzu.

»Mir gefällt es hier. Geh schlafen, ich komme schon zurecht. Lass mir bloß ein paar Sachen zum Werfen da.« Haja Nazmiyya deckte sich mit weiteren Kissen ein.

Alwan brachte Rhet Shel ins Bett. Nur lag schon schlafend da. Da legte sich der Zauber der Nacht über Alwan, und sie ging aus dem Haus. Die Gassen waren in helles Mondlicht getaucht. Sie wollte zum Meer laufen, aber der Klang ihrer eigenen Schritte störte die Stille. Sie setzte sich auf die Treppe vor dem Hauseingang und lehnte sich gegen die Metalltür. Plötzlich hörte sie ein Krabbeln, Flattern und Ächzen: die Geräusche des Lebens in der friedvollen Stille. Sie nahm alles in sich auf, dankte Allah für die Medizin der Witwe und bat ihn, sie noch ein wenig länger auf seiner Erde verweilen zu lassen.

66

Als Nur ihren Master machte, war Nzinga schon lange verheiratet und hatte drei Kinder. Sie kam mit der ganzen Familie zu Nurs Examensfeier, und gemeinsam bildeten sie eine lebhafte, laute Insel im ruhigen, gesitteten Publikum. Nzingas Kinder hielten Pappschilder mit Nurs Namen hoch, und die ganze Familie klatschte und pfiff, als sie aufgerufen wurde, ihr Zeugnis in Empfang zu nehmen. Nur lächelte stolz und warf ihnen von der Bühne aus eine Kusshand zu.

Die Reise nach Kairo war zwar lang und anstrengend, aber problemloser, als Nur erwartet hatte. Die Grenze in Rafah war geöffnet; Nur konnte sie reibungslos passieren. Die Überprüfung durch die Hamas dauerte nur ein paar Minuten – das war typisch –, und auch die Ägypter ließen sie nur ein paar Stunden warten. Danach durfte sie zusammen mit anderen Reisenden in einen Taxi-Kleinbus Richtung Kairo steigen. Während der Fahrt hielt sie sich den Bauch, als wollte sie ein Wiegenlied hineinstreicheln. Sie war nicht die erste Frau aus Gaza, die sich in einer solchen Notlage befand. Wer konnte, fuhr dann nach Ägypten – und kam mit ausgehöhltem Bauch und leeren Augen wieder zurück.

Nur kontrollierte die Uhrzeit auf ihrem Handy. Sie wollte so schnell wie möglich ins Hotel kommen, in dem Nzinga wohnte.

Noch zwei Stunden. Die enorme, uralte Stille der Sinai-Wüste umfing sie, während die sanft geschwungenen Sandhügel am Autofenster vorbeizogen. Sie schloss die Augen und ließ zu, dass ihre Gedanken sich in Träume verwandelten.

Khaled sammelte die Wörter vom Boden auf – es waren kleine Perlen, die überall verstreut lagen – und fädelte sie auf eine Schnur zu einer Kette auf. Ist die für mich?, fragte sie ihn. *Natürlich,* erwiderte er. Warst das immer du, der Junge in meinen Träumen? *Natürlich,* sagte er noch einmal. Was soll ich tun, Khaled? *Hilf mir, all die Wörter aufzusammeln.* Nur betrachtete die Wortperlen: *nett, Licht im Leben des Jiddu, schön.* Sie bückte sich, um sie aufzuheben, stürzte dann aber nach vorne. Der Taxifahrer hatte heftig gebremst. Nur schlug mit dem Kopf an den Vordersitz an. Sie war der letzte Fahrgast. »Golden Tulip Hotel«, rief der Fahrer nach hinten.

Ungeduldig wartete Nur auf Nzinga, deren Seminar noch bis sieben Uhr dauerte. Jetzt war es sechs. Sie verließ das Hotel und schlenderte durch das Zamalek-Viertel. Der Abend warf seine Schatten voraus, und bald schon senkte sich die Dunkelheit auf die Straßen. In Gaza liebte Nur die dichte Schwärze, sie strahlte Geborgenheit aus. Aber hier war die Nacht fieberhaft, und in ihrer Dunkelheit schwangen unsichtbare Bedrohungen mit, obwohl es ein paar Laternen am Straßenrand gab. Waren diese Bedrohungen real, oder hatten schwangere Frauen einfach ein besonders ausgeprägtes Gefühl für ihre eigene Sicherheit? Sie eilte zurück zum Golden Tulip Hotel.

Nzinga stand an der Rezeption und fragte gerade nach Nur.

»Zingie!«

Sie umarmten sich, aufgeregt und in Tränen aufgelöst. Alle Emotionen, die sich in Nur angesammelt hatten, verschwanden. Alles löste sich von ihr, bis sie nur noch ein kleines Mädchen war, das ein Baby im Bauch trug und sich fest an Nzingas Hand klammerte.

Sie redeten stundenlang, und auch nach ihrem späten Abendessen hatten sich die Themen längst noch nicht erschöpft. Die Unterhaltung drehte sich um menschliche Beziehungen, sprang über Kontinente hinweg und kam schließlich in der Vergangenheit an.

»Weißt du, diese Pflegefamilien waren in Ordnung«, sagte Nur. »Ich musste nie die schrecklichen Sachen erleben, mit denen du manchmal zu tun hast. Ich hatte genug zu essen, ein Dach über dem Kopf, eben die grundlegenden Dinge. Dort hat mir nie jemand wehgetan oder mich missbraucht. Trotzdem war es eine Erfahrung, die mich im Innersten verletzt hat.«

Nzinga hörte aufmerksam zu, als Nur weitersprach. »Auf der Fahrt durch die Sinai-Wüste habe ich mich gefragt, warum das so ist. Und als ich glaubte, die Antwort gefunden zu haben, wusste ich auch, wieso ich jetzt einen ganz bestimmten Menschen sehen muss – dich.« Nur machte eine kurze Pause und schob das Essen auf ihrem Teller herum. »Es hat damit zu tun, dass jeder eine Art Schnur braucht, die sein Leben zusammenhält. Eine andere Menschenseele, die dich im Innersten kennt. Jemanden, dem du dich schon als Kind verbunden gefühlt hast. Das ist es auch, was ich in Gaza vermisse. Dort werde ich geliebt, das weiß ich genau. Es ist eine ganz grundlegende Liebe. Aber manchmal frage ich mich, wie gut sie mich dort eigentlich kennen. Sie sehen mich nicht so wie du, Zingie. Ich bin voller Mängel und voller Angst und …«

»Moment mal. So sehe ich dich überhaupt nicht«, widersprach Nzinga.

»Ich will damit sagen … Ach, ich weiß nicht. Ich weiß einfach nicht, was ich machen soll. Ich kann dieses Baby in Gaza nicht zur Welt bringen, aber genauso wenig kann ich es abtreiben. In den Vereinigten Staaten hält mich auch nichts. Dort kenne ich nur Heime und ein paar Freundinnen, zu denen der Kontakt inzwischen fast abgerissen ist.«

»Also, erstens sehe ich keine Mängel oder Ängste, wenn ich dich betrachte. Ich sehe Kraft, Entschlossenheit, Grips, Courage, Güte und Liebe. Ich könnte noch viel mehr Dinge aufzählen, und ich bin mir sicher, dass deine Familie das auch in dir sieht. Zweitens weiß ich, dass du große Angst hast und dir die Situation ausweglos vorkommt. Aber das ist sie nicht. Du hast dein Leben immer so gestaltet, wie du es wolltest. Das konntest du so machen, weil du keine Familie hattest. Du hast die Chance gehabt, deine eigenen Entscheidungen zu treffen und nach deinen eigenen Regeln zu leben. Aber jetzt hast du die Familie, die du dir immer gewünscht hast, und du glaubst, dass du eine Wahl treffen musst. Bleibst du dem Menschen treu, zu dem du alleine geworden bist, oder unterwirfst du dich neuen Regeln, um die Familie zu beschützen und zu ehren, die dich im Gegenzug beschützt und ehrt?« Nzinga lächelte. »Na, wie klingt meine Analyse bis jetzt?«

»Wenn du das sagst, klingt es so einfach, aber diese Wahl kann ich unmöglich treffen«, entgegnete Nur.

Nzinga fuhr damit fort, Ordnung in das Chaos in Nurs Innerem zu bringen. »Habe ich recht, wenn ich behaupte, dass du in Gaza bleiben willst? Und dass du das Baby behalten und aufziehen willst?«

»Ja.«

»Es ist klar, dass du das Baby in Gaza nicht zur Welt bringen kannst, ohne verheiratet zu sein. Aber ein adoptiertes Kind könntest du dort aufziehen, oder?«

Auch Alwan hatte Nur bereits auf diese Möglichkeit hingewiesen. Mit Nzinga besprach sie jetzt die Optionen, die sie hatte, und bald schien ihr die Welt nicht mehr gar so düster zu sein.

Nzinga hatte sich seit Langem im Kampf gegen die Apartheid engagiert und sich auch in der Sozialarbeit einen Namen gemacht. Dank ihrer Verbindungen war es ihr gelungen, Nur ein Stipendium zu verschaffen. Diese Nachricht teilte sie Nur jetzt mit. »Weißt du, Nur, der African National Congress hat den Kampf der Palästinenser schon immer unterstützt«, erklärte sie. »Daher werden palästinensische Bewerber auch häufig bevorzugt, wenn die Regierung Stipendien vergibt.«

Nur fasste sich an den Bauch. »Ich war noch nie besonders glücklich, dick zu sein, aber jetzt bin ich fast froh darüber«, sagte sie. »Ich kann zurück nach Gaza fahren und mir in aller Ruhe überlegen, was ich machen will. Nzinga, ich kann dir nicht genug dafür danken, dass du mir dieses Stipendium beschafft hast. Jetzt kann ich mein Therapieangebot weiterführen. Es ist so schön, etwas Sinnvolles zu tun. Das Stipendium gibt mir die Möglichkeit, einige Zeit aus Gaza wegzugehen und trotzdem nicht nach Amerika zurückfahren zu müssen.«

»Und was ist mit der anderen Sache? Damit kannst du jetzt nicht weitermachen.« Nzingas Worte trafen Nur ins Mark. »Ach, Nur, schau mich doch nicht so an. Weißt du, warum ich dich über Skype immer gebeten habe, mir deine Fingernägel zu zeigen?«

Nur zog die Stirn kraus. »Ja.«

»Deine Nägel haben mich nie interessiert. Ich habe immer nach den beiden roten Zahnabdrücken an deinen Fingerknöcheln gesucht.«

Nur betrachtete ihre Hand. Sie sah alte braune Schwielen, die früher einmal wund und rot gewesen waren. Sie waren klein, und Nur hatte immer geglaubt, niemand hätte je die Stellen bemerkt, an denen sie sich selbst in die Finger biss, um einen Würgereiz auszulösen.

Nzinga nahm liebevoll ihre Hand. »Daran konnte ich ablesen,

dass du endlich nach Hause gekommen bist. Diese Stellen waren plötzlich weg.«

»Das mache ich nicht mehr«, erwiderte Nur, den Tränen nahe.

»Vielleicht erkennst du es jetzt noch nicht, aber ich bin davon überzeugt, dass ein Mann damit zu tun hatte«, sagte Nzinga sanft. »Ich glaube, du hast seit dem Tod deines Jiddu nie mehr das Gefühl gehabt, von einem Mann wahrhaftig geliebt zu werden.«

»Vielleicht. Und vielleicht ist das auch der Grund, warum ich immer nach Tío Santiago gesucht habe«, sinnierte Nur. Im Laufe ihres langen Gesprächs kamen sie schließlich auf Nurs letztes Treffen mit ihrer Mutter.

»Ich will jetzt nicht darüber reden«, sagte Nur.

»Nur, du hast noch nie mit mir darüber geredet«, gab Nzinga zu bedenken. »Jedes Mal, wenn ich dieses Thema angesprochen habe, hast du schnell ein anderes angeschnitten, genau wie jetzt auch. Du wirst Mutter, vielleicht solltest du dich darum der Sache stellen. Dann könntest du ganz plastisch sehen, welche Art von Mutter du nicht werden willst.« Sie erhob sich und fügte hinzu: »Wir haben die ganze Nacht Zeit, aber erst mal besorge ich uns einen Kaffee.«

67

Nurs Tío Santiago hatte ihr Liebe geschenkt, wenn auch leider nur kurz. Manchmal erkundigte Santiago sich telefonisch bei Nzinga, wie es Nur ging. Wenn er sich längere Zeit nicht meldete, wusste Nzinga, dass er entweder auf Entzug oder im Gefängnis war – oder einen akuten Drogenabsturz erlitt. Als Nur und Nzinga sich in Kairo trafen, zeigte Nur ihrer Freundin die alte Mundharmonika, die sie von Santiago geerbt hatte. »Er war ein gütiger und gepeinigter Mann«, sagte Nzinga.

Der Kellner schenkte den beiden Frauen zwei Tassen arabischen Kaffee ein.

»Die Araber wissen wirklich, wie man einen guten Kaffee macht«, sagte Nzinga flirtend zu dem jungen Mann. Er lächelte freundlich und erwiderte: »Die Araber haben den Kaffee erfunden, meine Dame.«

»Tatsächlich?« Nzinga sah den Mann mit ihren großen braunen Augen an. »Darf ich Sie etwas fragen, mein Sohn?« Sie musterte ihn: seine dunkle Haut, sein gekräuseltes Haar. »Betrachten Sie sich selbst als Araber oder als Afrikaner?«

»Ich bin Ägypter, meine Dame.«

»Ist ein Ägypter ein Afrikaner oder ein Araber?«

»Beides, meine Dame.« Als er bemerkte, dass ihre Frage damit nicht beantwortet war, fuhr er fort. »Und als Ägypter bin ich ein stolzer Afrikaner und ein stolzer Araber. Das schließt sich nicht aus.«

»Sagen Sie das, weil ich schwarz bin?« Nzinga verfiel wieder in den Flirtmodus.

»Betrachten Sie sich als Schwarze oder als Afrikanerin?« Der Kellner drehte den Spieß um. »Ist ›schwarz‹ nicht eine Bezeichnung der weißen Sklavenhalter, mit der sie die Menschen unseres Kontinents und seine Kulturen herabwürdigen wollten?«

Auf Nzingas Gesicht breitete sich ein Lächeln aus. Die Lücke zwischen ihren Schneidezähnen verstärkte die Gutmütigkeit noch, die sie ausstrahlte.

»Oh, Sie sehen nicht nur gut aus, sondern sind auch noch verdammt schlau! Wenn ich etwas jünger wäre, müssten Sie sich in Acht nehmen. Sie haben recht, aber inzwischen haben wir uns das Wort ›schwarz‹ zurückerobert. Wir laden es mit Einigkeit auf und ziehen daraus unsere Kraft, verstehen Sie?« Nzinga lachte und streckte eine Black-Power-Faust in die Luft. »Haben Sie schon meine junge Freundin Nur kennengelernt?«

Da erröteten sowohl Nur als auch der Kellner. Höflich nickten sie sich zu. Dann sagte Nur etwas auf Arabisch zu ihm. »Danke für den köstlichen Kaffee, lieber Bruder.«

»Gern geschehen, liebe Schwester«, sagte er und verließ ihren Tisch.

Als er außer Hörweite war, flüsterte Nzinga: »Den solltest du dir schnappen, Nur!«

»Nzinga, du erinnerst mich so an meine Tante Nazmiyya. So kannte ich dich bisher gar nicht, aber ihr seid euch wirklich ähnlich.«

»Sie scheint eine tolle Frau zu sein«, sagte Nzinga. »Und du solltest dich ein bisschen im Flirten üben. Das tut ja niemandem weh.«

»Das ist wirklich das Letzte, woran ich jetzt denke«, seufzte Nur.

»Es wird alles gut. Die erste Entscheidung, die du treffen musst, ist die, ob du das Baby behalten willst oder nicht. Du kennst meine Meinung, aber es ist dein Leben und dein Körper.«

»Du weißt doch, was ich will, Zingie.«

»Sag es laut.«

Nur zögerte und sagte leise: »Ich will es.«

»Was willst du?«

»Es behalten«, antwortete Nur, aber Nzinga wollte noch mehr hören. »Ich will Mutter sein.« Eine Träne bildete sich in Nurs Augenwinkel und fiel auf den Tisch. Sie zog mehr stille Tränen nach sich. »Ich will jemanden lieben, der im Gegenzug mich liebt«, sagte Nur schließlich. »Ich will jemanden haben, der mir gehört. Nicht im Sinne von Besitz, sondern auf der spirituellen Ebene. Ich will wissen, wie sich das anfühlt.«

»Liebe ist der beste Grund dafür, ein Kind zu kriegen, mein Kind«, erwiderte Nzinga. »Dieses Baby hat dich bereits verändert. Ich kenne dich schon die längste Zeit deines Lebens, und heute Abend habe ich dich zum ersten Mal seit deiner Kindheit weinen sehen. Das ist ein gutes Zeichen. Alles wird gut, Nur. Das ist ein vielversprechender Anfang, auch wenn es schwer werden wird. Alles wird gut, mein wunderbares Mädchen.« Da musste Nur noch heftiger weinen, aber ihre Tränen fielen still und brachten Freude und Erleichterung mit sich.

»Hast du noch etwas auf dem Herzen?«, fragte Nzinga. Sie wartete lange auf Nurs Antwort.

»Was, wenn ich eine schlechte Mutter bin?«, brachte Nur schließlich hervor und verschluckte die Worte gleich wieder in einem heftigen Schluchzen.

Nzinga nahm ihre Hand. »Nur, du hast nichts in dir, was auch nur entfernt an deine Mutter erinnert.« Nur sagte nichts, und

Nzinga redete weiter. »Ich habe eine Frage an dich: Liebst du Rhet Shel? Ich will damit sagen, siehst du sie an und denkst, ich will, dass dieses Mädchen das beste Leben bekommt, das ich ihm schenken kann?«

»Natürlich.«

»Das ist der Beweis dafür, dass du nicht deine Mutter bist und dich niemals in sie verwandeln wirst. Du bist sicher schon längst dahintergekommen, dass sie eine Narzisstin wie aus dem Lehrbuch ist.«

»Ich weiß, ich habe dir nie erzählt, wie unser letztes Treffen verlief.« Nur wandte den Blick ab, sah dann in ihre Kaffeetasse. Sie nahm einen Schluck und stellte die Tasse sachte wieder ab. Es war zwei Uhr, und die Nacht hielt Kairo umfangen, während Nur sich in ihr seelisches Trauma hineinbegab.

68

Wir waren in Gaza eingeschlossen. Von anderthalb Millionen Menschen gelangten jeden Tag höchstens fünf oder sechs nach Ägypten und wieder zurück. Das Elend ergoss sich auf die Straßen und gärte noch jahrelang in der heißen Sonne vor sich hin. Aber durch Nur erkannte ich, welche Art von Freiheit wir tatsächlich genossen. Wir wollten die Welt außerhalb unserer Grenzen in uns aufnehmen, die Sonne über anderen Ufern spüren, den Mond an einem anderen Himmel betrachten, über den Grund einer anderen Erde wandeln. Wir wollten leben, uns frei bewegen und reisen, wir wollten arbeiten, produzieren und exportieren. Aber in unserem Gefängnis durften wir nichts davon tun. Darum suchten wir nach anderen Wegen, den Geschmack der übrigen Welt zu kosten. Nur durfte im Gegensatz zu uns unbehelligt reisen. Doch anstatt das Neue in sich aufzunehmen, suchte sie an allen Orten nach einer Möglichkeit, sich selbst zu entleeren. Denn ihr eigenes Gefängnis lebte in ihrem Inneren, und um daraus auszubrechen, musste sie aus ihrer Haut fahren. Bis die Liebe sich in ihrem Bauch einnistete und dort zu wachsen begann.

Es war kein Problem für Nur gewesen, die Adresse herauszubekommen. Ihre Mutter war mit Sam nach San Diego gezogen und hatte die Zwillingsjungen Eduardo und Tomás bekommen, die schon die Mittelschule besuchten, als Nur, die damals aufs College ging, zu Besuch kommen wollte.

Nur hatte ihren Mietwagen gegenüber vom Haus ihrer Mutter im Clairmont-Viertel geparkt und wartete. Als sich langsam ein Nebel aus Licht über der Straße ausbreitete, spürte Nur das Versprechen der aufgehenden Sonne, und ihre Beklommenheit legte sich ein wenig. Das Rot der Haustür begann zu leuchten, und der verfallene, ehemals weiße Zaun zeichnete sich in der Dunkelheit ab. Nur erinnerte sich an den Wunsch ihrer Mutter, irgendwann einmal in einem Haus mit weißem Lattenzaun zu wohnen, und auf einmal stiegen vor langer Zeit gesagte Worte in ihrem Gedächtnis auf. »Warum können wir das Geld aus dem Fonds eigentlich nicht für ein Haus verwenden? Warum kann nicht einmal in meinem verdammten Leben irgendwas so laufen, wie ich es mir wünsche?«

Ein alter Mann, der seinen Hund ausführte, blickte misstrauisch in ihr Auto. Einen Moment lang zog ein leises Rumoren in einer Mülltonne am Straßenrand Nurs Aufmerksamkeit auf sich, eine Katze suchte dort nach Essbarem. Als sie sich wieder zum Haus wandte, erblickte sie eine bemitleidenswerte Version von Sam. Er kam gerade aus der Tür und zog sie hinter sich zu. Sein gelbes Haar war mit Grau durchzogen. Er trug eine alte Jeans und ein schwarzes T-Shirt; beide Kleidungsstücke schienen aus reiner Traurigkeit gewebt zu sein. Aus der Entfernung konnte sie sein Gesicht nicht genau sehen, bemerkte aber den Kummer, der seine Haut zu Boden zog. Das Leben drängte aus ihm heraus, ganz so, als könnte es nicht erwarten, ihn endlich zu verlassen. Sam stapfte mit schweren Schritten und leeren Augen voran. Nur beobachtete ihn, bis er die Straße hinunter und um die Ecke verschwunden war. Erstaunlicherweise spürte sie keinen Zorn auf ihn. Nicht einmal, wenn sie versuchte, ihn heraufzubeschwören. Da war nur Mitleid.

Nach und nach öffneten sich die Türen der Häuser rundherum und entließen Männer, Frauen und Kinder, die sich auf den

Weg zur Arbeit oder zur Schule machten. Jetzt kamen noch zwei Jungen aus Sams Haus: Das mussten Eduardo und Tomás sein. Sie waren dünn, hatten zerzaustes, strähniges braunes Haar und trugen Schultaschen. Nur strengte sich an, um ihre Gesichtszüge auszumachen. Plötzlich stand eine schmale Frau in engen Jeans und eleganter, apricotfarbener Bluse hinter ihnen. Sie schloss die Tür ab; die Kinder drehten sich noch einmal um und küssten die Frau in einer gewohnheitsmäßigen Bewegung auf die Wangen und rannten los, die Straße hinunter und um die Ecke. Sie waren schon außer Sichtweite, als die Frau sich endlich von dem Türschloss weg zur Straße wandte. Nur erkannte das Gesicht ihrer Mutter. Sie hatte sich das Haar ordentlich zusammengebunden. Die Jahre hatten keine großen Spuren an ihr hinterlassen, und Nur stellte überrascht fest, wie hübsch sie aussah. Beim Anblick ihrer Mutter durchströmte sie ein warmes Gefühl, und sie spürte das Bedürfnis nach Vergebung. Etwas unbeholfen öffnete Nur die Autotür und stieg aus. Jetzt stand sie da, deutlich sichtbar für die Frau auf der anderen Straßenseite. Diese reckte den Hals, um besser sehen zu können, wer dort auf sie wartete. Dann erstarrte sie plötzlich. Sogar aus der Entfernung erkannte Nur das Steinharte an ihr, die scharfen Konturen ihrer vereisten Gedanken. Nurs Impuls, ihrer Mutter entgegenzulaufen und sich in ihre – imaginären – offenen Arme zu werfen, löste sich in der kühlen Morgenluft schlagartig auf. Dann trampelte der alte Schuh in ihrem Inneren darüber hinweg. Regungslos stand sie da, von Neuem mutterlos geworden.

Ihre Mutter machte auf dem Absatz kehrt und strebte wieder auf die rote Tür zu. Nur, noch immer nicht in der Lage dazu, sich zu rühren, beobachtete, wie ihre Mutter am Türschloss hantierte. Ihr Blick fiel auf die schmale Taille ihrer Mutter, und da stieg eine Erinnerung in ihr auf.

»Diese Speckrollen hast du aber nicht von mir, Nubia«, hatte ihre Mutter einmal gesagt und sie in den Bauch gekniffen. »Schau mal, wie dünn ich bin.« Da hatte Nur den Bauch eingezogen, um so viel wie möglich von sich selbst zu verstecken.

Schließlich öffnete Nurs Mutter die rote Tür und verschwand im Haus. Nur atmete aus. Sie spürte, wie ihre Knie unter ihr nachgaben, und setzte sich schnell wieder ins Auto, wo sie das Lenkrad fest umklammerte. So saß sie eine gefühlte Ewigkeit da, und als sie endlich die Kraft aufbrachte, sich wieder zu bewegen, entweder um das Auto anzulassen oder noch einmal auszusteigen – sie wusste nicht genau, was sie tun sollte –, klopfte es an die Scheibe. Sie erschrak. Da stand ein Polizist. Nachdem er ihr einige Fragen gestellt hatte, legte er ihr nahe, sich von diesem Ort zu entfernen.

Als Nur den Zündschlüssel umdrehte, blickte sie noch einmal zu dem Haus ihrer Mutter hin und sah, wie sich der Vorhang hinter einem Fenster im oberen Stockwerk bewegte. Tatsächlich, da stand jemand. Dann fiel der Vorhang wieder herunter. Nur blickte den Polizisten an und fuhr davon.

»Wenn du von der eigenen Mutter abgelehnt wirst, passiert etwas in deiner Seele«, erklärte Nur ihrer Freundin. »Sie wird ausgehöhlt, und du verbringst dein ganzes späteres Leben damit, diese Löcher irgendwie zu stopfen. Egal, womit. Mit Essen. Mit Drogen, mit Alkohol. Mit Männern, von denen du weißt, dass sie dich bald wieder verlassen werden. Weil du dir vielleicht erhoffst, dass sie den ursprünglichen Schmerz in dir noch einmal auslösen – denn das tut dir zwar weh, erinnert dich aber an deine Mutter. Das ist das Einzige, was du von ihr kennst. Du tust es, um dich ihr nahe zu fühlen.«

Es geschah nicht oft, dass Nzinga keine Worte mehr fand. »Ach, Nur, mein Kind, mein liebes Kind …«

»Ist schon gut, Zingie. Ich habe Frieden geschlossen mit der ganzen Sache. Und mir vorgenommen, eine Mutter zu werden, wie ich sie mir immer selbst gewünscht habe. Ich habe keine andere Wahl, ich muss dieses Kind zur Welt bringen und es lieben, egal, was das über mich aussagt.«

»Nur, seit du ein kleines Kind warst, hast du die Fähigkeit gehabt, dich selbst zu beobachten«, sagte Nzinga. »Viele Menschen leben und sterben, ohne sich jemals selbst zu kennen. Sag mal, und was ist der Grund, warum du unbedingt nach Gaza zurückkehren willst?«

»Ich denke dabei auch an Rhet Shel. Wer weiß, wie lange Alwan noch lebt, und Tante Nazmiyya ist zu alt, um sich um sie zu kümmern. Rhet Shel hat eine große Familie: Onkel, Tanten, Cousins und Cousinen. Aber sie wird darin untergehen. Alle haben so viele Kinder. Am Anfang konnte ich mir gar nicht alle Namen merken und wer zu wem gehört. Rhet Shel würde einfach nicht genügend Aufmerksamkeit und Liebe bekommen. Aber sie verdient sie.«

Inzwischen war es beinahe fünf Uhr morgens, und im Hotel begann die Frühschicht. Die beiden Frauen gaben der Erschöpfung nach und gingen zu Bett. Nur lag einfach nur da und sah nach oben, und plötzlich tanzte ein Traum an der Zimmerdecke.

Da war ein Fluss, und der kleine Junge aus ihren Träumen erschien. Es war Zeit für den Arabischunterricht.

»Khaled!«, rief Nur. »Das warst also du, schon die ganze Zeit über!«

»Natürlich«, gab er zurück.

»Aber wo ist Mariam?«

»Sie wartet im Brunnen auf meine Schwester Nazmiyya«, sagte ein Mann.

»Jiddu!«

Nur erwachte zum mittäglichen Gebetsruf.

Teil VII

In der Hingabe an diese Einsamkeit
erkannten wir, wie winzig wir waren,
wie klein und wehrlos unsere Erde war.
Aus dieser schrecklichen Würde heraus
hörten wir das lange vergangene Wispern
einer alten Frau: *Dieses Land wird wiedererstehen*

69

Nur war immer unterwegs. Der Grund dafür war vielleicht die ewige Unbeständigkeit in ihrer Kindheit, das ständige Wechseln von einem Zuhause in ein anderes. Die Ungewissheit, wo sie einmal alt werden würde, und die Gewissheit, nicht zurückkehren zu können, wenn sie einmal aufgebrochen war. Sie hatte nichts, was sie an einem Ort festhielt, und darum war sie immer unterwegs. Unterwegs zu sich selbst. Unterwegs zu ihrer Erlösung. Unterwegs zur Sprache. Unterwegs zu etwas, das sie beschwerte und davor bewahrte, vom Wind davongetragen zu werden.

Die Rückreise nach Gaza war beschwerlich, voller Bürokratie und Schikanen. Die Ägypter schlossen die Grenze, öffneten sie und schlossen sie erneut. In Nurs Papieren fehlte hier ein Buchstabe und dort ein Punkt. Ihre Antworten stellten die Grenzer nicht zufrieden. Sie ließen sie warten. Nur vertrieb sich mit den anderen Wartenden die Zeit und sang zu ihrer Leibesfrucht. Schließlich gelangte sie zusammen mit einer Gruppe Reisender zu einem Tunneleingang. Junge Männer mit dreckverkrusteten Gesichtern führten die Menschen durch den Tunnel, während ihr Gepäck in einem Wagen auf hölzernen Schienen transportiert wurde. Nur stützte sich mit der einen Hand an einem Geländer ab, die andere legte sie an ihren Bauch; dann stieg sie die Treppe in die kalte, feuchte Unterwelt hinab. Bald gewöhnten ihre Augen sich an die Dunkelheit. Unten hingen alle paar Meter Laternen an einem Drahtseil; sprudelnde Perlen, die in der schwarzen Leere schimmerten. Im Dunkel wisperten Ratten, Schlangen und anderes Krabbelgetier. Nur ging weiter. Zwanzig Minuten lang. Dann wurde es Licht, und sie war auf der anderen Seite, zurück in Gaza.

Sie trat auf ein freies Taxi zu. »Können Sie mich nach Nussairat fahren?«, fragte sie. Als das Auto anfuhr, beobachtete sie aus dem Fenster heraus, wie eine Gruppe Menschen eine Frau und ihre Kinder – ihre Mitreisenden im Tunnel – begrüßten. Sie umarmten sich, wie es nur Familienmitglieder taten. Nur stellte sich vor, dass sie von Alwan, Rhet Shel und allen Cousins und Schwiegertöchtern umgeben war. Sie hatte niemandem Bescheid gesagt, dass sie über die Grenze gekommen war. *Sie werden ganz schön überrascht sein,* dachte sie bei sich. Ihr Herz klopfte heftig, in Vorfreude auf das Wiedersehen.

»Biegen Sie hier ab«, sagte Nur. Der Taxifahrer arbeitete sich langsam durch die enge Straße und hupte, um die spielenden Kinder von der Fahrbahn zu vertreiben. Ein kleiner Junge warf seinen Ball gegen das Auto und brüllte dem Fahrer zu, er solle aufhören zu hupen. »Hier können Sie mich rauslassen«, erklärte Nur an einer Ecke. »Es ist nicht mehr weit, und Autos können sowieso nicht viel weiter hinein.«

Einige Kinder kamen angerannt, um ihr mit dem Gepäck zu helfen. Eins sagte ein paar Worte auf Englisch, und ein junger Mann entgegnete: »Blödmann, sie ist doch keine Ausländerin! Das ist eine Verwandte von Haja Nazmiyya.« Nur erkannte ihn und winkte. »*Salam,* Wasim.« Er nickte ihr zu und eilte herbei, um ihr die schweren Taschen zu tragen. Die Sonne stand noch immer am Himmel, und das Leben ging überall seinen Gang. Nur beschleunigte ihre Schritte.

Da hörte sie eine Kinderstimme rufen: »Khaltu Nur! Khaltu!« Und jetzt kam Rhet Shel auch schon angelaufen. Nur nahm sie in die Arme und hob sie hoch. Sie drückten und küssten sich, bis Rhet Shel sich aus der Umarmung befreite, ins Haus lief und die Nachricht verkündete. Als Nur vor dem Haus stand, waren die Frauen ihres Lebens bereits vor die Tür getreten und hatten sich versammelt, um sie willkommen zu heißen. Sogar die alte Witwe, die nicht mehr gut zu Fuß war, hatte sich hinausbemüht.

Nur genoss die Wärme inmitten der vielen Menschen. Alle waren gekommen: Tante Nazmiyya, Alwan, die Schwiegertöchter, einige der Brüder, Rhet Shel, die Nachbarn und mehr Kinder, als sie zählen konnte. Nur fasste sich an den Bauch, während Gelächter und Unterhaltungsfetzen um sie herumwirbelten. Tee und Kaffee und Süßigkeiten wurden gereicht. Für Nur war es das erste Mal, dass sie zurück nach Hause kam. Das erste Mal, dass sie an einen Ort zurückkehrte, der ihr etwas bedeutete. Bislang war sie eine Getriebene gewesen, wollte immer nur fort. Fort in der Hoffnung, der nächste Ort möge besser sein. Die Hand noch immer auf dem Zentrum der Welt, betrachtete sie ihre Umgebung mit glücklichen Augen. Einen unauslöschlichen Moment lang hörte sie den Herzschlag der Gewissheit. Haja Nazmiyya sah auf Nurs Hand, dann in ihr Gesicht, und zog sie zu sich her. »Das kriegen wir schon hin«, flüsterte sie ihr ins Ohr. »Die Leute werden dir und deinem Baby Respekt erweisen. Immerhin ist es von meinem Fleisch und Blut. Aber vorerst nimm bitte die Hand vom Bauch, damit die Leute nicht anfangen, sich Gedanken zu machen.« Nur sah in Haja Nazmiyyas runzliges Gesicht und blickte ihr in die verschmitzten, lebensfrohen Augen.

Nur hatte einige Geschenke aus Kairo mitgebracht, aber nichts begeisterte die Kinder so sehr wie die magischen Schokoladeneier. »Das ist ein Überraschungsei«, erklärte sie und überreichte

Rhet Shel eins. Die konnte ihr Glück kaum fassen und traute sich nicht, es zu öffnen, aufzuessen oder gar das Spielzeug herauszunehmen. Doch als sie sah, dass Nur einen ganzen Karton Überraschungseier im Gepäck hatte, holte sie ihre Cousins und Cousinen herbei. Zusammen schälten sie vorsichtig die Alufolie ab und genossen die herrliche Schokolade; alle im Raum konnten diesen süßen Moment förmlich spüren und kosteten ihn gemeinsam aus. Der Zauber dieses Tages hing noch lange über dem Haus, bis es sich allmählich leerte und die Nacht über die Schwelle kroch. Rhet Shel schlief auf dem Schoß ihrer Mutter ein, und die alte Witwe begann zu schnarchen.

»Lasst uns morgen zum Strand gehen und Nurs Rückkehr feiern«, schlug Haja Nazmiyya vor und warf ein Kissen nach der Witwe, um sie aufzuwecken. »Aber die da laden wir nicht ein.«

»Das habe ich gehört«, sagte die alte Witwe, ohne die Augen zu öffnen. »Es wird niemand kommen, wenn alle wissen, dass ich nicht fürs Essen sorge.«

»Fasharti!« Haja Nazmiyya lachte. »Abu Zhaq wird schon kommen.«

»Du bist mir vielleicht ein Mädchen.« Die alte Frau drohte Haja Nazmiyya scherzhaft mit dem Zeigefinger und unterdrückte ein Lachen. »Was hast du bloß immer mit Abu Zhaq? Entweder hast du dich schon mit diesem kleinen alten Mann vergnügt, oder du denkst ernsthaft darüber nach.«

Alwan und Nur sahen zu Rhet Shel und vergewisserten sich, dass sie schlief.

Haja Nazmiyya lachte. »Nach dem, was man so hört, ist nichts an ihm klein.«

Alwan warf ein Kissen nach ihrer Mutter. » *Ya ummi!* Ich küsse dir die Hände und Füße und mache, was du willst, wenn du endlich damit aufhörst!«

Haja Nazmiyya und die Witwe lachten verschwörerisch.

»Na schön, liebe Tochter«, verkündete Nazmiyya. »Hör zu, du brauchst dir keine Sorgen zu machen. Der einzige Mann, den ich jemals nackt gesehen habe, war dein Vater.«

»Allah, führ diese Frau auf den rechten Weg!« Resignierend warf Alwan die Arme in die Luft und trug Rhet Shel ins Bett.

»Das sage ich auch immer«, mischte sich die Witwe ein.

»Du bist genauso schlimm wie sie«, rief Alwan über die Schulter.

Nur stand auf. »Ich liebe euch beide«, sagte sie zu den alten Frauen.

Haja Nazmiyya sah die Witwe des Imkers an. »Na, und was soll man zu diesem Mädchen noch sagen? Sie hat nichts dagegen, dass wir über Abu Zhaq reden, nervt uns aber ständig mit diesen amerikanischen ›Ich liebe euch‹-Sitten.«

Langsam legte sich der Übermut des Tages, das sonore Schnarchen der beiden Hajas erfüllte das Haus und hüllte seine Bewohner in ihre Träume ein.

70

Als ich jünger war, nahmen die Kämpfer der Hamas einen israelischen Soldaten namens Gilad Shalit gefangen. Auf der Suche nach ihm drehte Israel jeden Stein um, fand ihn aber nicht. Sie töteten viele von uns, um ihren Soldaten zurückzubekommen, doch es half ihnen nicht. Israel benahm sich wie ein verzogenes Kind, das einen Wutanfall bekommt. Es bewarf uns mit tödlichen Gegenständen von Land, Wasser und Luft aus, und wir wurden verletzt, verstümmelt, zerstört, in Trümmer gehauen. Aber nichts davon half Israel. Seine Gewalt konnte der Hamas nichts anhaben.

Das anzügliche, alberne Geplänkel zwischen Haja Nazmiyya und der alten Witwe setzte sich am nächsten Morgen fort, während sie Weinblätter für *waraq dawali* rollten, Hühner für *msakhan* rupften und Reis und Zucchini für *kosa* vorbereiteten.

Bevor Alwan zur Arbeit ging, machte Haja Nazmiyya ihr ein Frühstück mit heißem Tee. »Sei deiner alten Mama nicht böse, *habibti*«, sagte sie.

»Das hängt davon ab, wie gut das Frühstück ist.« Alwan lächelte.

»Du bist ganz sicher meine Tochter. Du bist nach der Geburt nicht vertauscht worden«, bemerkte Haja Nazmiyya.

Alwan schmatzte genüsslich, während sie Spiegeleier, *zeit* und *za'atar* mit warmem Brot aß. Der Tee war süß und mit viel Pfefferminze verfeinert.

»*Ya ummi,* das schmeckt fantastisch«, sagte sie. »Vergiss nicht, dass Rhet Shel um zehn im Musikunterricht sein muss. Ich lasse sie heute zusammen mit Nur ausschlafen.« Alwan wollte das Haus verlassen, um zwei schön bestickte Kaftane auszuliefern. Doch die alte Witwe hielt sie auf.

»Du musst das noch immer jeden Tag trinken«, sagte sie und hielt ihr ein Fläschchen mit Marihuanaöl hin.

Alwan überwand sich und trank das Gebräu. »Das schmeckt ja grauenhaft«, sagte sie und schüttelte sich.

Rhet Shel machte sich gerade widerwillig zum Musikunterricht auf, als ihre Mutter zurückkehrte. Sofort fing sie an zu betteln, zu Hause bleiben zu dürfen, damit sie die Feier nicht verpasste.

»*Habibti,* das ist keine Feier. Wir machen nur ein *ghada* am Strand. Ich verspreche dir, dass wir nicht anfangen, bevor du zurück bist.«

»Aber dann kann ich nicht bei den Vorbereitungen helfen«, protestierte Rhet Shel.

»Das ist Pech, aber jetzt geh!«, sagte Alwan, und Rhet Shel dampfte verärgert ab.

Wenige Sekunden darauf stand sie wieder im Haus, die Augen weit vor Aufregung. Von draußen hörte man Autohupen und Schreie. Die Frauen traten auf die Straße hinaus; auch die Türen der Nachbarn öffneten sich. Manche waren neugierig und rannten los, andere warteten zurückhaltend ab. Plötzlich kamen einige Autos angefahren, voll besetzt mit jungen Männern, die freudig hupten. Die Menschen strömten herbei und begannen zu tanzen. Im Chaos verbreitete sich die Nachricht: Die Hamas hatte gewonnen. Gilad Shalit, der gefangene israelische Soldat, würde gegen eintausend politische Gefangene aus Palästina ausgetauscht werden.

Haja Nazmiyya band sich schnell ihr Kopftuch um und rannte zur Tür hinaus. »Mazen!«

71

Ich habe es bereits gesagt: Wir waren daran gewöhnt, die Verlierer zu sein. Darum waren die kleinen Siege so berauschend schön, und alle versammelten sich, um sie gebührend zu feiern. Mein Khalu Mazen stand auf der Liste, und Teta rannte die Straße hinunter, die Hände zum Himmel erhoben, Allahu akbar *rufend. Ganz Gaza tat dasselbe. Alle jubelten. Alle waren erleichtert und siegestrunken. Alle spürten Allahs Gnade. Alle spürten, dass unsere Geduld und unsere engen Familienbande die Quelle unserer Kraft waren. Rhet Shel war noch zu klein, um alles zu verstehen, aber daran, dass die Schule ausfiel, konnte sie ablesen, welch großer Tag es war.*

Als die Euphorie sich langsam legte, wurden die Einzelheiten des Gefangenenaustauschs näher beleuchtet. Die Gefangenen würden gruppenweise freigelassen werden, und erst wenn fünfhundert Palästinenser nach Hause zurückgekehrt waren, würde man den Israeli in Ägypten seinen Landsleuten übergeben. In sechs Tagen wäre Mazen wieder zu Hause.

»Heute ist Dienstag, nicht?«, fragte Haja Nazmiyya.

»Ja«, antwortete Alwan. »Am Montag, *insha'allah,* wird Mazen bei uns sein.«

Haja Nazmiyya zählte die Tage an den Fingern ab. »Das sind noch sieben Tage.« Sie zählte noch einmal nach, um ganz sicher zu sein.

»*Insha'allah,* mein Bruder wird beim nächsten *jumaa* dabei sein!« Alwan küsste ihre Mutter auf die Stirn.

»Heute sind alle am Strand. Aber wir sollten trotzdem hingehen. Ich bete gern am Meer, dann fühle ich mich Allah näher.« Haja Nazmiyyas Kinn zitterte, und sie begann zu weinen. »Mein Sohn«, wimmerte sie. »Mazen kommt nach Hause. Ich habe nicht daran geglaubt, das noch zu erleben.« *Hast du das gehört, Mariam?*

Die Witwe des Imkers kochte fleißiger denn je; das aktuelle Zwischenergebnis Israel gegen Hamas, 1:1000, ließ auch sie zur Höchstform auflaufen. In ihrer Eigenschaft als Herrscherin über die Küche befahl sie ihren Untertanen Nur und Rhet Shel, Gemüse im Garten zu ernten, es zu schälen, zu hacken und zu kochen, es zu salzen und zu würzen. »Allah ist voller Gnade«, sagte sie zu Haja Nazmiyya, die zur Moschee aufbrach. »*La illaha illa'llah.* Er macht uns Geschenke, wenn wir sie nicht erwarten.« Bei Haja Nazmiyyas Rückkehr war das Essen schon bereit und wartete nur noch darauf, an den Strand gebracht zu werden. Rhet Shel konnte es kaum erwarten. Die Nachrichten des Morgens waren schon durch den Tag gesickert, und die Freude darüber hing in der Luft wie Nebel. Sie vermisste ihren Bruder Khaled. Warum konnte er nicht noch bei ihnen sein?, fragte sie sich, als sie zusammen mit Nur auf den harten Brettern von Abu Marzuqs Eselskarren saß und sie zum Strand rumpelten, während die anderen Kinder neben dem Karren herrannten. Am Strand hatten die Schwägerinnen bereits Decken ausgelegt, und die Brüder entzündeten ein Feuer, das bis in die Nacht hinein brennen würde.

Nach dem *ghada* kamen andere Familien herbei und gesellten sich zu ihnen. Haja Nazmiyya und die Witwe des alten Imkers saßen nebeneinander, flankiert von den anderen Matriarchinnen des Flüchtlingslagers. Ihr Platz wurde zum Kopf des Tisches, zum zentralen Punkt und zur Kommandostation des Strandes. Das Meer besprühte sie mit Wassertropfen, und der Wind strich zärtlich über ihre Gesichter. Auf Plastikstühlen saßen die Frauen im Kreis. Sie trugen Kaftane mit den Stickereien aus eintausend Jahren und Kopftücher so alt wie der Islam. Obwohl die Hamas den Frauen verboten hatte, in der Öffentlichkeit zu rauchen, paffte jede ihre *arghilah.* Niemand wagte es, diese Großmütter und Urgroßmütter dafür zu rügen; indem sie gegen das Verbot verstießen, zeigten sie, wie viel Würde und Autorität die Mütter in der Gesellschaft genossen. Die unangefochtene Wortführerin der Gruppe war Haja Nazmiyya, und nun spürte sie den Atem des Ozeans und wärmte sich an der Aussicht, dass Mazen in sieben Tagen wieder bei ihnen sein würde. Sie redeten über eintausend palästinensische Söhne und Töchter, die bald nach Hause kommen würden, Dank sei Allah. Jede einzelne der Frauen hatte jemanden in der Verwandtschaft, der in israelischer Gefangenschaft saß, und gemeinsam beteten sie für eine baldige Wiedervereinigung. »Mazen und alle seine Kameraden, alle unsere gefangenen Verwandten, werden bei uns sein, *insha'allah*, wenn wir uns das nächste Mal hier treffen«, sagte Haja Nazmiyya, und alle Frauen stimmten in ihr Gebet ein.

Da hatte Haja Nazmiyya eine Idee, und sie flüsterte der alten Witwe etwas zu. »Vielleicht können Mazen und Nur heiraten! Er braucht eine Frau und sie einen Mann. Das wäre die perfekte Lösung, wenn sie zustimmen, *insha'allah.*«

»Die Amerikaner heiraten nicht in der Familie wie wir, und glaubst du, Mazen möchte der Vater eines fremden Kindes sein?«, entgegnete die Witwe des Imkers. »Aber Allah ist groß. Sein Wille soll geschehen.«

»Sie ist keine Amerikanerin mehr, und mein Sohn ist ein sanftmütiger, umgänglicher Mensch«, sagte Haja Nazmiyya verärgert. »Allah ist groß. Sein Wille soll geschehen.«

Jemand holte eine Tabla hervor und begann zu trommeln, und die Männer bildeten eine Reihe und tanzten *dabka.* Die Leute sangen. Rhet Shel und die anderen Kinder spielten und zankten sich und weinten und lachten und tanzten und schwatzten. Alwan war glücklich – dieses Gefühl hatte sie seit Jahren nicht mehr gekannt. Sie empfand eine unerklärliche Freude, vielleicht weil sie, schon dem Tod geweiht, ihm noch einmal von der Schippe gesprungen war. Sie tanzte mit den anderen um das Feuer herum. Für Frauen ihrer Generation war es ungewohnt, sich bei den Männern einzuhaken und mit ihnen zu tanzen, aber die Menschenmenge bot genügend Schutz.

Auch Nur tanzte, und die Feier ging weiter, bis die Sonne müde wurde und der Tag verklang. Als sich goldene und rostrote Streifen am Himmel zeigten, kehrte Stille ein, und Nur entdeckte eine Träne an Haja Nazmiyyas Wange. Die Sonne sank am Rand des Ozeans und ergoss sich über Gazas Wasser. Erst war sie noch ein Halbkreis, dann sah man nur noch den obersten Punkt, und schließlich verschwand auch der im Meer. Die Menschen betrachteten das Schauspiel in demütigem Schweigen.

An niemand Besonderen gerichtet, murmelte Haja Nazmiyya: »Meine Mutter sagte einmal, dieses Land wird wiedererstehen.«

Das Feuer flammte von Neuem auf, wütend wie eine trotzige Faust. Der Mond ging auf, ein willkommener Gast, den alle mit Ehrfurcht begrüßten. Es war derselbe Mond, der auf den Rest der Welt jenseits des Käfigs fiel, und das gab den Menschen ein Gefühl der Freiheit.

In diesem Moment schien alles möglich zu sein. Zwar lebten die Menschen begrenzt von einem Ozean und Kriegsschiffen im Westen, elektrischen Zäunen und Scharfschützen im Osten, riesigen Armeen im Norden und Süden. Aber für alle Probleme und Schwierigkeiten konnte es einen guten Ausgang geben: für die Herausforderungen, die das Alter mit sich brachte, für die Krankheit im Körper einer Mutter, für Väter und Brüder ohne Arbeit, für einen Sohn, der nach Jahren hinter Gittern zurück nach Hause kam, für ein Baby im Bauch einer unverheirateten Frau, für die Entwicklungsmöglichkeiten eines kleinen Mädchens.

Es wurde spät, und während sie ihre Sachen zusammenpackten, tanzte ein vertrautes Lied in ihren Knochen und stieg in ihre Kehlen auf. Zuerst sang es Haja Nazmiyya, dann stimmten die anderen ein.

Ach, such mich
In dem Blau
Zwischen Himmel und Wasser
Dort, wohin die Zeit verschwunden ist
Wo wir die Ewigkeit sind
Die fließt wie ein Fluss

Khaled

Im Mitgefühl, dem Grundvertrauen,
erfahren mal, auf die Erfahrung ist zu bauen.

William Wordsworth

Ich war dort bei den Frauen in meinem Leben. Ich war in den Farben: in Maulbeere, Magenta und Koralle, den Tönen der erschöpften Sonne. In dem Blau zwischen Himmel und Wasser.

Ich war dort und habe alles beobachtet. Ihre Unterhaltungen und ihr Gelächter haben den Boden sicher verankert, das Ufer unter dem Wasser befestigt, den Himmel aufgehängt und ihn mit den Sternen und dem Mond und der Sonne geschmückt. Das alles ist in Gaza passiert. In Palästina. Und ich bin dort geblieben, so lange ich nur konnte.

Nachbemerkung der Autorin

Während der späten Siebziger- und der Achtzigerjahre begünstigte Israel das Erstarken einer revolutionären islamistischen Bewegung in Palästina – der Welt bald bekannt als die Hamas. Sie bildete ein Gegengewicht zu Yassir Arafats weltlicher Fatah-Partei, die wie viele andere Guerillabewegungen auf der Welt in der Ära des Kalten Krieges entstanden war. Als Ergebnis des Oslo-Abkommens von 1993, geschlossen zwischen Israel und der Palästinensischen Befreiungsorganisation (PLO), begann ein endloser »Friedensprozess«, und die Hamas wurde zur wesentlichen Institution des Widerstands gegen Israels Militärbesatzung und die fortwährende Unterdrückung des palästinensischen Strebens nach Autonomie. Nach zwei Jahrzehnten der gescheiterten Verhandlungen, der weiteren Ausdehnung jüdischen Territoriums auf palästinensisches Land und der Errichtung eines Apartheidsystems in den besetzten Gebieten erhoben sich die Palästinenser und hielten Wahlen ab. Im Jahr 2006 holte die Hamas die Mehrheit der Sitze in der Palästinensischen Autonomiebehörde, in einer Wahl, die für fair und transparent befunden wurde. Israel und die Vereinigten Staaten jedoch waren mit dem Ausgang der Wahl nicht zufrieden und unterstützten die neue Führung nicht. Während die Fatah die Macht über das Westjordanland behielt, sicherte die Hamas sich die Kontrolle über Gaza. Nachdem es Israel nicht gelang, die

Hamas zu schwächen, riegelte es den winzigen Streifen am Mittelmeer einfach ab und verwandelte ihn in das größte Freiluftgefängnis der Welt. Jahre später enthüllten ehemals geheime Dokumente, mit welch schauriger Präzision Israel die Kalorienzufuhr der 1,8 Millionen Palästinenser in Gaza steuerte: Sie bekamen zu viel zum Sterben und zu wenig zum Leben.

Kurz nachdem ich das Manuskript beendet und dem Verlag übergeben hatte, im Sommer 2014, griff Israel Gaza mit außergewöhnlicher Brutalität an. Sieben Wochen lang bombardierten sie die winzige Enklave, die ohnehin schon eingezäunt und belagert war. In kalten Zahlen ausgedrückt: 2191 Palästinenser wurden getötet, die überwältigende Mehrheit davon (ungefähr 80 Prozent) Zivilisten, darunter 527 Kinder. 71 Israelis wurden getötet, davon 93 Prozent Soldaten im Kampfeinsatz. 11 239 Palästinenser wurden verletzt, 61 800 palästinensische Häuser bombardiert, davon 220 Schulen, 278 Moscheen, 62 Krankenhäuser und das letzte funktionierende Elektrizitätswerk. Während der ganzen Zeit über versteckten sich die palästinensischen Widerstandskämpfer in ihren Tunneln, versehen nur mit etwas Brot, Salz und Wasser, und weigerten sich standhaft, sich zu ergeben. Sie kämpften weiter, gegen eine haushoch überlegene Militärmacht. Trotz der Grausamkeiten, die sie erdulden mussten, unterstützten die Palästinenser in Gaza ihre Widerstandskämpfer. Ein Mann drückte es so aus: »Wir würden lieber im Kampf sterben, als weiter unwürdig zu leben. Für Israel sind wir doch nur wertloses Leben, gerade einmal gut genug, um daran die Waffen zu testen.«

Ich möchte diesen palästinensischen Kämpfern meine Hochachtung aussprechen. Sie waren bereit zu sterben, für nichts weniger als die Freiheit. Ihr Mut ist der Stoff, aus dem Legenden entstehen.

Danksagung

Den folgenden Personen möchte ich für ihre Beiträge zu diesem Buch danken. Mame Lambeth war die Erste, die das Manuskript gelesen und kommentiert und später noch eine überarbeitete Version durchgesehen hat. Zuvor hat Martha Hughes, meine Lektorin, die Gedankenflut geordnet, die am Anfang dieses Romans stand. Sie war immer an meiner Seite, hat mich ermutigt und mich durch meine Phasen des Selbstzweifels geführt, bis die Geschichte endlich Form annahm.

Besonderen Dank an Anton Mueller und Alexandra Pringle, die an dieses Projekt geglaubt haben, und an alle bei Bloomsbury, die geholfen haben, das Manuskript in ein Buch zu verwandeln. An das ganze Team der Pontas Literary Agency, das mich ausgezeichnet vertreten hat.

Ich danke all meinen ausländischen Verlagen und ganz besonders Gunn Reinertsen Næss, Synnøve Helene Tresselt und Asbjørn Øverås von Aschehoug, Gunilla Sondell von Norstedts, Fabio Muzi Falconi von Feltrinelli und Britta Hansen vom Diana Verlag.

Vielen Dank an meine Freundin Sameeha Elwan, die sich die Zeit genommen hat, diese Geschichte zu lesen, und mir hilfreiche Hinweise in Bezug auf die Kultur und die Geografie von Gaza – ihrer Heimat – gegeben hat. Meine Freunde Amal Abdullah, Hanan Urick, Jacqueline Berry, Rana Baker und Professor Richard

Falk haben das Manuskript gelesen und mir wertvolles Feedback gegeben. Ramzy Barouds Buch *My Father Was a Freedom Fighter* hat mir die Grundlagen zu den Schauplätzen meines Romans geliefert (Beit Daras und Gaza). Ich bin diesen Menschen ewig dankbar für ihre Weisheit und Freundschaft.

Glossar

Abbaya: weiter, umhangförmiger Mantel, mit dem sich Frauen verhüllen

Abda: Magd

Abu: Vater, Vater von

Adhan: muslimischer Gebetsruf

Afarit: Geister

Al ghurba: Exil, Fremde

Al hamdu li'llah: Gott sei Dank!

Allah bifrijha: Allah schenke uns die Lösung (wird in einer aussichtslosen Situation geäußert)

Allah ma'aik, habibti: Gott sei mit dir, meine Liebe

Allah yustor: Gott behüte uns (vor der peinlichen Situation)

Allahu akbar: Gott ist größer (als demütige Erinnerung daran, dass Gott größer ist als jedes Ereignis und die Antwort im Glauben an Gott liegt)

Amana: die heilige Pflicht, etwas, das einem anvertraut wird, auszuführen

Ammitu: Tante väterlicherseits, auch Anrede für eine ältere Bekannte, auch Amto

Ammu: Onkel väterlicherseits, auch ehrenvolle Anrede für einen älteren Bekannten; Ammi: mein Onkel väterlicherseits

Amriika: Amerika

Arghilah: Wasserpfeife

Baba: Papa

Babbur: offene Flamme zum Kochen, kleiner Gaskocher
Bizr: geröstete Kürbiskerne, Kerne
Bukhur: Räucherstäbchen, Weihrauchräucherstäbchen
Dabka: palästinensischer Volkstanz (Reihentanz)
Dishdasha: traditionelles langes Gewand (sowohl von Frauen wie von Männern getragen)
Doaa: Anbetung, Bitte an Gott um Beistand
Dschinn: Geist
Duhr-Gebet: Mittagsgebet
Eid-Feiertag: Opferfest
Fasharti: wörtlich: du Hochstaplerin (auch: »viel Lärm um nichts«)
Fatiha: die erste Sure des Korans
Ful: Gericht aus dicken Bohnen
Galabiya: langes traditionelles Gewand (sowohl von Frauen wie von Männern getragen)
Ghada: Essen
Habibi: mein Lieber
Habibti: meine Liebe
Hafla: Fest
Hagana: zionistische, paramilitärische Untergrundorganisation, die nach der Gründung des Staates Israel in die Israelischen Verteidigungskräfte überführt wurde
Haj: Mekkapilger, ehrenvolle Anrede eines alten Herrn
Haja: Mekkapilgerin, ehrenvolle Anrede einer alten Frau
Halal: erlaubt (religiös)
Hashwah: Füllung
Hassad: Neid, böser Blick
Hijab: Kopftuch
Hijra: Auszug aus Mekka
Iblis: Teufel
Insha'allah: so Gott will, hoffentlich
Istagfirullah: Gott steh mir bei!
Jiddu: Großvater, Opa

Jumaa ghada: Freitagsessen
Karkadeh: Hibiskustee
Khaltu: Tante mütterlicherseits
Khalu: Onkel mütterlicherseits
Kosa: gefüllte Zucchini
Kufiya: palästinensische Kopfbedeckung, meist schwarz-weiß oder rot-weiß kariert
La illaha illa'llah: Es gibt keinen Gott außer Gott (erster Teil des islamischen Glaubensbekenntnisses)
Maghrib: Sonnenuntergang (hier: Gebet zum Sonnenuntergang)
Masha'allah: Wie Gott will! (wird verwendet, um den bösen Blick abzuhalten)
Ma'zun: Geistlicher, der das Hochzeitspaar traut
Msakhan: palästinensisches Gericht mit Huhn, Zwiebeln, Sumach, Safran und gerösteten Pinienkernen
Mu'auidhat-Koranverse: Schutzverse (gegen den bösen Blick)
Mukhtar: Erwählter, Dorfvorsteher
Musalsal: Fernsehserie, Daily Soap
Nakba: die Katastrophe (bezieht sich auf die Gründung des Staates Israel und die Vertreibung der Palästinenser)
Niqab: Gesichtsschleier
Salam: Friede (Gruß)
Salat al maghrib: Gebet zum Sonnenuntergang
Salat-Gebet: Gebet
Schahada: islamisches Glaubensbekenntnis
Shabka: Morgengabe, Verlobungsschmuck
Suq: Bazar, Markt
Tabona: großer Ofen zum Brotbacken
Tarnib: Kartenspiel
Teta: Großmutter, Oma
Tfadalu: Bitte, nehmt Euch, greift zu!
Thalimin: Unterdrücker
Thoba: Kleid
Umm: Mutter von

Waraq dawali: Gefüllte Weinblätter
Ya satir: Gott hilf mir aus dieser peinlichen Situation
Ya ummi: O Mutter, liebe Mutter (Anrede)
Za'atar: orientalische Gewürzmischung mit Thymian, Kurkuma und Sesam
Zaffah: Hochzeitsprozessionen
Zagharit: Freudentriller (zu einer Hochzeit oder einer Geburt)
Zeit: Öl

Zitatnachweis

Breaking the Silence: *Soldier's Testimonies from Operation Cast Lead, Gaza 2009.* Jerusalem: Shovrim Shtika, 2009. www.breakingthesilence.org.il. Deutsch von Stefanie Fahrner. [S. 200]

Darwish, Mahmud: *A Traveler.* Aus: *La Uridu Li-Hadhi 'l-Qasidati An Tantahi.* Beirut: Riyad El-Rayyes Books, 2009. Englisch von Sinan Antoon, Jadaliyya, 2011. Deutsch von Stefanie Fahrner. [S. 251]

Darwish, Mahmud: Wir haben ein Land aus Worten. Zürich: Ammann, 2002. Aus dem Arabischen von Stefan Weidner. [S. 232]

Eliot, T. S.: *Four Quartets/Vier Quartette.* Übers. v. Nora Wydenbruck, überarb. v. Eva Hesse. In: Ders.: *Gesammelte Gedichte 1909–1962 (zweisprachig).* Hg. v. Eva Hesse. Frankfurt a. Main: Suhrkamp, 1988. [S. 287]

Gilbert, Mads/Fosse, Erik: *Eyes in Gaza.* Charlottesville, VA: Quartet Books, 2010. Deutsch von Stefanie Fahrner. [S. 209]

Hedges, Chris: *A Gaza Diary,* Harper's, Oktober 2001. Deutsch von Stefanie Fahrner. [S. 273]

Samaha, Nour: *The Voices of Gaza's Children,* Al Jazeera, 23.11.2012. Deutsch von Stefanie Fahrner. [S. 266]

Weisglass, Dov, zitiert nach Conal Urquhart: *Gaza on Brink of Implosion as Aid Cut-off Starts to Bite,* Observer, 15.04.2006. Deutsch von Stefanie Fahrner. [S. 7]

Wordsworth, William: *Intimations of Immortality from Recollections of Early Childhood/Hinweise auf die Unsterblichkeit aus Erinnerungen an die frühe Kindheit.* Deutsch von Dietrich H. Fischer. www.william-wordsworth.de [S. 373]

LESEPROBE

SUSAN ABULHAWA
Während die Welt schlief

ISBN 978-3-453-35662-7
Auch als E-Book

»Ein großartiges Buch über Frieden, Krieg und Hoffnung.«

Für Sie

Jenin im Blumenmonat April: Frühmorgens, bevor die Welt um sie herum erwacht, liest Amals Vater ihr aus den Werken großer Dichter vor. Es sind Momente des Friedens und des Glücks, die Amal ihr Leben lang im Herzen trägt – ein Leben, das im Flüchtlingslager beginnt, nach Amerika führt und dennoch stets geprägt ist vom scheinbar ausweglosen Konflikt zwischen Israel und Palästina.
Über vier Generationen erzählt Susan Abulhawa eine tief berührende Geschichte über den Verlust der Heimat, eine zerrissene Familie und die immerwährende Hoffnung auf Versöhnung.

Ich war acht Jahre alt, als Mama mich zum ersten Mal bei einer Entbindung assistieren ließ.

»Diese Aufgabe ist sehr wichtig. Du musst sie unbedingt ernst nehmen, Amal«, sagte sie und fuhr mit ihrem Reinigungsritual fort.

»Wudu und Salat. Führ sie mit mir zusammen durch«, wies sie mich an.

Wir reichten uns gegenseitig die hausgemachte Seife. Ich beobachtete sie, imitierte jede Einzelheit, jede Bewegung. Wie sie das Gesicht mit Wasser bespritzte, Hände, Ellbogen und Füße wusch. Allah murmelnd versicherte, dass sie ihm vertraute. Ich bewegte mich wie ihr Spiegelbild. Wir wuschen uns und beteten, dann flocht sie mir das Haar. Ehe wir gingen, hielt sie ihre Spezialschere über die offene Flamme des Spirituskochers und wickelte sie »im Namen Allahs, des Barmherzigen und Gnädigen« in ein Tuch.

Im Haus der werdenden Mutter gab ich mich wie Mama, bedächtig und feierlich. Ich reichte ihr die Handtücher, stand mit der Schere bereit, behielt die Nerven (und das Essen im Magen), denn sie hatte mich gewarnt: »Versuch, nicht umzukippen, und sieh zu, dass du dich nicht übergeben musst.« Hart wie Stahl. »Was immer du fühlst, lass es nicht heraus.«

Ich kann mich sehr gut an diesen Tag erinnern. Die langsamen Striche, mit denen der Kamm in Mamas Hand mir vom Scheitel bis zu den Spitzen durch mein langes schwarzes Haar fuhr. Anerkennung in ihrem Gesicht, als ich vorausahnte, dass sie mehr Handtücher brauchte, ehe sie mir ein Zeichen gab. Kenntnisse zu vermitteln und Mängeln vorzubeugen war Dalias Art zu lieben. Alles andere, die Umarmungen und Küsse, nach denen ich so lechzte, hielt sie mit zusammengepressten Kiefern und ihrer zur Faust geballten rechten Hand im Zaum. *Was immer du fühlst, lass es nicht heraus.*

An diesem Abend erlaubte sie mir und Huda, meiner besten Freundin, auf dem flachen Hausdach zu schlafen.

»Danke, Mama.« »Danke, Umm Yussuf«, sagten wir aufgeregt.

Sie antwortete uns nicht, verschattete ihr Herz und fuhr mit ihrer Hausarbeit fort. Am Abend sahen Huda und ich vom Dach aus, wie Mama auf Babas Rückkehr aus der Werkstatt wartete. Sie ging mit einem Besen in der Hand umher, Umm Kalthoom sang im Radio, und sie fegte den Staub von der Türschwelle, bis es außer Mondlicht nichts mehr zu fegen gab.

Mama tanzte nie bei Hochzeiten und besuchte nur selten Freundinnen. Einmal wachte ich spätnachts auf und spürte, wie sie zärtlich über mein Haar streichelte. Damals gab sie mir einen Kuss, einen von wenigen kostbaren Küssen, die sich in mein Gedächtnis gegraben haben, und sagte: »Schlaf wieder ein, ya binti.«

Meine Kindheit im Flüchtlingslager von Jenin ist von solchen Erlebnissen geprägt. Mit etwa vier sah ich Yussufs Penis. Er zog sich gerade an und bemerkte nicht, dass ich ihn beobachtete. Tagelang dachte ich darüber nach, inspizierte mich selbst, musterte Mama im Bad und machte mir Sorgen, dass mit meinem Bruder etwas ganz und gar nicht stimmte. Natürlich erregte ich Aufsehen, als ich, ohne an die Nachbarn zu denken, Yussuf in den Schritt griff, und mein Bruder schlug mich heftig. Jeder, der mitbekommen hatte, aus welchem Grund ich so hysterisch schrie, war der Ansicht, Yussuf habe das Richtige getan. Nur Mama nicht.

Eine Nachbarsfrau sagte zu ihr: »Dalia, ein Mädchen macht so was einfach nicht, selbst wenn es erst vier ist. Am besten treibst du ihr den Teufel so früh wie möglich aus.«

Brich ihren Willen. Schlag sie. Erteil ihr eine Lektion. Eine andere sagte: »Du kannst darauf wetten, dass sie es nicht wieder tut.« Eine weitere: »Er ist ihr älterer Bruder, und er hat jedes Recht, seine Schwester zu schlagen, wenn sie sich danebenbenimmt.«

Doch Mama ergriff Partei für mich und wies Yussuf zurecht: »Schlag deine Schwester niemals. Nie«, sagte Mama, und ich heulte triumphierend auf, wartete darauf, von meiner Mutter in den Arm genommen zu werden. Doch auch das tat sie nicht.

»Hör auf zu weinen, Amal«, befahl sie, nicht wütend, böse oder gar streng. Sachlich, effizient, rigoros.

Eines Morgens im Blumenmonat April entdeckte ich an meinem Vater eine Seite, die ich nie zuvor wahrgenommen hatte. Er arbeitete pausenlos, und ich sah ihn so selten, dass ich ihn bis zu diesem Tag nur aus der Ferne vergöttert hatte. Ich war fünf Jahre alt. Ich erwachte vor dem Morgengrauen, panisch und in eingenässter Schlafkleidung, und huschte in den einzigen Raum, der Privatsphäre bot, um mich aus meiner Zwangslage zu befreien. Zu meinem Schrecken und zu meiner Scham wartete Baba auf mich, als ich aus der Toilette kam. Mehr noch als bestraft zu werden, fürchtete ich, ihn enttäuscht zu haben.

Dieser Tag gehört zu meinen deutlichsten Kindheitserinnerungen. Schweigend half Baba mir in einen sauberen Schlafanzug, und ich schwebte in seinen riesigen Armen ein Stück über dem Boden. Er trug mich ein paar Schritte – ich hatte meinen kleinen Kopf in seine Nackenbeuge geschmiegt – und setzte mich auf der Terrasse auf seinen Schoß. Diese Terrasse war ein vier mal drei Meter großer Fleck aus Steinen und Fliesen mit einem Blätterdach aus Weinreben – das Ergebnis von Mamas beharrlichen Bemühungen, die Pracht ihrer Gärten in Ein Hod zu kopieren. Es war noch dunkel, doch ich erinnere mich an eine schemenhafte Landschaft mit blühenden Obstbäumen. Pfirsich-, Granatapfel- und Olivenbäume blühten, als mein Vater mir beim Schein einer Wachskerze zum ersten Mal vorlas.

Noch lange danach konnte ich aus der Erinnerung die süßen Düfte des Frühlings heraufbeschwören, die die Luft verzaubert hatten. Meinem Vater ragte die Olivenholzpfeife aus dem Mundwinkel, und so prägte auch der rauchige Geruch von Honig-Apfel-Tabak diesen besonderen Morgen.

»Lausche den Worten, die ich dir vorlese. Sie sind magisch«, sagte er. Und ich bemühte mich nach Kräften, die klassische arabische Prosa zu verstehen, die für mein junges Hirn wie eine Fremdsprache klang. Doch der Rhythmus faszinierte mich, und Babas Stimme sang mich in den Schlaf. Ich schlummerte in seinen Armen ein.

Ich erzählte niemandem etwas davon und verbrachte den Tag in Erwartung der Nacht, der Dunkelheit direkt vor Anbruch der Dämmerung, denn ich hoffte, dass Baba mir am Morgen noch einmal eine »Audienz« einräumen würde.

Ich passte perfekt auf Babas Schoß. Seine Arme umschlossen und hielten mich, mein Kopf ruhte in der Höhlung seiner Schulter. Er las mir wieder vor.

Lasst hier zum Angedenken mich weinen einer Buhl',
Am sand'gen Abhang zwischen Haumal und Aldachul,

Zwischen Mikrat und Tudech: noch unverwischt ist dort
Die Wohnspur, ob darüber schon fegte Süd und Nord.

Da hielten die Gefährten bei mir die Zügel an,
Und sprachen: O vergeh nicht vor Kummer! Sei ein Mann!

Die Thräne, welche rinnet, allein ist Heilung mir.
Doch auf zerfallnen Trümmern was hilft das Weinen dir?

Einst mit Umm el Huweirith übtest du den gleichen Brauch,
Mit ihrer Nachb'rin Umm el Rebab in Masal auch.

Da, wo sie sich erhuben, da wehte Moschusduft,
Als ob die Gewürznelken geküsst die Morgenluft.

Ich konnte hören, wie es in Babas Brust rumorte, wie seine Lunge gegen jeden einzelnen Zug aus seiner Honig-Apfel-Tabak-Pfeife protestierte.

»Baba, wen liebst du mehr, mich oder Yussuf?«

»Habibti«, begann er. Ich musste lächeln, als er mich so nannte. »Ich liebe euch beide gleich stark«, sagte er.

»Wie sehr liebst du mich?«

»Meine Liebe zu dir ist so groß wie der Ozean und all seine Fische. So groß wie der Himmel und all seine Vögel. So groß wie die Erde und all ihre Bäume.«

»Und was ist mit dem Universum und all seinen Planeten? Den Teil hast du vergessen.«

»Dazu wollte ich gerade kommen. Nur Geduld«, sagte er, an seiner Pfeife ziehend. Er atmete aus. »Meine Liebe zu dir ist *größer* als das Universum und all seine Planeten.«

»Liebst du Yussuf genauso sehr?«

»Ja. Meine Liebe zu ihm ist so groß wie der Ozean … aber ohne all die Fische.«

All die Fische – der Gedanke, dass Baba mich ein wenig mehr liebte, ließ mein Herz schwellen. »Was ist mit dem Himmel und der Erde? Ist deine Liebe zu Yussuf so groß, aber ohne Vögel und Bäume?«

»Ja, aber sag es niemandem.«

»Das werde ich nicht, Baba, ich schwöre.« Jetzt ließen Vögel mein Herz schwellen.

»Was ist mit dem Universum?«

»Sei nicht gierig.« Er zwinkerte mir zu. »Ich muss zur Arbeit, Habibti. Morgen.«

Habibti. Morgen.

Es war schwierig, so früh aufzuwachen. Normalerweise nickte ich in Babas Armen wieder ein. Schließlich gewöhnte ich mich daran, vor Sonnenaufgang aufzustehen. Lange blieb ich dabei. Jeden Tag, wenn Baba mir auf der Terrasse unseres kleinen Lehmhauses vorlas, erlebten wir beim Morgengrauen, wie die Sonne sich über das Land ergoss und alles, was sie berührte, mit Leben erfüllte.

Wie manche Nacht gleich Wogen des Meeres goss ihr Kleid
Um mich, mit tausend Sorgen mich prüfend und mit Leid!

Ihr sagt' ich, als die Lende sie dehnte breit genug
Mir kehrte den Rücken und ab den vordern Bug:

O Nacht, du lange, lange! Willst du dem Morgenschein
Nie weichen? Doch, wird besser als du der Morgen sein?

O Nacht, du wunderbare, als ob die Sterne dein
Mit hanfnen Stricken wären gelegt an Felsgestein!

Baba sagte: »Das Land und alles, was es trägt, kann man uns nehmen, doch niemand kann dir dein Wissen und deine Abschlüsse nehmen.«

Ich war damals sechs, und gute Schulnoten waren die Währung, mit der ich für Babas Wertschätzung zahlte, nach der ich mich mehr denn je verzehrte. Ich wurde die beste Schülerin von ganz Jenin und lernte die Gedichte, die mein Vater so liebte, auswendig. Selbst als ich zu groß geworden war, um auf seinem

Schoß zu sitzen, traf uns die Sonne stets aneinandergeschmiegt und mit einem Buch in der Hand an.

Mein Leben vor dem Krieg kehrt in Erinnerungen zu mir zurück, zusammengehalten von Babas Armen und erfüllt vom Tabakduft seiner Olivenholzpfeife. Wir besaßen wenig und kamen kaum über die Runden. Ich war nie auf einem Spielplatz und schwamm niemals im Meer, doch meine Kindheit war magisch: Poesie und Morgendämmerung haben sie verzaubert. So sicher wie in der Umarmung meines Vaters, wenn mein Kopf sich in die Beuge seines Nackens und seiner starken Schultern schmiegte, habe ich mich nirgends sonst gefühlt. Nie habe ich eine zärtlichere Zeit kennengelernt als die Morgendämmerung, die mit dem Duft nach Honig-Apfel-Tabak und den schillernden Worten von Abu-Hayyan, Khalil Gibran, al-Maarri und Rumi anbrach. Ich verstand nicht immer, was sie geschrieben hatten, doch ihre Verse waren lyrisch und hypnotisierten mich. Durch sie spürte ich, welche Leidenschaften, Verluste und seelischen Qualen mein Vater durchlebt und was er geliebt hatte. Er gab das alles an mich weiter. Dieses große Geschenk, das Baba mir machte, war ebenfalls etwas, das niemand mir nehmen konnte. Jahrzehnte später, an einem trostlosen Februarmorgen in Pennsylvania, sollten Gibrans eindringliche Verse und die Erinnerung an Babas weichen Bariton mein einziger Trost sein.

Dann kam der Juni 1967. Ein heißer Monat ohne Schule, in dem man es sich gut gehen lassen konnte. In kindlicher Selbstvergessenheit streifte ich umher. Es war vier Wochen vor meinem zwölften Geburtstag.

Huda und ich hatten beschlossen, den perfekten Überschlag zu lernen, um nicht von unserer Freundin Lamya ausgestochen zu werden, die mit affenartiger Körperbeherrschung Rad und

Salto schlagen konnte. Wir übten auf der weichen Lichtung in der Nähe des Pfirsichhains westlich von Jenin.

»Das nennst du ein Rad?«

»Versuch du es erst mal selbst, Amal!«

Ich landete auf dem Rücken.

»Erbärmlich«, kicherte Huda.

»O Gott!«, stöhnte ich. »Mein Bein! Ich hab mich echt verletzt.«

»Steh auf… komm schon. Ich weiß, dass du nur so tust.« Aus Hudas Stimme klang Sorge. »Amal. Amal. O Gott!«

Ich brach in Lachen aus, und Hudas Angst verwandelte sich in Ärger.

»Das ist nicht lustig, Amal!«, schrie sie. »Außerdem kannst du immer noch kein Rad und einen Überschlag noch viel weniger.« Sie wusste, wie sie mein Gelächter stoppen konnte.

»Du auch nicht!«

»Mir geht es ja auch nicht darum, Lamya zu übertrumpfen.«

Das stimmte. Für Huda war es ein Spiel, doch ich betrachtete alles als Wettbewerb.

»Sollen wir später weiterüben?«, fragte ich.

»Ja. Lass uns auf die Alte Dame klettern.«

Die Alte Dame war ein fünfzehnhundert Jahre alter Olivenbaum mit krummen Ästen, die sich wie Samsons Locken in der Luft kringelten. Sie stand mitten auf einer Weide. An den knorrigen kleinen Zweigen hingen Hunderte von Früchten. Außerdem diente der riesige, unförmige Stamm einheimischen Schäfern als Rastplatz.

Baba hatte mir einmal erzählt, dass die Alte Dame niemandem gehörte. »Dieses alte Mädchen stand schon lange vor unserer Ankunft hier, und es wird noch da sein, wenn wir längst fort sind. Wie könnte man es besitzen, Habibti?«

Ich liebte es, wenn mein Vater mich Habibti, Liebling, nannte.

»Niemand kann einen Baum besitzen«, fuhr er fort. »Er kann zu dir gehören, wie du zu ihm gehören kannst. Wir entstammen der Erde, schenken ihr unsere Liebe und Arbeitskraft, und dafür ernährt sie uns. Wenn wir sterben, kehren wir zur Erde zurück. Auf eigentümliche Weise besitzt sie uns. Palästina besitzt uns, und wir gehören zu diesem Land.«

Ich fragte Huda, was Baba ihrer Ansicht nach gemeint hatte.

»Dein Baba sagt lauter seltsames Zeug. Haj Salim meint, dass er zu viel liest. Gestern habe ich gehört, wie Haj Salim zu deinem Bruder sagte, er solle deinen Vater von den Büchern loseisen und ihn ins Beit-Jawad-Kaffeehaus schleifen, um dort mit ihm und Ammu Jack O'Malley eine Huka zu rauchen.«

Ammu Jack war ein korpulenter Mann mit einem polternden Lachen, das von verstimmten Basssaiten in seinem großen Herzen aufzusteigen schien. Er hatte volles weißes Haar, das stets zerzaust war, und rasierte sich nicht. Sein ebenso üppiger Bart hatte infolge einer langen Liaison mit Lucky Strikes und gelegentlichen Hukas gelbe Flecken. Er verwaltete die Schulen und Kliniken für die UNO, suchte sein Büro aber nur selten auf. Lieber ging er ins Beit Jawad, um sich mit Haj Salim zu treffen, der dort seine Huka zu rauchen pflegte.

Wir stiegen der Alten Dame auf den Rücken, hingen schaukelnd an ihren Gliedern, balancierten auf ihrem Nacken und ruhten uns schließlich auf ihrem Bauch aus, wo ihr Stamm sich in drei Hauptäste teilte.

»Ist noch was von dem Nagellack übrig?«, fragte Huda und untersuchte die abgeplatzte rote Farbe auf ihren Nägeln.

Eine Woche zuvor hatte Mama den Nagellack geschenkt bekommen, doch sie machte sich nichts aus solchem Luxuskram und hatte ihn mir gegeben. Mindestens zehn von uns Mädchen hatten sich getroffen, um sich gegenseitig die Nägel zu lackieren. Wir kamen uns vor wie die ägyptischen Schauspielerinnen, die in Zeitschriften abgebildet waren.

»Noch ein bisschen«, sagte ich.

Huda wurde munter. »Lass uns noch mal die Finger- und Zehennägel lackieren, aber ohne all die anderen.«

»Einverstanden. Aber zuerst machen wir einen Spuckwettkampf.«

»Hatten wir heute nicht schon genug Wettkämpfe?«, klagte Huda, lenkte aber schnell ein.

Einen Spuckwettkampf, im Baum hängend. Wir waren mittendrin, als wir gerufen wurden.

»Deine Spucke geht weiter, wenn du dir Rotz aus dem Kopf saugst.« Ich demonstrierte ihr, was ich meinte, und produzierte hustende, abgehackte Geräusche. »Nur normale Spucke reißt ab. Deshalb verlierst du immer.«

»Das ist ekelhaft«, beschwerte sich Huda.

»Amaaal! … Huuuudaaaaa!«

Baba rief uns ins Lager zurück, wo wir unter dem Schutz internationaler Wohlfahrtseinrichtungen lebten.

»Dein Vater ruft.« Huda sprach aus, was ohnehin klar war, eine nervende Angewohnheit. »Wieso arbeitet er heute nicht?«

»Keine Ahnung. Lass uns gehen.«

Wir rannten. Ich machte einen Wettlauf daraus, hielt aber inne, ehe wir die erste Reihe Betonbaracken erreichten.

Irgendetwas war im Gang. Es waren zu viele Menschen auf den Straßen.

Instinktiv nahmen Huda und ich uns an der Hand. Langsam näherten wir uns dem Tumult. In den Straßen und Gassen skandierten zahllose verängstigte Menschen Sprechchöre. Frauen in bestickten palästinensischen Thobas rannten herum, Körbe mit Lebensmitteln auf dem Kopf balancierend. Unsicherheit lag in der Luft. Manche weinten. Andere verliehen ihrer Freude mit Zagharit-Trillern Ausdruck. Soeben hatte Israel Ägypten angegriffen. Ein laut gestelltes Radio verkündete: »Die arabischen Armeen machen mobil, um sich gegen die zionistische Aggression zu verteidigen.«

Baba kam auf uns zu und nahm Huda und mich in seine ausgestreckten Arme. »Habibti, es ist etwas passiert. Ihr müsst beide sofort ins Haus.« Er war ruhig und ernst. »Geht jetzt, Mädchen«, und wir gingen.

Bei unserem Haus warteten Männer auf meinen Vater, der kurz weggegangen war, um meinen Bruder auf seiner Arbeitsstelle in Bethlehem anzurufen.

Mama rannte auf uns zu, als sie Huda und mich näher kommen sah. Sie überraschte mich mit einer festen Umarmung und murmelte: »Lob und Dank sei Dir, Allah, für mein Kind.« Mama küsste mich, was sie selten tat. Hätte ich gekonnt, hätte ich sie am Gehen gehindert. Ihre plötzlichen Liebesbezeugungen weckten Dankbarkeit für Israels Angriff in mir.

»Allahu akbar!«, rief jemand. »Bald kehren wir heim nach Palästina!«

Da Mamas neue Warmherzigkeit anhielt, schöpfte ich Hoffnung. Nacheinander beschwor ich in allen Einzelheiten das Zuhause herauf, das ich in meiner Fantasie erbaut hatte, einen Baum, einen Rosenstrauch, ein Stockwerk. Ich dachte an das Mittelmeer mit seinen Sandstränden – »die Braut Palästinas«, nannte Baba es –, das ich nur in meinen Träumen gesehen hatte. Eine wunderbare Vorfreude gebar Visionen eines verflossenen Lebens, das ich nie kennengelernt hatte. Ein Leben, auf das ich ein Recht hatte, das mir genommen worden war, aber letztlich zurückerlangt werden konnte: die rückwärtige Terrasse von Jiddu Yahyas und Teta Basimas Landsitz, die Reben mit ihren saftigen Trauben, Mamas Rosengarten, die Araberpferde, die

Ammu Darwish züchtete, Babas Bibliothek und der Bauernhof unserer Familie, der das halbe Dorf ernährt hatte.

Ich tröstete eine erschrockene Huda damit, dass wir, wären wir erst zurückgekehrt, ein eigenes Zimmer und Geld genug für Puppen haben würden. Vertrauensselig zeigte ich auf die unorganisierten und untrainierten Männer. »Sieh sie dir bloß an«, sagte ich zu ihr, beeindruckt von den Möchtegernkämpfern, die zwischen uns herumliefen, »sieh nur …«

Baba versteckte seit Langem Gewehre in einem Loch, das er unter der Spüle in den Küchenboden gegraben hatte. Er war zurück, sprach mit den Männern. Ich wusste, dass die Zeit gekommen war, zu diesen Waffen zu greifen.

Jahrelang hatte ich Baba lamentieren hören, dass König Hussein bin Talal von Jordanien die Palästinenser entwaffnet hatte und uns den Zionisten, die mithilfe des Westens mehr und mehr Waffen anhäuften, wehrlos auslieferte. Wann immer er also einer Waffe habhaft werden konnte, versteckte er sie in dem Loch im Küchenboden. Er hatte es mit Fliesen bedeckt und zur Tabuzone für die Kinder erklärt. Ich wagte nicht, seine Anordnung zu missachten.

An diesem Tag beobachtete ich, wie Baba das Versteck öffnete und mehr als zwanzig Gewehre herausholte. Er verteilte die Waffen an die Kämpfer, die ich bis dahin nur als Väter, Brüder, Onkel und Ehemänner gekannt hatte.

Ich machte mich davon. Von Weitem heftete ich den Blick auf meinen Vater, der stets die Güte in Person gewesen war und in dem nun etwas Wildes an die Oberfläche drängte. Sein Gesicht wurde hart, und das Lächeln in seinen Augen erstarb. Seine Stimme war kaum wiederzuerkennen und enthielt nicht die leiseste Andeutung, dass dieser intellektuelle, eigenbrötlerische Mann seine Zeit für gewöhnlich mit Büchern oder in Zwiesprache mit der Natur verbrachte. Damals hatte ich weder die innere Stärke noch das geistige Vermögen, zu begreifen, dass die Verwandlung meines Vaters und der anderen Erwachsenen unumgänglich war – alle hatten bereits einen schrecklichen Krieg und eine Ausweisung hinter sich, die ihnen das Herz gebrochen hatte.

»Amal.« Mama griff nach meinem Arm. »Lauf nicht weg. Du bleibst mit Huda dort, wo ich euch finden kann.«

Ein donnerndes Krachen dröhnte in der Ferne. Es ließ mich zusammenzucken, und Mamas Stimme wurde noch eindringlicher. Mit den abgrundtiefen, schwarzen Augen, die ich von ihr geerbt hatte, sah sie mich an und wiederholte die Lektion, die ihr am wichtigsten war: »Sei stark, wie ich es dich gelehrt habe, egal, was passiert.«

Meine Gewissheit, dass bessere Zeiten bevorstünden, fiel in sich zusammen, als Mama Huda und mich wie Spielzeugfiguren in eine Ecke schob.

»Bleibt hier, wo ich euch sehen kann«, befahl sie uns.

Keiner der Erwachsenen sagte uns, was los war, und so reimten wir es uns aus den Gesprächsfetzen, die wir aufschnappten, so gut es ging zusammen.

Die überstürzte Eile, mit der alles geschah, die langen Seufzer, die intensiven Blicke und die zunehmende Entschlossenheit ließen Huda und mich näher zusammenrücken. Mit aufgerissenen Augen klebten wir völlig verwirrt an der Wand. Es kam eine Durchsage, die Frauen und Kinder aufforderte zu bleiben, wo sie waren, während die Männer sich in Verteidigungsstellungen begeben sollten – »bis die arabische Armee kommt«, sagte jemand. Huda und ich umarmten uns. Furcht kroch in uns hoch, ließ unsere Muskeln zucken und unwillkürlich kontrahieren.

»Ich liebe dich, Amal«, schrie Huda.

»Ich dich auch. Du bist meine beste Freundin, Huda.«

»Du bist auch meine beste Freundin.«

»Wir sind bald in Sicherheit. Mein Baba hat Waffen und wird uns beschützen.«

»Lass uns zusammenbleiben.«

»Egal, was passiert.«

»Schwörst du's?«

»Ich schwöre es bei Allah.«

Wir umarmten uns, um unser Versprechen zu besiegeln.

Die Männer warteten auf den Feind, doch es tauchten keine feindlichen Soldaten auf.

Die Zeit danach verrann wie ein stetiger Strom, in dem Tag und Nacht ineinander übergingen. Das Gesicht des Feindes blieb uns verborgen, doch wir konnten ihn hören: So viele Tiefflieger flogen über das Land und warfen Bomben ab. Mama scheuchte Huda und mich in das Loch in der Küche, in dem jetzt keine Feuerwaffen mehr lagen.

Das Loch war so tief, wie ich groß war, und breit genug, dass Huda und ich uns auf den Boden kauern konnten. Als ich aus dieser Position zu Mama aufsah, stand ihr Gesicht auf dem Kopf. Wie kräftig ihr Kiefer aus dieser Perspektive wirkte. Als sie uns einschloss, fiel mir eine hell gestrichene Schüssel auf der Küchenanrichte ins Auge, ein Muttertagsgeschenk aus Kindergartenzeiten. Ich erinnerte mich daran, welch offenen Ausdruck Mamas Gesicht angenommen hatte, als ich es ihr überreichte, und wie verschlossen es wurde, als ich ihr sagte, ich wünschte, ich könne es einer besseren Mutter geben. Damals war ich fünf und wollte einfach nur sehen, ob ich sie dazu bringen konnte, die Zähne zusammenzubeißen und die Kiefermuskeln anzuspannen.

Der Deckel schloss sich über uns, und die Muttertagsschüssel verschwand. Es war dunkel in diesem Loch.

»Huda«, flüsterte ich, mich noch immer genauso fest an sie klammernd, wie sie sich an mich klammerte.

»Ja.« Sie zitterte.

»Es tut mir leid, dass ich dich immer anschreie.« Huda war meine einzige echte Freundin. Andere Mädchen hatten kein Verständnis für meine ewigen Wettkämpfe, die ich stets gewinnen musste. Ich war herrisch und grob. Jetzt, dachte ich, würde ich sterben.

Eine halbe Ewigkeit verging. Dann zog Mama plötzlich die Fliesenabdeckung weg und übergab uns ein Baby. Es war Khaltu Samihas kleine Tochter, meine drei Monate alte Cousine Aisha.

»Nimm Aisha. Ich bin bald zurück«, sagte Mama mit heiserer Stimme.